Isabell May
Close to you

ISABELL MAY

close to you

one

Dieser Titel ist auch als E-Book erschienen

MIX
Papier aus verantwortungsvollen Quellen
FSC® C019821
FSC
www.fsc.org

Originalausgabe

Umschlaggestaltung: ZERO Werbeagentur, München,
unter Verwendung eines Motivs von © FinePic/shutterstock
Satz: Dörlemann Satz, Lemförde
Gesetzt aus der Adobe Caslon
Druck und Einband: C.H. Beck, Nördlingen

Printed in Germany
ISBN 978-3-8466-0057-3

5 4 3 2 1

Sie finden uns im Internet unter: www.one-verlag.de
Bitte beachten Sie auch: www.luebbe.de

Für Basse, der mich immer unterstützt

Kapitel 1

Dreizehn.

So viele Sommersprossen zierten seine Haut, die ansonsten makellos und ebenmäßig wie Marmor war.

Ich wusste das so genau, weil ich seit einer ganzen Weile nichts anderes tat, als ihn anzusehen. Das könnte man vielleicht als gruselig bezeichnen, aber ich hatte eine ganze Reihe von Argumenten zu meiner Verteidigung vorzubringen.

Genau genommen drei.

Erstens gab es nichts, was ich sonst tun konnte. Ich saß seit Stunden im Zug, mein Hintern tat allmählich weh, und mein Buch war unpraktischerweise in meinem vollgestopften Koffer, den ich nicht zu öffnen wagte, weil er vermutlich seinen gesamten Inhalt explosionsartig im Zug verteilt hätte.

Zweitens starrte ich ihn zumindest nicht direkt an, sondern beobachtete völlig diskret und unauffällig sein Spiegelbild im Fenster.

Und drittens sah er einfach zu gut aus, um den Blick abzuwenden. Er war wie ein Gemälde in einem Museum, vor dem man die Zeit vergaß, bis einen der Museumswärter darauf aufmerksam machte, dass das Gebäude gleich schließen würde.

Fasziniert betrachtete ich die feingeschnittenen Gesichtszüge mit den hohen Wangenknochen, die geradezu aristokratisch wirkten. Das schwarze halblange Haar fiel ihm in die Stirn, und gelegentlich strich er es gedankenverloren beiseite. Sein schwarzes Shirt hatte kurze Ärmel, sodass ich seine durchtrainierten Oberarme sah.

Er bewegte sich und legte eine Hand auf den kleinen schwarzen Koffer, der auf dem Sitz neben ihm lag. Der Ärmel seines Shirts verrutschte und entblößte den Ansatz eines Tattoos. Meine Augen weiteten sich. Halleluja, dieses Sahnestück war sogar tätowiert!

Wenn ich bei Männern einen bestimmten Typ hätte, entspräche dieser Kerl meinem Idealbild ziemlich genau.

Wenn ich auf der Suche nach einer Beziehung, einer Affäre oder zumindest einem Date wäre, wäre der hier ein heißer Favorit.

Tja, war ich nicht. Aber ich war nicht blind, und mein selbstgewähltes Zölibat hinderte mich nicht daran, ihn zu fixieren wie eine Verdurstende eine Flasche Cola.

»Was starrst du mich so an?«

Ich zuckte zusammen. So viel zum Thema ›diskret und unauffällig‹. Schuldbewusst senkte ich den Blick und blinzelte den Kerl dann vorsichtig an. Ich hoffte, er würde die Sache mit Humor nehmen und seine harschen Worte mit einem Lächeln entschärfen. Stattdessen funkelten mich seine Augen zornig an.

Obwohl sich mein Magen verkrampfte, entging mir nicht, wie schön sie waren: stechend grün und von dichten schwarzen Wimpern umgeben. Weniger schön war die Wut, die mir aus ihnen entgegenblitzte.

»Sorry«, murmelte ich nur. Meine Wangen brannten vor Scham. Eigentlich konnte ich ihm nicht verübeln, dass er sauer war.

Einen Moment lang musterte er mich noch misstrauisch,

dann vertiefte er sich wieder in sein Buch. Damit schien die Sache für ihn gegessen zu sein, aber mit meiner Ruhe war es vorbei. Ich rutschte nervös hin und her und wusste gar nicht, wohin ich schauen sollte, vor lauter Angst, mein Blick könnte ihn aus Versehen noch einmal streifen. Schließlich lehnte ich den Kopf gegen die kühle, sanft vibrierende Fensterscheibe, hinter der es längst dunkel geworden war, und schloss die Augen. Die Nacht hatte die schier endlosen Kiefernwälder Maines in ein schwarzes Tuch eingehüllt.

Das gleichmäßige, beruhigende Geräusch, mit dem der Zug über die Gleise ratterte, lullte mich ein. Jeder Meter, den die Bahn zurücklegte, brachte mich weiter von zu Hause weg. Die feuchte Hitze Floridas rückte in weite Ferne. Bisher hatte ich es vermieden, darüber nachzudenken, aber nun machten sich meine Gedanken selbstständig.

Zu Hause … von wegen. Unwillkürlich schnaubte ich. Innerlich hatte ich mich von diesem Ort schon lange verabschiedet und die Tage bis zu meinem Umzug gezählt.

Noch immer hatte ich die klagende Stimme meiner Mutter im Ohr: »Schätzchen, du bist doch intelligent und hast gute Noten. Es gibt so viele gute, renommierte Colleges, die infrage kommen.«

Colleges in Florida, die näher an meiner Heimatstadt Tampa lagen, meinte sie. Dass die Entfernung der Hauptgrund war, warum ich nach Maine wollte, verstand sie nicht. Kein bisschen. Ebenso wenig kapierte sie, warum ich sie und Dad nicht bei meinem Umzug dabeihaben wollte. Sie hatten sich wohl vorgestellt, wir würden händchenhaltend den Campus erreichen und uns tränenreich voneinander verabschieden. Stattdessen war ich allein ins Flugzeug gestiegen, hatte unzählige Meilen auf eigene Faust zurückgelegt und fuhr nun das letzte Stück mit dem Zug. Bewaffnet war ich nur mit meinem Riesenkoffer, in dem sich alles befand, was mir wichtig war; abgesehen von meinem besten Freund Jackson, der mir das Allerwichtigste war, der aber beim besten Willen nicht in den Koffer gepasst hätte. Ich war auf mich allein gestellt, und das war gut so. Ich hatte nicht vor, in nächster Zeit wieder mit meinen Eltern oder sonst irgendjemandem von dort zu sprechen.

Ich war so in meine Grübeleien versunken, dass ich nichts um mich herum wahrnahm. Erst als der Zug schon stand, merkte ich, dass ich mein Ziel erreicht hatte. Hastig sprang ich auf und zerrte meinen Monsterkoffer durch den schmalen Mittelgang zur Tür. Leise fluchte ich, als ich mir einen Fingernagel abbrach, und dann noch einmal lauter, als der Koffer sich in der engen Tür verkeilte. Ich biss die Zähne zusammen und rüttelte wild an meinem Gepäckstück. Leute hetzten draußen am Bahnsteig vorbei und stiegen ein – natürlich nicht durch meine Tür, denn die blockierte ich ausgesprochen erfolgreich. Wenn ich es nicht bald hinausschaffte, würde der Zug mit mir weiterfahren.

Plötzlich bemerkte ich, dass jemand direkt hinter mir stand.

Viel zu nah.

Alles schien zu verblassen – der Zug, mein Kampf mit Koffer und Tür, die Menschen am Bahnsteig. Alles, was ich wahrnahm, war dieser Fremde, der sich mir unbemerkt genähert hatte. Mein Herz begann zu rasen, so schnell, dass mir schwindlig wurde. Mein Atem ging stoßweise. Verzweifelt versuchte ich, ruhig und langsam zu atmen, so wie die Psychologin es mir gezeigt hatte, bei der ich ein paarmal wegen meiner Panikattacken gewesen war.

Ein und aus.

Ganz ruhig.

Nichts Schlimmes würde passieren.

Doch es war aussichtslos: Das Gefühl der Bedrohung war übermächtig. Die Angst rollte über mich wie eine Naturgewalt und riss jeden klaren Gedanken mit sich fort. Ich konnte mich nicht bewegen, mein Körper schien sich in brüchiges Eis verwandelt zu haben.

Obwohl alles gerade mal eine Sekunde dauerte, kam es mir wie eine Ewigkeit vor. Ich spürte die Nähe des Fremden, seinen Blick, seinen Atem.

Und dann war es plötzlich vorbei. Er schob sich ungeduldig an mir vorbei, und ich sah, dass es nur Mr Unfreundlich war. Sobald mir klar wurde, dass keine unbekannte Gefahr hinter mir lauerte, beruhigten sich meine Atemzüge. Die Angststarre fiel von mir ab. Verlegen räusperte ich mich und wischte die schweißnassen Handflächen an meiner Jeans ab, wobei ich den Koffer losließ.

Diesen kurzen Moment nutzte der Schwarzhaarige. Kommentarlos griff er danach. Er hob ihn mit einer Leichtigkeit, als wäre es eine winzige Clutch, und das obwohl er in der anderen Hand seinen merkwürdigen Minikoffer trug und sich eine große Reisetasche über die Schulter geworfen hatte. Mit meinem Gepäck in der Hand stieg er die paar Stufen hinab auf den Bahnsteig. Ich riss den Mund auf und wollte protestieren, aber er hatte nicht vor, mich zu bestehlen. Ohne zu mir zurückzuschauen, ließ er den Koffer einfach stehen und verschwand mit großen Schritten in die Nacht.

Verdattert blickte ich ihm hinterher und vergaß fast auszusteigen. Als die Türen sich zu schließen begannen und mich einzuquetschen drohten, sprang ich rasch ins Freie. Tief atmete ich die kühle Nachtluft ein. Roch es hier anders als in der Heimat, die ich hinter mir gelassen hatte? Mit geschlossenen Augen ließ ich den Duft auf mich wirken, suchte vergeblich nach den feinen Noten von heißem Sand und sonnenbeschienenem Asphalt, sog genussvoll den frischen, waldigen Geruch ein. Vor Aufregung prickelte es in meinem Bauch.

Einen Moment lang stand ich einfach nur da und konnte kaum glauben, dass ich in Maine war. Dann straffte ich die Schultern und verließ den Bahnsteig.

∞

Nachdem ich aus dem Taxi gestiegen war, stand ich einen Moment lang unschlüssig am Gehweg und schaute das Hochhaus skeptisch an. Mein neues Zuhause war ein unförmiger Klotz, der sich wie ein hässliches Tier zwischen seine noch größeren Nachbarn zu ducken schien. Die flackernde Straßenbeleuchtung täuschte nicht darüber hinweg, dass es dringend mal wieder eine Fassadenreinigung vertragen könnte. Andererseits passte es mit seiner schmutzigen grauen Farbe perfekt in seine Umgebung – wäre es schön und sauber gewesen, hätte es herausgeragt wie ein Schloss aus einer Müllhalde.

Zauberhaft.

Maine hatte mit Sicherheit wunderschöne Ecken, aber diese hier gehörte eindeutig nicht dazu. Ein paarmal schaute ich auf mein Smartphone und verglich die Adresse darauf mit jener am Straßenschild, in der leisen Hoffnung, ich hätte mich geirrt. Doch es bestand kein Zweifel: Hier war ich richtig.

Ich schüttelte den Kopf über mich selbst. Was hatte ich denn erwartet? Sicherlich keine Luxusvilla mit Pool und Springbrunnen. Obwohl ich während der Highschool gejobbt und einiges gespart hatte, konnte ich mir nicht mehr leisten als das hier: ein Zimmer zur Untermiete im vermutlich schäbigsten Viertel der Stadt.

Aber das spielte keine Rolle. Es war nahe am Campus, und das war momentan das Wichtigste. Es war nur so … anders, als ich es gewohnt war. Meine Eltern waren zwar nicht übermäßig reich, aber sie hatten ein hübsches Haus mit Garten in einer netten Wohngegend: weißer Gartenzaun, gemähter Rasen, aalglatte Fassade.

Ich streckte den Rücken durch und atmete tief ein und aus. Lieber ließe ich mich von Ratten fressen, als noch einen Tag in meinem ach so gepflegten Elternhaus zu verbringen. Entschlossen drückte ich die Klingel.

Wenige Minuten später und acht Stockwerke höher schaute Ms Andrews mir so säuerlich entgegen, als sei ich eine Staubsaugervertreterin und nicht ihre neue Untermieterin. Sie trug einen karierten Pyjama und darüber einen fadenscheinigen Morgenmantel aus grauem Flanell, dessen Gürtel sie nun enger um ihre Taille schnürte, während sie mich schweigend anschaute.

»Guten Abend, ich bin Violet Darcy«, stellte ich mich vor und versuchte mir nicht anhören zu lassen, wie eingeschüchtert ich war. Als sie schwieg, fügte ich unsicher hinzu: »Wir haben … telefoniert?« Mein Satz verkam zu einer nervösen

Frage. Sie blickte mich so unverwandt an, dass ich mich fragte, ob nicht doch eine Verwechslung vorlag und ich an der falschen Adresse war.

»Kommen Sie herein«, sagte sie endlich und trat einen Schritt beiseite.

Die Wohnung war in etwa so, wie ich sie mir vorgestellt hatte: karg und spartanisch eingerichtet. Ein muffiger Geruch hing in der Luft. Eine unsäglich scheußliche Lilientapete bedeckte die Wände. Man konnte fast von Glück reden, dass sie so verblasst war, dass man das Muster kaum mehr erkennen konnte.

Die Dielen knarrten unter meinen Schritten, als ich Ms Andrews durch die Räume folgte. Viel gab es nicht zu sehen: ein Wohnzimmer, in dem ein kleiner Röhrenfernseher vor einem blumengemusterten Sofa stand. Alle Möbel sahen so aus, als seien sie zu Zeiten meiner Uroma schon alt gewesen.

Die Küche war so eng, dass man sich darin kaum umdrehen konnte. Trotzdem fragte ich hoffnungsvoll: »Die darf ich zum Backen nutzen, nicht wahr?« So hatten wir es telefonisch vereinbart.

Ihr Gesichtsausdruck wurde noch verkniffener, und ich begann ernsthaft darüber nachzudenken, ob sie die ganze Zeit auf einer Zitronenscheibe herumkaute.

»Ja«, sagte sie nur knapp und zeigte mir dann mein Zimmer.

Ich dankte ihr, als sie mir den Schlüssel gab. Ihre schmalen Lippen verzogen sich zu etwas, das wohl ein Lächeln sein sollte und ebenso schnell erlosch, wie es aufgetaucht war.

»Mein Zimmer ist tabu. Die Tür da drüben. Ich bin oft weg, bei meiner Schwester und ihrer Familie. Aber wenn ich hier bin, will ich, dass alles sauber und ordentlich ist.« Ich war mir sicher, für sie war das eine ziemlich lange Rede.

»Okay. Danke«, murmelte ich noch einmal. »Ach ja, ich muss den Mietvertrag noch unterschreiben.«

Sie schenkte mir ein weiteres dünnes Lächeln. »Ich schlage vor, du bleibst erst mal ein paar Wochen zur Probe hier. Wenn du dich als zuverlässig erweist, nehmen wir uns die Formalitäten vor.«

Ich zuckte mit den Schultern. Wenn es ihr so lieber war, wollte ich mich nicht querstellen. Ich hatte nicht vor, ihr einen Anlass zur Beschwerde zu geben. Wir würden schon irgendwie miteinander klarkommen. Also nickte ich zustimmend und war froh, als ich in meinem Zimmer verschwinden und die Tür hinter mir schließen konnte.

So. Hier war ich also. In einem Raum, der nach Mottenkugeln roch und in dem eine gruselige Porzellanpuppe auf der kitschigen Kommode saß.

Und das war verdammt nochmal großartig. Es war *mein* Mottenkugelzimmer, das ich selbst gemietet hatte, von meinem eigenen Geld. Ich war weit weg von zu Hause. Ganz egal, wie die Wohnung aussah: Das hier war ein Neuanfang, und das war genau das, was ich wollte. Ich ließ mich aufs schmale Bett fallen, schaute hoch zu den Wasserflecken an der Zimmerdecke und lächelte versonnen. Das war mein Zuhause. Vorerst zumindest.

Ich sprang wieder auf, packte die Puppe mit spitzen Fingern und versenkte sie in einer Kommodenschublade. Dann widmete ich mich meinem Koffer. Die Kleidung hatte ich schnell ausgepackt, ich hatte nur das Nötigste dabei. Sah so aus, als stünde eine ausgedehnte Shoppingtour an. Dafür musste ich zwar an meine Ersparnisse, aber mehr hatte einfach nicht in den Koffer gepasst. Natürlich könnte ich meine Eltern anrufen und bitten, mir mehr Sachen hinterherzuschicken, aber das kam gar nicht infrage. Wenn hier jemand jemanden um etwas bat, dann sie mich – und zwar um Verzeihung.

Ich schüttelte den Gedanken ab, er vermieste mir nur meinen ersten Tag in Freiheit. Stattdessen wandte ich mich wieder meinem Koffer zu. Als Nächstes war mein Backzubehör an der Reihe. Behutsam holte ich Tortenformen, Keksausstecher, Glitzerstreusel und meine heißgeliebte mintfarbene Küchenmaschine aus den Tiefen des Koffers und stellte sie auf die Kommode. Sofort fühlte ich mich etwas heimischer.

Ein paar Bücher und mein Laptop wanderten auf den kleinen Schreibtisch in der Ecke.

Nun war nur noch eine Sache im Koffer: eine Schachtel, die ich anstarrte, als seien Giftschlangen darin. Doch der wahre Inhalt war für mich noch viel schlimmer, und ich hätte ihn mit Freuden gegen eine Kobra oder Klapperschlange eingetauscht.

Nervös überlegte ich einen Moment, dann packte ich den Karton und schob ihn schnell unter das Bett.

Ich schnappte nach Luft, als sei ich einen Marathon gelaufen. Erschöpft legte ich mich wieder aufs Bett. Die Schachtel anzusehen und anzufassen, hatte mich so angestrengt, als hätte ich einen Felsbrocken geschleppt.

Mein Handy piepste, aber ich machte mir nicht die Mühe, danach zu greifen. Jackson konnte es nicht sein; ich wusste, dass er auf einer Familienfeier war. Blieben nur meine Eltern, und ich hatte jetzt keine Kraft, mich mit ihnen auseinanderzusetzen.

Ich verschränkte die Arme im Nacken und ging in Gedanken alle Informationen durch, die ich übers College hatte. Nur noch zwei Tage, dann ging es los. Ich wusste nicht, ob ich mich freute oder Angst hatte – ein bisschen von beidem vermutlich. Ich versuchte es als Abenteuer zu betrachten und nicht bloß als Flucht.

Kapitel 2

Man könnte meinen, es sei einfach, aus dem Auto zu steigen und auf der Suche nach dem richtigen Gebäude über den Campus zu laufen. Aber mal ehrlich: Wer so etwas sagt, hat seinen ersten Tag am College entweder verdrängt oder niemals erlebt. Ich fand es jedenfalls so beängstigend, dass ich seit einer geschlagenen Viertelstunde auf dem College-Parkplatz in meinem neuen Auto saß und das Lenkrad umklammerte.

Den klapprigen Ford hatte ich gestern bei einem Gebrauchtwagenhändler gekauft. Es war das günstigste Auto, das er gehabt hatte, und ich konnte nur hoffen, dass es nicht eines Tages während der Fahrt in seine rostigen Einzelteile zerbröseln würde.

Heute Morgen war ich extra früh losgefahren, um pünktlich zum ersten Seminar hier zu sein. Aber wenn ich noch länger hier saß und nervös mit den Fingernägeln am Lenkrad herumtrommelte, kam ich dennoch zu spät.

Ich atmete noch einmal tief durch, dann schwang ich die Beine aus dem Auto. Meine Umhängetasche umklammerte ich wie einen Schild, während ich mit gesenktem Kopf, als kämpfte ich gegen einen Sturm an, losstapfte.

Zum Glück hatte ich mir den Gebäudeplan bereits im Netz angesehen und sogar ausgedruckt – andernfalls wäre ich auf dem weitläufigen Campus wahrscheinlich aufgeschmissen gewesen. Aber so verlief ich mich für meine Verhältnisse ziemlich selten und erreichte bald mein Ziel. Ich schaute an der Backsteinfassade des schönen alten Gebäudes hoch. Da drin begann also gleich der Ernst des Lebens – zumindest, wenn ich mich irgendwann dazu überwinden konnte, hineinzugehen. Ich nahm meinen Mut zusammen, stieß die Tür auf und trat ein.

Das Geschichtsseminar, das ich als Wahlfach ausgesucht hatte, fand im zweiten Stock statt. Ich hastete durch die Gänge auf der Suche nach einer Treppe. Die Sohlen meiner Vans quietschten über den Linoleumboden.

Plötzlich schwang direkt neben mir eine Tür auf, und eine Gruppe von Studenten strömte heraus. Eine *große* Gruppe. Ehe ich michs versah, befand ich mich mitten unter Menschen. Sie waren überall um mich herum, fröhlich plappernd und lachend.

Das war genau das, was ich befürchtet hatte. Der Hauptgrund, warum ich im Auto verharrt und mich nicht ins Gebäude getraut hatte.

Augenblicklich brach mir kalter Angstschweiß aus. Ich schnappte nach Luft und bekam doch keinen Sauerstoff in meine Lunge. Die Leute waren überall um mich herum. Ich war zwischen breiten Schultern eingekeilt, irgendjemand streifte meinen Rücken. Ich machte mich ganz steif und zog die Schultern hoch.

Unruhig peitschte mein Blick hin und her. Sobald ich eine Lücke entdeckte, drängte ich mich hemmungslos hindurch – bloß raus aus der Gruppe! Die Tasche umklammerte ich vor meiner Brust, so fest, dass meine Fingerknöchel weiß hervortraten.

»Hey, Rambo«, rief jemand lachend. Dann hatte ich es

geschafft, ich konnte wieder frei atmen. Zitternd lehnte ich mich an die kühle Wand und schaute der Menschenmenge hinterher, die bei genauerer Betrachtung nur aus etwa dreißig Leuten bestand und gerade das Gebäude verließ. Ich zwang mich, ruhig ein- und auszuatmen und mir darüber klarzuwerden, was gerade geschehen war. Ein Kurs war zu Ende gegangen, und die Studenten hatten ihren Hörsaal verlassen, alle auf einmal. Niemand wollte mir etwas tun, alle waren bloß unterwegs nach draußen. Ich war weit weg von zu Hause, nichts konnte mir passieren. Ganz langsam beruhigte sich mein Puls wieder.

Ich durfte nicht jedes Mal so in Panik geraten, wenn mir Leute zu nahe kamen. Solche Situationen ließen sich einfach nicht vermeiden, wenn man studierte und sich nicht den ganzen Tag in seinem Zimmer einschloss. Ich musste das unter Kontrolle bekommen. Aber dass ich das wusste, machte es kein Stück einfacher.

Nachdem die Gruppe das Gebäude verlassen hatte, war es mit einem Mal so still, dass man eine Stecknadel fallen hören könnte.

So still, dass ich das leise Ticken meiner Armbanduhr hörte, das mich daran erinnerte, warum ich hier war.

Verdammt. Mein Seminar. Ich schaute auf die Uhr: noch ziemlich genau eine Minute, bis mein Kurs losging.

Ich stieß einen unterdrückten Fluch aus und rannte los.

Schnaufend hetzte ich die Treppe hinauf und den Gang entlang. Vielleicht hätte ich es noch pünktlich geschafft, ziemlich sicher sogar. Doch plötzlich kam etwas um die Ecke gerast, ein kleiner Blitz mit rotem Haar. Wir knallten so heftig gegeneinander, dass mir die Wucht des Aufpralls den Atem raubte. Es ging so schnell, dass mich die plötzliche Nähe gar nicht in Panik versetzen konnte. Eine Wolke aus kupferfarbenem Haar peitschte in mein Gesicht, und gemeinsam gingen wir zu Boden.

»Was zur … wow! Du hast ein ganz schönes Tempo drauf, weißt du das?«, stieß mein Gegenüber hervor. Für so ein zierliches Mädchen hatte sie eine ziemlich laute Stimme.

»Das sagt genau die Richtige«, gab ich zurück und japste nach Luft. »Mein Gott, bist du The Flash oder so was?«

Sie grinste mich an. »Oder so was, denke ich.« Dann weiteten sich ihre bernsteinfarbenen Augen. »Ach, verdammt. Sieh dir nur an, was für ein Massaker ich angerichtet habe. Ich bin wohl doch eher Hulk als The Flash.«

Ihre riesige Tasche, die bestimmt schwerer war als sie selbst, war aufgesprungen und hatte ihren Inhalt über den Boden verteilt. Unzählige Blei- und Buntstifte, Aquarellfarben, Pinsel und Copic-Marker lagen um uns herum. Eilig begann sie, sie einzusammeln und willkürlich in die Tasche zu stopfen. Insgeheim wunderte ich mich, ob sie dafür nicht irgendein Ordnungssystem hatte, kniete mich dann aber neben sie und half ihr.

»Bist du Malerin oder so was?«, fragte ich.

»Oder so was«, sagte sie wieder und lachte. Sie verstaute die letzten Stifte in der Tasche, rappelte sich auf und klopfte den Staub aus ihrem schwarzen Trägerkleid. »Wohin wolltest du eigentlich so eilig?«

Ach, Mist. Ich verzog das Gesicht. Das war es wohl mit der pünktlichen Ankunft. »Geschichtsseminar.«

»Ich auch.« Sie griff nach dem Eulenanhänger ihrer Halskette und bohrte ihren Fingernagel in seine Seite. Als das Medaillon aufschnappte, sah ich, dass eine Uhr darin war. »Oh.« Ihr Tonfall verriet, dass wir nicht gut in der Zeit lagen.

Wir warfen uns noch einen Blick zu, dann rannten wir los. Und während wir Seite an Seite auf die geschlossene Tür zu sprinteten, als wäre der Teufel hinter uns her, hatte ich plötzlich das Gefühl, ich hätte hier schon eine Gleichgesinnte gefunden. Wer hätte das gedacht? Ich bestimmt nicht.

Wir kamen ein paar Minuten zu spät in den Hörsaal. The Flash schien das nichts auszumachen, unbefangen stolzierte sie in den Raum und sah sich nach einem Sitzplatz um. Obwohl sie mindestens einen halben Kopf kleiner war als ich, wirkte sie durch ihre selbstbewusste Haltung größer. Ich murmelte eine Entschuldigung und schlich hinterher. Der Dozent musterte uns mit hochgezogener Augenbraue, kommentierte unser Zuspätkommen aber nicht.

Ganz hinten waren noch zwei Plätze nebeneinander frei, die wir ansteuerten. So leise wie möglich setzte ich mich und stellte meine Tasche ab.

»Ich bin übrigens Chloe.« Sie gab sich keine Mühe, leise zu sprechen.

»Pst, sonst wird das für uns ein sehr kurzer Aufenthalt in diesem Kurs«, zischte ich und musste ein Kichern unterdrücken. »Ich bin Violet.«

Der Dozent verteilte Literaturlisten und ging die Inhalte des Seminars durch. Die ganze Zeit über betrachtete ich ihn fasziniert. Er entsprach so überhaupt nicht meiner Vorstellung von einem Geschichtsprofessor.

»Witzig, was für Klischees man so im Kopf hat, oder?«, merkte Chloe in dem Moment fasziniert an und deutete auf

Professor Moore. Wenn ich an Gott geglaubt hätte, hätte ich ihm jetzt dafür gedankt, dass sie endlich leiser sprach.

»Ich vermisse irgendwie das schüttere Haar, die Hornbrille und das schlechtsitzende karierte Sakko«, stimmte ich zu und wunderte mich über die Schubladen in meinem Kopf.

»Und die Lederpatches an den Ellenbogen!«

»Und den verrückt gemusterten Schal.«

Kichernd betrachteten wir den jungen Anzugträger mit Gelfrisur, der gerade auf die unermessliche Wichtigkeit seiner Literaturliste hinwies.

Jetzt erst fiel mir auf, dass Chloe begonnen hatte, auf ihrer Literaturliste herumzukritzeln. Ich verrenkte mir den Hals, um hinter ihren Berg aus Büchern und Notizblöcken zu spähen.

»Wow, du bist echt gut«, stellte ich anerkennend fest.

»Ja«, sagte sie ohne jede Bescheidenheit und lächelte.

Aus ein paar Buntstiftstrichen war ein Bild entstanden: Eine weibliche Ausgabe von The Flash und ein Mädchen mit violettem Haar und Veilchen als Haarschmuck rannten mit den Köpfen gegeneinander. Obwohl der Stil comichaft war, erkannte ich eindeutig unsere Gesichtszüge wieder.

»An Selbstbewusstsein mangelt es dir nicht, was?«, sprach ich das Offensichtliche aus.

»Süße, es gibt nur zwei Dinge, die dich im Leben weiterbringen: Ignoranz und Selbstvertrauen«, verkündete sie fröhlich und zitierte damit ziemlich frei Mark Twain.

Ein erboster Blick des Professors traf uns, und während der restlichen Stunde lauschten wir andächtig seinen ausschweifenden Ausführungen über die Geschichte Amerikas.

∞

»Oh Gott, wenn er noch zehn Minuten länger geredet hätte, wäre ich einfach eingeschlafen und hätte auf den Tisch gesabbert«, stöhnte Chloe, als wir hinausgingen. »Selten so eine monotone, einschläfernde Stimme gehört.«

Ich blinzelte ins helle Sonnenlicht. »Ach was, so schlimm war es gar nicht«, versuchte ich es mit Optimismus. »Was er da über den Unabhängigkeitskrieg gesagt hat, war sogar ziemlich interessant.«

»Als die Briten Boston räumten …«, ahmte sie sein Näseln gekonnt nach und verdrehte die Augen.

Ich musste lachen. »Okay, okay, es war schlimm. Zufrieden?«

»Ziemlich. So, und was jetzt? Ich habe eine Stunde Pause.«

»Ebenso. Und mein Koffeinpegel ist bedrohlich niedrig.«

»Da haben wir was gemeinsam. Die Cafeteria ist gleich um die Ecke.«

Gemeinsam schlenderten wir über den Campus. Nun da ich es nicht mehr so eilig hatte, bemerkte ich, wie hübsch es hier war. Gepflegte Grünanlagen umgaben die alten Gebäude. Die Sonne brannte vom Himmel, und es war windstill, aber die großen alten Bäume auf den Wiesen und entlang der Wege spendeten angenehmen Schatten. Als wir durch eine Kiefernallee spazierten, sog ich genussvoll den Duft der Bäume ein.

Überall standen oder saßen Grüppchen von Studenten, warteten auf ihre nächsten Kurse und genossen den schönen Tag. Während ich mir die Sonne aufs Gesicht scheinen ließ, glaubte ich fest daran, dass hier alles besser werden würde.

In der Cafeteria holte ich mir einen eisgekühlten Latte Macchiato mit viel Haselnusssirup. Chloe, die mein Gebräu skeptisch musterte, bestellte einen doppelten Espresso, und mit unseren beiden Pappbechern suchten wir uns draußen eine Bank.

»Lass uns mal unsere Stundenpläne vergleichen«, schlug ich vor. Bereitwillig zog sie ihren Plan aus der Tasche, der über und über bemalt war, sodass man die Schrift kaum entziffern konnte. Hier waren es keine Comicfiguren, die Chloe gezeichnet hatte, sondern interessante geometrische Muster in zarten Pastellfarben, an denen ich immer mehr Details entdeckte, je länger ich hinsah.

Wir stellten fest, dass wir fast alle Kurse und Seminare gemeinsam hatten. Ich war froh, dass ich nicht ganz allein war. In den letzten Jahren war ich zwar zu einer Einzelgängerin geworden, aber zu Hause hatte ich zumindest meinen besten Freund Jackson gehabt. Ohne ihn fühlte ich mich schutzlos und unsicher. Wenn ich jemanden an meiner Seite hatte, fühlte ich mich Menschenmassen nicht so hilflos ausgesetzt, als wenn ich auf mich allein gestellt war. Jackson war mein Schutzschild gewesen. Plötzlich vermisste ich ihn so sehr, dass sich ein Kloß in meiner Kehle bildete.

»Wohnst du eigentlich auch in einem der Wohnheime am Campus?« Chloe riss mich aus meinen Gedanken.

Ich schauderte bei der bloßen Vorstellung und schüttelte heftig den Kopf. »Das ist nichts für mich. Ich wohne in der Stadt, aber ganz in der Nähe. Fünf oder höchstens zehn Minuten mit dem Auto. Die Wohnung gehört einer alten Dame … Seit ihr Sohn ausgezogen ist, hat sie ein freies Zimmer, das sie vermietet. Sie ist ein bisschen gruselig, aber ganz okay, denke ich.«

Überrascht riss Chloe die Augen auf. Mit der Antwort

hatte sie nicht gerechnet, es war wohl eine rein rhetorische Frage gewesen. »Nicht im Wohnheim? Aber warum denn nicht?«, fragte sie ungläubig. »Das ist doch der halbe Spaß.«

Ich betrachtete meinen erdbeerroten Nagellack, als sei irgendetwas daran unglaublich interessant. »Für mich ist das nichts«, sagte ich und verzog den Mund. »Mit so vielen anderen Menschen zusammengepfercht sein … ich habe lieber ein bisschen Privatsphäre. Ein Zimmer für mich allein.«

»Und eine gruselige alte Oma nebenan«, kommentierte sie trocken.

»Vielleicht war sie vorgestern nur etwas … Au! Chloe, was zur … Au!«

Hektisch rammte sie mir ihren spitzen Ellenbogen immer wieder in die Rippen. »Pst, verhalte dich ganz natürlich!«, zischte sie aufgeregt. »Tu so, als würden wir miteinander reden. Und egal, was du tust, schau bloß nicht hin!«

»Ähm, Chloe? Ich hab mich natürlich verhalten, bis du begonnen hast, total auszuflippen!«, schnaufte ich. »Dein nervöses Gezappel gewinnt jedenfalls keinen Unauffälligkeitspreis.« Neugierig reckte ich den Hals und versuchte festzustellen, was sie gerade so aus dem Konzept gebracht hatte.

Sie packte einfach mein Gesicht und drehte es in ihre Richtung. »Nicht hinschauen!« Ihre Stimme überschlug sich fast. »So, jetzt ganz unauffällig aus den Augenwinkeln. Er geht gerade vorbei. Blau-weiß gestreiftes Shirt, braune Haare, breite Schultern. Verdammt süßes Lächeln.«

Ich sah gleich, wen sie meinte. Ein paar Jungs gingen vorbei, und einer von ihnen stach eindeutig heraus. ›Breite Schultern‹ war enorm untertrieben, er sah aus wie ein Athlet und bewegte sich mit der selbstbewussten Lässigkeit eines solchen. Die Ärmel seines Shirts spannten sich über die ausgeprägten Oberarmmuskeln. Als er lächelte, blitzten seine weißen Zähne auf.

»So, du stehst also auf Sportler?«, stellte ich fest.

»Kein bisschen.« Sie seufzte. »Aber Scott Martin bringt meine Grundsätze ins Wanken.«

»Na, dann geh doch zu ihm und sprich ihn an«, schlug ich vor.

Sie starrte mich an, als hätte ich sie aufgefordert, eine frittierte Vogelspinne zu essen. »Bist du wahnsinnig?«

Ich runzelte die Stirn. »Du bist schüchtern? Ernsthaft? Was ist aus Ignoranz und Selbstvertrauen geworden?«

»Gerade für bessere Zeiten auf die hohe Kante gelegt«, murmelte sie in ihren Kaffeebecher.

Scott und seine Gruppe waren um die nächste Ecke verschwunden, und Chloe entspannte sich wieder. Sie legte sich die Haare nach vorne über die Schulter. Die kupferfarbenen Wellen fielen ihr bis zur Hüfte und glänzten so schön, dass man neidisch werden könnte. Gedankenverloren begann sie sie zu einem Fischgrätenzopf einzuflechten.

»Ach, ich weiß auch nicht«, sagte sie. »Dieser Kerl bringt mich ganz durcheinander. Eigentlich ist er nichts für mich, das weiß ich. Er ist eben so ein … na ja, ein Sportler eben. Hinter diesen Typen sind doch alle Mädchen her. Ausgerechnet Rugby! Da geht's doch nur um rohe Gewalt.« Es klang nach einer Ausrede, die sie sich gerade mühsam zurechtgelegt hatte.

»Du willst ihn nicht ansprechen, weil dir seine Sportart nicht gefällt? Ernsthaft?«

Sie sank in sich zusammen. »Entweder das, oder weil ich ein Feigling bin«, sagte sie kläglich.

»Woher kennst du ihn eigentlich?« Irgendwie war ich davon ausgegangen, sie sei hier ebenso neu wie ich.

»Ach, ich kenne hier schon einige Leute.« Sie wedelte unbestimmt mit der Hand. »Ein paar Studienanfänger haben sich über Facebook zusammengerottet und sich vor ein paar Tagen schon mal getroffen. Ich dachte, es wäre ganz nett, schon eine Handvoll anderer Studenten zu kennen, wenn ich hierherkomme. Hey, heute ist eine Party in einem der Verbindungshäuser. Komm doch auch!«

Der Gedanke war so abwegig, dass ich losprustete. Chloe schaute mich seltsam an.

»Danke, aber nein. Partys sind so gar nicht mein Ding. Also, überhaupt nicht. Kein bisschen.« Ich schüttelte mich, als mir ein Schauer über den Rücken lief.

»Okay, okay, ich hab's geschnallt. Partys sind dein persönlicher Erzfeind.«

»Oh ja, Partys und ich, wir hassen uns bis in den Tod.« Ich trank einen großen Schluck von meinem zuckersüßen Latte Macchiato, der eiskalt meine Kehle hinabrann, und hoffte, dass ich zu dem Thema nichts mehr sagen musste. Ich sah Chloe an, dass sie noch etwas fragen wollte, aber bevor sie dazu kam, erstarrte ich plötzlich zur Salzsäule.

Er war da, keine zehn Meter entfernt.

Der Typ aus dem Zug, mit den dreizehn Sommersprossen, die ich von hier aus nicht erkennen konnte, und den grünen Katzenaugen, die dagegen wohl auch aus hundert Metern Entfernung auffallen würden.

Nun war plötzlich ich es, die Chloe den Ellenbogen in die

Seite rammte. »Verdammt, verdammt, schau bloß nicht hin«, quietschte ich panisch.

Aufgeregt hüpfte sie auf und ab wie ein hyperaktiver Gummiball und scannte die Umgebung mit ihrem Blick ab. »Wer, wie, was, wo? Welcher ist es?«

Schnell schüttelte ich den Kopf. »Es ist nicht so, wie du denkst.«

Sie grinste. »Wenn Leute das sagen, ist es meist exakt so, wie man denkt.«

Ich verdrehte die Augen. »Okay, aber sieh unauffällig hin. Es ist der Kerl da drüben. Schwarze Jeans, schwarzes Shirt, schwarze Haare. Schwarze Seele, darauf würde ich wetten. Er war mit mir im Zug, als ich angekommen bin, und ich bin froh, dass ich diese Fahrt überlebt habe. Glaub mir, der war alles andere als freundlich. Genau genommen ist er unfreundlich, unhöflich und absolut unmöglich.«

Sie starrte ihn unverhohlen an, und ich unterdrückte ein resigniertes Seufzen. Das war ja klar. Blieb nur zu hoffen, dass er diesmal nicht so wütend reagieren würde wie im Zug.

»Auch nicht gerade unsexy«, kommentierte sie schließlich, »auf düstere Weise. So, du stehst also eher auf den Gothic-Vampirgrafen-Look?«

»Was? Nein!« Ich schnappte nach Luft. »Hast du mir nicht zugehört? Er ist fies. Er hat mich angeschnauzt und mich angeschaut, als wollte er mich auffressen. Ich wusste nicht, dass er auch hier studiert, und ich habe definitiv nicht vor, ihm noch mal über den Weg zu laufen.«

Chloe zog vielsagend die Augenbrauen hoch. »Als wollte er dich auffressen? Ich wette, von dem würde sich so manches Mädchen gerne … auffressen lassen.«

Ich widerstand einem verzweifelten Facepalm-Impuls. »Dann bitte du ihn doch um ein Date, und nimm doch gleich Messer und Gabel mit. Ich würde ihm zutrauen, dass er das mit dem Auffressen wörtlich nimmt.«

Natürlich hatte Chloe recht, er sah gut aus. Unfassbar gut sogar – das war mir ja bei unserer ersten unerfreulichen Begegnung schon aufgefallen.

Aber ich hatte kein Interesse an Dates und Beziehungen, und wenn ich welches hätte, dann wäre er ganz sicher meine letzte Wahl. Attraktivität hin oder her, er schüchterte mich einfach nur ein, seit er mich so grob angefahren hatte. Daran änderte auch die nette Geste nichts, als er mir mit dem Koffer geholfen hatte. Vermutlich war er einfach nur genervt davon gewesen, dass ich so lange die Tür blockiert hatte.

Aber obwohl ich ihm nicht über den Weg laufen wollte, konnte ich nicht anders, als ihn anzusehen. Er stach aus der Menge heraus, und das lag nicht nur an seinen ausdrucksstarken Gesichtszügen oder dem schlanken, durchtrainierten Körper. Vielleicht waren es die geschmeidigen Bewegungen, die mich plötzlich vage an die einer Raubkatze erinnerten? Oder diese leuchtenden Katzenaugen?

Gott, was waren das nur für bescheuerte Gedanken?

Ich betrachtete ihn verstohlen, und als fühlte er meinen Blick, sah er mich plötzlich direkt an. Vor Schreck verschluckte ich mich an meinem Kaffee und hustete keuchend. Fürsorglich klopfte Chloe mir auf den Rücken.

Als ich wieder atmen konnte und nicht mehr das Gefühl hatte, an massenhaft Sirup zu ersticken, hatte er den Blick schon wieder abgewandt. Es sah nicht so aus, als hätte er mich wiedererkannt. Umso besser.

»Dafür, dass du ihn nicht magst, bist du gerade aber ganz schön ausgerastet«, merkte Chloe listig an.

Ich verdrehte die Augen. »Ich bin ausgerastet? Und was war dann das, was du getan hast, als Scott Muskelmann vorbeigegangen ist?«

Sie kicherte. »Ich leugne es zumindest nicht.«

Da saßen wir, beide alt genug fürs College, und plapperten über Jungs wie zwei Highschoolmädchen. Ich hatte ganz vergessen, wie viel Spaß das machte, auch wenn es albern war. In den letzten Jahren hatte ich mich so sehr zurückgezogen, dass ich schließlich gar keine Freunde mehr gehabt hatte. Bis auf Jackson natürlich, aber der war nicht gerade der ideale Ansprechpartner, was solchen Mädchenkram betraf.

»Was das wohl für ein seltsamer schwarzer Minikoffer war, den er bei sich hatte?«, grübelte Chloe. »Irgendwas Faszinierendes, Romantisches mit Sicherheit. Vielleicht unzählige Liebesbriefe von seiner verstorbenen ersten Liebe.«

»Oder ihr abgetrennter Kopf«, schlug ich hilfsbereit vor.

Chloe sah mich strafend an. Dann öffnete sie ihr Medaillon und warf einen Blick auf die Uhr. »Ich würde ja liebend gern weiter mit dir über deinen hinreißenden Pseudo-Vampir philosophieren, aber wenn wir nicht bald losgehen, kommen wir schon wieder zu spät.« Sie packte ihre Riesentasche und rannte los.

Ich schüttelte die leichte Benommenheit ab, die der Blick seiner faszinierenden Augen in mir ausgelöst hatte, und lief ihr hinterher.

∞

Als ich in die Wohnung zurückkam, war Ms Andrews nicht da. Trotzdem schlich ich unwillkürlich auf Zehenspitzen durch die Räume und hatte das unangenehme Gefühl, mich verbotenerweise in einem fremden Zuhause aufzuhalten. Im Wohnzimmer hielt mich nichts – weder der winzige Röhrenfernseher noch das abgenutzte Sofa wirkten reizvoll. Also ging ich direkt in mein Zimmer, wo ich es mir mit der Portion Bami Goreng, die ich unterwegs geholt hatte, auf dem Bett gemütlich machte. Noch während ich mir die erste Gabel in den Mund schob, griff ich nach meinem Handy. Drei verpasste Anrufe: einer von meinen Eltern, zwei von Jackson. Keine Frage, wen ich zurückrufen würde und wen nicht.

Jackson meldete sich sofort. »Violet! Na endlich.« Er klang erleichtert. »Ich habe mir schon Sorgen gemacht.«

»Sorry, das wollte ich nicht«, nuschelte ich zwischen zwei Bissen. »Es war ein langer Tag, bin gerade erst nach Hause gekommen.«

Er stieß die Luft zwischen den Zähnen aus, das hörte ich selbst durch den Hörer. »Macht ja nichts. Dann erzähl mal, du frisch gebackenes Collegegirl. Explodiert dein Kopf schon vor lauter Wissen?«

»Oh ja, mein Kopf explodiert. Aber daran sind eher die ganzen neuen Eindrücke schuld.«

»Okay, dann ganz spontan, ohne nachzudenken: Was ist das Erste, was dir einfällt?«

Das machten wir immer so: Wenn wir einander etwas erzählten, begannen wir mit dem ersten Gedanken, der uns durch den Kopf schoss.

»Ich bin einem Vampir begegnet«, sagte ich wie aus der Pistole geschossen.

»Was zur …?«

»Zumindest hat Chloe ihn so bezeichnet. So ein Kerl, dem ich im Zug begegnet bin und den ich am Campus gesehen habe. Er war … na ja, er hat etwas Düsteres an sich, deswegen nennt Chloe ihn so. Dunkle Kleidung, dunkle Haare und eine ebenso dunkle Ausstrahlung.«

»Miss Violet Darcy«, sagte er in seinem besten britischen Fake-Akzent. »Muss ich dich daran erinnern, dass du in der Ferne verweilst, um zu studieren? Nicht, um dich mit Männern herumzutreiben.« Obwohl ich ihn durch das Handy nicht sehen konnte, wusste ich ganz genau, wie er gerade aussah: Die Stirn war gerunzelt, die blonden Augenbrauen streng zusammengezogen, doch in den grauen Augen lag ein amüsiertes Funkeln.

Ich lachte. »Da besteht keine Gefahr.«

»Das hat schon so manches naive Mädchen gesagt, bevor es sein Studium für einen Jungen vernachlässigt hat.« Ich wusste, dass er schmunzelte. »Und wer ist überhaupt Chloe?«

Ich kuschelte mich tiefer in die Kissen und erzählte ihm von Chloe, meinem Zimmer, dem neuen Auto und den Seminaren. Er stellte viele Fragen, wollte alles genau wissen, aber ich hörte ihm an, dass er dabei immer stiller und trauriger wurde.

»Was ist denn los?«, fragte ich schließlich besorgt.

»Nichts, was soll los sein?«

»Du konntest mir schon im Kindergarten nichts vormachen«, erinnerte ich ihn. »Also, versuch's gar nicht erst.«

Er schwieg kurz. »Ich will nicht, dass du denkst, ich würde dir das alles nicht gönnen.«

»Denke ich nicht, versprochen. Also raus mit der Sprache.«

Er atmete tief ein und aus, bevor er endlich auspackte. »Du bist so weit weg, erlebst so viel. Bis vor Kurzem haben wir alles zusammen gemacht. Wir waren unzertrennlich! Jetzt bist du allein umgezogen, hast dir allein ein Auto gekauft, lernst neue Leute kennen … Irgendwie dachte ich immer, wenn es so weit ist, würde ich dich dabei unterstützen, ein Auto und eine Wohnung auszusuchen. Dir helfen, Umzugskartons zu schleppen, und den ganzen Kram eben. Ich dachte, wir würden auch in Zukunft alles gemeinsam angehen. War wohl ziemlich naiv, was?« Wieder ein tiefes Durchatmen. »Okay, vergiss, was ich gesagt habe. Sorry, das war Quatsch. Ich vermisse dich einfach.«

Ich schloss die Augen und presste das Handy fester an mein Ohr. Am liebsten wollte ich mich zu ihm beamen.

»Du fehlst mir auch«, sagte ich leise. »Es ist so ungewohnt, alles ohne dich zu machen.« Zu Hause hatten wir uns fast jeden Tag gesehen.

Er seufzte. »Ich verstehe einfach nicht, warum du so weit wegziehen musstest. Hier ist doch ganz in der Nähe ein gutes College. Wir könnten uns jedes Wochenende sehen, sogar manchmal unter der Woche nach meiner Arbeit und deinen Seminaren. Wozu der ganze Aufwand?«

Ich biss mir auf die Unterlippe und zählte innerlich bis zehn, um ruhig zu bleiben. Er verstand es ebenso wenig wie meine Eltern. Dabei hatte ich mir anfangs noch so große Mühe gegeben, ihm klarzumachen, wie viel Angst ich hatte. Im Gegensatz zu meinen Eltern hatte er zumindest versucht, auf mich einzugehen, aber wirklich kapiert hatte er es auch nicht. Deshalb hatte ich aufgehört, ihm davon zu erzählen.

»Ich brauchte einfach einen Tapetenwechsel«, sagte ich nur.

»Wenn du meinst«, erwiderte er skeptisch.

Bevor er noch weiter darauf herumreiten konnte, wechselte ich das Thema. »Und was gibt es bei dir?«

Er lachte kurz und freudlos auf. »Na, was schon. Ich habe den ganzen Tag in Dads Werkstatt gearbeitet. So wie gestern auch, und vorgestern, und an so ziemlich jedem Tag in den letzten Jahren. Und wie ich es in zehn Jahren immer noch tun werde.«

»Es gibt schlimmere Jobs. Schließlich ist nichts so sexy wie ein Kerl in ölverschmierter Arbeitskleidung«, scherzte ich, um ihn aufzumuntern. »Frag Suzanne.«

Suzanne war ein Mädchen aus unserer Straße, das immer schon ziemlich offensichtlich in Jackson verschossen gewesen war.

Diesmal klang sein Lachen echter. »Du wirst es nicht glauben, aber Suzie hat mir heute nach der Arbeit aufgelauert und wollte mich überreden, mit ihr ins Autokino zu gehen.«

»Was?«, rief ich aus. »Und damit rückst du jetzt erst raus? Und wann ist sie von Suzanne zu Suzie mutiert? Ich will alle Details.«

Wir unterhielten uns, bis mein Bami Goreng kalt war. Dann musste Jackson aufhören, weil er morgen früh rausmusste.

Nachdem seine Stimme verklungen war, war es beinahe unnatürlich still im Zimmer. Die Einsamkeit schnürte mir die Kehle zu. Mit ihm zu reden war schön gewesen, aber es hatte mich auch traurig gemacht. Solange ich mich erinnern konnte, war er immer nur einen Block von mir entfernt gewesen. Jetzt war ich in einem anderen Bundesstaat, einen Flug und eine Zugfahrt von ihm entfernt, und es fühlte sich an, als sei er in einer anderen Welt. Unglücklich blickte ich auf mein Handy hinab und hätte Jackson am liebsten sofort wieder angerufen.

Aber ich war hier nicht allein, rief ich mir ins Gedächtnis. Ich hatte immerhin das Glück gehabt, über Chloe zu stolpern. Obwohl wir uns gerade erst getroffen hatten, hatte ich irgendwie das Gefühl, wir würden uns schon viel länger kennen. Morgen früh wollten wir uns am Campus treffen und zusammen ins Seminar gehen. Der Gedanke munterte mich etwas auf. Ich seufzte und aß die kalten Nudeln.

Bevor ich schlafen ging, zwang mich irgendein irrationaler Impuls dazu, noch einmal unter das Bett zu schauen und zu kontrollieren, ob mein Karton noch da war. Ich wusste nicht, wieso ich das machte. Vielleicht befürchtete ein verrückter Teil von mir, das verfluchte Ding könnte zum Leben erwachen und seinen schrecklichen Inhalt freigeben. Oder aber, es könnte nach mir schnappen und hässliche spitze Zähne in mein Fleisch bohren.

Mein dummes Herz begann wieder zu rasen, obwohl ich wusste, dass es nur eine normale Schachtel war, die mir nichts tun konnte.

Nicht wirklich.

Ich kniete mich aufs Bett und beugte mich dann ganz langsam vor. Meine Haarspitzen berührten schon den Boden. Ich hielt den Atem an, beugte mich noch etwas tiefer und sah den kleinen Karton. Harmlos und unschuldig stand er da. Nichts ließ darauf schließen, wie furchtbar sein Inhalt war. Pfeifend ließ ich meinen Atem entweichen und kuschelte mich rasch unter die Bettdecke.

Noch einmal schaute ich auf mein Handy. Allmählich plagte mich das schlechte Gewissen meinen Eltern gegenüber.

Ich wollte nicht mit ihnen reden, aber bestimmt machten sie sich so langsam wirklich Sorgen. Schnell schrieb ich ihnen eine Nachricht, dass ich gut angekommen und alles okay war. Dann rollte ich mich im Bett zusammen und dachte aufgeregt und ein wenig nervös an morgen.

Kapitel 3

In meinem Traum hetzte ich wie von Dämonen gejagt durch einen Dschungel. Die Bäume ragten bis zum Himmel auf. Wenn ich nach oben schaute, sah ich kein Stück Blau, sondern nur die dichten, verworrenen Baumkronen, so weit das Auge reichte. Immer wieder verfing ich mich in Lianen, die nach mir zu greifen schienen, und stolperte über riesige knorrige Wurzeln. Aber ich wusste, dass ich weitermusste, so schnell ich nur konnte.

Ich fühlte Blicke auf meiner Haut, und es lief mir kalt den Rücken herunter. Irgendjemand war da, ich wusste genau, dass er mich ansah. Ich hatte keine Ahnung, wer oder wo er war – irgendwo im Unterholz vielleicht, oder hoch oben auf einem Baum. Doch irgendwo lauerte er, beobachtete jede meiner Bewegungen.

Und er kam näher.

Mir war bewusst, dass es nur ein Traum war, doch trotzdem fühlte sich die Bedrohung real an. Ich konnte mich nicht zum Aufwachen zwingen, sosehr ich es auch versuchte.

Mein Fuß trat in eine schlammige Pfütze, und ich merkte, dass es zu regnen begonnen hatte. Doch das Wasser kam nicht vom Himmel, es tropfte aus Ästen und Blättern und quoll sogar aus dem Boden. Beängstigend schnell stieg es an, immer höher meinen Körper hinauf. Erst schwappte es mir eiskalt um die Knöchel, dann reichte es mir schon bis zu den Oberschenkeln. Das Laufen fiel mir schwerer und schwerer, ich musste immer mehr gegen den Wasserwiderstand ankämpfen. Ich hörte ein Rauschen, das sich zu einem Dröhnen steigerte, und wusste nicht, woher das Geräusch kam. Vielleicht aus mir selbst – womöglich war es das Rauschen meines Blutes, das ich in meinen Ohren hörte.

Ich stolperte, und als ich wieder hochschaute, war ich nicht mehr im Urwald, sondern in meiner Highschool. Die Gänge standen hüfthoch unter Wasser, grau und ölig tropfte es aus den Spinden, quoll aus den Wänden und stieg immer höher. Überall um mich herum waren andere Schüler, aber sie wirkten unecht und leblos wie Schaufensterpuppen. Ihre Gesichter waren starr, sie zuckten mit keiner Wimper, kein Muskel bewegte sich. Versteckte sich mein Beobachter unter ihnen? War eine der vermeintlichen Puppen ein Mensch, der mich anstarrte? Mein Verfolger? Irgendwo war er, ich konnte ihn spüren. Mein Blick zuckte von einem toten Puppengesicht zum nächsten, und immer rechnete ich damit, eine von ihnen würde meinen Blick erwidern. Doch sie alle glotzten stumpf ins Leere.

Aus irgendeinem Grund wusste ich genau, dass das Wasser meinen Verfolger nicht beeinträchtigte – es verschaffte ihm einen Vorteil. Während ich immer langsamer wurde, kam er näher. Jeden Moment erwartete ich, seine Hand auf meiner Schulter zu spüren. Immer wieder warf ich panische Blicke zurück, aber alles, was ich sah, waren die Schaufensterpuppen, die immer näher zu kommen schienen, und das immer weiter steigende Wasser. Selbst als es meinen Hals erreicht hatte, floh ich noch weiter. Doch dann schwappte es über meinem Kopf zusammen, und ich wusste, dass ich verloren war.

Mit weit aufgerissenen Augen schreckte ich hoch. Meine Kehle war rau von dem lauten Schrei, mit dem ich mich selbst aus dem Schlaf gerissen hatte. Ich starrte in die Dunkelheit und wartete, bis mein Puls sich normalisierte und meine Atemzüge ruhiger wurden.

Ich war verschwitzt, aber nicht nur deshalb war meine Haut nass. Ich berührte mein Gesicht, und es dauerte einen Moment, bis ich realisierte, was passiert war: Ich hatte vergessen, das Fenster neben meinem Bett zu schließen, und der Wind hatte einen feinen Nieselregen hereingetragen, der meine Haut benetzte.

Das Geräusch, das ich im Traum gehört hatte, war mir in die Realität gefolgt. Laut prasselte der Regen draußen auf den Asphalt. Schnell machte ich das Fenster zu, und sofort wurde das Prasseln zu einem leisen, dezenten Rauschen.

Draußen war es noch dunkel, bis auf die bleichen Lichtkreise, die die Straßenbeleuchtung auf den nassen Boden warf. Ich tastete nach meinem Handy und stöhnte zweimal auf: einmal, weil das Licht des Displays mich blendete, und einmal, weil ich sah, dass in etwa einer Stunde schon mein Wecker klingeln würde. An Schlaf war nicht mehr zu denken.

Ächzend quälte ich mich aus dem Bett und schnappte mir meinen iPod, ein Buch und die Lampe, die auf dem kleinen Schreibtisch stand. Damit setzte ich mich aufs Fensterbrett und zog eine Wolldecke über meine Beine. Die Lampe positionierte ich so, dass ihr schmaler gelblicher Lichtkegel auf die Seiten meines Stephen-King-Romans fiel. Ich vertiefte mich in das Buch, die Stirn gegen die kalte Fensterscheibe gelehnt, und lauschte dabei den melancholischen Songs von Morrissey und den Smiths aus meinen Kopfhörern. Als Morrissey in

Everyday Is Like Sunday gerade vom Armageddon sang, wurde es langsam Tag – auch wenn es nicht danach aussah, weil die Sonne sich hinter dunklen Regenwolken verbarg.

Ich blickte hinaus in den grauen, dichten Regenschleier, der die Welt einhüllte, und fröstelte. In diesem Moment vermisste ich Florida. Nicht umsonst bezeichnete man meine Heimat auch als Sunshine State.

Dann wies ich mich selbst zurecht: Mein Zuhause war nun hier.

Um mich aufzuwärmen, duschte ich extra heiß, bis der Spiegel im Bad so beschlagen war, dass ich mich selbst nur verschwommen und blass wie ein Gespenst sah. Mit der Handfläche wischte ich über die glatte Oberfläche, und das bleiche Gespenstergesicht verwandelte sich zurück in mein eigenes.

Meine braunen Augen, die im Vergleich zu den blonden Haaren auffallend dunkel waren, blickten mich nachdenklich an. An manchen Tagen war ich wütend über die Angst, die seit Jahren nie ganz aus ihnen verschwand und immer leicht zu erkennen war, wenn man genau hinsah. An den meisten Tagen nahm ich sie resigniert hin und hoffte, dass sie irgendwann vergehen würde. Dass ich irgendwann wie durch ein Wunder einfach keine Angst mehr haben würde.

Ich schlüpfte in ein kuscheliges Sweatshirt und Röhrenjeans, nahm meine Tasche und stürzte mich todesmutig ins Weltuntergangswetter. Die Kapuze zog ich mir über den Kopf und rannte, so schnell ich konnte, zum Auto. Trotzdem hatte ich mehr als genug Regen abbekommen. Ich verzog das Gesicht und setzte einen Regenschirm ganz oben auf meine imaginäre Shoppingliste.

Als ich den Campus erreichte, gönnte sich der Regen zum Glück gerade eine Pause. Chloe wartete mit zwei XL-Kaffeebechern vor dem Gebäude auf mich.

»Ich dachte, das können wir an so einem Tag sicher gut gebrauchen«, sagte sie und überreichte mir einen der Pappbecher. »Bitte schön, mit einer geradezu perversen Menge an Sirup.«

Das heiße, süße Getränk war genau das Richtige bei so einem Wetter. Es tat so gut, dass ich mich zusammenreißen musste, um nicht zu schnurren. »Der Tag ist gerade um ein Vielfaches besser geworden.«

»Und gleich wird er noch besser.« Sie sprang die Treppenstufen hoch und schaute ungeduldig, bis ich ihr folgte.

»Du freust dich auch aufs Literaturseminar?« Das Seminar über die Literatur der Britischen Romantik war das Highlight meines Stundenplans.

»Aber so was von!«, rief sie mit ehrlicher Begeisterung und zappelte aufgeregt herum, bis ich ihr endlich folgte.

Wir waren früh dran und suchten uns einen gemütlichen Platz an der Wand, aber Chloe hielt es nicht lange da. Während ich mich im Schneidersitz auf meinen Stuhl setzte und mich mit dem Rücken gegen die Wand lehnte, beide Hände um den Kaffeebecher geschlossen, sprang sie sofort wieder auf, als sie Leute entdeckte, die sie kannte.

»Bin gleich wieder da«, kündigte sie an und flitzte zu einer Gruppe von Mädchen.

Sie war eindeutig sozialer als ich. In etwa hundertmal. Ich blieb sitzen, nippte am Kaffee und holte mein Schreibzeug aus der Tasche. Trotzdem bekam ich mit, worüber die Mädchen sich unterhielten: Sie gehörten offenbar zu denen, die

Chloe schon vor dem Studium kennengelernt hatte, und die meisten von ihnen waren auf der Party gewesen, die ich gestern verpasst hatte.

»Hey, Violet!«, rief Chloe in dem Moment. »Am Samstag ist wieder eine Party im Verbindungshaus. Diesmal kommst du auch, okay? Sag, dass du diesmal kommst. Bitte!«

Meine Mundwinkel sanken hinab. Schon wenn sie dieses Wort aussprach, fühlte ich mich unwohl. »Eher nicht, danke«, murmelte ich.

»Jenna sagt, es ist kein Problem, wenn ich dich mitbringe. Stimmt's, Jenna? Violet, das ist Jenna Morrison.«

Das angesprochene Mädchen drehte sich zu mir um und lächelte. Als sie den Kopf bewegte, glänzten ihre dunklen Locken im Licht. »Klar, je mehr Leute, desto besser.« Sie war eines dieser Mädchen, die so hübsch waren, dass die meisten anderen all ihre Besitztümer eintauschen würden, um auch so auszusehen. Sie hatte ein Gesicht wie eine Porzellanpuppe, mit makellosem Teint und rosig schimmernden Wangen. Ihre Augen waren tiefblau und die Wimpern so dunkel und lang, dass ich mich fragte, ob sie echt waren.

Um ehrlich zu sein, war Miss Universe ein weiterer Grund, nicht dorthin zu gehen. Partys waren ohnehin schlimm genug für mich, selbst ohne übernatürlich hübsche Mädchen, neben denen man sich minderwertig fühlte.

»Sorry, ich muss wirklich dringend ein paar Sachen erledigen«, redete ich mich heraus.

»Schade. Aber wenn du es dir anders überlegst, bist du jederzeit willkommen«, sagte Jenna freundlich.

Die Tür ging auf, und der Dozent kam herein. Ich war froh, dass das Partythema damit beendet war, aber ich hatte nicht mit Chloes Erbarmungslosigkeit gerechnet. Ihr Dackelblick war wirklich mitleiderregend. Während Professor Brand seine Unterlagen auspackte, schaute sie mich traurig an.

»Ich weiß, Partys und du, ihr seid nicht die besten Freunde. Aber weißt du, jeder Superheld muss sich seinem Erzfeind irgendwann stellen. Hast du denn gar nichts aus Comics und Filmen gelernt?«

»Ähm … also, um ehrlich zu sein, habe ich mich nie als Superheldin betrachtet. Habe ich auch in Zukunft nicht vor.«

»Stell dir vor, Batman hätte gesagt: ›Ach, dieser Joker ist mir unsympathisch, ich bleib lieber zu Hause und nehme ein langes Schaumbad.‹ Oder Spiderman hätte den Rasen gemäht, statt sich dem Grünen Kobold zu stellen«, fuhr sie ungerührt fort.

»Chloe …«

»Oder Captain America hätte vor Red Skull den Schwanz eingezogen.«

»Chloe!«

»Du erkennst das Prinzip? Held stellt sich Nemesis. Held besiegt seine Feinde, überwindet seine Schwächen und rettet die Welt«, verkündete sie triumphierend.

Ich massierte meine pochende Stirn. »Okay. Ignorieren wir mal kurz die Tatsache, dass ich deiner Meinung nach offenbar die Welt rette, wenn ich zu dieser Party gehe. Warum zur Hölle kümmert es dich, ob ich meine Abneigung überwinde oder nicht?«

»Weil es nie gut ist, vor seinen Problemen davonzulaufen«, sagte sie altklug. »Und weil …«

»Und weil?«

Ihr Blick wurde noch flehender. »Realistisch betrachtet

würdest du vielleicht nicht die Welt retten. Aber mich! Ich brauch dich dort, ehrlich.«

»Was? Aber warum denn?«, fragte ich ungläubig.

»Scott wird da sein«, wisperte sie und blickte sich verstohlen um, als hätte sie gerade ein riesiges Geheimnis ausgeplaudert. »Und ich kann ihm definitiv nicht allein gegenübertreten. Ich brauche seelische Unterstützung.«

»Ich bezweifle, dass du dort allein sein wirst.« Ich deutete auf die Gruppe von Mädchen um Jenna.

»Das ist nicht das Gleiche. Du verstehst, dass Scott mich in Angst und Schrecken versetzt. Für Mädchen wie Jenna ist das alles total einfach.«

Der Professor begann zu sprechen, stellte sich vor und ging den Seminarstoff durch. Chloe verstummte und blickte auf ihre verschränkten Hände hinab.

Ich atmete tief durch und versuchte, vernünftig zu sein und meinen Grundsätzen treu zu bleiben. Aber im Grunde genommen hatte ich meine Entscheidung bereits getroffen.

Ich kannte das Gefühl nur zu gut, wenn einen etwas in Angst und Schrecken versetzt. Scott anzusprechen war für Chloe wohl ähnlich furchteinflößend, wie es sich für mich anfühlte, die Pappschachtel unter meinem Bett zu öffnen.

»Ja, okay«, grummelte ich finster.

Sie riss die Augen auf. »Was? Wirklich? Warum?« Mit der Antwort hatte sie nicht gerechnet.

»Weil Scott deine Pappschachtel ist.«

»Ähm …«

»Weil du eine Nervensäge bist. Aber ich komme nur ganz kurz mit. Ich gebe dir Rückendeckung, wenn du dich heroisch auf Scott stürzt, und dann haue ich ab.«

»Du bist die Beste«, quietschte sie so laut, dass Professor Brand irritiert zusammenzuckte und dem Raum nach dem Störenfried abscannte. Aber bevor er Chloe mit einem strengen Blick zurechtweisen konnte, schwang die Tür erneut auf.

»Ver …« Mir fiel kein Wort ein, das schlimm genug war. Und wenn doch, würde ich es bestimmt nicht aussprechen.

»Dein Gothicherzchen«, wisperte Chloe entzückt.

Ich verzichtete darauf, sie darauf hinzuweisen, dass jedes einzelne Wort an ihrer Bemerkung falsch war, und starrte stattdessen entsetzt zur Tür, durch die gerade meine Zugbekanntschaft den Raum betrat. Als sein Blick meinem begegnete, schaute ich rasch hinab auf meinen Notizblock und hielt den Atem an.

Aus den Augenwinkeln sah ich, dass er gelassen durch die Reihen schlenderte, auf den einzigen Platz zu, der noch frei war – und der unglücklicherweise an Chloes anderer Seite war, also keinen Meter von mir entfernt.

Professor Brand räusperte sich. »Wenn nun alle Studenten anwesend sind, können wir ja fortfahren. Wie bereits erwähnt, werden wir uns unter anderem mit dem faszinierenden Leben des George Gordon Byron, besser bekannt als Lord Byron, befassen.«

Ich konnte mich überhaupt nicht mehr auf seine Worte konzentrieren, was eine verdammte Schande war, weil ich Lord Byron ausgesprochen interessant fand. Die Stimme des Dozenten verkam zu einem dumpfen Hintergrundrauschen.

Stocksteif saß ich da. Ich meinte, *seinen* Blick auf meinem Gesicht zu spüren. Vermutlich schaute er mich in Wirklichkeit gar nicht an, ganz bestimmt nicht. Wahrscheinlich blickte er auf seine Unterlagen, den Dozenten oder meinetwegen aus dem Fenster, aber es war verrückt – irgendwie war sich ein Teil von mir trotzdem absolut sicher, dass er mich ansah.

Davon überzeugen konnte ich mich nicht, weil ich mich nicht traute, zu ihm hinüberzublicken. Ich drehte mich so weit wie möglich von ihm weg und zur Wand, bis ich völlig verdreht dasaß und kaum mehr schreiben konnte. Jetzt konnte er höchstens noch meinen Rücken anstarren, aber wirklich besser fühlte ich mich dadurch nicht. Ein feines Kribbeln zog sich über meinen Rücken, hoch bis zu meinem Nacken. Ich wusste nicht, warum er mich so nervös machte, aber er tat es definitiv. Die restliche Stunde zog wie ein seltsamer Traum an mir vorbei, während ich kaum wagte, mich zu bewegen oder auch nur zu atmen.

Schließlich hielt ich es nicht mehr aus. Ich musste wissen, ob er mich anstarrte oder ob ich einfach nur verrückt geworden war. Ich nahm meinen Mut zusammen, setzte mich wieder richtig hin und linste vorsichtig durch den Vorhang meiner Haare hindurch zu ihm.

Er beachtete mich gar nicht, sondern kritzelte in seinen Block und schaute zwischendurch immer wieder gelangweilt hoch zur Decke. Das war einerseits beruhigend, andererseits machte ich mir nun ernsthafte Sorgen um meine offenbar halluzinierende Psyche.

Ich entspannte mich ein wenig. So beängstigend sah er bei näherer Betrachtung auch gar nicht aus. Gedankenverloren spielte er mit seinem Kugelschreiber, drehte ihn auf dem Tisch im Kreis und tippte dann damit gegen seine Unterlippe. Und Himmel, was für sexy Lippen er hatte: voll, aber nicht so sehr, dass es feminin gewirkt hätte, und perfekt geschwungen. Sie sahen weich aus, und ganz so, als könnten sie gut küssen.

Nicht dass mich das interessiert hätte.

Er strich sich die halblangen Haare hinters Ohr, und wieder fielen mir die hohen, scharfgeschnittenen Wangenknochen auf. Mit diesem Gesicht könnte er modeln, und das, was ich von seinem Körper bisher gesehen hatte, stünde einer Modelkarriere ganz bestimmt nicht im Wege.

Seine Lederjacke hing über seiner Stuhllehne. Das T-Shirt, das er heute trug, hatte kürzere Ärmel als das, das er im Zug angehabt hatte. Also sah ich diesmal mehr von seinem Tattoo, zumindest ein paar Zentimeter. Verstohlen betrachtete ich es und versuchte zu erkennen, was es darstellte. Es könnte eine Kette sein, die um irgendetwas geschlungen war, aber mit Sicherheit sagen konnte ich das nicht. Auch an seinem Hals offenbarte das Shirt ein Stück Tattoo. Ich fragte mich, ob es zwei einzelne Bilder waren oder eine große Tätowierung, die sich von seiner Schulter bis zum Hals und womöglich noch weiter über den Oberkörper erstreckte. Als er den Arm bewegte, bewegten sich die geschmeidigen Muskeln unter seiner tätowierten Haut, und mein Mund wurde trocken.

Ich war so in den Anblick vertieft, dass ich zu spät bemerkte, dass er den Kopf zu mir drehte. Der Blick aus seinen faszinierenden Augen bohrte sich in meinen, kühl und abweisend. Mir blieb der Atem weg. Einen Herzschlag lang war ich gefangen und konnte nicht wegschauen, sondern erwiderte den Blick. Misstrauisch musterte er mich. Seine Augen verengten sich und erinnerten mich wieder stark an Katzenaugen.

Als ich mich endlich losreißen konnte, keuchte ich. Ich tat so, als hätte ich gar nicht ihn angeschaut, sondern Chloes Zeichnung. Mit hochrotem Kopf starrte ich auf ihr Blatt hinab und war mir dabei sicher, dass ihn mein schwaches Täuschungsmanöver nicht überzeugte. Mein Herz donnerte so laut, dass ich meinte, der ganze Hörsaal müsste es hören.

Chloe hatte zum Glück nichts mitbekommen, sie war total vertieft in ihr Bild. Ich konnte kaum erkennen, was sie da zeichnete, weil alles vor meinem Blick verschwamm. Reglos wie eine Statue saß ich da und wartete, bis die quälend lange Stunde vorüber war.

Als Professor Brand mit seinem Vortrag fertig war und uns entließ, hielt mich nichts mehr auf meinem Platz. »Ich warte draußen«, zischte ich Chloe zu, schnappte mir meine Sachen und hastete hinaus, nicht nur aus dem Seminarraum, sondern ganz aus dem Gebäude. Den Regen hatte ich ganz vergessen, aber keine zehn Pferde hätten mich zurück ins Trockene gebracht. Zumindest kühlte das Wasser mich etwas ab, und eine Abkühlung konnte ich gut gebrauchen. Mein Gesicht glühte immer noch.

Ich hatte nicht die geringste Ahnung, warum mich dieser Fremde so irritierte. Weil er mir Angst machte? Weil er ein Arschloch war? Oder weil er irgendwie nicht von dieser Welt zu sein schien? Was es auch war, er brachte mich total durcheinander.

Ich zog mir die Kapuze über den Kopf und tigerte hin und her, während ich auf Chloe wartete.

Das mit der Kapuze hätte ich vielleicht besser gelassen. Wie ein Pferd mit Scheuklappen sah ich nur, was direkt vor mir war, und nicht, was sich gerade von der Seite näherte.

So bemerkte ich nicht, dass jemand gerade an mir vorbeigehen wollte, als ich eine scharfe Kurve einschlug und direkt gegen ihn lief.

Einen Herzschlag lang begriff ich gar nicht, was passierte.

Ich prallte gegen ihn wie gegen eine Mauer, Körper gegen Körper, mein Gesicht an seinem Shirt. Irgendwie wusste ich sofort, dass *er* es war. Ich roch das Leder der schwarzen Jacke, die er offen trug, und den frischen, vielschichtigen Duft seines guten Aftershaves. Und noch etwas – da war eine weitere Note, die ich nicht zuordnen konnte, die mich aber dazu brachte, tiefer einzuatmen.

Obwohl ein irrwitziger Teil meines Gehirns Zeit fand, seinen Geruch zu analysieren, ging das alles rasend schnell.

Ich fühlte mich wie ein Ball, der im Sportunterricht von der Wand abprallte. Der Zusammenstoß hatte mich aus dem Tritt gebracht, und ich taumelte einen Schritt zurück. Hektisch streckte ich die Arme aus, um mein Gleichgewicht wiederzufinden – im Idealfall, ohne ihn dabei zu berühren.

Ich sah mich schon am Boden liegen. Automatisch bereitete sich mein Körper auf den Aufprall vor. Ich spannte mich an und kniff die Augen fest zu.

Aber seine Hände schnellten vor und umfassten meine Schultern. Ich hätte gewettet, es wäre Mr Unfreundlich egal, ob ich in eine Pfütze, von einer Klippe oder vor das nächstbeste Auto fiel, doch er hielt mich fest. Sein Griff war stark und sicher. Ich spürte die Wärme seiner Hände durch den dicken Stoff meines Sweatshirts.

Vorsichtig blinzelnd öffnete ich die Augen wieder. Mein Blick wanderte hoch von seinem T-Shirt über den sichtbaren Rand seiner Tätowierung zu seinem Gesicht. Ich legte den Kopf in den Nacken, um ihn anzusehen. Der Regen floss über meine Wangen und Lippen, bildete Rinnsale auf meinen Wangen, tropfte von meinen Wimpern. Aber ich merkte es kaum.

Wow.

Ich sah direkt in diese unfassbar grünen Augen, über denen sich die geraden, dunklen Augenbrauen finster zusammenzogen. Verwirrt stellte ich fest, dass mein Herz schneller schlug.

»Danke«, stammelte ich und ärgerte mich darüber, wie hoch meine Stimme plötzlich klang.

Er zuckte mit den Schultern und ließ mich los, als er sich sicher war, dass ich wieder von selbst stehen konnte, ohne wie ein ungeschicktes Kleinkind hinzufallen. »Du solltest besser aufpassen«, erwiderte er nur. Bei unserer Begegnung im Zug war mir nicht aufgefallen, wie schön seine Stimme klang; dunkel und voll. Sie brachte etwas in mir zum Vibrieren.

Was zur Hölle …? Mit mir stimmte eindeutig etwas nicht.

»Wie heißt du?«, platzte ich heraus und war selbst überrascht von der Frage.

Seine kristallgrünen Augen weiteten sich, dann verengten sie sich misstrauisch. »Wieso willst du das wissen?«

Fassungslos schüttelte ich den Kopf. »Stimmt etwas mit deinem Sozialverhalten nicht, oder kannst du mich einfach nur nicht leiden?«, entfuhr es mir. Meine Anspannung schlug um in Wut. »Ich hab dich nicht nach deinen Kreditkartendaten gefragt, sondern nur nach deinem Namen.«

Seine weichen Lippen verhärteten sich und pressten sich zu einem schmalen Strich zusammen. »Ich mag es einfach nicht, wenn man sich mir aufdrängt.«

Ich schnappte nach Luft. »Ich dränge mich dir auf? Weil ich zufällig im gleichen Zug saß wie du und ebenso zufällig im gleichen Seminar? Entschuldige, dass ich existiere. Ich meine, vielleicht bist du es ja, der mir folgt.«

»Und du siehst mich an. Lass das«, fuhr er unbeirrt fort, als hätte ich gar nichts gesagt, und trat mit verschränkten Armen einen Schritt zurück.

Empört funkelte ich ihn an und schmetterte ihm das Schlimmste entgegen, was mir spontan einfiel: »Du … Du kommst in etwa so sympathisch rüber wie Joffrey Baratheon! Warum sollte ich mich so jemandem bitte schön aufdrängen wollen?«

Einen Moment lang starrte er mich so fassungslos an, dass ich glaubte, er hätte meine Game-of-Thrones-Anspielung nicht verstanden. »Ich schätze, ich muss froh sein, dass du mich zumindest nicht mit Ramsay Bolton vergleichst«, sagte er dann trocken.

Das Blut schoss mir in die Wangen. Ich senkte den Blick und schaute hinab auf unsere Schuhspitzen, meine weißen Vans und seine schwarzen Converse.

Kurz schwieg er, dann hörte ich ihn seufzen. »Aiden«, sagte er.

Ich atmete durch. War das denn nun so schwer gewesen? »Ich bin Violet.«

Er nickte nur knapp, als wäre ihm mein Name völlig egal – was höchstwahrscheinlich auch der Fall war –, und ließ mich dann einfach im Regen stehen. Wie ein begossener Pudel stand ich da und schaute ihm hinterher, als er mit großen Schritten wegging und schließlich vom grauen Regenschleier verschluckt wurde. Meine Schultern fühlten sich da, wo er mich festgehalten hatte, plötzlich eiskalt an; irgendwie so, als fehlte etwas. Etwas, das ich nicht näher definieren konnte und von dem ich davor nicht gewusst hatte, dass es *da* sein sollte.

»Wow, der ist echt nicht gut auf dich zu sprechen, oder?«,

fragte Chloe so knapp hinter mir, dass ich zusammenzuckte. Ich hatte überhaupt nicht gemerkt, dass sie da war. Sie hielt sich ihre Tasche als Regenschutz über den Kopf und schaute mich mit unverhohlener Neugier an. »Was genau hast du ihm denn im Zug angetan? Gedroht, seinem Hamster den Kopf abzubeißen?«

Ich wurde rot. »Hey, auf wessen Seite bist du eigentlich? Und wo genau ist diese schauderhafte Party am Samstag?«

Wahnsinn, ich war die ungeschlagene Meisterin des unauffälligen und dezenten Themenwechsels. Aber es funktionierte, Chloe schnappte nach dem Köder wie ein verhungernder Fisch. Während wir durch den Regen zum nächsten Gebäude liefen, plapperte sie unentwegt über die Party.

∞

Aiden also.

Der Name spukte mir im Kopf herum, während ich mit Chloe einen weiteren Kurs besuchte, auf dem Heimweg und sogar unter der Dusche, wo ich zum zweiten Mal an diesem Tag mit dampfend heißem Wasser die Kälte aus meinen Knochen vertrieb.

War es körperlich überhaupt möglich, dass ich seine Hände an meinen Schultern immer noch ganz leicht spürte, wie eine Art Echo seiner Berührung? Mit viel Wasser versuchte ich das seltsame Gefühl abzuwaschen, aber vergeblich. Es war, als habe sich seine Hand unwiderruflich in meine Haut eingebrannt, durch den dicken Stoff meines Sweatshirts.

»Violet Darcy, du hast dein letztes bisschen Verstand verloren«, schimpfte ich laut. Und weil es frustrierend war, nur über sich selbst zu meckern, ließ ich auch noch eine Schimpftirade auf Aiden los. Wie gemein und unhöflich war es denn bitte, mich so anzufahren und dann einfach stehenzulassen, ohne eine Verabschiedung? Es hatte sich angefühlt wie ein Schlag in die Magengrube. Anscheinend wirkte ich ganz schön abstoßend auf ihn.

Nach einer Weile stellte ich fest, dass diese Selbstmitleidsnummer genauso bescheuert war. Also verbot ich mir jeden Gedanken an Aiden und bereitete mir ein gesundes, ausgewogenes Abendessen bestehend aus Tortillachips mit Käsesoße und Guacamole zu – immerhin enthielten Avocados bekanntermaßen viele ungesättigte Fettsäuren.

Damit setzte ich mich auf mein Bett und warf am Laptop eine Folge *Game of Thrones* an. Nach einer Stunde war gefühlt die Hälfte meiner Lieblingscharaktere tot und ich total verheult, aber die mitreißende Serie hatte mich meinen Ärger zumindest vorübergehend vergessen lassen.

Mein Ablenkungsprogramm funktionierte ziemlich genau so lange, bis ich das Licht ausschaltete und mich unter meine Bettdecke kuschelte. Dann sah ich im Dunkeln sein Gesicht vor mir und wand mich unbehaglich unter seinem kühlen, abschätzigen Blick.

Es konnte doch nicht sein, dass dieser Kerl mir einfach nicht mehr aus dem Kopf ging. Ich mochte ihn doch noch nicht mal! Er war abweisend und ein bisschen gruselig, hatte mich nun schon zweimal fies angeschnauzt und war einfach kommentarlos abgehauen, nachdem ich mich ihm gerade vorgestellt hatte.

Na schön, er hatte mich davor gerettet, mich äußerst unelegant in die nächste Pfütze zu legen. Aber das erklärte noch lange nicht, warum ich diese bedeutungslose Berührung zurücksehnte. Oder hatte Disney mich derart geprägt, dass ich jede kleine ritterliche Geste zum Anlass nahm, mich dem entsprechenden Ritter in die Arme zu werfen? Ich war geneigt, den Zeichentrickfilmen die Schuld in die Schuhe zu schieben, und nahm mir vor, in nächster Zeit nicht mehr ganz so häufig Cinderella anzusehen.

Aber dieser tapfere Vorsatz half mir nicht beim Einschlafen. Um mich abzulenken, schaltete ich ein Hörbuch ein und döste nach einer Weile tatsächlich weg.

Doch nach ein paar Stunden wachte ich schwer atmend wieder auf. Mein Körper war von einem dünnen Schweißfilm überzogen. Ich fragte mich, was ich geträumt hatte, und schluckte schwer, als es mir siedend heiß einfiel. Aiden hatte mich sogar in meinen Traum verfolgt. Jetzt noch glaubte ich den unverwandten, spöttischen Blick aus seinen grünen Augen zu spüren, der sich in meinen Blick bohrte.

Meine Decke war viel zu warm, und ich strampelte sie mit den Füßen beiseite. Die kalte Nachtluft, die durch das offene Fenster hereinkam, streifte meine schweißnasse Haut.

»Raus aus meinem Kopf, Aiden«, knurrte ich.

Wer hatte diesem Kerl erlaubt, mir den Schlaf zu rauben? Und warum konnte ich einfach nicht aufhören, an ihn zu denken?

Ich wünschte Aiden die Pest an den Hals und kniff die Augen ganz fest zu, doch es dauerte lange, bis ich endlich wieder einschlief.

∞

Es war nicht meine beste Idee gewesen, gestern minutenlang im Regen zu stehen, um Mr Aiden Unfreundlich anzuglotzen, und dann mit den nassen Klamotten zwei weitere Stunden am Campus zu verbringen. Am nächsten Morgen lief meine Nase und meine Augen waren glasig. Länger als sonst blieb ich liegen und versuchte zwei Dinge gleichzeitig: meinen irritierenden Traum von letzter Nacht zu verdrängen und endlich aufzustehen. Als ich mich schließlich aus dem Bett quälte, fühlte ich mich wie erschlagen.

Aber Krankspielen zählte nicht, das hatte Chloe gestern deutlich gesagt. Also versuchte ich nach einem entsetzten Blick in den Spiegel Schadensbegrenzung zu betreiben. Der Zombielook verschwand unter Concealer, Mascara und Blush, bis ich der Meinung war, ich könnte vor die Tür gehen, ohne dass jemand ein Seuchen-Einsatzkommando verständigte.

Heute hatte ich nur einen Kurs, und zwar ausnahmsweise ohne Chloe. Es war seltsam ohne sie, so sehr hatte ich mich schon an ihre Gegenwart gewöhnt. Aber am Nachmittag würde ich sie treffen. Sie und Jenna wollten Outfits für Samstag shoppen gehen, und Chloe hatte gefragt, ob ich mitkommen wollte. Ich hatte definitiv nicht vor, mir extra für meinen kurzen Party-Zwischenstopp etwas zu kaufen, aber ich musste ohnehin in die Stadt und meine Garderobe aufstocken. Mit den Sachen, die in meinen Koffer gepasst hatten und die ich mitgenommen hatte, kam ich nicht weit.

Wir trafen uns am Campus vor dem Wohnheim, in dem Chloe und Jenna wohnten. Die beiden warteten bereits, als ich nach meinem Kurs dort auftauchte.

»Oh Violet, du siehst ja schrecklich aus«, rief Chloe bestürzt und fügte schnell hinzu: »Auf eine total bezaubernde Weise natürlich.«

So viel zu meiner Anti-Zombielook-Schminkaktion. »Ich fühle mich auch eher mittelmäßig«, gab ich etwas säuerlich zu.

»Wir fahren zu einer kleinen Mall in der Nähe«, sagte Jenna. »Wir können direkt davor parken, also musst du nicht weit laufen. Aber wenn du dich nicht gut fühlst, fahre ich dich auch jederzeit nach Hause. Sag einfach Bescheid, okay?«

Sollten die richtig hübschen Mädchen nicht eigentlich biestig sein? Auf Jenna traf das Klischee nicht zu. Sie sah nicht nur aus wie eine moderne Version von Schneewittchen, sondern war auch noch genauso nett. Neben ihr und der elfenhaften Chloe fühlte ich mich wie das untote hässliche Entlein, aber das kümmerte mich gerade wenig. Es ging nicht darum, in der Mall einen heiratswilligen Millionär zu betören, sondern nur darum, ein paar Klamotten zu shoppen.

Jennas Auto hatte ein paar PS mehr als meines. Ich hatte das Gefühl, sie trat nur einmal aufs Gas, und schon waren wir auf dem Parkplatz vor der Mall.

Ich schaffte es, mich kurz abzusetzen und allein ein paar Alltagsklamotten zu kaufen: ein paar Jeans, Shorts, schlichte Shirts und einige süße Sommerkleider. Dann erweichte mich Chloes Dackelblick und ich willigte ein, den beiden als Beraterin zur Seite zu stehen. Gemeinsam streiften wir durch die Läden und begutachteten kurze Röcke, sexy Kleider und Tops, die so tief ausgeschnitten waren, dass man sie ebenso gut weglassen könnte. Mit riesigen Klamottenbergen auf den Armen verschwanden die beiden in den Umkleidekabinen.

Während ich darauf wartete, dass sie sich umzogen, wurde ich ein wenig wehmütig. Sie hatten so viel Spaß dabei, sich für die Party einzukleiden, und noch mehr Spaß würden sie haben, wenn sie dort waren. Vor ein paar Jahren war es mir auch noch so gegangen, als ich auf meinen ersten Partys gewesen war. Damals, bevor solche Veranstaltungen angefangen hatten, furchteinflößend zu werden.

»Violet, schau mal, wie ist das?« Chloe trug ein kurzes Kleid aus fließendem smaragdgrünem Chiffon. Die Farbe betonte das Kupferrot ihrer langen Haare.

»Perfekt«, sagte ich ehrlich und reckte beide Daumen hoch. »Wie eine Nymphe. Ich kann mir beim besten Willen nicht vorstellen, dass Scott das nicht gefällt.«

Freudestrahlend drehte sie sich in dem Kleid vor dem Spiegel hin und her. Auch Jenna fand schnell ein Outfit, das ihr gefiel. Ihr stand vermutlich ohnehin alles, selbst in einem Kartoffelsack wäre sie hinreißend. Das enge schwarze Kleid, für das sie sich entschied, betonte ihre Kurven und die schmale Taille. Sie sah einfach atemberaubend aus.

»Violet, wie wäre es mit dem hier für dich? Das kann ich mir gut an dir vorstellen.« Jenna hatte ein dunkelblaues Kleid entdeckt, das sie nun hochhielt. Es war wunderschön, mit Lochstickerei am Ausschnitt und einem weitschwingenden Saum. Ich liebte es auf Anhieb, aber wozu sollte ich es kaufen? Für den College-Alltag brauchte ich es nicht, und für die eine Stunde, die ich auf dieser Party verbringen würde, lohnte es sich nicht … ich angelte nach dem Preisschild … heilige Scheiße! Nein, für diese eine Stunde lohnte es sich nicht, mehr auszugeben als für alle anderen Klamotten, die in den Einkaufstüten an meinem Handgelenk baumelten. Auch wenn das Kleid verflucht schön war und genau meinem Geschmack entsprach.

»Das ist wirklich ein Traum.« Chloe ließ den feinen Stoff versonnen durch die Finger gleiten. »Probier es wenigstens an! Du siehst darin bestimmt aus wie eine Prinzessin.«

Vernunft und Irrsinn kämpften in mir um die Vorherrschaft. Schließlich spießte der Irrsinn die Vernunft als Trophäe auf, ich schnappte mir das Kleid und huschte schnell in die Umkleidekabine.

Nur ganz kurz anprobieren, sagte ich mir. Vielleicht passte es gar nicht. Dann musste ich nicht länger dem Impuls widerstehen, es einfach in meine Tasche zu stopfen und damit wegzurennen – und zwar sehr weit und sehr schnell.

Aber schon während ich hineinschlüpfte und der glatte Stoff über meine Haut floss, merkte ich, dass es perfekt passte. Ich schaute mich im Spiegel an und wusste, dass ich dieses Kleid haben musste. Es war schön, aber nicht so elegant, dass ich damit auf einer Party overdressed wäre. Die Lochstickerei am Ausschnitt zeigte viel Haut, ohne zu viel preiszugeben, und der Saum endete ungefähr auf halber Höhe meiner Oberschenkel, sodass meine Beine lang und schlank aussahen. Ich drehte mich probeweise im Kreis, und der blaue Stoff schwang atemberaubend.

Chloe stieß ein entzücktes Quietschen aus. »Du *brauchst* dieses Kleid. Nicht nur wollen. Brauchen!«

Jenna lächelte, sodass sich Grübchen in ihren rosigen Wangen bildeten. »Ich wusste, dass es dir steht. Du bist so hübsch, und dieses Kleid hebt das noch hervor. Schau nur, wie das Nachtblau deinen Teint strahlen lässt.«

Nachtblau, das meinen Teint strahlen ließ. Chloe hatte recht, ich musste es haben.

»Aber ich brauche gar kein Kleid«, protestierte ich ein letztes Mal schwach. Keine fünf Minuten später verließ ich den Laden mit einer weiteren Tüte in der Hand.

Kapitel 4

»Cupcakes«, murmelte ich.

Heute Abend war die Party im Verbindungshaus am Campus, und ich war so nervös, dass ich mich im Minutentakt übergeben könnte. Rastlos war ich seit Stunden durch die Wohnung gehastet und versuchte mir einzureden, es würde gar nicht so schlimm werden. Ich würde an Chloes Seite bleiben, bis sie es über sich gebracht hatte, Scott anzusprechen. Ich würde mir einen einzigen Drink erlauben – nein, gar keinen, schließlich musste ich anschließend noch zurückfahren – und abwarten, ob Chloe zurechtkam. Und sobald ich sicher war, dass sie keinen Beistand mehr brauchte, würde ich verschwinden.

Das Ganze würde vielleicht eine Stunde dauern. Was sollte also passieren? Noch dazu war ich weit von zu Hause weg, was mich zusätzlich beruhigen sollte. Ich hatte meine Dämonen hinter mir gelassen.

Ich war vor ihnen davongelaufen, flüsterte eine boshafte Stimme in meinem Hinterkopf.

Aber egal, wie oft ich mir sagte, dass ich nur auf eine Party ging und nicht in den Krieg zog: Mein Magen rumorte trotzdem. Ich war schon so viele Runden durch die Wohnung gerannt, dass es an ein Wunder grenzte, dass ich keine Trampelpfade in den Holzdielen hinterließ. Zum Glück war Ms Andrews wieder nicht da, sonst hätte sie mich für völlig wahnsinnig gehalten.

Die Wanduhr tickte nervtötend laut. Zum wohl hundertsten Mal schaute ich hoch und stellte fest, dass es noch über drei Stunden dauerte. Ich wünschte, die Zeit würde schneller vergehen, dann hätte ich es vielleicht schon hinter mir. Wenn ich nicht bald loskonnte, drehte ich bestimmt durch vor Nervosität.

»Ja, eindeutig Cupcakes«, sagte ich noch einmal. Ich musste mich ablenken, und es gab nur eines, das mich in so einer Situation beruhigte: etwas Süßes mit pervers vielen Kalorien zu backen.

Ich lief in mein Zimmer und schleppte mein gesamtes Backzubehör in die Küche. Hier war es so eng, dass ich mich kaum um die eigene Achse drehen konnte, aber ich war wild entschlossen. Ich rührte Zucker, Eier und Butter schaumig, hob Mehl und Natron unter und war ganz besonders großzügig mit dem Vanilleextrakt. Zwischendurch probierte ich so viel vom flüssigen Teig, dass er kaum mehr reichte, um die Backförmchen zu füllen. Zufrieden betrachtete ich dann, wie die Minikuchen im Ofen aufgingen, und klopfe mir Mehl aus der Kleidung.

Aber das Beste kam noch: Ich rührte ein zuckersüßes Buttercremefrosting an, verteilte es auf den fertig gebackenen Cupcakes und verzierte sie liebevoll mit pastellfarbenem Glitzer. Am Ende funkelte alles, nicht nur die Cupcakes, sondern auch ich und die gesamte Küche.

Nachdenklich betrachtete ich die kleinen Kunstwerke und fragte mich, warum zur Hölle ich sie eigentlich gebacken hatte. Für mich allein war das viel zu viel. Ich könnte sie zur Party mitnehmen, aber sähe das nicht nach Kindergeburtstag aus?

Viel Zeit hatte ich nicht zum Nachdenken, das Backen hatte ganz schön lang gedauert. Ich sprang unter die Dusche, um den Glitzer loszuwerden, und überlegte dann, ob ich mein neues Kleid wirklich anziehen sollte. Vielleicht würde ich mich in meinen normalen Jeans und einem beliebigen T-Shirt sicherer fühlen. Für so einen kurzen Aufenthalt lohnte es sich ohnehin kaum, sich großartig aufzustylen.

Aber das Kleid war so wunderschön und bettelte förmlich darum, angezogen zu werden. Also beugte ich mich seinem Willen und pflückte es vom Kleiderbügel. Dazu zog ich meine einzigen hohen Schuhe an, ein Paar filigraner nudefarbener Sandaletten.

Eigentlich hatte ich nicht vorgehabt, mich zu schminken, aber im Kontrast zum schönen Kleid sah mein Gesicht so nackt aus. Ich betonte meine Augen mit etwas schimmerndem Lidschatten und schwarzem Eyeliner, den ich im Außenwinkel in einem sexy Wing auslaufen ließ. Auf die Lippen kam nur etwas rosiger Gloss, für mehr blieb keine Zeit. Einen Augenblick lang stand ich unschlüssig vor den Cupcakes, dann packte ich sie kurzerhand ein. Wenn es so schlimm werden würde, wie ich befürchte, konnte ich mich zumindest in Buttercreme ertränken.

∞

Es *war* so schlimm, wie ich befürchtet hatte, wenn nicht noch schlimmer.

Davon war ich felsenfest überzeugt, obwohl ich noch gar nicht auf der Party war. Ich stand vor dem Verbindungshaus, lauschte den dröhnenden Bässen und wollte am liebsten weglaufen oder mich übergeben. Oder beides gleichzeitig. Aber meine Beine bewegten sich nicht, weder vom Haus weg noch weiter darauf zu.

Ich hielt das Cupcake-Tablett so fest umklammert, dass das Metall in meine Finger einschnitt. Der Schmerz drang durch meine Angststarre und half mir, wieder klar zu denken. Ich konnte nicht ewig hier draußen stehen bleiben. Chloe wartete dadrin auf mich, sie hatte schon mindestens zehn WhatsApp-Nachrichten geschrieben und gefragt, wo ich blieb. Außerdem konnte ich nicht mein gesamtes Leben lang vor unangenehmen Situationen davonlaufen.

»Aber ich kann es versuchen«, murmelte ich missmutig.

Ich konzentrierte mich auf die einfachen Dinge, um nicht zu viel darüber nachzudenken, wo ich gleich sein würde. Einatmen, ausatmen. Den linken Fuß nach vorne setzen, dann den rechten. Und schon war ich durch die Tür und mitten im Getümmel.

Die Musik war so laut, dass der Boden vibrierte. Sie dröhnte durch meinen ganzen Körper, wogte durch meine Brust, bis ich nicht mehr wusste, wo mein Herzschlag aufhörte und wo der Song begann. Es waren so viele Menschen hier, dass mir schon vom Anblick schwindlig wurde: unzählige feierwütige Studenten mit Pappbechern in den Händen.

Ich drückte mich an der Wand entlang und versuchte mich so weit wie möglich von den anderen fernzuhalten, was gar nicht so einfach war. Der Alkohol schien das Gefühl der Leute für angemessene Distanzzonen rasant dahinschmelzen zu lassen. Die Cupcakes balancierte ich auf einer Hand, um mit der anderen im Notfall Leute auf Abstand halten zu können, die mir zu nahe kamen.

Irgendwer hielt mich an der Schulter fest und drückte mir einen Pappbecher in die Hand. So viel zu meiner freien Hand, um Menschen abzuwehren. Ich murmelte eine Entschuldigung und huschte weiter, sodass seine Hand von meiner Schulter rutschte.

Nervös nippte ich an meinem Getränk und hustete. Keine Ahnung, was das war, aber es war klebrig süß und so alkoholisch, dass man damit Wunden desinfizieren könnte. Nach dem dritten Schluck schmeckte es gar nicht mehr so übel. Siedend heiß fiel mir ein, dass ich ja eigentlich gar nichts trinken durfte, weil ich nachher noch Auto fahren musste, aber das widerliche Gesöff half gegen das panische Kribbeln in meinem Bauch, und was machten schon ein paar Schlucke?

»Mein Gott, was will die Tussi denn mit den Cupcakes? Das ist ja wie im Kindergarten«, sagte jemand und lachte laut.

Mein Gesicht brannte vor Scham. Ich hatte mich noch nie so fehl am Platz gefühlt.

Aber plötzlich war Chloe da und ging geradewegs auf den Kerl zu, der meine Cupcakes beleidigt hatte. Ihre Hüften schwangen bei jedem Schritt. Das glänzende Kupferhaar hatte sie zu verführerischen Wellen eingedreht und über eine Schulter nach vorne gelegt. In ihrem grünen Kleid sah sie aus wie eine Waldnymphe. Auf ihrem Gesicht lag ein zuckersüßes Lächeln, aber in den Bernsteinaugen funkelte es bitterböse.

Dem Kerl entging das Funkeln, er fuhr sich mit der Hand durchs kurze blonde Haar und lächelte zurück. Und zwar exakt so lange, bis sie ihm ihren Drink übers Hemd kippte, den Becher zerknüllte und ihm an den Kopf warf. Sein wütender Protest ging im schadenfrohen Gelächter seiner Kumpels unter. Chloes Lächeln wurde noch etwas breiter, und es hätte mich nicht gewundert, wenn es spitze Reißzähne entblößt hätte. Ich hatte gar nicht gewusst, dass ein Lächeln so furchteinflößend sein konnte. Der Kerl hörte auf zu schimpfen und wich ihrem Blick aus. Sie lächelte ihn noch einen Moment auf ihre beunruhigende Art an, dann ließ sie ihn einfach stehen und wandte sich mir zu.

»Ich bin so froh, dass du da bist!« Stürmisch umarmte sie mich. »The Flash ist zu deiner Rettung herbeigeeilt. Komm, die anderen sind dahinten.« Sie packte mein Handgelenk, kümmerte sich nicht darum, dass mein Getränk über unsere beiden Hände schwappte, und zog mich einfach hinter sich her.

Die anderen – das waren Jenna, ihre Freundinnen und ein paar weitere Studenten, die ein Sofa belagerten. Einer fiel mir besonders auf. Er war groß und auf eine durchtrainierte Weise schlank. Das blonde Haar fiel ihm bis auf die Schultern und war so zerzaust, als wäre er gerade vom Surfen zurückgekehrt und würde jetzt am Strand abhängen. Überhaupt entsprach er so sehr meinem Klischee eines Surfertypen, dass ich unwillkürlich nach Sand in seinem Haar Ausschau hielt. So einen Kerl hätte ich eher an der Küste in Kalifornien oder Florida erwartet, nicht hier im tiefsten Maine. Die Augen leuchteten eisblau und hell wie die eines Schlittenhundes aus dem gebräunten Gesicht und musterten mich neugierig. Rasch senkte ich den Blick.

Als Jenna mich entdeckte, stand sie auf, lächelte strahlend und umarmte mich. »Oh, was hast du Großartiges mitgebracht?«, fragte sie erfreut und deutete auf die Cupcakes. Ich hätte sie vor Dankbarkeit knutschen können: Die Ehre meiner Törtchen war gerettet.

Ihr enges schwarzes Kleid hatte im Laden schon umwerfend an ihr ausgesehen. Mit dem tiefroten Lippenstift und den schwindelerregend hohen Sandaletten, die sie jetzt trug, wirkte sie wie eine unfassbar sexy Version von Schneewittchen. Ich könnte schwören, dass jeder Typ hier im Raum sie insgeheim beobachtete und dabei ein Taschentuch bereithielt, um sich bei ihrem Anblick nicht anzusabbern. Jeder außer dem Surfertypen – der konzentrierte sich gerade voll und ganz auf meine Cupcakes, nahm eines der kleinen Törtchen und steckte es sich komplett in den Mund.

»Süß«, kommentierte er genussvoll.

»Meinst du den Cupcake oder Violet?«, fragte Chloe grinsend und wackelte mit den Augenbrauen.

»Ich schätze, beides.« Beim Grinsen zeigte er strahlend weiße Zähne, und Grübchen bildeten sich in seinen Wangen.

Das war jetzt der passende Moment, um meinen Plan in die Tat umzusetzen und mich in Buttercreme zu ertränken, aber dazu hatte ich keine Gelegenheit: Das Tablett wurde mir aus der Hand genommen. Der Surfertyp stellte es auf den Tisch, wobei er sich zwei weitere Cupcakes schnappte, setzte sich wieder aufs Sofa und klopfte auffordernd auf den freien Platz neben sich. Chloe schubste mich neben ihn. Zum Glück war es ein riesiges Sofa, auf dem mehr als genug Platz für uns alle war, sodass ich einen kleinen Sicherheitsabstand zwischen mich und meinen Sitznachbarn bringen konnte. Solange mir niemand allzu nahe kam und ich einen guten Überblick über die Situation hatte, brach ich nicht in Panik aus. Außerdem flößte mir sein jungenhaftes Lächeln auf Anhieb Vertrauen ein.

»Ich bin Dorian«, sagte er. Die Musik dröhnte so laut durch

den Raum, dass er sich ein wenig zu mir vorbeugen musste, um ihn zu verstehen. So nah, dass ich den frischen Minzgeruch seines Atems wahrnahm, in den sich der Zuckerduft der Cupcakes mischte, und die grauen Sprenkel im Huskyblau seiner Augen entdeckte.

»Wie Dorian Gray?«

»Genau so, nur noch hübscher«, prahlte er. Sein Grinsen war so breit und ansteckend, dass ich auch lächeln musste.

Über seine Schulter hinweg sah ich, dass Chloe nach Scott Ausschau hielt. Nach außen hin wirkte sie ruhig, doch weil ich Bescheid wusste, erkannte ich die kleinen Anzeichen: wie häufig sie sich durch die Haare strich, wie nervös sie mit den Fingernägeln gegen ihren Pappbecher trommelte. Ich ließ meinen Blick ebenfalls durch den halbdunklen Raum schweifen, doch Scott ließ sich nicht blicken.

»Wartest du auf jemanden?« Dorian folgte meinem Blick.

»Ich? Oh … nein, ich bin nur mit Chloe hier.«

»Umso besser. Dann muss ich nicht befürchten, dass dein eifersüchtiger Freund gleich hier auftaucht und dich meinen Fängen entreißt?«

Flirtete er etwa mit mir? Ich war in solchen Dingen dermaßen ungeübt – um nicht zu sagen unfähig –, dass ich mir nicht sicher war.

»Das wird definitiv nicht passieren. Ich bin Single«, sagte ich und fühlte mich dabei so unbeholfen wie ein Welpe in einem Minenfeld.

Er beugte sich noch etwas weiter zu mir vor, der Blick aus den eisblauen Augen war eindeutig interessiert. »Schön und Single? Ich habe echt Glück, dass ich dich entdeckt habe, bevor jemand anders auf dich aufmerksam wurde, oder? Dann verkünde ich hiermit offiziell, dass ich dich den ganzen restlichen Abend nicht aus den Augen lassen werde.«

Himmel, war er direkt! Aber zumindest wusste ich nun zweifelsfrei, dass er mich anbaggerte. Missverständnisse ausgeschlossen.

Zu dumm, dass ich nicht nur unerfahren war, sondern auch gar nicht vorhatte, daran etwas zu ändern. Seine Mühen waren also vergebens. Um meine Verlegenheit zu überspielen, nahm ich noch einen großen Schluck von meinem klebrig-süßen Drink.

»Um Himmels willen. Trinkst du das Zeug etwa?« Sein Gesichtsausdruck schwankte zwischen Faszination und Abscheu. »Bitte sag mir, dass ich dir etwas Besseres bringen darf. Egal was, alles ist besser als dieses kaugummisüße Gesöff, mit dem sich hier alle die Kante geben.«

Ich zuckte mit den Schultern. »Wenn das zu deinem Glück beiträgt, wieso nicht?«

Sein Blick fixierte mich, als er aufstand. »Versprich mir, dass du gleich noch da bist, wenn ich zurückkomme.«

»Ich bewache sie«, versprach Chloe und ließ sich schwungvoll neben mich fallen. Sobald er uns den Rücken zugedreht hatte, warf sie mir einen vielsagenden Blick zu. »Wenn du den vom Haken lässt, bringe ich dich um. Im Namen aller Frauen, die sich ein Bein ausreißen würden, um mit dir zu tauschen.«

»Wenn er dir so gut gefällt – bitte, bedien dich«, forderte ich sie mit hochrotem Kopf auf. »Schon vergessen? Ich bin nur hier, um dir Rückendeckung zu geben. Nicht, um mich irgendwem an den Hals zu werfen.«

»An dem ist aber sogar der Hals sexy.« Sie schnurrte fast.

»Du bist manchmal echt ein Freak, weißt du das?«

Sie strahlte mich an. »Freakig und stolz darauf. Und außerdem will ich nur dein Bestes.«

Sobald Dorian wieder auftauchte, machte sie ihm Platz, sodass er wieder neben mir sitzen konnte. Misstrauisch schnupperte ich am Becher, den er mir reichte.

»Wein?«, fragte ich und nippte daran. Er hatte recht, das schmeckte sehr viel besser. »Wo hast du den denn aufgetrieben?«

Er grinste. »Ich kenne die geheimen Vorräte, wo sie das gute Zeug lagern.«

»Dorian! Sag bloß, du versorgst nur Violet mit gutem Wein, und denkst gar nicht an uns anderen. Muss ich etwa eifersüchtig werden?«, rief Jenna scherzhaft vom anderen Ende des Sofas herüber und verzog die vollen Lippen zu einem sexy Schmollmund.

Sein Grinsen wurde noch breiter. »Sorry, Sweetheart. Heute stehe ich nur Violet als persönlicher Butler zur Verfügung.«

Mit diesen Worten schnappte er sich noch einen Cupcake. Der wievielte war das jetzt? Verstohlen betrachtete ich seinen flachen Bauch. Wo aß er das bloß alles hin?

Er merkte meinen Blick. Konnte sein Grinsen noch breiter werden?

Ja, konnte es.

Ich war wild entschlossen, mich auf keinen Flirt einzulassen und das Gespräch so harmlos und neutral wie möglich zu halten. »Was studierst du denn? Auch Literatur?«, fragte ich.

Das amüsierte Funkeln in seinen Augen verriet mir, dass er meine Strategie durchschaut hatte. Aber er beantwortete meine Frage. »Literatur hätte mich auch interessiert. Aber nein, ich studiere Neurowissenschaften.«

»Was, echt? Dann musst du ja ein ganz schöner Überflieger sein.«

Er lehnte sich zurück, sodass ich das Spiel seiner Muskeln unter dem dünnen Jerseystoff seines Shirts bewundern konnte. »Ja, ich bin nicht nur attraktiv, sondern auch schlau«, seufzte er gespielt leidend. Seine Mundwinkel zuckten amüsiert. »Es ist ein Segen und ein Fluch zugleich.«

Ich konnte nicht anders, ich musste einfach lachen. Ich mochte ihn jetzt schon. Was das Selbstbewusstsein respektive die Selbstüberschätzung betraf, konnte er es mit Chloe aufnehmen.

Diesen Moment suchte sich Scott für seinen großen Auftritt aus. Ich wusste es, bevor ich ihn sah. Ich merkte es daran, wie starr Chloe plötzlich wurde. Ihre eine Hand krampfte sich um den Becher und zerdrückte ihn beinahe. Die andere streckte sie mir hinter Dorians Rücken hilfesuchend entgegen. Ich ergriff sie und drückte sie fest. In dem Blick, den sie mir zuwarf, stand blanke Panik.

Dann erst entdeckte ich Scott. Mit einer Gruppe von anderen Jungs hatte er den Raum betreten. Sie waren allesamt breitschultrige, durchtrainierte Sportlertypen wie er, und die meisten hatten wohl schon den ein oder anderen Drink intus.

»Hey, Jenna! Komm her und tanz mit mir«, johlte einer von ihnen, als er das unbestreitbar hübscheste Mädchen im ganzen Haus erspähte.

Jenna machte sich nicht einmal die Mühe zu antworten. Sie zog nur eine ihrer perfekt gezupften Augenbrauen hoch.

Doch ihr Blick sprach eine ziemlich deutliche Sprache, und ich war sicher, die Übersetzung lautete ›Verpiss dich‹.

»Frag du sie, Scott, wenn du auf Ärger aus bist«, brummte der Kerl. »Die sieht so aus, als könnte sie einem die Augen auskratzen.«

Scott nahm die Herausforderung an. Mit einem offenen, freundlichen Lächeln kam er zu unserem Sofa geschlendert. »Na schön. Ich bin Scott, und ich suche Ärger.«

Noch einmal drückte Chloe meine Hand so fest, dass sich ihre Fingernägel schmerzhaft in meine Haut bohrten. Dann ließ sie los, und plötzlich ging eine sichtbare Veränderung in ihr vor. Es war, als hätte sie ihre Unsicherheit einfach abgestreift wie eine zu eng gewordene Schlangenhaut. Oder aber, als hätte sie eine täuschend echte Maske aufgesetzt, um ihre Angst zu verbergen. Ihre Haltung straffte sich, ihr Kopf war hocherhoben. Die Panik, mit der sie mich gerade noch angeschaut hatte, verschwand aus ihrem Blick, und ein Lächeln umspielte ihre Lippen.

Geschmeidig erhob sie sich und stemmte eine Hand in die Hüfte. »Hi – ich bin Ärger.« Sogar ihre Stimme hatte sich verändert. Sie war tiefer und leicht rauchig. Wenn ich es nicht besser gewusst hätte, hätte ich niemals geahnt, was für eine Überwindung dieser Schritt sie gekostet haben musste.

Scotts braune Augen weiteten sich. Er musterte sie von oben bis unten und lächelte dann. »Ärger also, ja? Kann ich dir einen Drink bringen? Oder willst du tanzen?«

Sie nahm einfach seine Hand und zog ihn in den Nebenraum, wo zu ohrenbetäubend lauter Musik getanzt wurde. Kopfschüttelnd blickte ich ihnen hinterher.

Sobald sie weg war, fühlte ich mich viel unwohler. Ohne

Chloe wurde mir noch stärker bewusst, dass ich mich an einem Ort befand, der mir Angst einjagte: auf einer Party und von unzähligen Fremden umgeben. Aber ich hatte ja auch keinen Grund, länger hierzubleiben. Meine Mission war erfüllt, das Zielobjekt war erfolgreich gekapert worden.

Schwungvoll stand ich auf. So schwungvoll, dass ich ins Schwanken geriet. Als sich eine Hand um meine schloss, sog ich scharf die Luft ein.

»Hoppla«, sagte Dorian lächelnd und stützte mich.

Verlegen zog ich die Hand weg. »Ups. War wohl mehr Alkohol, als ich dachte.« Im Sitzen hatte ich das gar nicht gemerkt, aber jetzt schien der Boden unter meinen Füßen leicht zu schwanken.

Großartig, Violet, das war eine Glanzleistung.

Ich musste doch noch fahren! In meiner Nervosität hatte ich überhaupt nicht nachgedacht und mich Halt suchend an das geklammert, was eben da war: mein Getränk. Und jetzt? Probeweise machte ich ein paar Schritte und versuchte abzuschätzen, ob ich mich noch hinters Steuer wagen konnte.

»Wohin willst du eigentlich?«, erkundigte sich Dorian. »Du willst mich doch wohl nicht schon allein lassen?«

»Ich bin mir sicher, du bleibst nicht lang allein«, vermutete ich.

Er stand auch auf. »Hey, tu mir das nicht an. Bleib doch noch ein wenig. Willst du tanzen?«

Entschlossen schüttelte ich den Kopf. »Ehrlich, ich muss nach Hause.«

»In dem Zustand kannst du doch ohnehin kein Auto fahren. Komm schon. Tanz ein bisschen, und wenn du dich nüchterner fühlst, fährst du heim.«

Das Problem war, dass er recht hatte. Ich konnte wirklich nicht fahren. Kurz überlegte ich, welche Alternative mir reizvoller erschien: noch ein wenig hierzubleiben oder mir die Zeit im Auto oder draußen in der Kälte zu vertreiben. Ein Taxi wollte ich nicht nehmen, es hätte meine ohnehin mageren Ersparnisse dahinschmelzen lassen.

Dorians bittendes Lächeln nahm mir die Entscheidung ab. Wie schlimm konnte es schon werden? Die nüchterne Violet hätte sich wahrscheinlich in den Regen gestellt und wäre notfalls zu Fuß nach Hause gelaufen, doch die betrunkene Violet beschloss spontan, sich ihren Ängsten zu stellen. Wenn Chloe ihren Scott ansprechen konnte, konnte ich es eine Weile auf der Tanzfläche aushalten, bis der Boden nicht mehr so bedrohlich schwankte.

»Na gut«, sagte ich zögernd und machte noch einen Schritt – oder versuchte es zumindest. Der Raum drehte sich plötzlich so rasant, dass ich Halt suchend die Arme ausstreckte.

Wieder griff Dorian nach meiner Hand, und diesmal zog ich sie nicht weg. Ich hatte noch genug Selbsterhaltungstrieb, um zu erkennen, dass ich ohne seine Hilfe ganz schnell auf der Nase gelandet wäre. Widerstandslos ließ ich mich von ihm durch die Tür führen.

Sofort war die Musik so laut, dass man sich nicht mehr unterhalten konnte. Der Bass dröhnte durch meinen Körper, machte mir das Atmen schwer. Die Luft schmeckte so dick, als könnte man sie mit Messern schneiden. Ich nahm den typischen süßlichen Geruch von Gras wahr; irgendwo hier wurde gekifft.

Da waren so viele Leute, dass ich meinen Mut zu bereuen begann. Unzählige Körper bewegten sich rhythmisch zur

Musik. Es war so dunkel, dass es mir schwerfiel, die einzelnen Menschen auseinanderzuhalten. Sie wirkten fast wie eine einzige organische Masse, aus der sich einzelne Arme, Beine und Köpfe schälten.

Draußen in einem Wolkenbruch zu stehen erschien mir plötzlich viel verlockender. Ich wollte nur noch weg. Die Musik machte alles noch viel schlimmer, mit House konnte ich überhaupt nichts anfangen.

Doch wie auf Kommando änderte sich die Musik drastisch, und die ersten Klänge von *Bohemian Rhapsody* hallten durch den Raum.

»Queen!«, rief Dorian jubelnd aus, und allerspätestens jetzt war er mir wirklich sympathisch.

Der Alkohol prickelte in meinem Bauch, und auf einmal fühlte ich mich seltsam leicht, fast schwerelos. Ich lachte, ohne genau zu wissen, warum. Dorian stimmte mit ein.

Freddie Mercurys markante Stimme trug mich, riss mich einfach mit und ließ mich tanzen. Selbstvergessen drehte ich mich mit geschlossenen Augen und genoss, wie sich das Kribbeln von meinem Bauch ausgehend ausbreitete, meinen Hals hinauf, über meine Wangen, und sogar bis in die Fingerspitzen. Das Finale des Songs sangen wir gemeinsam mit, Dorian und ich. Wir brüllten so laut, dass wir einander trotz der lauten Musik hören konnten. Dann lachten wir uns über unsere schiefen Gesänge kaputt.

Ich hatte tatsächlich Spaß, auch wenn ich es mir nicht hätte träumen lassen. Der Drang, sofort wegzurennen, verpuffte. Teils lag das am Alkohol, teils an der Musik und teils an Dorian. Er hatte überhaupt keine Scheu, albern herumzuhampeln und schräg zu singen. Sein Lächeln war so offen und entwaffnend, dass man ihn einfach mögen musste. Ich hatte keine Ahnung, woher ich diese Gewissheit nahm, aber ich fühlte, dass ich ihm vertrauen konnte.

Irgendwo in der Menge entdeckte ich Jenna. Geschmeidig drehte sie sich im Kreis, die schwarzen Haare flogen um ihren Kopf wie Rabenflügel. Ihre Arme hoben sich anmutig und senkten sich dann auf die Hüften hinab.

Als sie uns sah, winkte sie und drängte sich zu uns durch. Ein paarmal schien es, als würde sie einfach in der Menschenmasse steckenbleiben, und mehr als einmal wurde sie von Kerlen angesprochen und angetanzt, doch zielstrebig schob sie sich weiter und gesellte sich zu uns. Lachend tanzten wir zusammen.

Als wieder ein Song kam, der mir gefiel, schloss ich die Augen und ließ die Musik einfach auf mich wirken. Ich ließ mich treiben und genoss den Moment.

Und dann, als ich die Augen wieder aufschlug, war ich allein.

Beunruhigt reckte ich den Hals und hielt nach Dorian und Jenna Ausschau. Sie waren gar nicht weit weg und hatten offenbar noch nicht bemerkt, dass ich nicht mehr direkt neben ihnen war. Doch andere Leute waren zwischen uns geraten, und als ich versuchte, mich zu ihnen durchzukämpfen, verlor ich sie aus den Augen.

In dem Moment schlug die Panik zu.

Plötzlich war ich mitten in der Menge. Um mich herum waren Leute, viel zu viele Leute, viel zu nah. Ich wimmerte. Fremde Haut streifte meine Haut, dann war eine Hand auf meiner Hüfte. Jemand tanzte mich an, versuchte mich an sich zu ziehen.

Das Blut rauschte so laut in meinen Ohren, dass ich die Musik kaum mehr hören konnte. Ich stieß die Hand weg, stolperte ein paar Schritte weiter und rief Dorians Namen, aber natürlich hörte er mich nicht. Niemand hörte mich, außer vielleicht die Leute direkt neben mir, und die beachteten mich nicht.

Meine Augen waren weit aufgerissen. Immer hektischer blickte ich mich um. Noch einmal sah ich Dorians blonde Haare aufblitzen. Er schien sich auch suchend umzusehen. Doch dann schlug die Menschenmenge zwischen uns zusammen, und ich verlor ihn wieder.

Überall waren fremde Gesichter, die vor meinem Blick verschwammen. Starrten sie mich an? Was wollten sie von mir? Mein Verstand brüllte mir entgegen, dass ich grundlos durchdrehte und niemand mir etwas tun wollte, aber die Stimme der Vernunft ging im Strudel der Angst unter. In meinem Kopf verkamen all die fremden Gesichter zu verzerrten Fratzen, hinter deren Lippen Reißzähne lauerten.

Ich war so dumm gewesen, so gottverdammt blöd. Das hatte ich mir alles selbst zuzuschreiben. Ich hatte alles falsch gemacht. Ich hätte gar nicht herkommen sollen. Und wieso zur Hölle hatte ich etwas getrunken? Spätestens als Chloe mit Scott verschwunden war, hätte ich von hier verschwinden sollen.

Chloe. Sie musste hier auch irgendwo sein. Verzweifelt peitschte mein Blick hin und her, aber ich konnte kein vertrautes Gesicht entdecken. Ich war völlig allein unter Fremden.

Die Ränder meines Blickfeldes waren schwarz und ausgefranst. Ich sah wie durch einen dunklen Tunnel. Ich wollte raus, doch ich wusste nicht, wo sich die Tür befand; nicht einmal, wo links und rechts war.

Eis schien durch meine Adern zu fließen. Mein Atem ging so flach, dass sich alles zu drehen begann, und diesmal war nicht der Alkohol daran schuld. Meine Finger begannen zu kribbeln, das Gesicht fühlte sich taub an. Ich musste atmen! Doch meine Brust war so eng, dass ich kaum Sauerstoff in meine Lunge bekam.

Ich werde sterben, hämmerte es durch meinen Kopf. *Ich muss weg, raus, sonst sterbe ich.*

Auf einmal war die Tür vor mir. Ich taumelte hindurch in den nächsten Raum. Die tanzenden Körper waren weg, und die Musik dröhnte nicht mehr ganz so laut. Aber immer noch war ich auf der Party. Das große Verbindungshaus erschien mir plötzlich wie ein Labyrinth, aus dem ich keinen Ausgang finden konnte. Ich schleppte mich in den nächsten Raum, schaute wild um mich, suchte die Haustür. Meine Knie fühlten sich so wackelig an, dass die hohen Sandaletten zu gefährlichen Stelzen geworden waren. Vermutlich musste ich froh sein, dass ich noch nicht umgeknickt war und mir den Knöchel gebrochen hatte.

Meine Beine gaben unter mir nach, hart schlug ich mit den Knien am Boden auf und kauerte mich zusammen. Ich machte mich ganz klein, wie ein Ball aus purer Angst. Meine Atemzüge wurden immer schneller und unregelmäßiger, bis ich befürchtete, mich übergeben zu müssen.

Jemand stieß mich im Vorbeigehen mit der Fußspitze an. »Die ist ja total besoffen«, sagte er lachend und ging weiter.

Eine Hand.

Plötzlich war da eine Hand auf meinem Arm und zog

mich sanft hoch. Ich blickte in Dorians helle Augen, die mich besorgt musterten.

»Oh Gott, Violet. Was ist passiert? Hat dir jemand was getan?«

Ich wollte antworten, konnte aber nicht reden. Ich schüttelte nur den Kopf und rang nach Luft.

»Ich bringe dich hier raus«, murmelte er beunruhigt und legte den Arm um meine Schultern. Dankbar lehnte ich mich an ihn und ließ mich von ihm durch die Menge bugsieren.

Endlich traten wir ins Freie. Kalt strömte die frische Luft in meine Lunge, und gierig sog ich sie ein. Ein feiner Sprühregen benetzte meine erhitzte Haut. Langsam ließ ich mich mit dem Rücken an der rauen Hausmauer hinuntergleiten, ohne Rücksicht auf mein schönes Kleid zu nehmen, bis ich auf dem Boden saß. Ich schlang die Arme um meine angezogenen Beine und lehnte die Stirn gegen die Knie. Jeder meiner abgehackten Atemzüge klang wie ein Schluchzen. So verharrte ich, bis die Panik nachließ und die Enge in meiner Brust sich allmählich löste.

Dorian saß neben mir. Schweigend wartete er, bis meine Schultern aufhörten zu beben und ich den Kopf wieder hob.

»Violet, was …«

»Panikattacke«, presste ich hervor. Meine Stimme war rau. »Sorry. Passiert mir manchmal … in Menschenmengen.«

Ich sah ihm an, dass er weiterfragen wollte, und war dankbar, dass er es nicht tat. »Tut mir leid«, sagte er stattdessen leise. »Ich hatte dich aus den Augen verloren. Jenna war zwischen uns, ich habe sie angesehen, und plötzlich warst du weg.«

Schwach lächelte ich ihn an. Er konnte ja nichts dafür, im

Gegenteil. Ohne ihn wäre ich immer noch dadrin, gefangen in einer engen, unsichtbaren Kugel aus Angst und unfähig, mich zu bewegen.

»Komm, ich bringe dich nach Hause«, sagte er. »Ich muss nur noch schnell jemanden am Campus-Parkplatz treffen.«

»Mitten in der Nacht?«, fragte ich erstaunt.

Er zuckte mit den Schultern. »Er ist ein Nachtschwärmer. Ein Kumpel – er kommt kurz vorbei und bringt mir ein paar PS-Spiele, die ich mir ausleihen wollte.«

Als wir aufstanden, schwankten wir beide kurz. »Mist«, meinte er mit verlegenem Grinsen. »Sieht so aus, als wärst du nicht die Einzige, die mehr getrunken hat, als sie dachte. Aber Auto fahren kann ich noch.« Nach einer kurzen Pause fügte er hinzu: »Denke ich.«

Schweigend gingen wir nebeneinander zum Parkplatz. Ich versuchte es mir nicht anmerken zu lassen, aber wirklich gut ging es mir noch nicht. Nach einer solchen Panikattacke dauerte es immer eine Weile, bis ich mich erholte. Mir war eiskalt, innerlich wie äußerlich.

»Dauert nur einen Moment«, sagte Dorian, wippte von den Fußballen auf die Fersen und hielt nach seinem Freund Ausschau. Morgens war der Parkplatz immer komplett voll, aber nun standen nur ein paar vereinzelte Autos da; darunter meine Rostschüssel.

Ein schwarzer Wagen fuhr vor. Dorian hob grüßend die Hand.

»Hör mal, Violet«, sagte er dann zögerlich, »ich glaube, ich sollte doch besser nicht mehr fahren. Ich will uns beide nicht umbringen und auch sonst niemanden. Aber keine Angst, ich sorge dafür, dass du sicher nach Hause kommst.«

In dem Moment stieg sein Kumpel aus dem Auto, und meine Antwort blieb mir im Hals stecken.

Mein Herz setzte einen Schlag aus.

»Hey, Aiden.« Dorian ging auf ihn zu und nahm ihm einen Stapel PS-Spiele ab. »Wow, danke! Dragon Age, The Witcher, Fallout 4 …«

Aiden hatte mich noch nicht entdeckt. Ich trat einen Schritt zurück in die Schatten und senkte den Kopf, sodass meine langen Haare tief in mein Gesicht fielen. Nie zuvor hatte ich mir Harry Potters Unsichtbarkeitsumhang so sehr gewünscht wie jetzt.

Verstohlen betrachtete ich die beiden, als sie sich über die Spiele unterhielten. Aiden und Dorian sollten Freunde sein? Ernsthaft? Das wollte einfach nicht in meinen Kopf. Die beiden waren so gegensätzlich wie Tag und Nacht, wie Chocolate-Chip-Cookies und Brokkoli, wie Luke Skywalker und Darth Vader.

Das begann schon bei den Äußerlichkeiten: Dorian leuchtete mit seinen blonden Haaren, dem lächelnden Gesicht und dem hellen Shirt wie eine Art Sonne durch den Regen. Um Aiden hingegen schienen sich die Schatten zu verdichten. Seine Haare und Klamotten waren so dunkel wie die Nacht. Es war verrückt – die beiden sahen aus, als hätten sie sich mit Absicht so gegensätzlich wie möglich gestylt. Und doch unterhielten sie sich freundschaftlich über die Vor- und Nachteile von Open-World-Games.

Ich dachte gerade darüber nach, ob ich mich nicht unauffällig aus dem Staub machen sollte, bevor Aiden mich bemerkte. Doch in dem Moment sagte Dorian: »Kannst du mir einen Gefallen tun? Ich wollte Violet nach Hause fahren, aber ich hatte ein paar Drinks zu viel. Würde es dir etwas ausmachen? Das ist Violet. Violet, darf ich dir Aiden vorstellen?«

Ich versuchte zu lächeln, zog beide Mundwinkel hoch, und war doch sicher, dass das Ergebnis gruselig war. Aiden starrte mich an. Seine Miene war schwer zu deuten, aber ich war sicher, ihm entging kein Detail – vom sexy Kleid bis zur verschmierten Wimperntusche und der ramponierten Frisur. Plötzlich fühlte ich mich seltsam nackt. Ich wünschte, ich hätte ausgeleierte Jeans und ein weites Sweatshirt angezogen, mit einer Kapuze, unter der ich mich nun verstecken könnte.

»Ihr kennt euch?«, fragte Dorian irritiert, als er bemerkte, wie wir einander fixierten.

Aiden blinzelte kurz und wandte den Blick ab. Die Hände hatte er in seine Jackentaschen gesteckt, die Schultern hochgezogen. »Wir sind uns mal über den Weg gelaufen, mehr nicht«, murmelte er.

»Na dann. Kannst du sie fahren?«, fragte Dorian arglos.

»Nein!«, platzte ich heraus und biss mir dann auf die Zunge, als ich Dorians verwirrten Blick bemerkte. Meine Reaktion war viel zu heftig gewesen. »Nein, das ist nicht nötig«, versuchte ich abzuwehren. »Ich nehme einfach ein Taxi. Ich bin mir sicher, ich habe genug Geld dabei. Kein Problem.« Während ich sprach, ging ich ein paar Schritte rückwärts und kramte schon nach meinem Handy, um die Ankündigung in die Tat umzusetzen.

»Ach, Quatsch, Aiden macht das sicher nichts aus!«, widersprach Dorian. »Stimmt's, Aiden? Du machst das gerne.«

Aiden sah aus, als würde er es ganz und gar nicht gerne machen. Seine Begeisterung wirkte ebenso überschwänglich wie meine: Sie bewegte sich im Minusbereich.

Fieberhaft suchte ich nach weiteren Ausreden. »Mein Auto …«

»Das kannst du morgen holen«, fiel mir Dorian ins Wort. »Bestimmt kann dich morgen jemand abholen und hierher zu deinem Auto bringen. Chloe, Jenna oder ich.«

»Mein Cupcake-Tablett ist noch da drin, und …«

»Chloe nimmt es für dich mit.«

Mir wären bestimmt noch Hunderte Ausreden eingefallen, aber Aiden verdrehte die Augen und hielt seine Beifahrertür für mich auf. »Na komm schon, steig ein.«

Ich schluckte und fügte mich meinem Schicksal. Als ich mich von Dorian verabschiedete, schoss mir die Frage durch den Kopf, ob es das letzte Mal gewesen war, dass ich mit einem Menschen gesprochen hatte – weil Aiden sicher in der Lage war, mich zu köpfen und meine Leiche am Straßenrand liegenzulassen. Auf dem Rücksitz entdeckte ich den seltsamen schwarzen Koffer, den Aiden immer bei sich zu haben schien. Chloe gegenüber hatte ich mal gesagt, darin wäre vielleicht ein abgetrennter Kopf. Klar, es war ein Scherz, aber als ich nun noch einmal darüber nachdachte …

Meine Mom hatte immer schon behauptet, ich würde zu viele Horrorfilme schauen. Anscheinend hatte sie zumindest in diesem einen Punkt recht.

Dorian schien Aiden zu vertrauen. Das war ein gutes Zeichen, immerhin wirkte Dorian normal und nett. Andererseits kannte ich ihn überhaupt nicht und sollte nicht zu viel Wert auf seine Meinung legen.

Aber jetzt war es zu spät, um einen Rückzieher zu machen. Die Tür schlug zu, Aiden nahm neben mir Platz und startete den Motor. Ich war mit Mr Unfreundlich im Auto eingesperrt und fragte mich, ab wann die Dinge eigentlich so schiefgelaufen waren, dass sie zu diesem Desaster geführt hatten.

Ich biss mir auf die Unterlippe. Wir hatten keine lange Fahrt vor uns, aber ich wusste jetzt schon, dass sie mir ewig vorkommen würde.

»Wohin geht's?«, fragte er knapp.

Ich gab ihm meine Adresse und erwartete, dass er gleich losfahren würde. Stattdessen saß er noch einen Moment reglos da und sah mich nachdenklich an. Ich wich dem Blick seiner grünen Augen aus.

Mir war unangenehm bewusst, wie schrecklich ich aussehen musste: verschwitzt, zerzaust, wie ein Wrack. Ich versuchte das Zittern zu unterdrücken.

»Alles okay?«, fragte er. Er klang nicht ganz so unfreundlich wie sonst.

Ich nickte verkrampft, wobei meine Zähne klappernd aufeinanderschlugen.

Er seufzte, dann löste er seinen Sicherheitsgurt noch einmal, zog seine Jacke aus und ließ sie mir kommentarlos in den Schoß fallen. Ich zögerte kurz, dann schlüpfte ich hinein. Erleichtert spürte ich die Wärme und kuschelte mich tief hinein. Eine faszinierende Duftmischung stieg mir in die Nase: Leder, frisches Aftershave, und ein Hauch von Aidens eigenem Geruch.

Keiner von uns sagte ein Wort, während wir durch die nächtlichen Straßen fuhren. Schweigend betrachtete ich die Straßenbeleuchtung, die sich auf dem nassen Boden spiegelte. Hin und wieder zuckte mein Blick kurz zu Aiden. Wie erwartet, schenkte er mir keine Beachtung. Die Hände fest ums Lenkrad geschlossen, schaute er starr geradeaus.

»Kann … Darf ich Musik anmachen?«, fragte ich, um das peinliche Schweigen zu durchbrechen.

Er deutete auf das Handschuhfach und seufzte. »Bedien dich. Aber du wirst nichts von dem Kram finden, der in den Charts rauf und runter gespielt wird.«

Um ehrlich zu sein, hatte ich mir auch nicht unbedingt vorgestellt, dass er Taylor Swift hörte. Eher irgendwelche abgedrehten, düsteren Bands, die kein Mensch kannte, oder deren Sänger Fledermäusen die Köpfe abbissen. Aber ich wurde positiv überrascht. Neben vielen Bands, die ich nicht kannte, fand ich auch Musik, die ich selbst mochte: The Doors, The Smiths … Großteils düster, ja, aber auch wunderschön. Unvorstellbar, aber der Vampirgraf und ich hatten tatsächlich eine Gemeinsamkeit. Wir standen beide auf Rock- und Indie-Klassiker. Ich blätterte aber weiter, bis ich auf ein Album stieß, das mir sofort ein Lächeln aufs Gesicht zauberte. *Every You Every Me* von Placebo war für mich der perfekte Song fürs Autofahren, seit ich vor Jahren den Film *Eiskalte Engel* gesehen hatte.

Aidens Mundwinkel zuckte leicht, doch sonst kam keine Reaktion von ihm. Er kommentierte meine Musikwahl nicht, er sagte überhaupt nichts.

»Wohnst du auch in keinem der Wohnheime?«, versuchte ich ein Gespräch in Gang zu bringen.

»Nein«, war die knappe Antwort.

Wieder herrschte Schweigen, bis ich noch einen zaghaften Versuch unternahm: »Danke, dass du mich nach Hause fährst.«

Diesmal ließ er sich zu gar keiner Antwort herab, er zuckte nur mit den Schultern.

Frustriert gab ich auf. Noch nie zuvor hatte ich jemanden getroffen, der so abweisend war. Ich kam überhaupt nicht an ihn heran. Es war, als hätte er eine undurchdringliche Mauer um sich errichtet; so hoch, dass man nicht hinüberblicken konnte, und so glatt, dass jeder Versuch, sie zu überwinden, zum Scheitern verurteilt war. Oder aber, als betrachtete er die Welt von einem Turm aus, ohne wirklich Teil von ihr zu sein. Neben ihm im Auto zu sitzen und die drückende Stille zu atmen erstickte mich fast.

Rasch streckte ich die Hand nach dem Radio aus, um das dröhnende Schweigen mit der Musik zu übertönen.

Er hatte dieselbe Idee im selben Moment. Unsere Finger berührten sich für einen Augenblick, und sofort schoss ein heißes Prickeln durch meine Fingerspitzen, meinen Arm, meinen ganzen Körper. Gleichzeitig rissen wir unsere Hände zurück, als hätten wir uns verbrannt. Erschrocken suchte mein Blick seinen, und ich merkte, dass er mich ebenso verwirrt ansah.

Einen Herzschlag lang ließ er seine Fassade fallen. Seine Augen waren geweitet, die Pupillen groß. Der kühle, abweisende Ausdruck verschwand daraus und machte etwas anderem Platz, das ich nicht deuten konnte.

Dann räusperte er sich und schaute wieder nach vorne auf die Straße. Jetzt erst merkte ich, dass ich den Atem angehalten hatte. Schmerzhaft rau strömte die Luft zurück in meine Lunge. Das Blut schoss mir in die Wangen, und ich verkroch mich noch tiefer in der Lederjacke.

Die Atmosphäre war mit einem Mal wie aufgeladen. Das

Kribbeln, das durch meinen Körper geschossen war, spürte ich immer noch. Es prickelte in meinen Armen, in meiner Kehle, tief in meinem Bauch. Alles in mir zog sich zusammen. Irritiert atmete ich tief durch.

Ich blickte noch einmal unsicher zu Aiden, aber er wirkte wieder so verschlossen wie eh und je. Sein Kiefer war angespannt, die Lippen zusammengepresst. Schnell schaute ich wieder weg.

Während der restlichen Fahrt wagte ich nicht mehr, ihn anzusehen oder mich auch nur zu bewegen. Verkrampft saß ich da, meine Finger nestelten nervös am Saum der Lederjacke herum.

Als wir ankamen, musste ich ein erleichtertes Seufzen unterdrücken. In Gedanken beglückwünschte ich mich zu meiner Entscheidung, ein Zimmer so nah am Campus gewählt zu haben. Sobald er vor dem Haus angehalten hatte, riss ich die Autotür auf, murmelte einen Abschied und stolperte hinaus ins Freie.

Aiden wartete, bis ich die zwei Meter zur Tür zurückgelegt hatte und meinen Schlüssel aus der Tasche gekramt hatte. Dann raste er mit quietschenden Reifen davon, so als könnte er es auch nicht erwarten, von mir wegzukommen.

Jetzt erst bemerkte ich, dass ich immer noch seine Jacke anhatte. Ich widerstand dem Impuls, sie auszuziehen und dem Auto hinterherzuschleudern, das ich schon nicht mehr sehen konnte. Stattdessen schlang ich sie zitternd enger um mich und atmete den verwirrenden Duft ein, der von ihr ausging.

∞

Am nächsten Morgen schaffte ich es einfach nicht aufzustehen. Das Sonnenlicht hatte mich früh geweckt, viel zu früh – ich brauchte dringend selbstschließende Jalousien, befand ich. Oder blickdichte schwarze Farbe, um damit die Fenster zu bestreichen und die grelle Sonne für immer auszusperren.

Seit ich aufgewacht war, versuchte ich mich irgendwie aus dem Bett zu bewegen, doch mein Körper schien zweihundert Kilo zu wiegen. Mein Kopf war mit Watte gefüllt, die meine Gedanken langsam und träge machte. Ich war so schlapp und energielos, dass ich keinen Finger rühren konnte. Die Panikattacke gestern hatte mich viel Kraft gekostet. Mit geschlossenen Augen blieb ich liegen, fühlte mich entsetzlich und versank in Selbstmitleid.

Ich wollte überhaupt nicht an den vergangenen Abend denken, aber immer wieder machten sich meine Gedanken selbstständig. In meinem Kopf erlebte ich die schlimme Situation wieder und wieder. Die Erinnerungen waren scharfkantig und nadelspitz; sie taten weh, wenn ich daran rührte. Der bloße Gedanke an die Angst reichte aus, um Übelkeit in mir hochsteigen zu lassen. Dann dachte ich an Aiden und stöhnte gequält auf. Die Autofahrt war ein angemessen katastrophales Ende für einen grauenvollen Abend gewesen. Ich zog mir das Kissen über den Kopf und erwog, mich selbst zu ersticken.

Vermutlich wäre ich den ganzen restlichen Sonntag so liegen geblieben, wenn mich die Türklingel nicht aus meiner Starre gerissen hätte. Erst versuchte ich das schrille Geräusch auszublenden, indem ich zusätzlich die Bettdecke über das Kissen zog. Aber der unangenehme Ton drang durch meine

Daunenschutzschicht und hörte einfach nicht auf. Entnervt sammelte ich meine letzten Energiereserven und stemmte mich mühsam wie eine alte Frau aus dem Bett.

Im unförmigen Einhorn-Pyjama und auf nackten Füßen schleppte ich mich zur Tür, wo mir der Anblick einer Gestalt fast einen Herzinfarkt versetzte.

»Ms Andrews!«, rief ich erschrocken aus. Sie musste irgendwann morgens still und heimlich wie ein Gespenst nach Hause gekommen sein, ohne dass ich sie gehört hatte.

Wieder trug sie den fadenscheinigen Morgenmantel, den sie schon bei unserer ersten Begegnung angehabt hatte. Sie presste ihre schmalen Lippen zusammen und funkelte mich erbost an. Ihr Zeigefinger richtete sich anklagend auf mich. »Ich erwarte keinen Besuch«, zischte sie. »Wer auch immer diesen Lärm veranstaltet, muss deinetwegen da sein. Ich erwarte, dass du diesem Radau augenblicklich ein Ende bereitest.«

Immer noch klingelte es. Ich nickte hastig, woraufhin Ms Andrews triumphierend wie ein Racheengel ins Wohnzimmer zurückkehrte. Die Schöße ihres Bademantels wehten dramatisch hinter ihr her.

»Ja? Hallo?«, nuschelte ich in die Sprechanlage. Doch niemand antwortete, und kurz darauf klopfte jemand an die Wohnungstür. Einer der Nachbarn musste den Störenfried ins Haus gelassen haben.

Zögernd öffnete ich die Tür einen Spaltbreit und blickte in große bernsteinfarbene Augen. Chloe lächelte mich freundlich an.

»Eure Klingel muss kaputt sein«, begann sie, bevor ich etwas sagen konnte. »Ich habe ungefähr hundertmal geklingelt, aber es hat wohl nicht geklappt. Aber keine Sorge, der nette Herr im Erdgeschoss hat mir aufgemacht.«

Ich war mir ziemlich sicher, dass der sogenannte nette Herr, von dem sie sprach, ein Drogendealer war und dass der Hundehaufen letztens im Flur von seinem Dackel stammte, aber das war jetzt nicht das Thema. »Was machst du denn hier?«, fragte ich überrascht.

»Na, wonach sieht es denn aus?« Sie streckte mir einen Stapel Disneyfilme und eine große Packung *Ben&Jerry's*-Eis mit Erdnussbuttergeschmack entgegen. Aus einer Tüte an ihrem Handgelenk ragte mein Cupcake-Blech. »Ich kümmere mich um dich. Dorian hat gesagt, es ging dir gestern nicht gut.«

Ich trat einen Schritt beiseite, um sie hereinzulassen. Sofort schaute sie sich neugierig um. »Ist das etwa eine Männerjacke am Garderobenhaken? Sag bloß, deine Vermieterin hat Männerbesuch – oder du?«

Ich verschluckte mich fast. Aidens Lederjacke hatte ich fast vergessen. »Der Vampirgraf hat mich nach Hause gefahren«, erklärte ich schnell.

»Und seine Jacke …«

»… hat er mir gegeben, weil mir kalt war. Mehr gibt es da nicht zu erzählen.«

Sie schaute immer noch interessiert drein, fragte aber nicht weiter nach, sondern ließ sich in mein Zimmer bugsieren, wo wir uns auf mein Bett fallen ließen.

Chloe zog die Beine an und umfasste ihre schmalen Knöchel mit den Händen. »Nun sag schon. Was war denn los?« Ihr Blick war besorgt. »Dorian wollte mir keine Details erzählen. Er meinte, du hast dich nicht gut gefühlt, also bist du nach Hause gefahren. Bist du krank? Oder ist was passiert?«

Ich musste mich zusammenreißen, um angesichts ihrer Fürsorge nicht gerührt loszuheulen. Es bedeutete mir viel, dass sie aufgetaucht war und sich um mich sorgte. Aber die Wahrheit konnte ich ihr dennoch nicht sagen. Es war schwer für mich, offen über solche Dinge zu reden. Schlimm genug, dass Dorian meine Panikattacke mitbekommen hatte und Aiden mich in meinem ramponiert-verheulten Post-Panik-Zustand gesehen hatte.

»Mir war schlecht«, antwortete ich ausweichend. »Zu viel Alkohol – das bin ich nicht gewohnt. Dorian hat mich zum Glück raus an die frische Luft gebracht, das hat geholfen.«

Sie seufzte bekümmert. »Und ich war nicht für dich da. Tut mir wirklich leid. Immerhin warst du nur dort, weil ich dich überredet habe. Wenn dich der Vampirgraf ermordet, vergewaltigt und ausgeraubt hätte, wäre das ganz allein meine Schuld gewesen.«

»Schon okay. Für seine Verhältnisse hat er sich geradezu wie ein Gentleman benommen. Ein griesgrämiger, schweigsamer Gentleman. Na ja, zumindest hat er mich nicht angeschnauzt.« Ich schubste sie, bis sie wieder lächelte. »Und du konntest ja nicht ahnen, dass ich mich so volllaufen lasse. Sag mal, wo warst du eigentlich? Ich dachte, ihr wärt tanzen gegangen, aber auf der Tanzfläche habe ich euch nicht gesehen.«

Augenblicklich wurde sie bis über beide Ohren rot. »Oh, da waren wir auch zuerst.«

Meine Augen weiteten sich. »So, und dann?«

Sie drehte sich ihre kupferfarbenen Haarsträhnen um die

Finger. Schließlich konnte sie ein Grinsen nicht mehr unterdrücken. »Dann hat er mich geküsst.« Plötzlich war es vorbei mit ihrer damenhaften Zurückhaltung. Aufgeregt sprang sie auf meinem Bett herum. »Violet, er hat mich geküsst!«

Ihre Begeisterung riss mich mit. Die Müdigkeit war vergessen. »Woah, Chloe!«, quietschte ich und sprang ebenfalls herum. »Erzähl mir jedes Detail!«

Ms Andrews unterbrach unsere Hüpfparty, indem sie energisch an die Tür klopfte. Artig setzten wir uns wieder hin. Chloe verdrehte genervt die Augen, konnte aber nicht aufhören zu grinsen. Ihre Wangen waren gerötet, die Augen strahlten.

Wir saßen uns im Schneidersitz gegenüber, und mit gedämpfter Stimme berichtete sie: »Na ja, wir haben getanzt, ziemlich eng, um genau zu sein. Es hat Spaß gemacht, wir haben gelacht, und plötzlich – ganz plötzlich waren seine Lippen auf meinen. Wir haben ein bisschen auf der Tanzfläche herumgeknutscht, aber dann wurde es uns dort zu eng und zu laut. Wir wollten irgendwohin, wo es ruhiger ist. Eigentlich wollten wir raus, aber da hat es geregnet, und … na ja, irgendwie sind wir dann bei den Klos gelandet.«

Ich schlug mir die Hand vor den Mund. »Habt ihr …«

»Oh Gott, nein!«, quiekte sie und boxte gegen meinen Arm. »Was denkst du von mir? Wir haben uns nur geküsst, ich schwöre!«

Ich grinste über ihre Empörung. »Okay, schon gut.«

Sie ließ sich auf den Rücken fallen und lächelte versonnen. »Wir haben Handynummern ausgetauscht. Oh Mann, er küsst so gut! Ich bin total verschossen.« Besorgt runzelte sie die Stirn. »Ob er mich auch mag?«

»Er hat offenbar stundenlang exzessiv mit dir geknutscht, also tippe ich einfach mal auf ja. Und bald seid ihr eines dieser ekelig glücklichen Pärchen, die sich gegenseitig mit Erdbeeren füttern.«

»Scott und Erdbeeren.« Sie seufzte verträumt, dann setzte sie sich wieder auf und stemmte die Hände in die Hüften. »Ich weiß nicht, wie das passieren konnte, aber wir reden wieder nur über mich. Dabei bin ich hergekommen, um mich um dich zu kümmern.«

Todesmutig wagte sie sich in die Küche, auf die Gefahr hin, Ms Andrews zu begegnen, und kehrte siegreich mit zwei Löffeln zurück. Wir aßen das angetaute Eis direkt aus der Packung und schauten all die alten Disney-Prinzessinnenfilme an. Und während Chloe unentwegt über Scotts weiche Lippen und starke Hände plapperte, löste sich das unangenehme Wattegefühl in meinem Kopf allmählich auf. Die quälenden Erinnerungen an den letzten Abend verblassten und verloren ihre scharfen Kanten.

»Danke«, sagte ich spontan. »Danke, dass du hergekommen bist.«

Sie strahlte mich an. »Dafür sind Freunde doch da.«

Als wir mit den Filmen fertig waren und der Abend hereingebrochen war, fuhr ich mit Chloe zum Campus, um mein Auto abzuholen. Am Parkplatz umarmte sie mich.

»Kommst du klar?«, fragte sie.

Ich verdrehte die Augen. »Logisch. Los, du musst zurück ins Wohnheim, bevor deine Mitbewohnerin eine Suchanzeige aufgibt. Ehrlich, es geht mir bestens.«

Das war vielleicht etwas übertrieben, aber es ging mir wirklich viel besser. Ihre Rettungsaktion hatte geholfen. Als ich wieder zurück in meinem Zimmer war, fühlte ich mich zuversichtlicher.

Während ich die leere Eispackung und die Löffel in die Küche brachte, schoss mir ein Gedanke durch den Kopf. Es war so mutig von Chloe gewesen, Scott einfach anzusprechen. Ich hatte ihr angemerkt, welche Angst sie davor gehabt hatte. Doch sie hatte ihren Mut zusammengenommen und es einfach getan. Ich bewunderte sie dafür.

›Scott ist deine Pappschachtel‹, hatte ich ihr gesagt, und so bescheuert das auch klang – es stimmte irgendwie. Wenn Chloe sich dazu überwinden konnte, ihren Schwarm anzusprechen und sogar mit ihm zu knutschen, konnte ich ja wohl zumindest die gottverdammte Schachtel unter meinem Bett öffnen, oder? Plötzlich hatte ich das Gefühl, der erbärmlichste Mensch der Welt zu sein, wenn ich das nicht hinbekam.

Nervös tigerte ich im Zimmer hin und her. Es klang eigentlich ganz leicht. Trotzdem musste ich erst das Fenster öffnen, um hektisch die frische Luft einzuatmen.

»Sei kein Feigling«, flüsterte ich. »Was Chloe kann, kannst du auch.«

Ich rief mir noch einmal ins Gedächtnis, wie entschlossen sie mit einem Mal gewirkt hatte, als es darauf ankam. Man hatte ihr die Angst gar nicht mehr angesehen. Damit war sie offiziell zu meinem Vorbild avanciert.

Ganz schnell, bevor ich es mir anders überlegen konnte, zog ich den Karton unterm Bett hervor. Ich setzte mich im Schneidersitz auf den Boden, die Schachtel vor mir.

Meine Hände zitterten. Als mir schwindelig wurde, merkte ich, dass ich vergessen hatte zu atmen. Ich nahm ein paar tiefe Atemzüge. Dann öffnete ich den Karton und fühlte mich dabei wie eine Superheldin, die sich ihrem Erzfeind stellte.

Keine Giftschlangen.

Keine Bombe.

Einfach nur jede Menge Papier.

Ich starrte auf die Postkarten hinab. Unzählige Katzen starrten zurück. Spielende Babykätzchen, elegante Siamkatzen auf Fensterbänken, flauschige Perserkatzen mit platten Nasen und runden Augen. Auf jeder Karte war mindestens eines der Tiere abgebildet.

Der kleine Karton war fast voll. Wie viele waren es? Ich wusste es nicht genau, und ich hatte nicht vor, sie zu zählen. Ich wusste nur, dass es viel zu viele waren.

Meine Finger zitterten, als ich nach der obersten Karte griff. Alles in mir schrie danach, die Schachtel einfach wieder zuzumachen und unterm Bett zu verstauen, wo ich sie nicht sehen musste.

Aber dann dachte ich wieder an Chloe und ihren Mut. Sie hatte sich ihrer Angst gestellt. Chloe war eine Superheldin, sie war The Flash – und ich? Nicht mehr als ein Feigling?

Kätzchen, ich habe dich am Strand gesehen. Dein Bikini gefällt mir! Rot steht dir.

Angewidert legte ich die Postkarte beiseite. Es kostete mich Überwindung, nach der nächsten zu greifen.

Kätzchen, hattest du Spaß beim Lesen im Park? Der Krimi ist gut. Kleiner Tipp: Häng dein Herz nicht an den besten Freund des Ermittlers, er stirbt in Kapitel fünf.

Unzählige Postkarten. Ich ließ sie fallen, nachdem ich sie gelesen hatte.

Kätzchen, schönes Kleid, das du auf Sallys Party anhattest.

Die Schrift verschwamm vor meinen Augen, aber ich las eine Karte nach der anderen.

Kätzchen, für wen waren die vier Packungen Peanut Butter Cups, die du im 7-Eleven gekauft hast? Du bist so schlank, du isst die doch nicht etwa alle allein?

Ich schnitt mich am Papier, aber ich merkte es kaum. Stoisch las ich weiter.

Kätzchen, ich sehe dich.

Keine Ahnung, wie lang ich auf dem Boden saß. Als ich fertig war, waren überall um mich Postkarten verstreut. Die Blicke der Katzen auf den Bildern jagten mir einen Schauer über den Rücken.

Ich hatte es geschafft. Die Schachtel war leer, ich hatte all die Nachrichten noch einmal gelesen. Einen Moment lang saß ich noch reglos da, dann schlang ich die Arme um meinen Oberkörper. Tränen rannen mir über die Wangen.

»Spinner, perverser Spinner«, schluchzte ich leise.

Ich konnte mich noch genau an die erste Postkarte erinnern, die ich bekommen hatte. Damals hielt ich es für einen blöden Scherz. Irgendein Spinner aus der Schule musste gedacht haben, das sei witzig. Jungs in dem Alter taten blöde Dinge, oder?

Doch es blieb nicht bei dieser einen Karte. Und als ich es mit der Angst zu tun bekam, stand ich plötzlich allein da. Niemand nahm mich ernst.

»Das sind doch nur harmlose Streiche«, hatte Mom gesagt. »Eigentlich macht er dir ja nur Komplimente, das sind keine Drohungen.«

Mein Dad war noch weitergegangen und hatte gefordert,

ich sollte mich nicht so anstellen. Man könnte ohnehin nichts tun. Ich sollte den Scherzkeks ignorieren, dann würde er das Interesse verlieren und aufhören, mir dumme Karten zu schicken.

Niemand nahm meine Ängste ernst. Niemand verstand, wie es mir ging. Ich wollte mit der Polizei reden, aber meine Eltern waren strikt dagegen. Sie meinten, wir würden uns lächerlich machen. In der ganzen Nachbarschaft würde man über mich und meine Mädchenspinnereien reden, wenn ich das täte. Meine Tränen taten sie als Hysterie ab.

Also hörte ich auf, ihnen von den Karten zu erzählen. Wozu denn auch? Ich war auf mich allein gestellt, das hatte ich deutlich gemerkt. Meine Eltern beschützten mich nicht, wenn es darauf ankam. Also setzte ich ein falsches Lächeln auf und behauptete, es hätte aufgehört.

Doch das hatte es nicht. Im Gegenteil: Danach fing es erst richtig an.

Die ersten Karten – die, die ich meinen Eltern und Jackson gezeigt hatte – waren vergleichsweise harmlos gewesen. Aber im Laufe der Zeit wurden sie immer gruseliger.

Wer auch immer mir diese Postkarten geschickt hatte, wusste immer genau, wo ich mich aufgehalten hatte, was ich getan hatte, was ich angehabt hatte. Er musste sich auf den gleichen Partys aufgehalten haben, an derselben Schule. Er war in meiner Nähe, ohne dass ich die geringste Ahnung hatte, wer er war. Er wurde mein unsichtbarer Begleiter, mein gesichtsloser Schatten, der immer bei mir zu sein schien, ohne dass ich ihn sehen konnte.

Ich fand die Karten im Briefkasten vor, in meiner Tasche, an meinem Spind in der Highschool. Als ich einmal beim

Lesen im Park einschlief, lag plötzlich eine Karte auf meinem Bauch.

Es machte mich wahnsinnig. Mein Selbstbewusstsein stürzte in sich zusammen wie ein Kartenhaus. Auf jeder Party fühlte ich mich beobachtet, auf der Straße musterte ich alle Menschen misstrauisch. Es konnte jeder sein. Der nette Kerl, der mich gerade angelächelt hatte. Das Mädchen, dessen Blick mich gerade gestreift hatte. Elisa aus dem Handballteam, die mich immer freundlich grüßte, oder Tom, der immer selbst gebackene Cookies in den Unterricht mitbrachte. Ich traute niemandem mehr.

Am meisten hatte mir wehgetan, dass nicht einmal Jackson mich für voll nahm. Er tröstete mich, aber ich kannte ihn gut genug, um zu wissen, was er dachte: Er fand, ich sollte mir keine Sorgen machen. Postkarten waren nichts weiter als Papier, hatte er schließlich gesagt. Sie konnten mir nichts tun.

Aber sie hatten mir sehr wohl etwas getan. Sie hatten mir mein Leben weggenommen. Die unbeschwerte Violet gab es nicht mehr. Ich hatte Angst, vor die Tür zu gehen. Ich vermied öffentliche Plätze. Partys waren zu meinem Albtraum geworden. Wo auch immer ich war, ich fühlte mich beobachtet. Ich konnte keine Freundschaften schließen, nicht einmal lose Bekanntschaften eingehen. Denn woher sollte ich wissen, dass derjenige, der mich gerade so freundlich ansah, nicht der war, der mir nachstellte und mir die gruseligen Karten schickte?

Dann hatten die Panikattacken begonnen. Wenn mir Menschen zu nahe kamen, schlug die Angst voll zu. In jedem Fremden meinte ich meinen Stalker zu erkennen.

Ich versuchte mir nichts anmerken zu lassen. Versuchte

meine Probleme zu verbergen, schließlich interessierten sie niemanden. Jede Karte, die ich bekam, verstaute ich in meiner Pappschachtel, und sah sie nie wieder an – bis heute.

Heute hatte ich es zum ersten Mal gewagt.

Meine Wangen waren tränennass, und viele Wunden in meinem Herzen, die ich fast vergessen hatte, waren wieder aufgerissen. Ich erinnerte mich deutlich an all die schlimmen Momente, die ich verdrängt hatte; an meine Verzweiflung, wann immer ich die nächste Karte gefunden hatte.

Trotzdem war ich froh, dass ich es getan hatte. Auf eine seltsame Weise hatte es geholfen, die Schachtel zu öffnen und die Gefühle auf mich einprasseln zu lassen. Es hatte mir vor allem eine Sache klargemacht: Es war vorbei.

Ich hatte es überstanden. Ich war weggezogen, und niemand wusste meine neue Adresse. Nicht einmal meinen Eltern und Jackson hatte ich die genaue Anschrift verraten, nur dass ich ein Zimmer in Campusnähe zur Untermiete bewohnte. Das war auch der Hauptgrund gewesen, warum ich kein Zimmer in einem Wohnheim gewollt hatte. Jemand, der sich die Mühe machte, mir so viele Nachrichten zu schicken, schreckte bestimmt nicht davor zurück, ein paar Recherchen zu betreiben, um mich wiederzufinden. In einem Wohnheim am Campus wäre es viel zu einfach gewesen, mich aufzuspüren.

Doch hier war ich sicher. Dafür nahm ich Ms Andrews' Gesellschaft, den muffigen Mottenkugelgeruch des Zimmers und die hässliche Wohngegend gern in Kauf. Wer auch immer mir über Jahre hinweg diese grässlichen Karten geschrieben hatte, konnte mir nichts mehr anhaben. Ich war ihm entkommen.

Ich fühlte mich wie eine Heldin, als ich die Schachtel wieder verstaute. Dass ich im Grunde genommen immer noch davonlief und vermutlich nie damit aufhören würde, versuchte ich auszublenden.

Kapitel 5

Ich gestand es mir nur ungern ein, aber als ich am Montag über den Campus ging, hielt ich nach Aiden Ausschau. Es war nicht so, dass ich hoffte, ihn zu sehen. Nein, ganz im Gegenteil. Seit der Autofahrt fand ich ihn noch unangenehmer als davor.

Na schön, er hatte einen kurzen freundlichen Moment gehabt, als er mir seine Jacke gegeben hatte. Das musste ich ihm zugutehalten. Und dass er mich gefahren hatte, war auch nett gewesen. Aber ansonsten hatte er keinen Hehl aus seiner Verachtung gemacht. Keine Ahnung, was ich ihm getan hatte, aber er fand mich offensichtlich immer noch abscheulich.

Meine Mundwinkel sanken hinab. Es sollte mir egal sein, was er über mich dachte. Ich kannte ihn doch eigentlich gar nicht, er war nur irgendein gemeiner Fremder, der mich aus irgendeinem Grund nicht leiden konnte. Und trotzdem machte er sich immer wieder in meinem Kopf breit.

Das lag nur daran, dass ich ihm seine Jacke zurückgeben musste, sagte ich mir. Wie sollte ich ihn denn vergessen, solange ich diese sperrige, schwere Lederjacke mit mir herumschleppte?

Aber in den Seminaren, die wir gemeinsam hatten, ließ er sich nicht blicken. Er tauchte nicht auf.

Chloe bemerkte nicht, dass mein Blick immer wieder suchend durch den Hörsaal schweifte. Sie war voll und ganz damit beschäftigt, mit Scott WhatsApp-Nachrichten auszutauschen. Auf ihrem Notizblock prangte eine in Pastellfarben gehaltene Zeichnung von ihm, der sie immer wieder mit großer Sorgfalt ein paar Linien und Schattierungen hinzufügte.

»Ach, komm schon, so muskulös ist er in Wirklichkeit gar nicht«, neckte ich sie.

»Hast du eine Ahnung!«, antwortete sie selig und betonte die beeindruckenden Armmuskeln des gezeichneten Scott noch ein wenig mehr. »Ich hatte beim Knutschen ausreichend Gelegenheit, seinen Bizeps zu betasten.«

Die Tür ging auf, und Scotts Muskeln waren vergessen. Ich erwartete, Aiden würde den Hörsaal betreten. Aber es war nur irgendein anderer Student, der zu spät zum Seminar kam. War ich enttäuscht oder erleichtert? Ich hatte keine Ahnung.

Am Nachmittag saßen wir mit Jenna und ein paar anderen Mädchen in der Cafeteria. Während ich meinen Haselnuss-Latte-Macchiato trank, konnte Chloe kaum stillsitzen. Immer wieder blickte sie von ihrem Handy zur Tür und wieder zurück. Ich wollte sie gerade fragen, was los war, als Scott hereinkam. Ihr entfuhr ein kleines Quietschen, das außer mir keiner hörte, und sie lief ihm entgegen. Ich musste grinsen, als ich sah, wie winzig sie neben ihm wirkte. Sie war wie eine zarte Elfe neben einem Riesen. Einem ziemlich muskulösen Riesen, da hatte sie schon recht. Er trug Sportkleidung: eine graue Jogginghose und ein armfreies Shirt, das seine wirklich beachtlichen Oberarme zeigte.

Von dem Moment an waren wir anderen abgeschrieben, die beiden hatten nur Augen füreinander. Sie saßen nah beisammen, tuschelten und küssten sich immer wieder.

Zu neunundneunzig Prozent freute ich mich für Chloe.

Nur ein hässliches Prozent meines Gehirns war eifersüchtig. Sie sahen so glücklich aus. Es tat weh, dass ich so etwas noch nie erlebt hatte und bestimmt nie erleben würde. Ich bekam ja schon Panik, wenn jemand bloß zu dicht neben mir stand. Wie sollte ich jemals jemandem so sehr vertrauen, dass ich mich verliebte? Ich war einfach zu verkorkst.

Ich seufzte und schob das Selbstmitleid beiseite. Wenn ich nicht aufpasste, würde ich als verbitterte Crazy Old Cat Lady enden, die verliebte Pärchen im Park aus lauter Eifersucht mit ihrem Gehstock verprügelte.

»Wie bist du denn eigentlich von der Party nach Hause gekommen?«, fragte Jenna und nippte an ihrem Spinat-Smoothie. Sie senkte die Stimme verschwörerisch. »Ich meine, du hattest ganz schön einen sitzen. Ich habe mir schon Sorgen gemacht, als du einfach verschwunden bist. Du bist doch nicht selbst gefahren, oder?«

»Oh Gott, nein. Das wäre echt glatter Selbstmord gewesen. Nein, ich wurde gefahren.«

»So? Hat Dorian dich nach Hause gebracht?« Etwas an ihrer Stimme irritierte mich. Ich blickte von meinem Blaubeer-Muffin auf und stellte fest, dass sie mich seltsam aufmerksam musterte. Es war bloß ein kurzer Moment, dann lächelte sie, und ich fragte mich, ob ich mir das nur eingebildet hatte.

»Nein, der hatte auch zu viel getrunken. Er hat mich einem anderen Kerl praktisch aufgedrängt und ihn gezwungen, mich zu Hause abzusetzen. Aiden heißt er. Ich weiß nicht, ob du ihn kennst – wir haben ein paar Kurse gemeinsam.«

»Aiden?«, rief sie aus und lachte überrascht. »Nicht dein Ernst. Der hat dich gefahren?«

Ich lächelte schief. »Ja … Aber sonderlich angenehm war die Fahrt nicht. Du kennst ihn also?«

Jenna schnaubte. »Oh, ich wünschte, ich würde ihn nicht kennen.«

Ich wollte nachhaken, aber in dem Moment entdeckte ich Dorian, der auf uns zukam. Ein ganzer Haufen von Mädchen verstummte, als er vorbeiging, und blickte ihm hinterher. Wer konnte es ihnen verdenken? Erst Scott, nun Dorian: Der Hotness-Pegel in diesem Raum war in der letzten Viertelstunde massiv angestiegen.

»Violet! Hast du dich von der Party erholt? Hat Aiden sich brav benommen, oder muss ich ihn verprügeln?«

Er beugte sich vor, umarmte mich und gab mir sogar einen Kuss auf die Wange. Einen Herzschlag lang war ich wie erstarrt.

Zu nah, dachte ich. Viel zu nah.

Aber die erwartete Panik blieb aus. Der eine Partyabend hatte ausgereicht, um zu beschließen, ihm zu vertrauen. Er war einer von den Guten. Seine langen sonnenblonden Surferhaare kitzelten meine Nase, und ich musste lachen. Ich hätte schwören können, sie rochen sogar ganz leicht nach Meersalz und heißem Sand.

»Er war ganz okay, schätze ich. Gesprächig war er nicht, aber er hat mich sicher zu Hause abgesetzt. Keine Schlägerei nötig.«

»Puh, da bin ich erleichtert.« Er ließ sich neben mich fallen. »Ich bin nämlich ziemlich sicher, ich hätte den Kürzeren gezogen und er hätte mir die Nase gebrochen. Und um dieses

Gesicht wäre es schade, oder?« Er deutete mit beiden Daumen auf sein Gesicht und grinste breit. Seine blauen Augen glitzerten vergnügt.

»Jammerschade«, bestätigte ich. »Und trotzdem wärst du das Risiko für mich eingegangen? Das ist ja ganz schön heldenmütig.«

»Selbstverständlich. Für eine schöne Frau tu ich alles.«

»Hey, Dorian.« Jenna wackelte mit einem Walnuss-Cookie vor seiner Nase herum. Damit hatte sie sich seine Aufmerksamkeit gesichert, und er schnappte sich den Keks. »Nächstes Wochenende ist wieder eine Party«, sagte sie. »Hast du Lust?«

Genussvoll steckte er sich den ganzen Cookie auf einmal in den Mund. »Klar, warum nicht«, nuschelte er und wandte sich wieder mir zu. »Kommst du auch?«

Ich schüttelte so heftig den Kopf, dass meine Haare gegen meine Wangen peitschten. »Oh nein, ganz bestimmt nicht.« Mein Bedarf an Partys war für dieses Semester gestillt. Eigentlich für den Rest meines Lebens. Egal, was geschah: Ich war wild entschlossen, mich von Feiern jeder Art fernzuhalten.

∞

Für den Rest der Woche blieb Aiden verschwunden. Ich hörte auf, seine Jacke zum College mitzuschleppen, stattdessen hängte ich sie in die Garderobe und versuchte sie zu ignorieren.

Chloe verbrachte die meiste Zeit mit Scott. Die beiden waren so süß zusammen, dass sie ein hübsches Disneypärchen abgegeben hätten. Manchmal beobachtete ich sie grinsend und stellte mir vor, wie sie ein romantisches Duett anstimmten. Ihre Bedenken bezüglich seiner Sportart waren wie weggeblasen, am Donnerstag gingen wir sogar zu einem seiner Rugbyspiele. Ich hielt mich vorsichtig am Rand, um niemandem zu nah zu kommen, aber Chloe warf sich mitten in die Zuschauermenge und feuerte Scott lautstark und enthusiastisch an. Ihre Bernsteinaugen glänzten, die kupferfarbenen Haare tanzten um ihr Gesicht, als sie jubelnd auf und ab sprang.

Ich stellte mich darauf ein, das Wochenende allein zu verbringen. Chloe und Scott wollten feiern gehen, ebenso wie Jenna und Dorian. Mir machte das nichts aus. Es war vielleicht nicht die schlechteste Idee, mir die Unterlagen aus den Kursen anzuschauen und endlich die Bücher zu besorgen, die auf den Literaturlisten standen.

Als ich am Freitag nach Hause kam, warf ich mich aufs Bett und rief Jackson an. Wir redeten fast zwei Stunden, bis mein Handyakku leer war und das Gerät zu piepsen begann. Ich quetschte ihn über sein Date mit Suzie aus und erzählte ihm alles, was in der Woche geschehen war. Nur die Party samt Panikattacke sparte ich aus.

»Wunder dich nicht, wenn ich gleich weg bin«, warnte ich ihn vor, während ich in einer Schublade nach dem Ladekabel kramte.

»Okay. Ich muss ohnehin bald los. Suzie hat anklingen lassen, sie würde gerne zum Essen eingeladen werden.«

Ich kicherte. »Du alter Womanizer! Irgendwie dachte ich immer, du würdest so ein Dauersingle bleiben wie ich.«

»Herzlichen Dank für dein Vertrauen in meine Wirkung auf Frauen«, sagte er trocken. »Aber genau genommen ist es gut möglich, dass deine Prognose eintritt. Ich glaube nicht, dass das etwas wird mit Suzie und mir.«

»Was? Wieso das denn nicht?«, fragte ich ganz überrascht. Immerhin ging er mit ihr aus. Das war mehr, als er normalerweise tat. »Ehrlich gesagt habe ich schon die Hochzeitsglocken läuten hören.«

Ich musste ihn nicht sehen, um zu wissen, dass er eine Grimasse schnitt. »Sie ist nett. Aber auch nicht mehr als das. Und ›nett‹ ist bekanntlich die kleine Schwester von …«

»Gib ihr eine Chance«, fiel ich ihm ins Wort. »Ich glaube, sie mag dich wirklich. Komm schon. Ich würde mich so sehr für dich freuen, wenn du dich verlieben würdest.«

Er seufzte. »Mal sehen. Wir treffen uns und warten ab, was sich entwickelt. Erzwingen kann man so was doch ohnehin nicht.«

»So ist es brav«, lobte ich zufrieden.

»Ich bin ja so dankbar für dein Einverständnis«, ätzte er, und ich hörte das Grinsen in seiner Stimme.

Es fiel uns schwer, voneinander Abschied zu nehmen. Wäre ich bei ihm, würden wir jetzt vermutlich die halbe Nacht zusammen auf dem Bett hocken, Serien schauen und quatschen. Stattdessen würde er nun tausendfünfhundert Meilen entfernt mit Suzanne ausgehen, während ich Professor Moores Unterlagen über die Geschichte Amerikas durchlas.

»Ich wünschte, wir könnten uns sehen«, sagte ich leise.

Er seufzte. »Ich auch. Kommst du irgendwann demnächst nach Hause?«

Ich verzog den Mund. »Ich schätze, zu Weihnachten«, meinte ich zögerlich.

Wieder ein trauriges Seufzen, das mir das Herz schwermachte. »Bis dahin dauert es noch ewig.«

»Ich weiß«, flüsterte ich. »Aber so ist es eben. Ich kann nicht während des Semesters weg. Viel Spaß mit Suzie. Mach's gut, Jackson.«

»Violet, warte. Da ist noch was. Du solltest deine Eltern anrufen«, sagte er.

War ja klar.

»Ehrlich. Ich will nicht den Moralapostel spielen oder so, aber ich habe deine Mom letztens im Walmart getroffen, und sie macht sich echt Sorgen. Sie versteht nicht, warum du dich nicht meldest.«

Ich schluckte die Antwort herunter, die mir eigentlich auf der Zunge gelegen hatte. »Mal sehen. Ich denke darüber nach.«

Als wir aufgelegt hatten, schaute ich nachdenklich auf mein Handy hinab. Das Schlimme war, er hatte recht. Sie waren immerhin meine Eltern. Ich konnte nicht einfach für den Rest meines Lebens untertauchen. Ich fand, ich hatte allen Grund, wütend zu sein, aber ich sollte ihnen zumindest ein Lebenszeichen geben.

»Hallo?« Meine Mom klang unbeschwert wie immer.

»Hey, Mom. Ich bin's.«

Kurz herrschte Schweigen. »Violet! Schätzchen, wie geht es dir? Wir haben hundertmal versucht, dich anzurufen! Wenn Jackson nicht gesagt hätte, dass es dir gut geht, wüssten wir nicht mal, ob du noch am Leben bist.«

»Sorry, Mom«, murmelte ich. »Ich war ziemlich beschäftigt. Viele Vorlesungen, viel Organisatorisches.«

Und dann passierte etwas, das ich wohl erstaunlich gefunden hätte, wenn ich sie nicht schon mein ganzes Leben kennen würde: Sie akzeptierte meine lahme Ausrede einfach. Sie war bereit, so ziemlich alles zu akzeptieren, solange es half, ihre heile Welt zu erhalten. Jede noch so schwache Begründung war ihr recht, Hauptsache, sie musste sich nicht fragen, warum ich mich wirklich nicht gemeldet hatte.

»Ja, der College-Alltag ist sicher sehr anstrengend, das hat Annes Tochter letztens auch erzählt«, plapperte sie mit ungebrochener Fröhlichkeit. »Steve, komm mal her, Violet ist dran! Darling, ich stelle dich auf Lautsprecher. Dein Dad ist auch da. Erzähl mal! Wie gefällt es dir? Wie ist das Wetter in Maine?«

Als ich nach einer Viertelstunde Smalltalk auflegen konnte, war ich erschöpft, erleichtert – und hatte das dringende Bedürfnis, etwas zu backen. Etwas Süßes mit pervers vielen Kalorien.

Erst als ich den Keksteig knetete, flammte die Wut auf. Sie waren doch meine Eltern! Müssten sie nicht nachfragen? Müssten sie nicht auf mich aufpassen? Sie hatten mich im Stich gelassen, sie ließen mich immer noch im Stich. Zornig prügelte ich auf die Teigkugel ein. Meine Fäuste hinterließen Dellen in der glatten Oberfläche. Keuchend stand ich danach da, die Hände auf die Arbeitsplatte gestützt. Meine Schultern hoben und senkten sich bei jedem Atemzug.

Ein schrilles Klingeln ließ mich zusammenfahren. Erschrocken schaute ich auf die Uhr. Es war schon spätabends. Ich erwartete keinen Besuch. Und wenn Ms Andrews heimkam, würde sie ganz bestimmt nicht klingeln. Misstrauisch meldete ich mich durch die Gegensprechanlage.

»Violet, ich bin's«, meldete sich Jenna fröhlich. »Nun mach schon auf.«

Kurz darauf stand sie in der Wohnung, und sie war nicht allein. Mindestens ein Dutzend Leute, von denen ich die meisten schon in Vorlesungen gesehen hatte, kamen hereingeströmt. Alle schienen schon etwas getrunken zu haben, und so wie es aussah, hatten sie nicht vor, damit aufzuhören: Bier- und Schnapsflaschen wurden kistenweise in die Wohnung geschleppt.

Ich war so fassungslos, dass ich gar nicht reagieren konnte. »Jenna! Was zur Hölle …«

»Überraschung!«, sagte sie freudenstrahlend. »Ich dachte, wenn du keine Zeit hast, zur Party zu kommen, dann kommt die Party eben zu dir.«

Mir blieb der Mund offen stehen. »Was? Nein! Das geht nicht!«

»Privatparty«, grölte ein Kerl und warf sich aufs Sofa.

»Jenna! Das …«

Ein paar Leute gingen in die Küche. »Lecker, Keksteig«, rief jemand. Ich brach mitten im Satz ab und stürmte hinterher, um meinen Teig zu retten.

Wieder klingelte es. Bevor ich es verhindern konnte, öffnete jemand die Tür. Und dann brach die Hölle los. Immer mehr Leute kamen in die Wohnung. Die meisten hatten Alkohol dabei und machten sich auf dem Sofa, auf den Fensterbänken und sogar auf dem Boden breit. Erst wusste ich gar nicht, woher die laute Musik plötzlich kam, bis ich merkte, dass jemand Lautsprecherboxen an einen Laptop angeschlossen hatte.

Hektisch lief ich herum und versuchte die ungebetenen Gäste hinauszuscheuchen, aber die meisten sahen mich nur desinteressiert an, als sei ich ein lästiges Insekt. Dass ich hier wohnte, interessierte niemanden. Ein paar waren wohl auch schon zu betrunken oder zu bekifft, um zu verstehen, was ich sagte.

Ich kniff mich in der Hoffnung, aus diesem verrückten Traum aufzuwachen. Aber abgesehen davon, dass mein Arm schmerzte, tat sich nichts.

Jenna! Ich musste sie finden. Sie hatte mir das eingebrockt. Aber sie war in der Menge untergetaucht. Die Gesichter verschwammen vor meinem Blick. Ich durfte jetzt nicht in Panik geraten – ich musste einen klaren Kopf bewahren und die vielen Fremden loswerden. Aber schon wurden meine Handflächen feucht.

»Raus hier! Das ist meine Wohnung!«, rief ich verzweifelt, aber meine Stimme ging einfach unter.

Plötzlich war Chloe da. Sie umfasste meine Hände, die ziemlich hysterisch in der Luft herumfuchtelten. »Violet! Sag mal, hast du die Partyeinladung auf der Verbindungshomepage gepostet?«, fragte sie verwirrt. »Ich meine, das kann doch nur ein Fehler sein, oder?«

»Einladung? Was für eine Einladung?«, fragte ich gehetzt.

Als Antwort hielt sie ihr Smartphone hoch und zeigte mir die Homepage. Studenten hatten die Möglichkeit, sich in den Kommentaren auszutauschen. Da stand, heute würde eine Privatparty stattfinden – und zwar genau hier. »Scott und ich haben das entdeckt und sind sofort hergekommen.«

Das erklärte alles.

Ich schnappte mir das Handy. Im Wohnzimmer entdeckte ich Jenna, die sich gerade mit einem gut aussehenden Typen unterhielt. Ich stürmte auf sie zu.

»Was soll das?«, schrie ich sie an und hielt ihr das Smartphone mit der Einladung vor die Nase. Ich schrie sonst nie herum, aber das war zu viel für mich. Ich kämpfte gegen die Tränen an. »Was zur Hölle hast du dir dabei gedacht?«

»Der Eintrag ist nicht von mir!«, rief sie mit weit aufgerissenen Augen. »Ehrlich, das wollte ich nicht! Ich dachte nur, ich überrasche dich mit ein paar Leuten. Irgendwie muss sich das herumgesprochen haben, und irgendein Scherzkeks hat das gepostet.«

Ich presste mir kurz die Hände aufs Gesicht und atmete ein paarmal tief durch. »Die Leute müssen hier raus«, sagte ich dann mühsam beherrscht. »Alle. Und zwar sofort.«

Doch es war zu spät. Ein schriller Schrei übertönte sogar die laute Musik. Ich wusste sofort, wer es war, und das Herz rutschte mir in die Hose.

Kreidebleich stand Ms Andrews in der Tür. Ihr zitternder Zeigefinger richtete sich auf mich. Ihre Augen waren so weit aufgerissen, dass sie hervortraten.

Ich wollte ihr alles erklären und mich tausendmal entschuldigen, aber sie ließ mich nicht zu Wort kommen. »Raus!«, brüllte sie aus Leibeskräften. »Alle verlassen meine Wohnung, auf der Stelle!«

Sogar die betrunkenen Feiernden wirkten verunsichert. Den Moment nutzte ich, um die Boxen abzustecken. Chloe, Scott und Jenna halfen mir, die Leute hinauszuwerfen. Der Großteil floh freiwillig vor Ms Andrews, die wie eine Furie tobte und schimpfte.

Als wir es geschafft hatten, war es beinahe unnatürlich leise in der Wohnung. Zornbebend sah Ms Andrews mich an. Chloe und Scott stellten sich neben mich, Jenna hielt sich etwas im Hintergrund.

»Ihr auch«, fuhr Ms Andrews sie an. »Raus!«

Chloe wollte etwas sagen, aber ich schüttelte rasch den Kopf. »Schon okay«, sagte ich leise. »Geht nur.«

Widerstrebend verließen sie die Wohnung. Chloe warf mir noch einen mitfühlenden Blick zu, bevor sie die Tür hinter sich schloss.

Einen Moment lang standen meine Vermieterin und ich uns nur gegenüber. Ich sah, dass sie nach Worten rang.

»Es tut mir so leid«, platzte ich heraus. »Es war nicht meine Schuld. Die Leute sind einfach hier hereingeschneit, weil sie dachten, dass es hier eine Party gibt. Ich räume das alles auf, und ich …«

»Raus«, sagte sie tonlos.

»Was? Aber …«

»Ich wusste von Anfang an, dass es ein Fehler ist, Studentenpack hier einziehen zu lassen«, fuhr sie nun lauter fort. »Ich habe das nur gemacht, weil du behauptet hast, du würdest keine Partys veranstalten. Aber ihr jungen Leute seid alle gleich.«

»Ms Andrews, bitte …«

»Du hast fünfzehn Minuten.« Ihre Stimme war so kalt wie ihr Blick.

Ich starrte sie an. Sie meinte das ernst.

»Bitte! Ich sagte doch …«

»Mir ist egal, was du sagst«, unterbrach sie mich. »Wenn du in einer Viertelstunde nicht weg bist, rufe ich die Polizei.«

Mir wurde kalt. Sie wollte mich tatsächlich rauswerfen, und zwar augenblicklich. Panik wallte in mir auf. »Ms Andrews, kann ich wenigstens bleiben, bis ich was Neues gefunden habe? Oder zumindest bis morgen früh! Bitte! Es ist mitten in der Nacht!«

»Das hättest du dir früher überlegen sollen.« Sie tippte auf ihre Uhr. »Noch vierzehn Minuten.«

Ich hob die Arme und ließ sie kraftlos wieder fallen. »Aber … Sie können mich nicht einfach rauswerfen!«

»Und ob ich das kann«, sagte sie triumphierend. »Du hast noch keinen Mietvertrag unterschrieben. Vergessen? Du wohnst hier nur zur Probe.« Wieder tippte sie auf die Uhr. »Du hast noch dreizehn Minuten.«

Wie ferngesteuert ging ich in mein Zimmer und packte meinen Koffer. Sie folgte mir, blieb mit verschränkten Armen in der Tür stehen und beobachtete jede meiner Bewegungen mit zusammengekniffenen Lippen.

Ich fühlte mich wie in einem schlechten Traum, der nicht enden wollte. Mein Gesicht fühlte sich seltsam taub an. Ich stopfte meine Kleidung und meine Lernunterlagen in den Koffer, räumte meinen Kram aus allen Schubladen und holte unter Ms Andrews kritischen Blicken meinen Karton unter dem Bett hervor. Dann ging ich in die Küche, um meine Backsachen zu holen. Ich ließ sie in den Koffer fallen, ohne auf die Teigreste zu achten, die noch an der Schüssel klebten.

Die Wohnung sah aus, als hätte eine Bombe eingeschlagen. Überall herrschte das reinste Chaos. Bierflaschen standen auf dem Boden herum; manche waren umgekippt und lagen in Bierpfützen. In den Blumentöpfen steckten Zigaretten. Der Cookieteig war größtenteils gegessen worden, aber Reste davon klebten überall in der Küche. Es war, als hätte eine Horde Orks hier getobt, nicht bloß ein Haufen feierwütiger Studenten.

Als ich alles gepackt hatte, sah ich Ms Andrews noch einmal flehend an, doch sie war unerbittlich. Sobald ich hinausgetreten war, knallte sie die Tür lautstark hinter mir zu.

Nur ganz langsam sickerte in mein Bewusstsein, was das bedeutete. Ich hatte kein Dach mehr über dem Kopf. Es war längst dunkel draußen, ich war verdammt weit weg von Zuhause und hatte keine Ahnung, wohin ich gehen sollte.

Chloe, Jenna und Scott warteten draußen auf mich. Mit schleppenden Schritten ging ich an ihnen vorbei.

»Violet ...«, begann Chloe vorsichtig.

»Ich wollte das wirklich nicht.« Jennas tiefblaue Augen schimmerten feucht. »Es tut mir leid.«

Ich setzte mich auf den Bordstein und barg das Gesicht in den Händen. Der Ernst meiner Lage wurde mir immer mehr bewusst. Tränen strömten über mein Gesicht, aber gleichzeitig musste ich hysterisch lachen.

»Ich glaube, sie verliert den Verstand«, flüsterte Jenna beunruhigt.

Chloe ließ sich neben mich fallen. »Hat die Hexe dich ernsthaft rausgeworfen?«, fragte sie aufgebracht und deutete anklagend auf meinen überquellenden Koffer.

Ich war zu keiner klaren Antwort fähig und nickte nur.

Sie legte ihre dünnen Arme um mich und drückte mich so fest, dass mir die Luft wegblieb. »Du kommst jetzt mit mir ins Wohnheim. Es ist kein Bett frei, aber wir quetschen uns einfach beide in meines. Morgen früh suchen wir dir sofort ein neues Zimmer. Und bis wir was gefunden haben, wohnst du bei mir.«

Ich schüttelte den Kopf. »Dann bekommst du Ärger«, schniefte ich. »Das ist sicher nicht erlaubt.«

Chloe schnaubte. »Weißt du, wie egal mir das ist? Was ist denn die Alternative? Willst du auf der Straße schlafen?«

Kraftlos ließ ich den Kopf wieder sinken.

»Es gibt da vielleicht noch eine Möglichkeit«, schaltete sich Jenna vorsichtig ein.

»Du hast bereits genug Unheil angerichtet, meinst du nicht?«, schnappte Chloe.

Scott, der bisher verlegen und überfordert danebengestanden hatte, setzte sich nun neben sie und strich beruhigend über ihren Arm. Aber Chloe funkelte Jenna weiterhin wütend an.

Jenna seufzte, dann sprach sie unbeirrt weiter: »Mein Bruder hat eine eigene Wohnung, ganz nah beim Campus. In der kannst du wohnen, bis du was Neues gefunden hast.«

»Und dein Bruder?«, fragte ich verständnislos. »Was würde der dazu sagen?«

Sie verdrehte die Augen. »Der ist ohnehin nie da. Verpasst mal wieder massenhaft Stoff an der Uni, der Idiot.«

Ich schüttelte langsam den Kopf. Ich hatte nicht einmal gewusst, dass sie einen Bruder hatte. »Aber … das geht doch nicht«, wehrte ich ab.

»Und warum nicht?«

Ich rang nach Worten. »Ich kann mich doch nicht einfach in der Wohnung eines Fremden einnisten! Was würde dein Bruder dazu sagen, wenn er da wäre?«

»Bitte.« Ihre volle Unterlippe zitterte leicht. »Ich bin schuld daran, dass du rausgeworfen wurdest. Ohne meine Schnapsidee wäre das nicht passiert. Also will ich die Sache auch wieder geradebiegen. Mein Bruder wird das gar nicht merken. Er bleibt mindestens ein paar Wochen lang weg,

Ehrenwort. Und wenn er dann irgendwann wieder auftaucht, bist du längst weg, und ich erkläre ihm alles.«

Immer noch schüttelte ich den Kopf. Das kam mir einfach nicht richtig vor. Andererseits: Was war die Alternative?

»Ich finde, du solltest es machen«, grummelte Chloe. »Jenna soll die Suppe auslöffeln, die sie dir eingebrockt hat.«

Ich hatte keine Ahnung, was ich tun sollte. Einfach aufzuwachen und festzustellen, dass alles nur ein dummer Traum gewesen war, war die attraktivste Variante; aber dummerweise schien das nicht zur Diskussion zu stehen. Ich konnte mich verbotenerweise in Chloes Zimmer einquartieren, in ein teures Hotel gehen, in meinem Auto schlafen und womöglich überfallen werden oder Jennas Angebot annehmen.

»Okay«, sagte ich unsicher und hoffte von Herzen, dass das keine blöde Idee war.

∞

»Zumindest ist die Gegend viel besser«, sagte Chloe aufmunternd, als wir vor dem Haus standen. Es war ein altes, aber gut erhaltenes Backsteingebäude direkt am Kennebec River. Jennas Nachname ›Morrison‹ stand auf dem Klingelschild.

Scott trug meinen Koffer hoch, während Jenna einen Schlüssel von ihrem Schlüsselbund drehte. Lächelnd hielt sie ihn mir entgegen.

Ich schaute mich gar nicht um, als wir die Wohnung betraten. Nickend nahm ich zur Kenntnis, was Jenna sagte. »In dem Zimmer kannst du schlafen, das ist ein kleines Gästezimmer. Und das da ist das Schlafzimmer meines Bruders. Küche, Bad – fühl dich wie zu Hause.«

»Können wir dich allein lassen? Bist du sicher, dass ich nicht doch bleiben soll?«, fragte Chloe besorgt, als sie mich zum Abschied umarmte.

Ich zwang mich zu einem Lächeln. »Schon okay. Ich komme klar. Wir sehen uns am Montag im Kurs.«

Sie zögerte. Scott war es schließlich, der sie zum Gehen bewegte. Sanft zog er sie zur Tür. »Komm schon, Baby. Gönn ihr ein bisschen Ruhe.« Ich war ihm dankbar dafür.

Als sie endlich gegangen waren, erschien mir die Stille ohrenbetäubend laut; sie wurde nur durch meine Atemzüge zerschnitten. Minutenlang blieb ich einfach im Eingangsbereich stehen und versuchte zu realisieren, was in den letzten Stunden passiert war. Dann streifte ich langsam meine Vans von den Füßen, ließ meine große Handtasche einfach fallen und sah mich zum ersten Mal richtig um.

Unwillkürlich fragte ich mich, was für ein Typ Jennas Bruder sein mochte. Die Einrichtung war so clean und schlicht, dass sie kaum etwas über seinen Charakter verriet. Ich fand keine Bücher, keine Fotos, überhaupt nichts Persönliches. Das dunkle Holzregal im Wohnzimmer beherbergte neben einem riesigen Fernseher nur ein paar Dekogegenstände, die so willkürlich zusammengestellt waren, als hätte sich jemand im Einrichtungshaus einfach die ersten zehn greifbaren Artikel geschnappt. Das schwarze Ledersofa machte nicht den Eindruck, als säße häufig jemand darauf. Keine zerknautschten Stellen, keine Sitzkuhlen, keine gemütlichen Kissen.

Ich ging durch die ganze Wohnung und drückte in einem Anflug von Neugier sogar die Klinke der Schlafzimmertür hinunter. Ich wollte nur einen Blick hineinwerfen, aber die Tür war abgeschlossen.

Die moderne Hochglanzküche sah so aus, als hätte hier noch nie jemand gekocht. Nur die Kaffeemaschine wirkte benutzt. Im Gegensatz zu Ms Andrews' winziger Küche hätte diese hier mehr als genug Platz für meine Backsachen geboten, aber ich hatte nicht vor, meinen Kram hier auszupacken. Es war immerhin nicht meine Wohnung, und ich plante nicht länger als nötig zu bleiben.

Das Gästezimmer, in dem bereits mein Koffer stand, enthielt nur ein schmales Bett, einen Nachttisch mit einer Lampe und einen leeren Schrank. Klare Kanten, schlichte Formen und dezente Grauschattierungen prägten das Bild.

Die ganze Wohnung wirkte modern und hochwertig, aber gleichzeitig merkwürdig steril und unpersönlich. Sie sah aus, als hätte jemand einen Innenausstatter beauftragt, ohne ihm genauere Vorstellungen und Wünsche mitzuteilen.

Ich versuchte mir Jennas Bruder vorzustellen. Wenn die Gene in dieser Familie halbwegs gerecht aufgeteilt waren, sah er bestimmt gut aus, aber sein Bild vor meinem inneren Auge blieb blass. Ich stellte mir einen Anzugträger vor, der viel Wert auf ein glattes Äußeres legte. Jemanden, der sein graues Sakko selbst während der Vorlesungen nicht ablegte und dessen Emotionen sich nie auf seinem hübschen Gesicht abzeichneten. Und ganz offensichtlich hatte er überhaupt keine Interessen, las nicht, schaute keine Filme, kochte nicht. Ich fragte mich, ob er überhaupt atmete.

Ich seufzte müde. Am liebsten wollte ich mich einfach im Bett zusammenrollen, mir die Decke über den Kopf ziehen und die nächsten Tage durchschlafen. Mir war es, als sei ich schon ewig auf den Beinen.

Aber gleichzeitig war ich von einer fieberhaften Unruhe

erfüllt. Mein Körper kribbelte, als liefen Ameisen durch meine Adern. Ein Blick auf die Uhr verriet mir, dass es zwei Uhr morgens war, aber das war mir egal. Es gab nur eines, was mich beruhigte, wenn ich so durch den Wind war.

Entschlossen packte ich nun doch meine Backutensilien aus und ging in die Küche, um das zu tun, was ich eigentlich vorgehabt hatte, bevor die Hölle losgebrochen war. Schlafen konnte ich nicht, solange ich diese Nervosität in mir spürte, also konnte ich ebenso gut backen. Es fühlte sich zwar seltsam an, sich in einer fremden Wohnung so breitzumachen, aber wen kümmerte es? Jennas Bruder war für die nächsten Wochen weg, das hatte sie ausdrücklich betont. Und wenn ich meiner Anspannung kein Ventil verschaffte, würde ich höchstwahrscheinlich den Verstand verlieren.

Meine mintfarbene Küchenmaschine und die vielen Packungen mit Glitzerstreuseln wirkten seltsam deplatziert auf der makellos sauberen gläsernen Arbeitsplatte. Ich drückte mir selbst die Daumen, als ich die Küchenschränke öffnete. Es hätte mich nicht überrascht, wenn sie komplett leer und bloß Fassade wären. Aber ich fand tatsächlich alle Zutaten, die ich brauchte. Alles war originalverpackt und noch nie geöffnet worden. Mein Verdacht, dass hier niemals gekocht wurde, erhärtete sich.

»Gut kombiniert, Watson«, murmelte ich.

Ich nahm mir fest vor, gleich morgen in den Supermarkt zu gehen und alles nachzukaufen, was ich verbrauchte. Schlimm genug, dass ich mich in der Wohnung eines Fremden eingenistet hatte, ohne dass dieser davon wusste – da wollte ich mich nicht auch noch durch alle Vorräte fressen.

Es war gut, dass ich das Rezept schon so oft gebacken hatte, denn mit meiner Konzentrationsfähigkeit war es nicht weit her. Meine Hände erledigten ihre Arbeit wie von selbst. Als die Cookies backten, setzte ich mich einfach auf den kalten Küchenboden und starrte stumpfsinnig in den Ofen. Alles andere erschien mir zu anstrengend. Ich musste dauernd gähnen.

Trotzdem konnte ich nicht zu Bett gehen, ohne mein Werk zu vollenden. Die Kekse schrien geradezu nach Dekoration. Ich verteilte Unmengen Zuckerguss und Glitzer darauf, bis sie aussahen wie Gebilde aus einer abgedrehten Feenwelt.

Erst als das alles erledigt war, wurde ich ruhiger. Ich ging ins Gästezimmer, ließ mich ins Bett fallen und schlief ein, noch bevor mein Kopf das Kissen berührte.

Doch ich schlief nicht lang. Mit klopfendem Herzen fuhr ich im Bett hoch. Irgendetwas hatte mich geweckt – ein Traum?

Ich hatte vergessen, die Vorhänge zuzuziehen. Der Mond stand groß und rund am Himmel. Sein bleiches Licht schien ins Zimmer und reichte gerade aus, um mich Umrisse erkennen zu lassen. Einen Moment lang wusste ich nicht, wo ich war. Alles wirkte fremd. Dann erinnerte ich mich an das, was geschehen war, und atmete erleichtert auf.

Plötzlich hörte ich ein Geräusch, und schlagartig wurde mir klar, dass dieses seltsame Kratzen mich geweckt hatte. Meine Brust war mit einem Mal so eng, dass ich nicht einatmen konnte. Eine Gänsehaut zog sich über meinen ganzen Körper. Da war jemand an der Wohnungstür. Mit einem schabenden Geräusch wurde ein Schlüssel ins Schloss geschoben.

Meine Gedanken rasten. Jennas Bruder konnte es nicht

sein. Sie hatte mir versichert, er sei nicht in der Stadt. Wer dann? Jenna? Sie würde bestimmt nicht mitten in der Nacht hier aufkreuzen.

Einbrecher. Es mussten Einbrecher sein. Vielleicht versuchten sie gerade, das Schloss aufzubrechen. Sie waren bestimmt hier, weil sie wussten, dass die Wohnung eigentlich leer stand. Und wenn sie mich entdeckten, würden sie alles andere als begeistert sein.

Ich hörte, dass die Tür aufschwang. Jemand war in der Wohnung, schaltete im Flur das Licht ein und stieß einen überraschten Laut aus. Schwere Schritte näherten sich.

Das Blut in meinen Adern verwandelte sich in Eis. Ich dachte darüber nach, mich unter dem Bett zu verstecken, aber ich konnte mich nicht bewegen. Meine Finger krampften sich in die Bettdecke. Aus weit aufgerissenen Augen starrte ich zur Zimmertür. Die Klinke wurde langsam hinuntergedrückt. Mein Herz donnerte so wild in meiner Brust, dass ich nichts anderes hörte – nur das dumpfe Pochen, das durch meinen Körper dröhnte.

Ein großer Umriss erschien in der Tür, und ich schrie. Ich schrie aus Leibeskräften, schrie um mein Leben. Wenn das ein Einbrecher war, der Zeugen beseitigen wollte, war das vielleicht meine einzige Chance.

Das Licht ging an, und mein Schrei riss abrupt ab. Mein Mund klappte zu, dann wieder auf.

»Was – zur Hölle – soll das?«, knurrte er. Jedes Wort war einzeln betont, jedes Wort eine Drohung.

»Aiden«, flüsterte ich.

»Raus!«, bellte er.

Ich krabbelte im Bett zurück, bis ich mit dem Rücken

an der Wand saß. Die Decke hielt ich als Barriere zwischen uns hoch. Meine Augen waren so weit aufgerissen, dass es schmerzte.

»Aiden, ich … was …« Nie zuvor war es mir so schwergefallen, einen halbwegs sinnvollen Satz zu bilden.

Er hielt ein Messer in der Hand, auf dessen Klinge sich das Licht spiegelte. Die andere war fest zur Faust geballt, und die Arme waren so angespannt, dass die Muskeln deutlich hervortraten. Das Haar fiel ihm in die Stirn und halb vor die Augen, aber ich sah, wie wütend er mich anfunkelte. An seinem Hals zuckte ein Muskel.

»Was machst du in meiner Wohnung?«, schnauzte er mich an. »Raus!«

»Ich …« Selbst wenn ich es gewagt hätte, an ihm vorbei durch die Tür zu huschen, ich hätte es nicht gekonnt. Meine Beine waren wie gelähmt.

Mit zwei großen Schritten war er bei mir, riss die Decke weg und packte mein Handgelenk. Seine Hand war glühend heiß. Er zerrte mich aus dem Bett, und jeden Moment erwartete ich, er würde auf mich einschlagen. Ich schrie auf und hielt die andere Hand schützend vor mein Gesicht.

Plötzlich hielt er inne. Ängstlich blinzelte ich hinter meiner Hand hervor und suchte seinen Blick. Er wirkte auf einmal erschrocken, geradezu verstört. Sein Atem ging schwer. Unter jedem Atemzug hob und senkte sich sein Brustkorb. Er ließ mein Handgelenk so schnell los, als hätte er sich verbrannt, und trat einen Schritt zurück.

»Was tust du hier?« Seine Stimme war immer noch kühl, aber beherrscht. Der wilde Zorn war daraus verschwunden.

Ich ließ ihn nicht aus den Augen. Mein Herz schlug immer

noch heftig. »Das … das ist alles nicht richtig«, stammelte ich kläglich. »Das hier … das ist die Wohnung von Jennas Bruder! Sie hat gesagt, ich kann hier wohnen, bis ich was Neues gefunden habe. Weil ich ihretwegen von meiner Vermieterin rausgeworfen wurde. Also, was um alles in der Welt machst *du* hier?«

»Jenna?« Es war ein eisiges Knurren.

Endlich fiel es mir wie Schuppen von den Augen. »*Du* bist Jennas Bruder?«, quiekte ich ungläubig.

Er verschränkte die Arme vor der Brust und schaute finster. Das Messer hielt er immer noch in der Hand.

Ich deutete beunruhigt darauf. »Was willst du mit dem Ding?«

Er schaute es an, als hätte er es schon ganz vergessen. »Na, was wohl? Ich dachte, da wäre ein verdammter Einbrecher in meiner Wohnung.«

»Und da hast du beschlossen, ihn einfach … abzustechen?« Ich schauderte bei der Vorstellung, er hätte mich nicht rechtzeitig erkannt, sondern als Gefahr eingeschätzt.

Er verdrehte die Augen. »Selbstverständlich nicht. Das war mehr zur Abschreckung gedacht.«

Er legte das Messer beiseite und setzte sich auf den Boden, mit dem Rücken an den Türrahmen gelehnt. Dann sah er mich abwartend an. »So. Du sagst, Jenna hat dich hierhergeschickt.«

Ich betrachtete die ausgefransten Risse seiner Jeans, um ihm nicht in die zornigen Augen sehen zu müssen. Mit wenigen Worten erzählte ich, was geschehen war, dann wartete ich mit gesenktem Blick auf seine Antwort. Meine Finger nestelten nervös an der Bettdecke herum.

»Na schön«, sagte er schließlich widerwillig. »Ich werde dich nicht vor die Tür setzen. Zumindest nicht jetzt. Morgen sehen wir weiter.«

Dankbar nickte ich. Ohne ein weiteres Wort verließ er das Zimmer und schlug die Tür hinter sich zu.

Kapitel 6

Am nächsten Morgen hatte ich das Gefühl, aus einem völlig abgedrehten Traum zu erwachen. Verwirrt blickte ich mich im Zimmer um, bis mir einfiel, wo ich war. Und wer mich in der Nacht überrascht hatte.

Ich sah auf mein Handy. Es war schon nach elf – ein eindeutiges Zeichen, wie sehr mich die Strapazen der letzten Nacht erschöpft hatten.

Mein Magen knurrte, aber schlimmer noch war das Drücken meiner Blase. Vorsichtig schlich ich zur Zimmertür und horchte. Ob Aiden wach war? Und ob er mir schon die Wohnungstür aufhielt, um mich wie versprochen rauszuwerfen?

Es nützte nicht, ich musste sofort zur Toilette. In meinem Einhorn-Pyjama, auf nackten Füßen und mit Krautsalat-Frisur schlüpfte ich in den Flur und schlich Richtung Bad.

Als ich zurückging, überraschte er mich in der Küche.

Aiden lehnte an der Theke, hatte in der einen Hand eine Kaffeetasse und in der anderen ein Buch. Mit seiner schwarzen Jeans und dem ausgewaschenen Ramones-Shirt wirkte er in der Hochglanzküche fast ebenso deplatziert wie meine pastellfarbenen Backsachen.

»Guten Morgen«, murmelte ich und wünschte, ich hätte erst etwas Vernünftiges angezogen.

»Morgen«, brummte er und wirkte kaum glücklicher als ich.

»Kann ich …« Ich deutete auf die Kaffeemaschine.

Er reichte mir eine Tasse. »Wir müssen zwei Dinge besprechen«, meinte er dann.

Ich nippte am schwarzen Kaffee und wünschte mir sehnlich Milch und Sirup. »Bevor du weitersprichst … Bitte setz mich nicht vor die Tür. Bitte, Aiden. Ich weiß, du kannst mich nicht leiden, und glaub mir, ich wäre auch lieber woanders. Aber ich weiß nicht, wohin ich gehen soll. Ich habe keine Ahnung. Sobald ich eine neue Bleibe gefunden habe, bin ich weg. Ich zahle auch Miete. Aber bitte wirf mich nicht raus.« Alles war besser, als auf der Straße zu landen, nahm ich an.

Er blickte mich unergründlich an, bis ich vor Nervosität am liebsten in meine Kaffeetasse gekrochen wäre. Dann zuckte er gleichgültig mit den Schultern. »Ich schätze, mir bleibt nichts anderes übrig, nachdem meine herzallerliebste Schwester das verbockt hat. Sieht so aus, als müsste ich mal wieder das in Ordnung bringen, was sie angerichtet hat. Also ja, du kannst bleiben. Aber nur für ein paar Tage.«

Erleichtert atmete ich auf. »Danke. Ich verspreche, ich werde unsichtbar sein.«

»Das bezweifle ich«, brummte er und maß mein nicht gerade dezentes Outfit mit einem skeptischen Blick.

»Du und Jenna …«

»Ich will nicht über sie reden«, fiel er mir ins Wort.

Ich verstummte und trank hastig von meinem viel zu heißen Kaffee.

Eine Weile schwiegen wir, bis er wieder das Wort ergriff. »Warum … Warum denkst du eigentlich, dass ich dich nicht mag?«

Mir fiel die Kinnlade hinunter. Einen Augenblick lang

wusste ich nicht, was ich antworten sollte. »Das ist die blödeste Frage, die ich je gehört habe«, platzte ich schließlich heraus. »Jedes Mal, wenn wir uns treffen, schnauzt du mich an. Du hast noch kein einziges freundliches Wort zu mir gesagt. Na ja, kaum eines. Noch lieber ist es dir aber offensichtlich, wenn du gar nicht mit mir sprechen musst und mich wie Luft behandeln kannst. Du schaust mich an, als würdest du mich am liebsten fressen, und würdest das nur nicht tun, weil die Abscheu dann doch überwiegt. Ach, und gestern hast du dich auf mich gestürzt wie ein … wie ein verdammter wutentbrannter Dämon oder so was. Als wolltest du mich umbringen!«

»Oh, das.« Bildete ich mir das nur ein, oder wirkte er plötzlich verunsichert? Er biss sich auf die Unterlippe und murmelte dann: »Die Aktion gestern tut mir leid. Ich wollte dir keine Angst machen. Habe ich dir wehgetan?«

Ich blinzelte überrascht und schaute dann mein Handgelenk an. »Nein. Nein, hast du nicht. Du hast mich nur erschreckt. So richtig fies erschreckt.«

»Sorry.« Er starrte in seine Kaffeetasse, als gäbe es darin etwas Spannendes zu sehen.

»Schon okay.« Ich atmete tief durch. »Du hast gesagt, wir müssen zwei Dinge besprechen. Was ist das zweite?«

»Ach ja.« Er deutete anklagend auf meine Glitzerstreusel, Cupcake-Pappförmchen und Zuckerfondantpackungen. »Was zur Hölle ist das, und was macht es in meiner Küche? Ich meine, es glitzert!« Er spie das Wort förmlich aus und verzog den Mund.

Ich errötete bis über beide Ohren. »Ich kann die Sachen im Gästezimmer aufbewahren, wenn dir das lieber ist. Willst du einen Cookie?« Es war als eine Art Friedensangebot gemeint.

Er betrachtete die bunt glitzernden Kunstwerke mit einer Mischung aus Faszination und Abscheu. »Die sehen aus, als hätte ein Einhorn draufgekotzt«, lautete sein fachkundiges Urteil.

Wütend runzelte ich die Stirn, wagte aber nicht, einen Keks nach ihm zu werfen. Er wirkte gerade friedlich, aber bei ihm wusste man ja nie.

Bevor ich noch etwas sagen konnte, stieß er sich von der Küchentheke ab und verließ mit großen Schritten den Raum.

»Ich muss weg«, sagte er, als er schon im Flur war.

Ich nahm meinen Mut zusammen. »Heißt das ... Heißt das, du hasst mich doch nicht?«, rief ich ihm hinterher.

Er lachte auf, überrascht und abfällig. »Doch, natürlich.« Dann fiel die Tür hinter ihm ins Schloss.

Kopfschüttelnd schaute ich ihm hinterher und biss in einen Cookie. »Einhornkotze«, murmelte ich fassungslos.

∞

Während des restlichen Wochenendes ließ Aiden sich nicht mehr blicken. Keine Ahnung, wo er war und schlief, aber es war mir auch egal. Ich war einfach nur froh, ein Dach über dem Kopf zu haben. Ich steckte etwas Geld in einen Briefumschlag, schrieb ›Miete‹ darauf und legte ihn deutlich sichtbar auf den Küchentisch – früher oder später würde er das Geld finden, wenn er wieder auftauchte. Falls er das überhaupt tat, solange ich noch hier war. Ich hatte nicht vor, länger als nötig zu bleiben.

Wenn ich nicht gerade lernte, durchforstete ich das Internet nach Wohnungsanzeigen. Die Suche war frustrierend: Ich fand kaum freie Zimmer, und wenn doch, konnte ich sie mir nicht leisten. Ich nahm mir fest vor, am College herumzufragen. Als letzte Notlösung würde ich mich doch um ein Wohnheimzimmer bewerben müssen, aber bei der bloßen Vorstellung stieg Übelkeit in mir hoch. Vorher wollte ich alle anderen Möglichkeiten ausschöpfen.

So richtig wohl fühlte ich mich nicht in Aidens Wohnung. Er konnte ja jederzeit nach Hause kommen und mich mit einem Tobsuchtsanfall in Angst und Schrecken versetzen. Bei ihm wusste ich nie, woran ich war. Die meiste Zeit war er so unfreundlich, als würde er mich hassen, aber zwischendurch war er beinahe … süß. Als er mir im Auto seine Jacke gegeben hatte, und auch bei seiner Entschuldigung in der Küche hatte er plötzlich wie ein anderer Mensch gewirkt. Aber diese Momente waren immer so schnell vorbei gewesen, wie sie aufgeflackert waren. Außerdem hatte er mich so grob aus dem Bett gezerrt, dass ich es wirklich mit der Angst zu tun bekommen hatte.

Ich seufzte und kaute gedankenverloren an dem Textmarker herum, mit dem ich gerade wichtige Stellen in meinen Lernunterlagen hervorgehoben hatte. Aidens paar nette Momente trugen nicht unbedingt dazu bei, dass ich mich in seiner Gegenwart wohler fühlte. Sie machten ihn nur noch unberechenbarer, so als gäbe es zwei Aidens, die sich einen Körper teilten, und ich wusste nie, ob wie üblich der böse Mr Hyde die Vorherrschaft hatte oder ob Dr. Jekyll für einen Moment das Steuer an sich riss.

Sekunden später stieß ich einen Fluch aus und flitzte ins

Bad. Wie geistesabwesend musste man bitte sein, um am falschen Ende des Textmarkers zu kauen? Die nächste Viertelstunde verbrachte ich damit, meine blauverfärbte Zunge und die Zähne mit der Zahnbürste zu bearbeiten.

Als ich am Montag zum Campus fuhr, hatte ich eine To-do-Liste im Kopf. Punkt zwei: eine neue Unterkunft beschaffen, egal wie. Unangefochtener Punkt eins: mit Jenna ein ernstes Wörtchen wechseln.

Ich hatte Glück und entdeckte sie schon vor der ersten Vorlesung. Mit ein paar Freundinnen saß sie auf einer Bank in der Sonne, bräunte ihre langen Beine, die in weißen Shorts steckten, und trank einen Green Smoothie.

Als sie mich erblickte, schob sie ihre Sonnenbrille hoch und lächelte mir entgegen. »Hey, Violet. Alles klar? Hast du dich schon eingelebt?«

»Wann wolltest du mir eigentlich sagen, dass Aiden dein Bruder ist?«, fragte ich statt einer Begrüßung.

Sie riss die Augen so weit auf, dass ihre langen schwarzen Wimpern fast die Augenbrauen berührten. Ihr perfekt geschminkter Mund blieb offen stehen. »Woher ... Oh Gott. Sag bitte nicht, dass er aufgetaucht ist.«

Die anderen Mädchen entfernten sich auf Jennas Wink, und ich ließ mich auf die Bank fallen.

»Oh doch, er ist so was von aufgetaucht. Mitten in der Nacht. Und glaub mir, er war überhaupt nicht erfreut, mich zu sehen«, sagte ich finster.

Sie ergriff meine Hände und sah mich besorgt an. »Hat er dir was getan?«

Verwirrt schüttelte ich den Kopf und entzog ihr meine

Hände. »Nein, aber kurz dachte ich, er bringt mich um. Wie konntest du mich in seine Wohnung schicken, wenn du ihm ernsthaft zutraust, mir etwas zu tun?«

»Ich war mir sicher, er wäre nicht da!«, rief sie aus. Sie wirkte ehrlich betroffen. »Ich konnte ja nicht ahnen, dass er plötzlich auftaucht.«

Nervös sah sie sich um, als befürchtete sie, belauscht zu werden. Mit gedämpfter Stimme sprach sie weiter. »Ich meine, er ist fast nie da. Eigentlich wäre er ein Jahr weiter mit dem Studium als wir. Aber er hat ganze zwei Semester verloren wegen seiner … Eskapaden.« Das Wort spuckte sie abfällig aus.

»Eskapaden?«

Sie nahm sich die Sonnenbrille aus dem Haar und drehte sie zwischen ihren schlanken Fingern hin und her. »Er ist total unberechenbar. Tut einfach, was ihm einfällt. Wenn er keine Lust mehr aufs College hat, taucht er einfach unter. Wochen- oder teilweise monatelang. Natürlich ist er aus Kursen geflogen. Er hat Klausuren verpasst oder hat die Seminare mit Anwesenheitspflicht einfach wochenlang geschwänzt. Deshalb muss er jetzt einiges wiederholen. Ich … ich war mir absolut sicher, dass seine Wohnung mal wieder eine ganze Weile leersteht. Sonst hätte ich dich da niemals hingeschickt. Nie im Leben.«

»Warum hast du mir denn nicht gesagt, dass er dein Bruder ist?« Irgendwie konnte ich mir immer noch nicht vorstellen, dass sie verwandt sein sollten. Sie waren wie die Schöne und das Biest.

»Halbbruder«, korrigierte sie mich. »Dieselbe Mom, unterschiedliche Dads.«

»Das beantwortet meine Frage nicht.«

Sie schnaubte. Ihre tiefblauen Augen wurden noch dunkler. »Fragst du mich das ernsthaft? Du hattest eine kleine Kostprobe seines Benehmens, oder? Glaub mir, das war noch gar nichts. Du willst nicht wissen, wozu er fähig ist. Denkst du, ich will mit diesem Psycho in Verbindung gebracht werden?«

Eine Gänsehaut zog sich über meine Unterarme. »Meinst du, er ist … gefährlich?«

Diesmal zog ich meine Hände nicht weg, als sie danach griff. »Ich meine, du solltest aus seiner Wohnung raus. So schnell wie möglich.«

∞

Ich musste ausziehen. Meinen Kram aus Aidens Wohnung schaffen und verschwinden. Daran hatte Jenna keinen Zweifel gelassen. Aber wohin?

Ich blies meine Wangen auf und ließ die Luft pfeifend entweichen. Professor Moore schaute mich strafend an. Ich brachte ein entschuldigendes Lächeln zustande, aber auf seinen Vortrag konnte ich mich nicht konzentrieren.

»Was ist denn?«, wisperte Chloe neben mir.

Ich zögerte, sie sollte sich keine Sorgen machen. Aber mein geflüstertes »Nichts!« fand sie nicht sonderlich überzeugend, also rückte ich schließlich mit der Sprache heraus.

»Wusstest du, wer Jennas Bruder ist? Aiden!«

»Nein!« Sie schlug sich die Hand vor den Mund, ihre Augen wurden groß. »Nicht dein Ernst.«

»Würden die beiden Damen in der letzten Reihe ihre Unterhaltung bitte nach dem Kurs fortsetzen?« An Professor

Moores Stirn trat eine Ader deutlich hervor. Genervt strich er sich mit der flachen Hand über die platte Gelfrisur.

Es fiel uns beiden nicht leicht, bis zum Ende der Stunde zu schweigen. Chloe warf mir immer wieder ungläubige Blicke zu und ließ alle paar Minuten ihr Eulenmedaillon aufschnappen, um auf die Uhr zu sehen. Sobald der Dozent seine Ausführungen beendet hatte, rüttelte sie an meiner Schulter. »War das dein Ernst?«

Düster nickte ich. »Ich kann es auch kaum glauben. Aber ja, es stimmt. Sie sind Halbgeschwister, und die Wohnung, in die sie mich geschickt hat, gehört ihm.«

Sie stieß einen leisen Pfiff aus. »Abgedreht. Ich weiß gar nicht, was ich dazu sagen soll.«

»Dass das eine einzige Katastrophe ist?«, schlug ich vor. »Er ist nämlich nach Hause gekommen, obwohl Jenna das Gegenteil behauptet hat. Ich habe mich zu Tode erschreckt.«

Sie nickte. »Gott, das ist wirklich eine Katastrophe. Ich meine, ihr seid nicht die allerbesten Freunde.«

»Und das ist noch nicht alles«, sagte ich zögerlich.

»So?«

Ich seufzte. »Jenna hält ihn wohl irgendwie für gefährlich. Wenn sie als Schwester das über ihren eigenen Bruder sagt, muss wohl was dran sein, oder? Sie meint, ich soll wieder ausziehen. Und zwar schnell.«

Alle anderen hatten den Hörsaal bereits verlassen, bald würde die nächste Studentengruppe hereinkommen. Nur wir saßen noch da.

Chloe war ausnahmsweise todernst, sie blickte erschrocken drein. »Inwiefern denn gefährlich? Meint sie, er würde dir was tun oder so? Dich zusammenschlagen? Oder was?«

Ich zuckte unglücklich mit den Schultern. »Keine Ahnung.«

Entschlossen stand sie auf und stemmte die Hände in die schmalen Hüften. »Okay, damit ist es entschieden. Du verbringst dort keine weitere Nacht. Weißt du was? Wir fahren gleich zu Aidens Wohnung, packen deinen ganzen Kram ins Auto, und du setzt nie mehr einen Fuß in die Vampirgrafengruft. Du wohnst jetzt bei mir.«

Das Angebot klang nicht schlecht. Ganz und gar nicht schlecht. Aber ich wollte auf keinen Fall, dass Chloe Ärger bekam. Irgendwas würde ich schon finden, dachte ich. Für ein paar Nächte in einem günstigen Hostel reichten meine Ersparnisse auf jeden Fall, und spätestens dann würde ich hoffentlich etwas Neues finden. Bei Aiden wollte ich nach Jennas Warnung jedenfalls nicht mehr wohnen, so viel stand fest.

»Schon okay, ich hab schon eine neue Bleibe gefunden«, log ich.

Chloe wirkte skeptisch, aber bevor sie nachfragen konnte, sprach ich einen Gedanken aus, der mir durch den Kopf schoss: »Irgendwie ... Irgendwie weiß ich nicht so recht, was ich von Jenna halten soll.« Ich schämte mich beinahe, das zu sagen.

Chloe runzelte die Stirn. Wir packten unsere Taschen und verließen den Hörsaal, in den bereits andere Studenten hineinströmten. »Wie meinst du das?«

Ich wusste nicht, wie ich es sagen sollte, und ließ mir Zeit mit meiner Antwort. Wir traten hinaus in die Sonne, und ich blinzelte geblendet. Es war ein wunderbarer Tag, warm und mild. Der laue Wind trug den Duft von frisch gemähtem Rasen und Kiefern herbei. Gemeinsam holten wir unseren üblichen Kaffee und ließen uns in die Wiese zwischen den großen Campusgebäuden fallen. In Momenten wie diesen schienen mir alle Sorgen ganz fern. Mein postkartenschreibender Stalker, meine Probleme mit meinen Eltern, meine Ängste, und nun die merkwürdige Situation mit Aiden – alles schien einer anderen Welt anzugehören, die nichts mit mir und meinem Leben zu tun hatte.

»Ich weiß auch nicht genau«, sagte ich schließlich. »Manchmal weiß ich nicht, woran ich bei ihr bin. Klar, eigentlich ist sie total nett, und es ist kein Wunder, dass sie so beliebt ist. Ich verstehe mich echt gut mit ihr. Das mit der Überraschungsparty war eine blöde Idee, aber sicher nett gemeint. Ich schätze, ich hätte einfach gern gewusst, in wessen Wohnung sie mich da schickt. Auch wenn sie dachte, er würde sicher nicht nach Hause kommen, hätte … Chloe! Was genau …«

»Ich hör dir zu«, beteuerte sie. »Ich bin multitaskingfähig.«

Argwöhnisch betrachtete ich die bunten Stifte, die sie aus ihrer Tasche geholt hatte, und die Hand, die sie nach meinen Füßen ausstreckte. »Ich weiß nicht, ob mir dein Plan gefällt.«

»Darf ich deine Schuhe anmalen? Sie sind so weiß und blass – wie eine leere Leinwand, die förmlich darum bettelt, von mir bemalt zu werden.« Die großen Bernsteinaugen sahen mich bittend an. Während sie um Erlaubnis fragte, berührte die Spitze eines Stifts bereits meine Vans und hinterließ einen schwarzen Strich.

Ich verdrehte die Augen. »Tu, was du nicht lassen kannst. Aber wehe, du malst was Obszönes.«

Sie warf mir einen strafenden Blick zu, als sei der Gedanke absurd, sie könnte so etwas tun, zog meine Füße energisch an sich heran und begann meine Schuhe zu bemalen. »Ich verstehe, was du meinst«, meinte sie dann. »Sie ist so nett und herzlich und offen und hübsch, fast zu perfekt, um wahr zu sein. Und die Aktion mit der Überraschungsparty – na ja, die war unbedacht, aber sie konnte ja nicht wissen, dass es so eskaliert. Aber dass sie dich in Aidens Wohnung untergebracht hat …« Sie schüttelte den Kopf. »Das geht echt gar nicht.«

Ich seufzte, ließ mich nach hinten sinken und legte mich mit dem Rücken ins Gras. Halme kitzelten meine Wangen, Chloes lange Haare kitzelten meine Knöchel. Ihr Stift kratzte über den Stoff meiner Vans. »Ist ja eigentlich auch egal. Sie hat eben zwei dumme Fehler gemacht. Schwamm drüber. Und wenn sie mir das nächste Mal eine Wohnung anbietet, frage ich vorher, ob sie noch irgendwelche Psychobrüder hat, die darin wohnen.«

»Wenn es hart auf hart kommt, haben wir Scott an unserer Seite«, sagte sie grinsend. »Der ist so stark, dass er es locker mit einer Armee von Psychobrüdern aufnimmt.«

Meine Arme waren im Nacken verschränkt. Ich blickte hoch zum wolkenlos blauen Himmel und dachte über Chloes Worte nach. Irgendwie war ich gar nicht so sicher, dass Aiden bei einer Auseinandersetzung den Kürzeren ziehen würde. Klar, Scott war noch muskulöser und breiter gebaut, aber ich hielt Aiden für skrupelloser. Mein Magen rumorte, als ich daran dachte, dass ich gleich noch einmal in seine Wohnung musste, um meinen Kram zu holen. Ja, ich hätte jemanden um Hilfe bitten können – Chloe, Scott, Jenna oder sogar Dorian –, aber ich wollte das allein erledigen. Ich hoffte einfach, er würde wieder nicht da sein, wenn ich die Wohnung betrat.

∞

Mit angehaltenem Atem schloss ich die Tür auf, dann blieb ich lauschend stehen. Nichts zu hören. Vermutlich war Aiden nicht zu Hause, aber hundertprozentig sicher war ich nicht. Nach Jennas Warnung wollte ich es unbedingt vermeiden, ihm zu begegnen.

Ich schlüpfte aus den Schuhen, die jetzt dank Chloe von Disney-Prinzessinnen geziert wurden, und ging barfuß weiter, um mich leiser fortbewegen zu können. Ich schlich in mein Zimmer, das Bad und die Küche, und sammelte meine Sachen ein. Ächzend stemmte ich mich gegen den Kofferdeckel, bis es mir gelang, die Schnallen zu schließen. Das verdammte Ding war einfach zu voll.

Erleichterung machte sich in mir breit. Es sah so aus, als würde ich mit heiler Haut hier rauskommen. Doch gerade als ich das dachte, hörte ich, dass ein Schlüssel im Schloss gedreht wurde.

Mir rutschte das Herz in die Hose. Den Koffer stellte ich hastig hinter mich, in einem absurden Versuch, ihn zu verstecken. Ich hielt den Atem an und hoffte, dass es durch ein Wunder nicht Aiden, sondern Jenna oder sonst jemand war.

Aber natürlich war er es. Er betrat die Wohnung und schenkte mir einen undeutbaren Blick. Ich wünschte, ich könnte behaupten, ihn nicht anzustarren – aber natürlich tat ich es. Wie konnte jemand ein so schönes Aussehen und einen so abschreckenden Charakter haben? Wie immer war er in Schwarz gekleidet. Mit der Lederhose und den Chucks hatte er etwas von einem Rockstar – etwas Gefährliches. Die schwarzen Haare waren ihm halb vor die Katzenaugen gefallen, und mit einer beiläufigen Geste schob er sie beiseite.

»Wohin willst du?« Seine Stimme war ausdruckslos: weder freundlich noch wütend oder aggressiv.

Jennas Worte hämmerten durch meinen Kopf. Sie schien vor ihrem eigenen Bruder Angst zu haben; das musste einen triftigen Grund haben. Ich sah ihre erschrocken aufgerissenen Augen vor mir.

»Ich … Ich ziehe aus. Hab was Neues gefunden.« Ich versuchte meine Stimme ruhig und sicher klingen zu lassen, aber sie zitterte. Mist.

Er zog eine Augenbraue hoch. »So schnell?« Er machte einen Schritt auf mich zu. Seine Bewegungen waren langsam und geschmeidig wie die einer Raubkatze. Nicht gerade eine Assoziation, die mich beruhigte. Unwillkürlich wich ich zurück. Der Koffer stieß hart in meine Kniekehlen, und fast verlor ich das Gleichgewicht.

Seine Hand fuhr in die Plastiktüte, die er dabeihatte und die ich jetzt erst bemerkte. In dem Moment schossen mir unzählige Gedanken durch den Kopf: Hatte er eine Waffe dabei? Ein Messer? Eine Pistole?

Eine Milchpackung.

Es war nichts weiter als eine harmlose Milchpackung.

»Du musst keinen Herzinfarkt bekommen«, sagte er spöttisch. »Du bist eher der ängstliche Typ, oder?«

Ich atmete tief durch. »Und du der furchteinflößende Typ, ja?«

Er presste die Lippen zusammen. »Schätze schon. Also erzähl mir nicht, du hättest was Neues gefunden. Ich weiß, warum du wegwillst. Und weißt du was? Das ist wahrscheinlich eine gute Idee.«

Ich verschränkte die Arme vor meinem Körper und schob

das Kinn leicht vor. »Ja, das denke ich auch. Natürlich will ich nicht bei jemandem wohnen, vor dem sogar seine eigene Schwester Angst hat.«

»Halbschwester«, presste er hervor.

Ich verdrehte die Augen. »Ja, das hat sie auch betont.«

»An deiner Stelle würde ich nicht alles glauben, was Jenna sagt.«

Seine arrogante Stimme machte mich wahnsinnig. Die Wut verdrängte meine Furcht. »Jenna ist wirklich nett«, zischte ich, »was man von dir nicht behaupten kann.«

»Klar. Na dann, lauf weg. Mach schon. Ich steh dir nicht im Weg.« Er trat einen Schritt beiseite und machte den Weg zur Tür frei.

Ich hob den Koffer wieder hoch und schloss die Hand fest um den Griff. Aber ich wollte nicht weglaufen, diesmal nicht. Nicht schon wieder.

»Warum hast du die Milch gekauft?«, fragte ich unvermittelt.

»Was?«

»Die Milch«, wiederholte ich ungeduldig. »Als ich hier angekommen bin, war nur das Allernötigste in der Küche. Mehl, Zucker … Und alles war noch verschlossen, so als hättest du nur am Anfang mal eingekauft und dann nie in deiner Küche gekocht oder gegessen. Nur die Kaffeemaschine sah benutzt aus, und deinen Kaffee trinkst du schwarz. Also wozu die Milch?«

»Ist doch egal.« Noch ein geschmeidiger Schritt zur Seite, eine auffordernde Geste zur Tür.

Der Koffer war so schwer, dass meine Finger schmerzten und mein Arm immer länger zu werden schien. »Was ist denn so schwer daran, eine simple Frage zu beantworten?«

Er schnaubte genervt. »Na ja, warum schon. Ich habe gesehen, wie du das Gesicht verzogen hast, als du den Kaffee getrunken hast. Also dachte ich, vermutlich trinkst du das Zeug lieber mit Milch. Und nachdem du vorerst hierbleiben wolltest …«

Ich ließ den Koffer fallen. »Kann ich doch noch ein paar Tage bleiben? Du hast recht, ich habe kein neues Zimmer gefunden.«

Er presste sich Daumen und Mittelfinger gegen die Nasenwurzel, als hätte er Kopfschmerzen. »Mein Gott, bist du wankelmütig. Hat dir schon mal jemand gesagt, dass das nervt?«

»Jemand, der mir extra Milch für meinen Kaffee kauft, wird mich vermutlich nicht im Schlaf ermorden«, sagte ich ungerührt.

Fassungslos schüttelte er den Kopf. Seine Hände waren zu Fäusten geballt. »Na schön, dann bleib eben.«

Mit diesen Worten verschwand er in seinem Schlafzimmer und knallte die Tür hinter sich zu. Den restlichen Tag bekam ich ihn nicht mehr zu Gesicht.

∞

»Sag das noch mal. Du wohnst noch bei ihm? Was ist denn mit der neuen Wohnung, die du angeblich gefunden hast? Und, was noch viel schlimmer ist: Du willst dortbleiben? Das kann nicht dein Ernst sein.« Das Stück Muffin, das Chloe gerade abgebissen hatte, fiel ihr aus dem offenen Mund und landete auf der Tischplatte. Eine Katze, die gerade über den Tisch stolziert war, angelte neugierig mit der Pfote danach. Chloe schob das Tier beiseite und steckte sich den Muffin wieder in den Mund. Dann blickte sie mich vorwurfsvoll an.

»Sorry, dass ich dich angelogen habe«, murmelte ich zerknirscht. »Ich wollte nicht, dass du dir Sorgen machst.«

Ungeduldig zuckte sie mit den Schultern. »Scheiß drauf. Wichtig ist, dass du da rauskommst. Ich meine, du willst dich doch nicht freiwillig in Gefahr begeben, oder?«

Ich nahm einen großen Schluck von meinem Oreo-Frappuccino, um Zeit zu schinden und über eine einleuchtende Antwort nachzudenken. Die Sache war nur, es gab keine rationale Antwort, die mich nicht verrückt oder lebensmüde klingen ließ.

»Ich glaube, er ist in Wirklichkeit nicht so übel. Nicht ganz so übel zumindest.«

Die Katze stupste ihren Kopf gegen mein Kinn und rieb sich schnurrend daran. Ich kraulte sie zwischen den Ohren und strich über ihr glattes getigertes Fell. Eine andere sprang leichtfüßig auf meine Schultern. Spitze Krallen bohrten sich durch mein T-Shirt, als sie um ihr Gleichgewicht kämpfte.

Wir saßen in einem neu eröffneten Katzen-Café in der Innenstadt. Unzählige Stubentiger strichen um uns und die anderen Gäste herum, während wir unseren Kaffee tranken und Muffins aßen. So gruselig ich Katzen auf Postkarten fand; im realen Leben liebte ich sie.

Chloe schüttelte den Kopf. »Berühmte letzte Worte. Hast du schon vergessen, was Jenna gesagt hat? Er ist ein Freak, Violet, das sagt seine eigene Schwester.«

»Halbschwester«, korrigierte ich gedankenverloren.

Sie warf mir einen strafenden Blick zu. »Ich weiß, er ist sexy, aber das macht ihn nicht weniger gefährlich.«

Ich zog die Augenbrauen zusammen und versuchte streng dreinzuschauen. »Darum geht es doch gar nicht. Meinetwegen könnte er aussehen wie Quasimodo. Er interessiert mich nicht.«

»Gut, denn ich finde, du solltest dein Glück lieber bei Dorian versuchen. Der ist genauso heiß und ungefähr tausendmal freundlicher. Und hast du gemerkt, wie er dich angesehen hat? Er findet dich gut!«

Ich stützte den Kopf in meine Hände. Die Katze, die nicht mehr gekrault wurde, protestierte miauend und stieß ihren Kopf energisch gegen mich.

Die Wahrheit war, ich wusste einfach nicht, was ich von Aiden halten sollte – und von Jenna mittlerweile auch nicht mehr.

»Jenna hat eigentlich gar nicht genau gesagt, was an ihm so gefährlich sein soll«, meinte ich. »Okay, sie hat ihn als Psycho bezeichnet. Und sie wollte wissen, ob er mir was getan hat. Aber weiter ins Detail gehen wollte sie nicht. Was genau er für schreckliche Sachen macht, hat sie nicht erzählt.«

»Reicht das nicht?« Chloe klang müde, und daran änderte auch der doppelte Espresso nichts, an dem sie nippte. »Offenbar ist er gewalttätig. Sonst hätte sie nicht so reagiert.«

»Er hat mir Milch gekauft«, sagte ich leise.

Sie seufzte. »Bitte sei vorsichtig, Violet. Pass auf dich auf.«

Ich hatte mit energischerem Widerspruch gerechnet. Besorgt musterte ich Chloe. Sie wirkte gar nicht so lebhaft wie sonst, sondern machte einen matten Eindruck. Ihre Haut war immer hell, aber heute war sie richtiggehend fahl, und den Bernsteinaugen fehlte das lebhafte Funkeln.

»Ist alles okay mit dir?«, fragte ich.

»Lenk nicht von dir ab!«, schimpfte sie.

»Ich meine es ernst. Du siehst gar nicht gut aus.«

»Sehr charmant«, nörgelte sie. »Aber stimmt schon. Ich glaube, ich werde krank. Mir tut alles weh, den ganzen Tag schon.«

Ich runzelte die Stirn. »Und du machst dir um mich Sorgen? Los, nach Hause mit dir. Du ruhst dich jetzt aus.«

»Es geht schon«, sagte sie tapfer.

»Du wirst alle hier anstecken. Mich, die nette Kellnerin, die anderen Gäste und all die süßen Katzen.«

Diese Drohung überzeugte sie dann doch. Seufzend erhob sie sich. Als sie aufstand, verstärkte sich meine Sorge noch. Sie schwankte leicht, und als sie in ihrem Portemonnaie nach Geld kramte, zitterten ihre Finger.

»Lass nur«, sagte ich beunruhigt. Ich legte genug Scheine für uns beide auf den Tisch, packte sie am Ellenbogen und führte sie hinaus, wo ich sie in ein Taxi setzte. »Melde dich, sobald du was brauchst, ja? Nein, melde dich auf jeden Fall. Ich will wissen, wie es dir geht.«

Sie nickte erschöpft. »Und du pass wirklich auf dich auf«, sagte sie noch kläglich.

∞

Die Sorge um Chloe ließ mir keine Ruhe. Am späteren Nachmittag versuchte ich sie anzurufen und schrieb ihr Whats-

App-Nachrichten, die sie aber gar nicht las. Erst in den frühen Abendstunden, als ich bereits erwog, zum Wohnheim zu fahren, erschien in der App das blaue Doppelhäkchen, das mir mitteilte, dass sie online war und die Nachrichten gelesen hatte.

Mir geht's total kacke. Bin krank, schrieb sie endlich. Unzählige leidende Emojis untermalten die Nachricht. Sie war fast so schlimm wie mein Dad damals, als er SMS für sich entdeckt und hauptsächlich per Smileys kommuniziert hatte.

Ich blies meine Wangen auf und ließ die Luft pfeifend entweichen. *Kommst du klar? Soll ich rüberkommen? Brauchst du was? Medikamente, Essen, Disneyfilme?*, textete ich zurück.

Danke, nicht nötig! Bin bei Scott, er pflegt mich, war die Antwort. Das Emoji mit den Herzchenaugen machte klar, dass sie mit der Situation gar nicht so unzufrieden war.

Ich versuchte zu lernen, aber bald wurde mir klar, dass ich hellseherische Kräfte bewiesen hatte und meine Drohung wahr wurde: Chloe hatte mich angesteckt. Es begann in meinem Hals zu kratzen und leichte Gelenkschmerzen kündigten sich an. Mein Kopf war wie mit Watte gefüllt, und meine Konzentrationsfähigkeit ließ zu wünschen übrig. Während meine Augen müder und müder wurden, versuchte ich mich weiter durch die Lernunterlagen zu quälen. Aber als ich merkte, dass ich die letzte Seite mehrmals gelesen hatte, ohne ein einziges Wort wahrzunehmen, gab ich auf und schlug das Skript zu.

Ich rieb über meine Stirn, um den pochenden Schmerz zu vertreiben. Auf der Suche nach Aspirin kramte ich im Badezimmerschrank, fand aber nichts Hilfreiches. Ich klopfte sogar an Aidens Tür, aber er war mal wieder nicht da. Schließlich beschloss ich, ins Bett zu gehen. Wenn ich aufwachte, würde hoffentlich alles wieder gut sein.

∞

Aber nichts war gut. Ich wachte mitten in der Nacht auf und fühlte mich, als müsste ich sterben. Mein Pyjama war schweißgetränkt. Ich glühte, aber gleichzeitig schien sich in meinen Knochen eine beißende Kälte eingenistet zu haben, die mich frösteln ließ. Langsam richtete ich mich im Bett auf. Jede Bewegung fiel mir schwer und jagte stechende Schmerzen durch meine Gelenke.

Benommen blieb ich sitzen. Mein Kopf dröhnte, und sogar im Sitzen war mir so schwindelig, dass ich fast umkippte. Meine Hand tastete nach der Nachttischlampe, aber sobald das Licht anging, schoss ein Schmerz durch meine Augen in meinen Kopf. Geblendet schloss ich die Augen.

Ich fühlte mich so elend wie selten zuvor. Ich konnte kaum schlucken; mein Hals war zugeschwollen und schien in Flammen zu stehen. Gleichzeitig war mein Mund so trocken wie Pergament, und ich lechzte nach einem Schluck Wasser.

Ich brauchte irgendein fiebersenkendes Medikament, dachte ich. Irgendetwas, das dafür sorgte, dass es mir wieder besser ging. Und zwar so schnell wie möglich.

Ich schob ein Bein aus dem Bett, dann das zweite. Dann verharrte ich keuchend. Die Gelenkschmerzen erschwerten jede Bewegung, ich fühlte mich wie eine uralte Frau. Ganz langsam und vorsichtig erhob ich mich und blieb mit ausgestreckten Armen stehen, während Punkte vor meinen Augen tanzten und ich um mein Gleichgewicht kämpfte.

Die Tür schwankte vor meinem Blick. Ich visierte sie an und stolperte in Zeitlupe darauf zu. Das kalte Metall der Türklinke stach unangenehm in meine Finger.

Im Badezimmerschrank hatte ich keine Medikamente gefunden, also blieb mir nichts anderes übrig als Aiden zu fragen. Ausnahmsweise hoffte ich, dass er da war. Ich glaubte, in der Nacht Schritte gehört zu haben, vermutlich war er also nach Hause gekommen. Sicher war ich mir aber nicht.

Vor seiner Tür hielt ich kurz an, um mich zu sammeln und durchzuatmen. Mein Bauch kribbelte vor Nervosität, aber mein Selbsterhaltungstrieb war stärker. Ich klopfte an die Tür, wobei meine Fingerknöchel schmerzten, drückte die Klinke dann einfach hinunter und trat ein.

Aiden war da, und diesmal hatte er nicht einmal abgeschlossen. Ich hörte einen gemurmelten Fluch, dann ging das Licht an. Ich hielt mich am Türrahmen fest, um nicht umzukippen, und blinzelte ins grelle Licht.

Ich hatte mich über die fehlende persönliche Note in seiner Wohnung gewundert. Jetzt hatte ich sie gefunden. Der Raum unterschied sich drastisch vom Rest der Wohnung. Deckenhohe Bücherregale aus dunklem Holz bedeckten drei der Wände, die vierte war mit dunklen Ziegeln verkleidet. Zwischen den großen Sprossenfenstern prangte ein Bild von einem Raben, in dessen weit ausgebreitete Flügel der Text von Edgar Allan Poes Gedicht *The Raven* geschrieben war. Auf einem Tisch aus schwarz lackiertem Holz stand ein Computer mit einem übergroßen Monitor, neben dem sich PC-

Spiele türmten – und der schwarze Minikoffer, den Aiden so oft bei sich trug.

Das alles nahm ich aber bloß mit einem beiläufigen Blick aus den Augenwinkeln wahr. Meine Aufmerksamkeit war auf Aiden gerichtet, der sich halb im Bett aufrichtete.

Seine schwarzen Haare standen verwuschelt von seinem Kopf ab. Der harte Zug in seinem Gesicht fehlte; er war so verschlafen, dass seine Miene weich wirkte. Verwirrt blickte er mir entgegen.

Die zerknitterte Decke war von seinem Körper gerutscht. Selbst in meinem halb toten Zustand musste ich ihn einfach anstarren. Er trug nur eine schwarze Boxershorts, mehr nicht. Kein Shirt. Mein Blick glitt über seinen durchtrainierten Oberkörper. Unter seiner glatten Haut zeichneten sich schlanke, straffe Muskeln ab.

Zum ersten Mal sah ich sein komplettes Tattoo. Ein Wolfsgesicht erstreckte sich über Aidens Brust; die Zähne waren gefletscht, der Blick so aggressiv, dass ich erschrak. Ketten schlangen sich um den Wolf, als sollten sie ihn in Zaum halten. Doch an den Rändern lief das Tattoo zart wie verwaschene Wasserfarben aus. Es war beängstigend und doch auch wunderschön.

»Was willst du hier?«

Ich wappnete mich gegen seine Gemeinheiten, die mich bestimmt gleich treffen würden. Ich hoffte nur, er würde ein wenig Rücksicht nehmen und mit fiesen Bemerkungen sparsam umgehen. So geschwächt, wie ich mich fühlte, würde ich sonst vermutlich einfach losheulen.

»Ich …« Es war kaum mehr als ein raues Krächzen, das in meiner schmerzenden Kehle steckenbleiben wollte.

Noch ein gemurmelter Fluch, dann war er mit einem Satz aus dem Bett und kam auf mich zu. Ich wich einen Schritt zurück, ließ dabei den Türrahmen los, an den ich mich geklammert hatte, und streckte dann unsicher die Hände aus, um mein Gleichgewicht zu bewahren. Der Boden schien langsam auf und ab zu schwanken, als befände ich mich auf einem Schiff.

Aidens Arme schlangen sich um meinen Körper. Ich hielt den Atem an, aber er war überraschend behutsam. Dann verlor ich den Boden unter den Füßen. Er hob mich mit einer Leichtigkeit auf seine Arme, als sei ich nicht schwerer als eine Puppe. Mein ganzer Körper versteifte sich unter seiner Berührung.

So vorsichtig, als sei ich zerbrechlich, legte er mich in sein Bett. Ich wollte protestieren, fand aber keine Kraft dazu. Dann kniete er sich vor dem Bett auf den Boden, sodass sein Gesicht auf meiner Höhe war, und sah mich prüfend an. Seine Finger berührten kurz meine glühende Stirn.

»Scheiße, du bist krank, was? Brauchst du einen Arzt?«

Ich schüttelte schwach den Kopf. »Nur etwas … gegen die Kopfschmerzen.«

Er stand auf und verschwand. Sobald ich allein im Zimmer war, schloss ich erschöpft die Augen. Das Bett duftete schwach nach ihm. Wie konnte man nur so gut riechen? Der Geruch war seltsam tröstlich.

Vielleicht wäre ich trotz der Schmerzen einfach eingeschlafen, aber schon war Aiden zurück und ließ irgendetwas neben mir ins Bett fallen. Mühsam öffnete ich die Augen und erblickte einen ganzen Berg von Medikamentenpackungen.

»Ich muss erst mal kontrollieren, was davon noch nicht

abgelaufen ist«, murmelte er. »Ich brauche das Zeug eigentlich nie.«

Es raschelte und knisterte, dann drückte er mir eine Tablette in die Hand. Ich versuchte sie mir in den Mund zu stecken, aber das erschien mir auf einmal furchtbar anstrengend.

Aiden seufzte, nahm mir die Tablette wieder aus der Hand und schob sie mir sanft zwischen die Lippen. Gehorsam öffnete ich den Mund. Seine Hand legte sich um meinen Nacken und hob meinen Kopf ein Stück weit an, dann flößte er mir behutsam etwas Wasser ein, sodass ich die Pille leichter schlucken konnte. Die Prozedur wiederholten wir mit einem weiteren Medikament. Diesmal verschluckte ich mich und musste schmerzhaft rau husten. Erschöpft rollte ich mich danach zusammen.

Ein monotones Rauschen war zu hören, gefolgt von einem Klacken. »Was ist das?« Es fiel mir schwer, die Worte zu formen.

»Wasserkocher«, sagte er knapp und stand auf. Kurz darauf kehrte er mit einer Tasse Kräutertee zurück. »Komm schon, trink das.«

Ich fragte mich, ob ich träumte. »Du hast … mir Tee gekocht? Ernsthaft?«

Er schnaufte genervt. »Na los«, erwiderte er nur und setzte sich ans Kopfende des Bettes. Dann half er mir wieder, mich ein wenig aufzurichten, und flößte mir den Tee Schluck für Schluck ein, sobald er Trinktemperatur erreicht hatte.

Das konnte nicht Aiden sein. Nicht der Aiden, den ich kennengelernt hatte. Meine Sinne mussten mir einen Streich spielen. Aber solange diese Wahnvorstellung anhielt, wollte ich genießen, dass sich jemand um mich kümmerte.

Der Tee hatte gutgetan, aber das Trinken war auch anstrengend gewesen. »Alles tut weh«, wimmerte ich leise und ließ mich wieder fallen. Mein Kopf landete auf seinem Oberschenkel. Meine Wange lag auf nackter Haut. Ich spürte seine Körperwärme und seine Beinmuskeln, die sich anspannten, als sich mein Gesicht darauflegte.

Ich merkte, dass er scharf einatmete und sich verkrampfte. Aber ich hatte keine Kraft, um wegzurücken, und in meiner Benommenheit fand ich, dass sein Bein ein wunderbares Kissen abgab. Schon merkte ich, wie der Schlaf mich umfing.

»Violet …«, presste er zwischen zusammengebissenen Zähnen hervor und versuchte dann vorsichtig, mich von sich runterzuschieben.

Ich nuschelte etwas und war selbst nicht sicher, ob es ein Wort war oder bloß ein Laut. Die Ränder meines Bewusstseins verdunkelten sich, verschwammen, zerfaserten. Bevor ich ganz wegdämmerte, hörte ich ihn ausatmen – es klang wie ein resigniertes Seufzen.

Und noch etwas nahm ich wahr, doch es war so unwahrscheinlich, dass ich nicht sicher war, ob ich schon träumte. Ja, vermutlich war es ein Traum. Da waren Fingerspitzen, die leicht über meine Wange strichen. Eine Berührung, so zart wie Schmetterlingsflügel und so glühend heiß wie Lava.

Kapitel 7

Am nächsten Morgen fühlte ich mich viel besser. Die Gelenkschmerzen hatten nachgelassen, und mein Hals stand nicht mehr in Flammen. Das dumpfe Wattegefühl in meinem Kopf war noch da, aber der pochende Schmerz hatte sich Gott sei Dank daraus verabschiedet.

Ich öffnete vorsichtig die Augen und stellte fest, dass ich in meinem Zimmer war. Verschwommen sah ich die hellgrauen Ecken und Kanten, an die ich mich bereits ein wenig gewöhnt hatte. Bis zum Hals lag ich unter meiner dicken Bettdecke.

Irgendwie war das beruhigend. Natürlich war ich hier! Die ganze seltsame Episode in Aidens Zimmer war ein verrückter Fiebertraum gewesen. In Wirklichkeit war ich nicht zu ihm gegangen, er hatte mich nicht umsorgt, ich war nicht mit dem Kopf auf seinem Bein eingeschlafen.

Aber dann sah ich ihn und wusste, dass ich nicht geträumt hatte.

Aiden saß am Boden, den Rücken gegen die Wand gelehnt; eines der langen Beine ausgestreckt, das andere angezogen. Er schien zu schlafen. Sein Kopf war zur Seite gesunken und die Augen geschlossen. Mittlerweile hatte er eine zerrissene Jeans an, doch sein Oberkörper war immer noch genauso nackt wie letzte Nacht. Verstohlen ließ ich den Blick über seine Haut und die Tätowierung wandern.

»Gefunden, was du gesucht hast?«, fragte er trocken.

Mist. Ich war so vertieft in den Anblick gewesen, dass ich

nicht gemerkt hatte, dass er die Augen geöffnet hatte. Das Blut schoss mir in die Wangen. Fieberhaft kramte ich in meinem Kopf nach einer Ausrede, aber er ließ mich ohnehin nicht zu Wort kommen. »Geht es dir heute besser?«

Ich nickte beschämt. »Geht schon«, nuschelte ich mühsam. Ich fühlte mich immer noch matt.

»Dann kann ich dich allein lassen?«

Wieder nickte ich.

Aber er ging nicht; noch nicht. Er blieb am Boden sitzen und sah mich forschend an, bis ich mich unbehaglich unter seinem Blick wand.

»Was ist denn noch?«, fragte ich leise und betrachtete das zarte grauweiße Muster der Bettdecke, als wäre es unfassbar faszinierend.

»Ich bin neugierig. Wieso bist du so besessen von Postkarten … und Kätzchen?«

Ich schnappte nach Luft. »Wovon sprichst du?«

»Du hast im Schlaf geredet. Schien irgendwie wichtig zu sein, so wie du dich reingesteigert hast.«

Ich zupfte so nervös an der Decke herum, dass es kein Wunder wäre, wenn meine Fingernägel Löcher hinterlassen hätten. »Habe ich noch was gesagt?« Ich versuchte meine Stimme ruhig klingen zu lassen, doch sie zitterte.

Er ließ sich Zeit mit seiner Antwort, und das tat er mit Sicherheit bloß, um mich zu quälen. Sein Blick war unergründlich.

»Nun sag schon«, schnappte ich.

Er lachte leise, und spätestens jetzt war ich sicher, dass es ihm Spaß machte, mich zappeln zu lassen. »Sonst eigentlich nichts«, sagte er endlich. »Das meiste war unverständliches

Kauderwelsch. Aber die Katzen schienen dir wirklich am Herzen zu liegen. Also, was hat es damit auf sich?«

»Gar nichts. Müssen Fieberfantasien gewesen sein«, murmelte ich ausweichend.

»Lügnerin«, sagte er schlicht. Es war kein Angriff, sondern eine simple Feststellung.

Ich wollte aufbegehren, aber wozu? Er hatte recht, und außerdem war mir egal, was er über mich dachte.

Ohnehin gab er mir keine Gelegenheit, etwas zu erwidern. Er stand auf und warf mir noch ein paar Medikamentenpackungen zu. Ich versuchte sie aufzufangen, aber meine Reaktionen waren viel zu träge. Ich griff ins Leere, die Kartons prasselten auf mich herab.

Er war schon halb durch die Tür, als ich das Wort aussprach, das mir auf der Zunge lag: »Danke.«

Er hielt kurz inne, grummelte etwas Unverständliches. Dann ging er. Kurze Zeit später hörte ich ihn an der Wohnungstür und wusste, dass ich wieder allein war.

∞

Ich schlief noch eine Weile. Eigentlich hatte ich gar keine Lust, heute überhaupt aufzustehen. Zum College konnte ich ohnehin nicht, ich hätte vermutlich nicht mal die Fahrt überlebt. Aber als ich das nächste Mal aufwachte, knurrte mein Magen, und meine Blase meldete sich.

Ich verfluchte meine körperlichen Bedürfnisse dafür, dass sie mich aus dem gemütlichen Bett zwangen. Sobald ich die Decke zurückschlug, fröstelte ich so heftig, dass meine Zähne klapperten. Ich wickelte die Decke um mich wie ein ziemlich misslungenes Superhelden-Cape, dessen Ecken am Boden schleiften, und schleppte mich langsam durch die Wohnung. Ich hatte wohl immer noch Fieber, auch wenn es seit gestern deutlich gesunken war.

Mein erster Weg führte mich ins Bad. Als ich einen Blick in den Spiegel warf, stieß ich einen erschrockenen Fluch aus. Hätte ich mich so bei einem Casting beworben, wäre mir eine Rolle in *The Walking Dead* sicher gewesen. Ich spritzte mir literweise Wasser ins Gesicht und malträtierte meine verfilzten Haare mit der Bürste. Nach einer lauwarmen Dusche und viel duftendem Vanilleduschgel fühlte ich mich wieder wie ein Mensch. Ich schlang mir die Decke wieder um die Schultern und setzte meinen langsamen Zombiemarsch fort bis in die Küche.

Die Küche, in der mich fast der Schlag traf.

Jemand – oder *etwas* – hatte hier gewütet. Ein Tornado? Ein wildes Tier? Oder doch nur Aiden?

Mir schien unvorstellbar, dass ein einzelner Mensch so ein Chaos anrichten konnte. Alle möglichen Töpfe, Pfannen und Schüsseln waren beschmutzt und standen kreuz und quer durcheinander. Im Müll lag etwas Undefinierbares, das verbrannt roch. An den Fliesen befanden sich rote Spritzer. Optimistisch ging ich davon aus, dass es sich um Tomatensoße handelte und nicht etwa um Blut. Auf einer Herdplatte schien etwas übergekocht und dann eingebrannt zu sein.

Was um alles in der Welt hatte er hier aufgeführt? Kopfschüttelnd drehte ich mich im Kreis.

Etwas fesselte meine Aufmerksamkeit: Eine große Schüssel mit Deckel, auf der ein Zettel klebte. Vorsichtig näherte ich mich ihr. Nachdem ich dieses Schlachtfeld gesehen hatte, erwartete ich nur das Schlimmste. Nichts hätte mich schockieren können.

Als ich den Zettel las, hob ich überrascht die Augenbrauen. »Für dich, damit du nicht verhungerst. Und nein, es ist nicht vergiftet.«

Ich wagte kaum, den Deckel anzuheben. Ich traute ihm zu, einen kompletten gedünsteten Rinderschädel in die Schüssel gelegt zu haben. Neugierig linste ich hinein und stieß dann einen verblüfften Pfiff aus, als ich sah, dass es Pasta war. Die Soße schien eine bizarre Kalorienbombe aus Sahne, Champignons, Speck, Zwiebeln, Fleischbällchen und ein paar nicht identifizierbaren Zutaten zu sein. Sie duftete trotz ihres zweifelhaften Aussehens so verführerisch, dass mir das Wasser im Mund zusammenlief.

Ob vergiftet oder nicht, ich musste das auf der Stelle essen. Ich nahm mir nicht einmal die Zeit, die Schüssel in die Mikrowelle zu stellen und aufzuwärmen. Ich schnappte mir nur eine Gabel, klemmte mir die große Schüssel mit der gigantischen Pastaportion unter den Arm und kehrte in mein Zimmer zurück. Dort schaltete ich den Laptop ein, startete einen blutrünstigen Zombiefilm und machte mich über das Essen her.

Es schmeckte himmlisch. Ich wusste nicht, was mich mehr erstaunte: dass Aiden kochen konnte, wenn auch sehr chaotisch, oder dass er das für mich getan hatte. Ich fühlte mich viel zu schwach, um selbst etwas zu kochen und davor womöglich noch einkaufen zu gehen. Ich konnte kaum glauben, dass er wirklich gekocht hatte, um mich vor dem grausamen Hungertod zu retten, der mich sonst mit Sicherheit ereilt hätte.

Ich aß alles, obwohl die Portion für eine vierköpfige Familie gereicht hätte. Den restlichen Tag verbrachte ich damit, abwechselnd Horror- und Disneyfilme zu schauen, mit Chloe zu texten und sehr viel zu schlafen. Abends meldete sich Jenna bei mir und sagte, dass im Literaturseminar beim nächsten Mal Jane Austens Roman *Emma* behandelt werden sollte. Wir alle sollten das Buch lesen, um uns dann rege an der Diskussion beteiligen zu können.

Ich war gerührt, dass sie an mich gedacht hatte. Wieso hatte ich überhaupt je an ihr gezweifelt? Nur, weil sie ein oder zwei dumme Aktionen gerissen hatte? Das änderte doch nichts daran, dass sie ein netter und fürsorglicher Mensch war, auf den man sich verlassen konnte.

Außerdem war ich erleichtert, dass ich mich nun gut auf den nächsten Seminartermin vorbereiten konnte. Es hatte mich nervös gemacht nicht zu wissen, was ich gerade verpasste. *Emma* hatte ich schon mehrmals gelesen und kannte den Roman und sämtliche Verfilmungen praktisch auswendig, also musste ich mich vor der Diskussionsrunde nicht fürchten. Trotzdem kramte ich im Koffer nach dem Buch und las ein wenig darin, bis mich die Erschöpfung übermannte und ich mit dem Buch in der Hand wieder einschlief.

Das Klingeln meines Handys riss mich aus meinen wirren Fieberträumen. Ich ächzte gequält und befühlte meine glühende Stirn. Mist, meine Temperatur war eindeutig wieder gestiegen. Durch die Nase bekam ich kaum Luft, und wenn ich durch den Mund atmete, schmerzte mein Hals. Am liebsten wäre ich auf der Stelle wieder eingeschlafen, in der Hoffnung, dabei eine Wunderheilung zu erleben. Aber das Handy hörte nicht auf, die Sailor-Moon-Titelmusik zu spielen, die

Chloe mir letztens als Anrufton eingestellt hatte. Also tastete ich nach dem Telefon, wobei ich es beinahe hinunterwarf, und presste es an mein Ohr.

»Hallo?«, krächzte ich.

»Violet? Du klingst ja entsetzlich! Was ist los?« Jackson klang beunruhigt.

Sobald ich seine vertraute Stimme hörte, fühlte ich mich etwas besser. Ich atmete tief durch. »Ich bin nur krank. Nichts Ernstes.«

»Soll ich zu dir kommen?«

Ich wusste, dass er es getan hätte. Ich müsste nur ja sagen, und er hätte auf der Stelle alles stehen und liegen gelassen und den nächsten Flug gebucht.

›Ja‹, dachte ich.

»Nein«, sagte ich, obwohl es mir schwerfiel. »Nun mach dir doch nicht gleich Sorgen. Ich bin bald wieder auf den Beinen. Kein Grund, so viel Geld für den Flug auszugeben und die Arbeit zu vernachlässigen. Dein Dad würde mich umbringen, wenn du meinetwegen nicht in der Werkstatt arbeitest. Und ich bin lieber krank als ermordet.«

Er schnaubte. »Sei nicht dumm. Als würde ich je zulassen, dass dir jemand was tut.«

»Beinahe wäre das passiert«, sagte ich, ohne darüber nachzudenken. »Na ja, zumindest dachte ich das für einen Moment. Ich hatte echt Angst.«

»Was war denn?« Er war sofort hellhörig.

Ich biss mir auf die Zunge. »Nichts Wildes, ehrlich. Ich … Ich wohne momentan bei Aiden. Den Chloe gern als Vampir bezeichnet, erinnerst du dich? Er wollte mich aus seiner Wohnung werfen, na ja, und da hat er mich aus dem Bett gezerrt. Ziemlich grob. Ich hatte kurz Angst, aber eigentlich ist er ganz okay.«

»Violet. Jetzt noch mal von vorne. Er war grob zu dir? Du warst bei ihm? In seinem Bett?« Seine Stimme war ruhig, aber ich wusste, dass das täuschte. Er riss sich zusammen, aber in ihm brodelte es. Ich schloss die Augen, um ihn mir besser vorstellen zu können. Wahrscheinlich strich er sich hektisch durchs kurze blonde Haar oder trommelte mit den Fingern nervös über die Tischplatte.

»Violet!«

»Mach dir keine Sorgen«, sagte ich wieder. Dann erzählte ich ihm die ganze Geschichte von Anfang an. Ich achtete darauf, alles etwas herunterzuspielen, um ihn zu beruhigen.

Aber er war alles andere als ruhig. »Das alles erzählst du mir jetzt erst? Du hast deine Wohnung verloren! Und dann landest du ausgerechnet bei diesem Kerl. Violet, bitte halte dich fern von ihm. Das gefällt mir überhaupt nicht. Er klingt wie ein Arsch.«

»So schlimm ist es nicht«, versicherte ich hastig. »Okay, er ist etwas ungehobelt, aber er kann auch nett sein, wenn er will.«

Kurz schwieg er. »Ja, klar. Weißt du, wie du klingst? Wie eine dieser Frauen, die sich alles bieten lassen, von Gemeinheiten bis hin zu Schlägen, und die immer Ausreden für ihren Liebsten finden. Eines dieser armen, misshandelten Mädchen, die verzweifelt an den guten Kern in ihrem Arschloch-Freund glauben und sich einreden, er würde sich irgendwann für sie ändern. Wenn er dann doch mal zuschlägt und dir ein Veilchen verpasst, behauptest du dann, du wärst die Treppe runtergefallen?«

Ich wurde knallrot. Obwohl mein Hals schmerzte, wurde ich unwillkürlich lauter. »Spinnst du? Warum sagst du so was? So ist das doch überhaupt nicht! Erstens läuft da nichts zwischen uns, gar nichts. Zweitens tut er mir nichts. Und drittens – denkst du ernsthaft, ich wäre so? Das ist richtig beleidigend.«

Wieder schwieg er für einen Moment. »Du hast recht. Es tut mir leid, okay? Ich mache mir einfach Sorgen um dich. Dieser Aiden … Er klingt wirklich übel. Mir wäre es viel lieber, wenn du eine andere Wohnung finden würdest. Liegt es am Geld? Findest du nichts Günstiges? Ich überweise dir was. Hauptsache, du hast nichts mehr mit diesem Kerl zu tun.«

Meine Stimme klang kühler als geplant. »Ich will kein Geld und auch keine Vorschriften. Ich bin kein Baby, Jackson. Ich komme schon klar.«

»Und wenn nicht? Wenn dir etwas passiert? Du bist meine beste Freundin. Verstehst du denn nicht, dass ich Angst um dich habe?«

Schon konnte ich nicht mehr sauer sein. »Das musst du nicht. Es geht mir gut.«

Die nun entstehende Pause war so lang, dass ich schon dachte, die Verbindung wäre abgerissen. »Ich wünschte, ich könnte dich einfach nach Hause holen«, sagte er dann leise.

Ich atmete durch, bevor ich antwortete. »Ich bin jetzt hier zu Hause.«

»Bei Aiden.« Es klang bitter.

»Mein Gott, Jackson. Er wird mir nichts tun. Ich bekomme ihn ja kaum zu Gesicht, er ist fast nie hier. Also hör auf, Panik zu schieben. Erzähl mir lieber, was es bei dir Neues gibt.«

Nach dem vielen Sprechen schmerzte mein Hals noch mehr. Ich hörte zu, wie Jackson von Suzie und seinem Alltag erzählte, und machte selbst nur noch ein paar zustimmende Laute. Es freute mich für ihn, dass er Suzanne immer noch datete. Aber obwohl ich es nicht wollte, war ich irgendwie sauer auf ihn. Nachdem wir aufgelegt hatten, pfefferte ich das Handy ans Fußende des Bettes, von wo aus es auf den Boden rutschte. Na toll. Ächzend bückte ich mich danach und stellte fest, dass das Display einen Sprung abbekommen hatte.

»Das ist nur deine Schuld, Jackson«, murrte ich.

Warum störte es mich so, wenn er über Aiden herzog? Er hatte ja nicht ganz unrecht, und vor Kurzem hatte ich Aiden selbst noch für gefährlich gehalten. Nach allem, was ich erzählt hatte, war es kein Wunder, dass Jackson keine gute Meinung von ihm hatte. Trotzdem hatte ich das Bedürfnis, Aiden zu verteidigen. War das bloß eine Trotzreaktion? Wollte ich mich dafür rechtfertigen, dass ich vorübergehend bei Aiden eingezogen war? Nein, das war es nicht. Ich hatte wirklich das Gefühl, Jackson hätte Aiden Unrecht getan.

∞

Ich verbrachte noch ein paar Tage im Bett und kurierte mich aus. Chloe war meine Leidensgenossin: Sie war auch immer noch krank. Aber sie hatte zumindest Scott, der sich um sie kümmerte, also befand ich, ich sei eindeutig ärmer dran.

Aiden spielte weiterhin seine Lieblingsrolle: den unsichtbaren Mitbewohner. Manchmal hörte ich ihn, aber zu Gesicht bekam ich ihn kaum. Wenn er zu Hause war, hielt er sich meist in seinem Schlafzimmer auf.

Er hatte nicht mehr für mich gekocht, was auch nicht mehr nötig war, weil ich mich wieder fit genug fühlte, um mir selbst etwas Essbares zu beschaffen. Aber ich bemerkte, dass der Kühlschrank mittlerweile gut gefüllt war. Ich hatte mich erst nicht so richtig getraut, die Sachen darin zu benutzen; ich wusste nicht, ob er die Lebensmittel nur für sich gekauft hatte oder auch für mich. Als ich ihn danach fragte, schnaubte er bloß und verdrehte die Augen. Das interpretierte ich als Einladung, mich zu bedienen. Und bisher hatte mich dafür keine grausame Rache getroffen, also nahm ich an, dass das auch okay war. Zur Sicherheit legte ich etwas zusätzliches Geld in den Umschlag mit der Miete, den Aiden noch immer nicht angerührt hatte, obwohl ich ihn darauf aufmerksam gemacht hatte.

In der darauffolgenden Woche beschloss ich, dass ich fit genug war, um wieder zum College zu fahren. Gut gelaunt versteckte ich die Reste meiner krankheitsbedingten Blässe unter Concealer, zog Skinny-Jeans und ein Sweatshirt an und machte mich auf den Weg zum Campus. Die Vorfreude auf das Literaturseminar beflügelte mich ungemein. Ich konnte es kaum erwarten, mich mit *Emma* zu befassen.

Auch Chloe hatte sich diesen Tag für ihre glorreiche Rückkehr an den Campus ausgesucht und wartete mit zwei Kaffeebechern vor dem Backsteingebäude auf mich. Man sah ihr überhaupt nicht an, dass sie krank gewesen war. Ihre rote Mähne fing das Sonnenlicht ein und glänzte wie poliertes Kupfer. Ihre Wangen waren rosig, und die Augen glänzten. Sie strotzte schon wieder vor Energie.

»Da bist du ja endlich«, rief sie mir fröhlich entgegen. »Na komm schon, ich will keine Sekunde verpassen!«

»Wow, heute bist du aber besonders gut drauf, kann das sein?«, stellte ich fest.

Sie grinste breit. »Wärst du auch, wenn du gerade von Scott einen leidenschaftlichen Abschiedskuss bekommen hättest, nachdem er dich hierhergebracht hätte.«

»Oh Gott, nein danke«, sagte ich und tat so, als würde ich mich vor der bloßen Vorstellung ekeln. »Behalt den mal lieber für dich.«

»Habe ich vor«, sagte sie freudestrahlend. Dann fiel ihr Blick über meine Schulter, und ihre Augen weiteten sich. »Da kommt dein Mitbewohner.«

Ich drehte mich um, um Aiden zu begrüßen, aber dazu hatte ich gar keine Gelegenheit. Er lief einfach an mir vorbei, ohne mich eines Blickes zu würdigen.

»Ähm, hallo?«, rief ich ihm hinterher, als er schon fast im Gebäude verschwunden war.

Er drehte sich nicht zu mir um, sondern hob nur kurz eine Hand zum Gruß und ging einfach weiter.

Chloe gluckste. »Oh Mann. Das Zusammenleben mit ihm muss eine einzige Party sein. Du tust mir leid. Aber zumindest lebst du noch. Das ist mehr, als ich erwartet hätte.«

Ich nippte an meinem wunderbaren Getränk, das mehr Milch und Sirup als Kaffee enthielt. »Ja, offenbar konnte er dem Drang gerade noch so widerstehen, mich umzubringen. Bisher zumindest.«

»Und damit das so bleibt, werde ich mich höchstpersönlich darum kümmern, dass du bald ausziehst«, kündigte sie an. »Ich helfe dir, die Wohnungsanzeigen zu durchforsten.«

Wir gingen in den Hörsaal und suchten uns Sitzplätze. Wie von selbst sah ich mich nach Aiden um. Er saß in derselben Reihe wie wir, aber ein paar Plätze weiter links, ganz am Fenster. Natürlich schenkte er mir keine Beachtung.

Vor ihm saßen ein paar Mädchen, die sich immer wieder verstohlen zu ihm umblickten und dann kichernd miteinander tuschelten. Bestimmt hatten sie noch kein Wort mit ihm gewechselt, sonst wären ihre Blicke sicher eher ängstlich als sehnsüchtig.

Professor Brand betrat den Raum und schaltete den Beamer ein. »Guten Morgen. Wir werden uns heute einige Filmausschnitte ansehen«, kündigte er an. »Aber zuerst wollen wir über unsere Erfahrungen beim Lesen diskutieren.«

»Ein Film!«, flüsterte ich erfreut und fragte mich, welche Emma-Adaptionen er ausgewählt haben mochte: eine der BBC-Verfilmungen? Oder vielleicht die bekannte Version mit Gwyneth Paltrow?

»Also, beginnen wir mal mit einer ganz allgemeinen Frage: Wie viele von Ihnen haben sich vor diesem Seminar schon mit Mary Shelleys *Frankenstein* auseinandergesetzt?«

Frankenstein? Nicht Emma? Verständnislos blickte ich auf mein Buch hinab. Was sollte das denn jetzt? Ich ließ den Blick durch den Raum schweifen auf der Suche nach anderen verwirrten Gesichtern. Doch niemand außer mir schien überrascht zu sein.

Aber Jenna hatte doch gesagt … Ich hielt nach ihr Ausschau.

Da drehte sie sich zu mir herum. »Sorry, verwechselt«, formte sie stumm mit den Lippen.

Ich atmete tief durch und zählte innerlich bis zehn. Großartig – meine ganze Vorbereitung war für die Katz. Hatte sie das mit Absicht gemacht? Nein, bestimmt nicht. Warum sollte sie mir absichtlich schaden wollen? Andererseits klangen die Wörter Frankenstein und Emma nun wirklich nicht täuschend ähnlich.

Mein Glück, dass der Roman zu meinen Lieblingsbüchern gehörte, also war ich nicht ahnungslos und konnte der Diskussion problemlos folgen. Still hörte ich zu, wie die extrovertierteren Studenten des Seminars über das Buch sprachen.

»Frankenstein ist eben potthässlich, kein Wunder, dass ihn niemand mag«, meinte jemand in der letzten Reihe gelangweilt.

Chloe verdrehte genervt die Augen. »Meine Güte, hast du das Buch überhaupt gelesen, Mike?«, platzte sie heraus. »Victor Frankenstein ist der Wissenschaftler. Der Schöpfer des Monsters. Das Monster selbst hat überhaupt keinen Namen. Du Banause!«

»Danke für diese leidenschaftliche Meldung, der ich inhaltlich zustimme, wenngleich ich den Wortlaut nicht unterschreiben möchte«, sagte Professor Brand trocken und warf sich seinen violetten Seidenschal elegant über die Schulter. »Das ist in der Tat richtig. Es ist ein weitverbreiteter Irrglaube, das Monster hieße Frankenstein.«

»Wie auch immer«, brummte Mike.

Die Nächste, die sich zu Wort meldete, war Jenna. »Ich denke, die Kreatur ist von Anfang an böse. Sie suhlt sich in ihrem Selbstmitleid und gibt anderen die Schuld an allem, aber sie ist selbst für ihre Taten verantwortlich. Mag sein, dass das Monster nicht den besten Start ins Leben hatte. Aber wenn sein Charakter nicht von Grund auf verdorben wäre, hätte es nicht gemordet. Wir alle haben manchmal Krisen, aber keiner von uns wird deshalb zum Mörder, oder?«

Einige Studenten nickten zustimmend. Ich klopfte unzufrieden mit den Fingern gegen den Becher. Normalerweise meldete ich mich nie zu Wort, wenn es sich vermeiden ließ. Aber ihre Aussage wollte ich so nicht stehenlassen. Also atmete ich tief durch und hob meine Hand.

»Ich sehe das anders.« Meine Stimme zitterte leicht. »Die Kreatur ist am Anfang weder gut noch böse. Sie ist wie ein unbeschriebenes Blatt Papier. Aber jeder einzelne Annäherungsversuch wird brutal zurückgewiesen. Das Monster wird in seine Rolle gedrängt. Seine Enttäuschung und sein Schmerz schlagen um in Wut.«

Professor Brand nickte langsam. »Und bei wem sehen Sie die Schuld?«

Da musste ich nicht lange überlegen. »Victor Frankenstein trägt die Hauptschuld. Er hat das Monster erschaffen, er ist sein Vater. Es war seine Aufgabe, sich um es zu kümmern und es zu prägen. Aber er hat dabei versagt. Er hat sein eigenes Kind abgewiesen und alleingelassen.«

Jenna war nicht begeistert über den Widerspruch. »Es ist doch nicht sein Kind. Er hat es gebastelt und dann festgestellt, dass er eine Abscheulichkeit erschaffen hat. Es ist nichts weiter als ein Monster. Ein brutales, rücksichtsloses Monster.«

Bei diesen letzten harten Worten sah sie Aiden an. Es war nur ein kurzer Blick, aber ich war mir sicher, dass ich mir das nicht nur eingebildet hatte.

Aiden sagte überhaupt nichts zu dem Thema. Scheinbar unbeteiligt blickte er aus dem Fenster. Aber mir entging nicht, wie verkrampft sein Kiefer war. Um seinen Mund hatte sich ein harter Zug gebildet, und seine Schultern waren angespannt.

Chloe meldete sich wieder nicht, sondern plapperte einfach drauflos. »Es ist aber auch allgemein ein gesellschaftliches Problem, oder? Nicht nur unser lieber Victor weist das Monster zurück. Jeder hat Angst vor ihm, weil es so hässlich ist. Es bekommt von allen Seiten gezeigt, dass es anders als alle anderen ist. Es wird nicht akzeptiert, weil es nicht den gesellschaftlichen Normen entspricht. Was ich ehrlich gesagt ziemlich scheiße finde.«

Vom Rest der Diskussion bekam ich nicht viel mit. Ich beobachtete Aiden und Jenna und fragte mich, warum sie einander so hassten. Wenn ich es nicht wüsste, hätte ich nie geahnt, dass sie miteinander verwandt waren. Sie waren im selben Raum, aber sie beachteten einander überhaupt nicht. Es war, als wären sie zwei völlig Fremde. Der Blick, den Jenna Aiden gerade zugeworfen hatte, war überhaupt die erste Interaktion gewesen, die ich zwischen den beiden mitbekommen hatte.

Irgendwas musste zwischen ihnen vorgefallen sein. Man hasste seine Geschwister doch nicht grundlos, oder? Ich war ein Einzelkind, aber ich konnte mir beim besten Willen nicht vorstellen, einen Bruder oder eine Schwester so komplett zu ignorieren. Es sei denn, etwas wirklich Dramatisches wäre passiert.

Die zweite Hälfte des Seminars verbrachten wir damit, Ausschnitte aus einer Frankenstein-Verfilmung anzusehen.

»Es leeebt!«, brüllte Mike dramatisch, als das Monster zum Leben erweckt wurde. Die meisten kicherten hinter vorgehaltener Hand.

Aber ich konnte nicht lachen. Das konnte ich nie, wenn es um diese Geschichte ging.

Ich zog mir die Kapuze des kuscheligen Sweatshirts über den Kopf, um mein Gesicht ein wenig zu verbergen. Ich wäre sicher das Gespött des ganzen Jahrgangs, wenn auffiele, dass ich heulte. Aber ich konnte einfach nicht anders. Tränen liefen über meine Wangen und tropften von meinem Kinn, während ich das tragische Schicksal des Monsters verfolgte. Natürlich taten mir auch Victor Frankenstein und seine Angehörigen leid, aber meine Sympathie hatte immer schon der Kreatur gegolten.

Niemand bekam etwas mit, zum Glück. Einen Ruf als Campus-Heulsuse konnte ich wirklich nicht gebrauchen. Chloe neben mir war ganz auf den Film konzentriert, ebenso wie die meisten anderen. Manche unterhielten sich leise, aber niemand schaute in meine Richtung. Ich weinte lautlos. Die Tränen versickerten im dicken Stoff des Sweatshirts und hinterließen mit Sicherheit einen verräterischen Fleck. Ich nahm mir fest vor, das Teil anschließend schnell auszuziehen.

Verstohlen schaute ich mich zu Aiden um – und traute meinen Augen kaum.

Ich blinzelte und blickte dann noch einmal zu ihm. Ich rieb sogar über meine Augen, um mögliche Wahnvorstellungen zu vertreiben, aber das Bild blieb dasselbe.

Aiden weinte.

Na schön, im Gegensatz zu mir heulte er nicht wie ein Schlosshund, und der Begriff Weinen war vielleicht etwas übertrieben. Stark übertrieben.

Aber da glänzte etwas Nasses an seiner Wange. Etwas, das

aussah wie eine Träne. Ansonsten konnte ich kaum eine Regung feststellen. Seine Lippen waren fest zusammengepresst, die Hände so fest zu Fäusten geballt, dass die Sehnen an seinen Unterarmen hervortraten.

Eine Träne … Aber das konnte doch nicht sein. Es war immerhin Aiden! Vielleicht hatte er etwas ins Auge bekommen. Einen Staubkorn. Einen Sandkorn. Oder einen ganzen Sandsturm, denn ein harter Kerl wie er ließ sich von einem Körnchen bestimmt nicht stören. Alles war mir wahrscheinlicher als die Möglichkeit, dieser starke und tendenziell furchteinflößende Typ könnte wegen eines Films Gefühle zeigen.

Ich bekam kaum mit, dass der Film endete. Ich konnte nur noch Aiden ansehen und fragte mich unentwegt, ob das tatsächlich eine Träne gewesen war oder ob ich es mir eingebildet hatte.

Aiden wirkte so angespannt, als hielte er es kaum auf seinem Platz aus. Und das war wohl wirklich so, denn sobald das Seminar vorüber war, sprang er so abrupt auf, dass sein Sitznachbar vor Schreck zusammenzuckte. Seine Miene war so verschlossen und abweisend wie immer, keine Tränen weit und breit. Kein Gefühl außer Wut. Diese jedoch schien ihn einzuhüllen wie wogender, düsterer Nebel.

Sein finsterer Blick konnte einem wirklich Angst machen. Erschrocken sprangen ein paar Mädchen aus dem Weg, als er hinausstürmte und sie dabei fast über den Haufen rannte.

Ich zögerte keine Sekunde. Bevor ich darüber nachdenken konnte, hatte sich mein Körper schon in Bewegung gesetzt. Ich schnappte mir meine Tasche und lief Aiden hinterher.

Ich rannte, so schnell ich konnte. Die Mädchen, die erst ihm ausgewichen waren und nun von mir beinahe angerempelt wurden, zeterten etwas, das nach »Alle verrückt geworden« klang. Ich murmelte eine Entschuldigung und hastete weiter.

Vor dem Hörsaal schaute ich mich hektisch um. Ich konnte gerade noch einen Blick auf ihn erhaschen, bevor er um die nächste Ecke verschwand.

Ich wusste nicht, warum ich ihm folgte, aber ich *musste* es einfach tun. Etwas zwang mich dazu. Ich musste ihn einholen, koste es, was es wolle.

Und doch verlor ich ihn aus den Augen. Er war nicht zum Ausgang gegangen, sondern die Treppen hinauf. Eilig lief ich hinterher, Stockwerk für Stockwerk. Aber schließlich war ich oben angekommen, wo mir eine Sicherheitstür aus Metall, die aufs flache Dach zu führen schien, den Weg versperrte. Ich drückte die Klinke hinunter, aber die Tür war abgeschlossen.

Schnaufend stand ich da, hielt meine schmerzende Seite und blickte mich ratlos um. Entweder, er war wirklich ein Vampir oder etwas anderes Übernatürliches und hatte sich in Luft aufgelöst, oder ich hatte den Verstand verloren.

Ich lehnte mich gegen die Wand und schaute mich um. In einer Ecke hinter einem Schrank befand sich eine Metallklappe in der Wand. Jemand hatte die Schrauben herausgedreht und die Klappe gelöst, sodass eine viereckige Öffnung in der Wand nach draußen führte. Kühle Luft drang herein.

Ich zögerte nicht, sondern krabbelte hinaus. Sofort benetzte Nieselregen mein Gesicht, und kalter Wind peitschte mir meine Haare ins Gesicht. Am dunkelgrauen Himmel türmten sich dicke, regenschwere Wolken auf.

Ich schlang die Arme um meinen Oberkörper und drehte mich langsam im Kreis. Am Rand des Flachdachs entdeckte ich endlich Aiden, und bei seinem Anblick wurde mir flau im Magen. Er saß an der Kante und ließ die Beine hinabbaumeln. Da war kein Geländer, keinerlei Sicherheit, nichts. Ich hatte keine Ahnung, wie hoch wir waren, aber definitiv zu hoch für solche Aktionen.

Langsam ging ich auf ihn zu. Obwohl ich noch ein paar Meter vom Rand entfernt war, wurde mir schwindelig. Ich hatte das Gefühl, der Wind zerrte an mir und wollte mich über die Kante werfen.

Auch wenn mir die Höhe alles andere als geheuer war, kam ich nicht umhin zu bemerken, wie grandios der Ausblick war. Wir schauten hier nicht auf die nahegelegene Stadt, sondern in die andere Richtung, in der sich dunkle Wälder bis zum Horizont erstreckten. In der Ferne konnte ich einen See entdecken, dessen Oberfläche bei sonnigem Wetter bestimmt wunderhübsch glitzerte. Nun aber wirkte er wie eine trübe, düstere Scheibe, eingebettet zwischen hohe Tannen und Kiefern.

Ich ahnte sofort, dass dieses Dach ein Rückzugsort für Aiden sein musste. Ein Lieblingsort, an dem man Ruhe finden konnte.

Das Prasseln des Regens auf dem Flachdach und das Rauschen des Windes übertönten meine Schritte. Aiden hörte mich erst, als ich fast hinter ihm stand. Dann aber fuhr er herum. Sein Gesicht verzog sich erst vor Überraschung, dann vor Wut.

»Verdammt nochmal, was willst du hier?«, herrschte er mich an.

»Ich ...« Eigentlich wusste ich das selbst nicht so genau. »Ich wollte nach dir sehen«, sagte ich schließlich.

»Nach mir ... was?« Er fuhr sich aufgebracht mit der Hand durchs Haar und starrte mich böse an.

Ich wich seinem wütenden Blick aus und sah stattdessen über die Dachkante hinab. Zögerlich wagte ich mich ein paar Schritte näher an den Rand. In der Tiefe erblickte ich Studenten, die über das Campusgelände wuselten. Sofort begann sich alles zu drehen, und hastig trat ich ein Stück zurück.

»Ich dachte, es geht dir nicht gut«, sagte ich leise. »Na ja, du hast irgendwie aufgebracht gewirkt.«

Ein Schritt, dann stand er direkt vor mir. Drohend ragte er vor mir auf. Wasser tropfte aus seinen Haarspitzen auf mein Gesicht. Fest umfasste er meine Oberarme. Nicht so grob, dass es wehtat, aber angenehm war es nicht.

»Und warum genau betrifft dich das?«, stieß er zwischen zusammengebissenen Zähnen hervor. Seine Augen waren schmal und dunkel. »Kümmer dich um deinen eigenen Scheiß.«

Er war mir so nah, dass ich nicht nur seine hellen Sommersprossen, sondern sogar seine Wimpern zählen könnte, wenn ich wollte. So nah, dass ich seine abgehackten Atemzüge auf meiner Haut fühlte.

Diesmal wich ich seinem Blick nicht aus, obwohl mir das zornige Funkeln in seinen Augen einen Schauer über den Rücken jagte. Sie waren klar wie geschliffener Smaragd. Ich reckte das Kinn und streckte den Rücken durch.

»Sei nicht so ein unerträglicher Idiot.« Mich wunderte

selbst, wie ruhig meine Stimme war. »Ich bin nicht hier, um dich vom Dach zu schubsen. Sondern weil ich mir Sorgen gemacht habe.«

»Sorgen!« Er spie das Wort förmlich aus. »Die kannst du dir sparen.«

»Bist du sicher? Weil ich mir jetzt gerade nämlich echt Sorgen um deinen Verstand mache. Du führst dich auf wie ein verdammter Wahnsinniger. Und jetzt lass mich auf der Stelle los!« Ich war mit jedem Wort lauter geworden, bis ich ihn fast anschrie.

Er löste seinen Griff so abrupt, als ließe er eine heiße Kartoffel fallen, und trat einen Schritt zurück – so knapp an die Kante, dass mir beim Anblick schwindelig wurde. Verächtlich wanderte sein Blick über mich.

»Was ist mit deiner Wimperntusche passiert?« Seine Stimme war hart und kalt. »Hast du etwa geheult? Gott, was bist du nur für ein Baby.«

Hastig versuchte ich, die verlaufene Mascara mit meinen Händen wegzuwischen. »Was stimmt nicht mit dir?«, fauchte ich. »Hast du eine Persönlichkeitsstörung oder so was?«

»Wer weiß?« Er verschränkte die Arme vor dem Körper. »Du hättest nicht herkommen sollen. Also tu mir einen Gefallen und hau ab.«

Ich bebte vor Zorn. Er war der einzige Mensch, der es je geschafft hatte, mich so schnell so sehr auf die Palme zu bringen. Ich hatte nicht einmal mehr Angst, ich war einfach nur stinksauer. »Ja, da hast du ausnahmsweise recht. Ich hätte nicht herkommen sollen«, presste ich hervor.

Er machte sich nicht einmal die Mühe, noch etwas zu antworten. Stattdessen setzte er sich wieder an den Rand des

Dachs, so achtlos, als wäre es nichts weiter als ein Bordstein. Mir stockte der Atem, als ich sah, wie seine Füße über dem Abgrund hingen.

Einen Herzschlag lang betrachtete ich ihn noch kopfschüttelnd. Dann stapfte ich weg und ließ ihn allein zurück.

Kapitel 8

»Arschloch«, fauchte ich und pfefferte meine Haarbürste durchs Zimmer. »Irrer!« Ein Buch folgte der Bürste.

Erschrocken über mich selbst sprang ich auf. Das schöne Buch! Penibel genau kontrollierte ich es auf Knicke, aber es hatte den Flug heil überstanden. Liebevoll streichelte ich den Buchrücken. Ein Glück – sonst hätte ich den Tod des Buchs auf die lange Liste von Aidens Übeltaten gesetzt.

»Psychopath«, knurrte ich und ließ mich wieder aufs Bett fallen.

Ich wollte nicht über ihn nachdenken, das hatte er überhaupt nicht verdient. Aber egal, was ich tat – ob ich las, lernte oder Serien schaute –, Aiden beherrschte meine Gedanken. Schließlich gab ich auf und ging ins Bett.

Aber ich war noch wach, als er nach Hause kam. Er schlug die Wohnungstür zu, dann bewegten sich schwere Schritte durch die Wohnung. Rastlos schien er hin und her zu laufen. Ich hörte, dass er Schranktüren zuknallte, dann ein dumpfes Poltern, als hätte er etwas umgeworfen. Rastete er jetzt endgültig aus? Mit großen Augen starrte ich in die Dunkelheit und lauschte dem Lärm. Er stapfte in sein Schlafzimmer. Krachend fiel die Tür ins Schloss.

Kurz war es still. Ich begann mich gerade wieder zu entspannen, aber plötzlich hörte ich ihn wieder: Da waren Schritte – rasche Schritte, die sich näherten. Meine Tür wurde aufgerissen, und Aiden stand in meinem Zimmer.

»Aiden! Was zur Hölle …«, entfuhr es mir. Hastig rappelte ich mich hoch. Aufrecht und stocksteif saß ich im Bett und starrte ihn erschrocken an.

Seine Schultern hoben und senkten sich unter seinen schweren Atemzügen. »Hast du das in der Vorlesung wirklich so gemeint?«, stieß er hervor.

»Aiden … Was willst du hier?« Ich schwang die Beine aus dem Bett, um aufzustehen, blieb dann aber doch sitzen. Verwirrt schüttelte ich den Kopf.

»Antworte!«, sagte er. Und nach einer kurzen Pause fügte er hinzu: »Bitte.«

Ich atmete tief durch. Ich war total verwirrt und hatte keine Ahnung, was er von mir wollte, aber es schien ihm wichtig zu sein. Er wirkte ausnahmsweise nicht wütend, sondern eher … verstört?

»Du meinst die Sache mit Frankensteins Monster?«, fragte ich vorsichtig.

Er kam so schnell auf mich zu, dass ich vor Schreck zusammenzuckte. Aber er wollte mir nichts tun. Er blieb direkt vor dem Bett stehen, so nah, dass ich automatisch die Beine anzog. Er kniete sich auf den Boden, sodass sein Gesicht auf meiner Höhe war und er mir direkt in die Augen sehen konnte. Seine Haare waren durcheinander, als hätte er unzählige Male wild mit der Hand durchgestrichen.

»Was ist los, Aiden?«, flüsterte ich.

»Bitte sag es.« Es klang flehend.

»Er ist kein Monster«, sagte ich leise, fast unhörbar. »Er ist einsam. An den Dingen, die er tut, ist Frankenstein schuld, der als Vater versagt hat.«

Aiden atmete auf und schloss die Augen. Wie von selbst

streckte ich meine Hand aus. Ich legte sie flach an seine Brust und fühlte seinen heftigen, schnellen Herzschlag. Ich hatte ihn nie zuvor so erlebt und hätte nicht erwartet, dass er so wirken konnte.

So verletzlich.

Ich konnte nicht wegsehen. Mein Blick wanderte über seine dichten schwarzen Wimpern, die wenigen blassen Sommersprossen und diese erstaunlich makellosen Gesichtszüge; dann über seine schön geschwungenen Lippen, die jetzt leicht geöffnet waren.

Keine Ahnung, was dann geschah, oder wie es geschehen konnte. Mein Verstand setzte aus, nur ganz kurz, einen verrückten Herzschlag lang. Ich dachte nicht nach. Ich handelte einfach nur.

Ich beugte mich vor – und küsste Aiden.

∞

Für einen Moment blieb die Zeit stehen. Ich spürte nichts, nahm nichts wahr außer Aidens Lippen.

Er schnappte nach Luft. Eine Sekunde lang verharrte er reglos.

Dann schlangen sich seine Arme um mich, und er erwiderte meinen Kuss. Mein Herz setzte einen Schlag aus, und als es weiterschlug, raste es so heftig, als wollte es aus meinem Brustkorb springen. Sanft streiften seine Lippen über meine, dann öffneten sie sich leicht. Seine Zungenspitze berührte meine. Tausend Ameisen krabbelten durch meinen Körper und brachten meine Haut zum Kribbeln – meine Haut, die plötzlich glühte.

Und dann war es vorbei, ebenso unvermittelt, wie es begonnen hatte. Aiden stieß mich von sich. Wir starrten einander an. Ich wusste nicht, wer von uns beiden erschrockener aussah; ich oder er.

In diesem kurzen Augenblick war er wie ein offenes Buch für mich. Als ich in seine Augen blickte, sah ich seine Gefühle so deutlich, als brüllte er sie mir entgegen: Der Schock wich Verwirrung – und schließlich Wut.

»Was soll das?«, fuhr er mich an. Er bebte vor mühsam unterdrücktem Zorn. »Was um alles in der Welt hast du dir gedacht?«

Mir fehlten die Worte. Ich fühlte mich benommen. Warum hatte ich das getan? Ich hatte nicht die geringste Ahnung, was in mich gefahren war.

Sein Blick war so kalt wie eh und je, da war nichts Verletzliches mehr an ihm. Er stand auf, sah mich noch einmal verächtlich an. Seine Stimme war gefährlich leise. »Wie wäre es, wenn du endlich ausziehst? Ich will dich nicht hier haben. Meinetwegen kannst du bleiben, bis du eine neue Wohnung gefunden hast, aber dann bist du weg. Und bis dahin hältst du dich von mir fern, ist das klar?«

Er wartete meine Antwort nicht ab, sondern ging einfach. Er verließ die Wohnung, und ich wusste, dass er diese Nacht nicht zurückkehren würde.

Meine Finger berührten meine Lippen, die so stark kribbelten, als stünden sie unter Strom. Erst als ich meine Wangen betastete und etwas Nasses fühlte, merkte ich, dass ich weinte.

∞

Ich konnte nicht hierbleiben.

Erst versuchte ich einzuschlafen. Mitten in der Nacht konnte ich schlecht ausziehen, auch wenn ihm das vermutlich am liebsten gewesen wäre und ich selbst nichts lieber getan hätte. Aber diese Nachts-ohne-Dach-überm-Kopf-Nummer hatte ich schon einmal gehabt, und ich hatte keine große Lust, das zu wiederholen. Diese eine Nacht würde ich es hier noch aushalten, und morgen früh konnte ich weitersehen.

Unruhig wälzte ich mich hin und her und lauschte in die Dunkelheit. Ein paarmal meinte ich, Schritte im Treppenhaus zu hören, aber jedes Mal spielte meine Fantasie mir Streiche.

Auch wenn die Wohnung so unpersönlich wie in einem Möbelkatalog eingerichtet war und man nichts Individuelles von ihm erkennen konnte, war ich ihm hier zu nah. Ich war in seiner Zone, und das konnte ich plötzlich nicht mehr ertragen. Ich konnte hier nicht klar denken, nicht einmal richtig atmen. Obwohl er weg war, hatte ich das Gefühl, seine Präsenz würde mich erdrücken.

Hastig stand ich auf, zog die erstbesten Kleidungsstücke an, die ich in die Finger bekam, schnappte mir meine Handtasche und verließ die Wohnung. Ich wusste nicht genau, wohin ich wollte, Hauptsache weg von hier.

Ziellos fuhr ich mit dem Auto herum, rollte durch die nächtlichen Straßen. Meine Gedanken fuhren Karussell, und ich hatte das Gefühl, sie wollten in alle Richtungen gleichzeitig, aber eigentlich kreisten sie doch nur um Aiden.

Er war ein Idiot.

Und ich war eine Idiotin.

Genau genommen … war ich idiotisch genug, um ihn zu mögen. Es gab keinen logischen Grund dafür, und eigentlich schrie mir gerade jede einzelne Gehirnzelle zu, ich sollte mich von ihm fernhalten. Er hatte offensichtlich gewaltige Probleme, und nachdem ich mit meinen eigenen Problemen mehr als genug zu tun hatte, durfte ich mir nicht auch noch seine aufhalsen.

Ganz davon abgesehen, dass er mich verabscheute. Wie oft hatte er mir seine Abneigung eigentlich schon entgegengeschmettert? Und trotzdem war ich dumm genug, mich zu ihm hingezogen zu fühlen.

Oh Gott. Hatte ich das gerade wirklich gedacht? Nein, ich mochte ihn nicht. Ich verabscheute ihn so sehr wie er mich. Und das hatte er verdammt noch mal verdient.

Mit quietschenden Reifen hielt ich vor einem Diner an und sprang ins Freie. Die Gedankenkarussellnummer im Auto war definitiv nicht gut für meinen Geisteszustand. Aber Essen machte normalerweise alles besser, und ich brauchte plötzlich dringend einen Cheeseburger, um mich von meinen hirnrissigen Gedanken abzulenken.

Um diese Zeit war nicht viel los im Diner. Ein paar Kerle tranken Bier, und in einer Ecke machte sich ein älterer Mann über eine gigantische Portion Fritten her, die er in seinen Schokoladenmilchshake dippte. Schaudernd wandte ich mich ab und bestellte meinen Cheeseburger.

Eigentlich war ich immer der Meinung gewesen, selbst an einem schlechten Burger könnte man noch etwas Gutes finden, immerhin war es ein Burger. Doch als die grimmig dreinblickende Bedienung meinen Teller vor mir abstellte, änderte ich meine Meinung spontan. Mit spitzen Fingern hob ich die labbrige obere Brötchenhälfte an, um einen skeptischen Blick auf das trockene Fleischpatty und die gelbliche Scheibe

Analogkäse zu werfen. Das winzige Gürkchen wirkte verloren. Auf eine Soße hatte man wohl aus Sparsamkeitsgründen verzichtet.

Todesmutig grub ich meine Zähne in den unappetitlichen Cheeseburger und verzog mein Gesicht. Er schmeckte nach altem Fett und Styropor, aber wenigstens lenkte mich der Ekel vorübergehend von meinen aufgewühlten Gefühlen ab.

Plötzlich legte sich eine Hand von hinten auf meine Schulter. Mein erschrockenes Quietschen wurde vom zähen Burgerbissen in meinem Mund gedämpft. Ich schlug mir die Hände vor den Mund, um das Essen nicht quer über den Tisch zu spucken.

»Violet! Was machst du denn hier?«

Mühsam schluckte ich den Bissen und drehte mich zu Dorian herum. »Essen«, sprach ich das Offensichtliche aus. Irgendwie war es mir unangenehm, dass er mich entdeckt hatte. Ich hatte nicht damit gerechnet, jemanden zu treffen. Als er mir nun gegenüberstand, war es mir, als stünde mir auf die Stirn geschrieben, dass ich Aiden geküsst hatte. Bei der Erinnerung schoss mir das Blut in die Wangen. Konnte man mir ansehen, wie sehr ich mich blamiert hatte? Ich widerstand nur mühsam dem Impuls, meine Lippen zu verdecken, so als könnten Spuren von Aidens Lippen darauf zu sehen sein.

Aber natürlich hatte Dorian keine Ahnung, schließlich war er kein Hellseher. »Das hatte ich auch vor«, sagte er, setzte sich mir gegenüber und betrachtete meinen Cheeseburger angewidert. »Aber wenn ich mir das so ansehe …«

»Ich rate dir davon ab. Und zwar dringend«, sagte ich so leise, dass die grimmige Bedienung es nicht hören konnte. Die blonde Walküre wirkte so schlecht gelaunt, dass ich ihr zutraute, mich mit einem Plastikmesser zu köpfen, wenn ich ihren Zorn auf mich zog.

Er grinste. »Danke für die Warnung.« Dann wurde sein Blick forschend. »Sag mal, ist alles okay? Nimm's mir nicht übel, aber du wirkst irgendwie traurig.«

Hätte er das doch nicht gesagt. Die ehrliche Sorge in seinen huskyblauen Augen weckte in mir das Bedürfnis, mich ihm an den Hals zu werfen und zu heulen wie ein Schlosshund. Verzweifelt kämpfte ich gegen die Tränen an, die in meinen Augen brannten. »Alles okay, was soll denn sein?« Ich merkte selbst, wie kläglich das klang.

Er stützte die Ellenbogen auf den Tisch und beugte sich weiter zu mir vor. Sein lässiges Shirt war an den Armen so weit ausgeschnitten, dass ich sah, wie sich seine schlanken Muskeln unter der gebräunten Haut bewegten. Die blonden Haare schienen im grellen Kunstlicht gold zu leuchten. Irgendwie hatte er trotz seines unverschämt guten Aussehens etwas Unschuldiges an sich. Jede Emotion spiegelte sich auf seinem Gesicht wider, und seine Augen waren so klar, als forderte er einen dazu auf, darin zu lesen.

»Erzähl doch keinen Mist«, sagte er schlicht. »Was ist denn passiert?«

Das gab mir den Rest. Hektisch griff ich nach der Speisekarte, um mich dahinter zu verstecken, aber es war zu spät. Ungehindert strömten heiße Tränen über mein Gesicht. »Aiden ist passiert«, schluchzte ich. »Er ist … Er ist …« Die Beschimpfung, die ich hervorstoßen wollte, ging in einem Schluchzen unter.

Sobald die Worte ausgesprochen waren, hätte ich mir am liebsten die Zunge abgebissen. Ich hatte viel zu viel gesagt.

Niemand durfte wissen, was geschehen war! Schon gar nicht Dorian, schließlich waren die beiden miteinander befreundet. Gab es etwas Peinlicheres, als jemanden zu küssen, der das gar nicht wollte, und zurückgestoßen zu werden? Mir fiel gerade nichts Unangenehmeres ein.

Dorians Blick wurde ernst. »Was hat er gemacht?«

»Nichts«, schniefte ich. »Er ist nur der gemeinste Mensch, den ich kenne. Der schlimmste Mitbewohner, den man sich vorstellen kann.«

Er seufzte. »Aiden ist schwierig. Und ich weiß, das ist noch untertrieben. Ich meine, ich halte echt viel von ihm, aber mit ihm zusammenzuleben ist wahrscheinlich eine einzige Katastrophe. Ich würde ihn auch nicht dauernd ertragen, ehrlich. Aber er hat dir nichts getan, oder?«

»Warum fragt mich das jeder?«, fragte ich seufzend. »Nein, hat er nicht.«

Er legte ein paar Scheine auf den Tisch, nahm einfach meine Hand und bugsierte mich sanft, aber bestimmt aus dem Diner. Ich wischte mir mit dem Ärmel die Tränen vom Gesicht, zu verwirrt, um zu protestieren. Erst als wir auf dem Parkplatz standen, fragte ich: »Was wird das denn nun?«

»Du kommst mit zu mir«, sagte er entschlossen.

»Was? Nein!« Ich hob die Arme und ließ sie wieder fallen. »Wieso das denn?«

Er zuckte mit den Schultern. »Nicht einmal ich würde es tagelang bei Aiden aushalten, und ich bin wohl so was wie ein enger Freund von ihm, falls er so was überhaupt hat. Kein Wunder, dass du mit den Nerven am Ende bist. Ich weiß, dass du gerade Schwierigkeiten hast, eine neue Wohnung zu finden. Chloe hat mir davon erzählt.«

»Aber das heißt doch nicht, dass ich plötzlich bei dir einziehe!«, rief ich fassungslos.

»Ich kenne ein paar Leute, in deren WG in den nächsten Tagen ein Zimmer frei wird. Ich stelle dich ihnen demnächst vor. Und bis dahin kannst du einfach für ein paar Tage bei mir wohnen. Ist doch keine große Sache«, meinte er unbeschwert.

Ich schüttelte den Kopf. »Nein. Ich will mich dir auf gar keinen Fall aufdrängen.«

Er verdrehte die Augen. »Davon kann ja wohl keine Rede sein. Immerhin versuche ich dich dazu zu überreden. Nicht umgekehrt.«

Die Überraschung über seinen Vorschlag hatte meine Tränen versiegen lassen. »Aber warum willst du das?«

Er lachte schallend. Mit verschränkten Armen funkelte ich ihn böse an, während er den Kopf in den Nacken warf und sich offenbar königlich auf meine Kosten amüsierte.

»Sorry«, sagte er schließlich grinsend. »Du bist wirklich enorm misstrauisch, oder? Ich mag dich eben. Du bist nett und auf schräge Weise süß. Ich will dir einfach helfen. Okay? Also, lass mich beweisen, dass ich ein guter Freund sein kann, und komm mit mir mit.«

»Wohnst du denn nicht in einem Wohnheim am Campus?«

Er schüttelte den Kopf. »In einer WG. Und da ist genug Platz für dich. Also sei kein Hühnchen und steig in mein Auto.«

»Aber mein Auto …«

»Das kann eine Nacht hier am Parkplatz auf dich warten. Mal ehrlich – es ist so klapprig, das klaut keiner. Morgen holen wir es gemeinsam.«

Einen Moment zögerte ich noch. Als ich das letzte Mal bei einem Kerl eingezogen war, ging das grandios schief. Aber Dorian war so anders als Aiden: nett, auf hinreißende Weise normal, und überhaupt kein Freak.

»Wir können deinen Kram morgen gemeinsam von Aiden abholen. Oder ich fahre allein dorthin. Und eine Nacht wirst du bestimmt ohne deinen Kram überleben, oder? Wir finden schon irgendein Shirt, in dem du schlafen kannst.«

Die verlockende Aussicht, nicht in Aidens Wohnung zurückzumüssen, gab den Ausschlag. Ich warf meine Zweifel über Bord. »Okay. Weißt du was? Du bist mein Lebensretter.«

∞

Die Wohnung, in der Dorian wohnte, war klein, aber gemütlich. Er hatte einen Mitbewohner, den er mir als Noah vorstellte und der kurz den Kopf durch seine Zimmertür streckte, um mich neugierig zu mustern.

»Schon wieder Damenbesuch, Dorian?«, fragte er amüsiert.

Dorian verdrehte die Augen. »Laber keinen Mist. Das ist anders. Violet ist nur eine Freundin. Und zwar eine gute, also benimm dich.«

»Na dann – freut mich, Violet. Nichts für ungut, ja?« Er reichte mir die Hand. Seine warmen braunen Augen waren mir auf Anhieb sympathisch.

»So, du hast oft weiblichen Besuch hier?«, fragte ich Dorian, als ich ihm in sein Zimmer folgte.

»Man tut, was man kann«, informierte er mich selbstzufrieden.

In seinem Türrahmen hing eine Klimmzugstange. Als wir

das Zimmer betraten, streckte ich mich danach und versuchte mich hochzuziehen.

Ich musste ihm zugutehalten, dass er diesmal zumindest versuchte, sich das Grinsen zu verkneifen. Mit rotem Kopf und strampelnden Füßen hing ich in der Luft. »Gar nicht so einfach, wie es aussieht«, ächzte ich.

»Ja, wenn man so schwächliche Ärmchen hat, ist es bestimmt eine Herausforderung«, meinte er trocken, schob mich beiseite und machte selbst ein paar Klimmzüge. Ich sah seine straffen Armmuskeln arbeiten. »Siehst du? Eigentlich ist es ganz leicht.«

»Angeber.« Ich warf ihm einen vernichtenden Blick zu und pikte ihm mit dem Zeigefinger in den Bauch, sodass er die Stange prustend losließ.

In einer Zimmerecke lagen mehrere Hanteln. Kein Wunder, dass er so durchtrainiert war: Er schien einiges dafür zu tun. Viel interessanter fand ich aber das Surfbrett, das an der blaugestrichenen Wand lehnte.

»Hey, bist du etwa echt ein Surfer? Irgendwie dachte ich von Anfang an, dass du dem Surferklischee voll entsprichst.«

Er strich liebevoll mit der Hand über das Board. »Ja, immer schon, seit ich ein kleiner Junge war. Ich bin in Kalifornien aufgewachsen. Als ich fünfzehn war, sind wir von dort weggezogen, nach Maine. Und ich kann dir sagen, ich habe es gehasst.« Er lachte. »Es kam mir vor wie eine grüne, nasse, kalte Hölle. Die Sonne, die Sandstrände – das alles hat mir gefehlt. Früher habe ich jeden Tag von früh bis spät am Strand verbracht und habe kaum etwas anderes getragen als Badeshorts. Damit war es hier vorbei.«

Sein Blick war so sehnsüchtig, dass ich sicher war, in dem

Moment konnte er das türkisblaue Meer vor sich sehen und seinen salzigen Duft riechen. »Willst du gerne zurück?«, fragte ich.

Er zuckte mit den Schultern. »Ja, schon. Aber so dringend ist es nicht. Ich habe mich an Maine gewöhnt. Vor allem habe ich festgestellt, dass man auch hier surfen kann. Alles, was man braucht, sind doch schließlich ein Strand, das Meer, die Wellen. Von hier aus ist es gerade mal eine Stunde bis ans Meer. Ich fahre am Wochenende oft dorthin. Komm doch mal mit!«

Ich schnaubte. »Damit ich mich nicht nur an der Klimmzugstange, sondern auch auf dem Surfbrett blamieren kann?«

»Komm schon, es ist gar nicht so schwer. Ich bringe es dir bei. Eigentlich geht es nur um Balance und Körpergefühl. Dafür brauchst du keine starken Arme.« Er schnipste gegen meinen Oberarm, dann warf er ein Kissen auf den Boden und legte das Surfbrett kurzerhand darüber. »Na los, rauf mit dir.«

Ich verschränkte die Arme vor dem Körper, presste die Lippen zusammen und schüttelte den Kopf. Aber wieder griff er einfach nach meinen Händen, so als wäre gar nichts dabei, und zog mich vorwärts, bis ich meine Füße heben musste, um nicht gegen das Board zu stoßen. Und irgendwie war *tatsächlich* nichts dabei. Bei allem, was er tat, war er so offen und arglos, dass ich mich einfach wohlfühlte. Seine Berührung fühlte sich warm und sicher an.

Das Surfbrett begann auf dem Kissen zu schwanken, als ich drauftrat. Sofort machte ich mich stocksteif, meine Fingernägel krallten sich in Dorians Hände.

»Mach dich locker, Hühnchen. Du bist viel zu verkrampft. Geh ein bisschen in die Knie.«

Er machte es mir vor, und ich folgte seinen Bewegungen. Vorsichtig verlagerte ich mein Gewicht und wippte ein wenig hin und her. Es klappte erstaunlich gut. Doch als er losließ, geriet ich gefährlich ins Schwanken und sprang rasch vom Brett.

»Gar nicht so schlecht. Wenn du das jeden Tag übst, bist du bald reif fürs große weite Meer.«

Ich zog eine Grimasse und sah mich weiter im Zimmer um. Stirnrunzelnd stellte ich fest, wie schmal das Bett war. Erschrocken fragte ich mich, ob er dachte, wir würden beide dadrin schlafen. »Wo kann ich denn heute schlafen?«

Wieder lachte er mich aus. Das schien zur Gewohnheit zu werden, und ich war nicht sicher, ob mir das gefiel. »Keine Angst, Hühnchen. Ich habe nicht vor, mich über dich herzumachen. Du kannst das Bett haben.« Er kramte einen Schlafsack aus dem Schrank und ließ ihn achtlos auf den Boden fallen. Dann wühlte er weiter und warf mir ein schlichtes weißes T-Shirt zu. »Bitte schön. Dein Nachthemd.«

»Schau weg, damit ich mich umziehen kann«, forderte ich.

Er seufzte, drehte sich aber brav mit dem Gesicht zur Wand. Skeptisch kontrollierte ich, ob es da auch keinen Spiegel gab, in dem er mich beobachten konnte. Dann streifte ich meine Kleidung ab und schlüpfte in Dorians T-Shirt, das mir fast bis zu den Knien reichte.

»So, und jetzt schaust du weg«, sagte er und schnappte sich ebenfalls ein ausgewaschenes Shirt.

»Echt jetzt?«

»Nein, keine Sorge. Du darfst gerne zuschauen. Ich kann mir vorstellen, dass es dir absolut unmöglich ist, den Blick von meinem gestählten Luxuskörper abzuwenden«, prahlte er scherzhaft.

Ich schüttelte grinsend den Kopf. »Du bist so ein alberner Lackaffe.«

Wieder warf er den Kopf in den Nacken und lachte schallend. Seine hellen Augen blitzten amüsiert. »Alberner Lackaffe? Hast du das gerade echt gesagt? Wer benutzt denn bitte heutzutage solche Wörter?«

»Jemand, der ein Wörterbuch besitzt«, moserte ich.

Als er sich das Shirt auszog, musste ich zugeben, dass sein übersteigertes Selbstbewusstsein nicht gänzlich übertrieben war. Er *sah* verdammt gut aus. Deutlich traten die Bauch- und Brustmuskeln hervor. Seine gebräunte Haut hatte einen goldenen Unterton. Die schulterlangen sonnenblonden Haare waren sanft gewellt und zerzaust, als hätte er einen Tag am Strand verbracht. Als ich ihn ansah, meinte ich fast, das Rauschen des Meeres zu hören.

»Was nun?«, fragte ich, während ich mich aufs Bett fallen ließ.

»Willst du erzählen, was mit Aiden vorgefallen ist? Was er gesagt oder getan hat?« Dorian setzte sich neben mich.

Ich schüttelte nur den Kopf.

»Okay. Dann bestellen wir jetzt Pizza, nachdem der Burger im Diner so eine ungenießbare Enttäuschung war. Und was hältst du von einem Tarantino-Filme-Marathon? Ich finde, das hilft immer, wenn es einem nicht gut geht. Wenn man so viel herumspritzendes Blut und Gedärme sieht, kommen einem die eigenen Probleme gar nicht mehr so groß vor.«

»Klingt perfekt«, fand ich.

»Echt?« Er lachte überrascht. »Traut man dir gar nicht zu.«

Ich zog eine Augenbraue hoch – oder versuchte es, denn die zweite rutschte automatisch mit hoch. »Wieso das denn nicht?«

»Na ja, du bist so … hübsch und blond und typisch Mädchen. Okay, okay, Schubladendenken ist blöd. Aber ich hätte erwartet, dass du der Liebeskomödien-Typ bist.«

Ich schüttelte mich, als fände ich den Gedanken gruselig. »Es soll Menschen geben, die aus mehr als einer Charaktereigenschaft bestehen«, merkte ich an und verdrehte die Augen. »Übrigens bist du auch blond und hübsch. Wie wäre es mit einem Julia-Roberts-Film?«

Er zwinkerte mir zu, dann deutete er eine Verbeugung an. »Ich entschuldige mich hiermit voller Demut.«

Wir bestellten uns eine Familienpizza mit Salami, die so gigantisch war, dass wir nach der Hälfte aufgaben. »Macht nichts. Morgen schmeckt sie noch besser«, meinte Dorian gut gelaunt. Er zeigte mir seine schöne Ausgabe von Oscar Wildes *Bildnis des Dorian Gray*, und behauptete, jemand hätte ein Buch über ihn geschrieben. Dann machten wir es uns im Bett gemütlich und klappten seinen Laptop auf.

Er hatte recht gehabt: Brutale Filme waren eine wunderbare Ablenkung. Aber dass es mir besser ging, lag mehr an Dorian als an Tarantino. Er akzeptierte, dass ich nicht über Aiden reden wollte, und erzählte interessante Geschichten über sein Leben in Kalifornien, wenn er nicht gerade Scherze über die Liter von herumspritzendem Kunstblut in den Filmen machte.

Während des zweiten Films merkte ich, dass ich der Handlung kaum mehr folgen konnte. Immer wieder musste ich gähnen, meine Augen fielen zu. Mir fiel auf, dass Dorian länger keine Witze über explodierende Köpfe mehr gemacht hatte, und als ich zu ihm schaute, sah ich, dass sein Kopf auf seine Brust gesunken war. Seine Atemzüge waren tief und ruhig.

»Dorian, schläfst du?«, fragte ich leise. Als keine Antwort kam, seufzte ich. Kurz dachte ich darüber nach, ihn aus dem Bett zu werfen oder selbst im Schlafsack auf dem Boden zu schlafen, doch dann beschloss ich, dass es doch eigentlich egal war. Das Bett war schmal, aber dennoch passten wir nebeneinander, ohne einander zu berühren. Er schlief, ich würde gleich schlafen – was kümmerte es mich, wo wir dabei lagen?

Also klappte ich den Laptop zu und zog die Decke vorsichtig über uns beide, wobei ich peinlich genau darauf achtete, etwas Abstand zwischen uns zu halten. Dann legte ich mich möglichst nah zur Wand und schloss die Augen.

Dorians gleichmäßige Atemzüge waren beruhigend, aber trotzdem fand ich lange keinen Schlaf. Ein Blick auf die leuchtenden Ziffern der Wanduhr verriet mir, dass es schon nach vier Uhr war. Dorian hatte es mit seiner fröhlichen Art geschafft, mich abzulenken, doch nun in der Dunkelheit kehrten die quälenden Gedanken zurück.

Ich dachte an Aidens Gesichtsausdruck, nachdem ich ihn geküsst hatte, und krümmte mich. Es fühlte sich an, als rammte mir jemand die Faust in den Magen. Es war schlimm, so zurückgewiesen zu werden.

»Verdammter Idiot«, flüsterte ich in die Finsternis.

Aber der verdammte Idiot war nicht da, um meine wütenden Worte zu hören. Nur Dorian war bei mir, und der schlief friedlich. Er war bei mir, und seine Nähe spendete mir Trost und Sicherheit. Während ich seinen ruhigen Atemzügen lauschte, schlief ich endlich auch ein.

∞

Warme Sonnenstrahlen weckten mich. Sie streichelten meine Haut und blendeten mich durch meine geschlossenen Augenlider hindurch. Ich lächelte, doch nur so lange, bis mir einfiel, was geschehen war und wo ich war.

Jetzt erst merkte ich, dass etwas Schweres auf mir lag. Verwirrt runzelte ich die Stirn und blinzelte ins grelle Licht, bis sich meine Augen daran gewöhnt hatten. Dann erst erkannte ich, dass es Dorians Arm war, der über meiner Taille lag.

Leise schnalzte ich mit der Zunge. Kein Wunder, dass das passiert war, so nah wie wir nebeneinander geschlafen hatten. Er hatte sich wohl im Schlaf bewegt, und dabei war sein Arm auf mir gelandet.

Ich lag auf der Seite, mit dem Rücken zu ihm. Behutsam, um ihn nicht zu wecken, schloss ich meine Finger um sein Handgelenk und versuchte seinen Arm anzuheben. Doch der war schwerer als gedacht. Ächzend drehte ich mich auf den Rücken, wandte ihm mein Gesicht zu und schluckte überrascht.

Seine eisblauen Augen schauten mich hellwach an. Die Sonne, die durch die offenen Vorhänge hereinfiel, ließ seine hellen Haare leuchten. Ein schiefes Lächeln umspielte seine Mundwinkel. »Guten Morgen, Hühnchen.«

Schläfrig fragte ich mich, was das zu bedeuten hatte. Wenn er doch wach war, hieß das, er hatte seinen Arm mit Absicht um meine Taille gelegt. Aber warum?

»Dorian«, begann ich unsicher. Weiter kam ich nicht. Er beugte sich weiter zu mir, seine Hand auf meinem Bauch. Ich war immer noch benommen vom Schlaf, meine Gedanken funktionierten langsam und träge. Was er vorhatte, begriff ich erst, als er es einfach tat – und ich seine weichen Lippen auf meinen spürte.

Ich schnappte nach Luft. Einen Herzschlag lang war ich völlig starr und konnte kaum glauben, dass das gerade geschah. Meine Augen waren aufgerissen. Kurz begegnete mein Blick seinem, dann schloss er die Augen.

Sein Kuss war sanft und wunderbar. Zärtlich spielten seine Lippen mit meinen, strichen über meine Haut.

Vielleicht war es bloß Trotz gegenüber Aiden, der meine Entscheidung lenkte. Warum sollte ich Dorian nicht küssen? Aiden war ich jedenfalls zu nichts verpflichtet. Unser Kuss hatte nichts bedeutet, er zählte überhaupt nicht.

Ich schloss die Augen und schlang meine Arme um Dorians Hals. Nun war er es, der verblüfft nach Luft schnappte. Ich vergrub meine Finger in seinen weichen Haaren und erwiderte seinen Kuss.

∞

Einen Moment lang fühlten wir uns beide beklommen. Keiner von uns sagte etwas. Dann lächelte Dorian sein unbeschwertes, jungenhaftes Lächeln, und die Anspannung fiel von mir ab. Es gab keine großen Gesten und keine tiefsinnigen Gespräche. Nur leckere kalte Pizza und den Rest des Tarantino-Films.

»Du siehst hübsch aus mit den verwuschelten Haaren«,

sagte Dorian mit einem so breiten Grinsen, dass ich nicht sicher war, ob die Bemerkung ernst oder ironisch gemeint war.

Ich streckte ihm die Zunge heraus und versuchte die Strubbelfrisur rasch mit den Händen zu glätten, bevor ich aufsprang und ins Bad lief.

»Wann musst du heute eigentlich zum Campus?«, fragte er beiläufig, als ich zurückkam.

Mir fiel die Haarbürste aus der Hand. »Verdammt!«, stieß ich hervor. Wie hatte ich das nur vergessen können? Ich hatte komplett verdrängt, dass ich heute Vorlesungen hatte. Hastig begann ich meine Sachen zusammenzusuchen, aber als ich auf die Uhr schaute, hielt ich resigniert inne. »Mein Vormittagsseminar ist schon vorbei.« Also mussten wir uns auch nicht beeilen, denn bis zu meiner Nachmittagsvorlesung war noch genug Zeit. Dorian brachte mich in Ruhe zum Diner, wo mein Auto immer noch stand. Dann verabschiedete er sich und fuhr wieder nach Hause. Gedankenverloren blickte ich ihm hinterher.

Erst als ich allein in meinem Auto saß, ließ die beruhigende Dorian-Aura nach, die mich eingehüllt hatte. Nervös trommelten meine Fingerspitzen über das Lenkrad, als ich zum Campus fuhr.

Irgendwie war alles eskaliert. Alles, was eskalieren konnte.

So wie es aussah, musste ich schon wieder umziehen, zum gefühlt hundertsten Mal in kurzer Zeit. Ich konnte nur hoffen, dass in der WG, von der Dorian gesprochen hatte, wirklich ein Zimmer frei wurde und dass ich es bekommen würde. Es belastete mich allmählich, kein wirkliches, festes Zuhause zu haben.

An die andere Sache, die ebenfalls eskaliert war, wollte ich am liebsten gar nicht denken. Ich biss mir auf die Innenseiten meiner Wangen.

Zwei Küsse! Mit zwei Männern, die unterschiedlicher nicht sein könnten. Und ich wusste nicht, ob einer davon etwas zu bedeuten hatte.

Na schön, der erste bedeutete mit an Sicherheit grenzender Wahrscheinlichkeit, dass ich den Verstand verloren hatte. Eine andere Erklärung konnte es dafür nicht geben.

Aber was war mit Dorians Kuss? Was hieß das jetzt für uns beide? Ich hatte keine Ahnung, und das machte mich verdammt nervös.

Als ich den Campus-Parkplatz erreichte, blieb ich noch einen Moment im Auto sitzen und stellte mir eine entscheidende Frage: Empfand ich etwas für Dorian? Ich mochte ihn, und ich fühlte mich wohl in seiner Nähe. Aber … so ungern ich es mir auch eingestand, sein Kuss hatte nicht dieselbe Wirkung gehabt wie Aidens. Kein Herzrasen, kein Kribbeln im ganzen Körper.

Seufzend warf ich noch einen Blick in den Spiegel und übte mein Pokerface. Ich durfte mir Chloe gegenüber nichts anmerken lassen. Nicht solange ich selbst nicht begriff, was ich fühlte und dachte. Und diese hirnrissige Entgleisung mit Aiden musste ohnehin für immer mein Geheimnis bleiben.

Aber vor neugierigen Fragen und kritischen Blicken musste ich mich ohnehin nicht fürchten, wie ich feststellte. Chloe war ganz in ihrer seligen Scott-Welt versunken und arbeitete liebevoll an einem im Mangastil gehaltenem Porträt von ihm.

»Violet! Wo warst du denn heute Morgen? Ich dachte

schon, du wärst vielleicht wieder krank. Und ich möchte betonen, dass es diesmal nicht meine Schuld wäre.« Sie kniff konzentriert die Augen zusammen, als sie mit großer Sorgfalt Scotts Wimpern zeichnete.

»Nein, alles okay. Ich hab nur verschlafen«, murmelte ich ausweichend.

»Na ja, solange du morgen nicht verschläfst … Das ist der wichtigste Termin im gesamten Semester, glaub mir.«

Fragend zog ich die Augenbrauen hoch. »Morgen? Aber da ist doch Samstag! Da haben wir keine Kurse.«

Nun blickte sie mich doch mit großen Augen an. »Die Frage ist nicht ernst gemeint, oder?«

Ich warf einen raschen Blick in meinen Kalender, aber für Samstag hatte ich mir absolut nichts eingetragen. »Doch, todernst.«

»Na, die Party!«, rief sie aufgeregt.

Erschrocken fuchtelte ich mit dem Zeigefinger vor ihrer Nase herum. »Was? Nein! Definitiv nicht. Keine Chance. Hundertmal nein.«

»Hör doch erst mal zu!« Sie packte meinen fuchtelnden Finger. »Oh Mann, ich kann nicht glauben, dass du davon nichts weißt. Alle freuen sich schon seit Beginn des Semesters darauf. Also, es ist nicht so, wie du es dir vorstellst. Die Sache hat die Bezeichnung Party eigentlich gar nicht verdient. Das Hockeyteam hat ein Jubiläum, und das soll groß gefeiert werden. Alle fahren an den Strand, einfach *alle*, Violet! Es werden auch Dozenten dabei sein, also keine Sorge, es wird keine wilde Angelegenheit. Einfach ein schöner, gemütlicher Nachmittag und Abend am Meer. Ein paar langweilige Reden über unsere großartigen Sportler, und wenn wir die überstanden haben, gibt es ein großes Lagerfeuer. Na, wie klingt das?«

»Gar nicht so übel«, gab ich zu. Ich vermisste das Meer. Das Gespräch mit Dorian hatte die Sehnsucht nach Strand und Wellen in mir wachgerufen. Ich war zwar nie eine richtige Wasserratte gewesen, aber daheim in Florida war ich gerne am Strand spazieren gegangen, ob allein oder mit Jackson, und hatte den salzigen Meeresduft eingeatmet. Und so wie Chloe die Sache schilderte, handelte es sich wohl wirklich um keine wilde Feier.

»Also, kommst du?«, rief sie erfreut.

»Mal sehen.«

»Ich würde mich sehr freuen! Und sieh nur, Scott würde sich auch freuen.« Sie hielt mir die Zeichnung vor die Nase. Manga-Scotts Blick wirkte wirklich ein wenig bittend.

»Na schön.« Ich verdrehte die Augen. »Ich nehme an, ansonsten lässt du mir ohnehin keine Ruhe.«

»Erraten«, sagte sie zufrieden. »Dann können wir uns ja jetzt den wirklich wichtigen Dingen zuwenden. Was sollen wir morgen anziehen?«

∞

»Na klar werde ich da sein. *Jeder* wird da sein«, sagte Dorian, als ich ihn danach fragte.

»Ja, so was Ähnliches hat Chloe auch gesagt.«

»Ich kann nicht fassen, dass du bis heute gar nichts davon wusstest«, sagte er kopfschüttelnd. »Übrigens ist das die perfekte Gelegenheit, um ein bisschen zu surfen, sobald der Pflichtteil vorbei ist. Es soll eines der letzten warmen Wochenenden werden, bevor der Herbst hereinbricht. Nicht dass mich das Wetter vom Surfen abhalten würde, aber für dich wäre das die ideale Chance, um deine neuerworbenen Skills auszuprobieren.«

»Neuerworbene Skills«, schnaubte ich. »Du willst mich umbringen, oder?« Ich schnappte mir sein Surfbrett – argwöhnisch begleitet von seinen Blicken, denn das Board war sein Baby –, legte es auf ein Kissen, so wie er es getan hatte, und stellte mich vorsichtig darauf. Ich schaffte es kaum, mich aufrecht zu halten. Bei der Vorstellung, jetzt würde mich auch noch eine riesige Welle herumschleudern und ich sollte trotzdem auf dem Brett bleiben, musste ich fast lachen. Ausgeschlossen! Surfen und ich – daraus würde in diesem Leben nichts mehr werden.

»Chloe hat gesagt, ich kann mit ihr und Scott mitfahren«, sagte ich. »Soll ich fragen, ob für dich auch noch ein Platz frei ist?«

»Lieb von dir, aber nein danke«, winkte er ab. »Ich wollte heute schon dorthin. Heute Abend und morgen Vormittag noch ein bisschen surfen, bevor es mit den Reden und dem ganzen Collegekram losgeht, verstehst du? Ein Kumpel von mir hat ein Haus – na ja, mehr eine Hütte – direkt am Meer, da kann ich pennen. Stört es dich, heute allein hierzubleiben? Dann hast du das Bett für dich.«

»Klingt himmlisch«, seufzte ich. »Du hast letzte Nacht dauernd die Decke geklaut.«

Er grinste. »Und keine Sorge wegen Noah, er ist einer von den Guten. Kein Aiden, der dich terrorisieren wird. Vermutlich merkst du gar nicht, dass er da ist.«

»Klingt immer besser.«

»Bevor ich zum Meer starte, kann ich noch schnell bei Aiden vorbeifahren und deine wichtigsten Sachen holen«, bot er an und riss mich damit aus meinen Überlegungen.

Sobald ich an Aiden denken musste, bildete sich ein Knoten in meinem Magen. Meine Mundwinkel sanken hinab. »Wenn es dir keine großen Umstände bereitet«, sagte ich zögerlich. Ich hatte nichts bei mir außer dem Inhalt meiner Handtasche und der Kleidung, die ich am Leib trug.

»Kein Problem. Her mit dem Schlüssel.«

Ich warf ihm den Schlüsselbund zu, den er mit einer lässigen Bewegung aus der Luft fing.

Schon war er durch die Tür verschwunden und kehrte kurz darauf mit meinem Riesenkoffer zurück. Wie gut, dass ich das meiste noch gar nicht ausgepackt hatte; so musste Dorian nicht mühsam einzelne Kleidungsstücke zusammensuchen und in meiner Unterwäsche herumwühlen. Überglücklich stürzte ich mich auf meine Sachen. Meine Kosmetik stand noch in Aidens Bad, und ein paar Kleidungsstücke lagen in seinem Gästezimmer, aber mit dem, was im Koffer war, war ich definitiv überlebensfähig. Nervös machte mich nur, dass mein Pappkarton noch unter Aidens Bett stand, aber den würde ich demnächst auf jeden Fall noch holen.

Es fiel mir nicht leicht, die Frage auszusprechen, die mir auf der Zunge lag. Als ich es schließlich schaffte, klang meine Stimme unnatürlich hoch. »Hast du Aiden getroffen?«

Dorian zog eine Augenbraue hoch, als er mich ansah. »Nein. Er war nicht da. Ehrlich gesagt war es mir ziemlich unangenehm, in seiner Abwesenheit einfach in seine Wohnung zu spazieren.«

»Sorry«, murmelte ich.

Er lachte. »Schon okay. Ich würde sagen, er hatte es sich selbst zuzuschreiben.« Dann fragte er besorgt: »Kommst du klar?«

»Fragst du mich, ob ich in der Lage bin, eine Nacht in diesem Zimmer zu überleben? Ja, ich denke schon.«

»Bei dir weiß man nie«, entgegnete er. »Du scheinst das Unglück anzuziehen. So sehr, dass man dich dauernd retten muss. Vor der Obdachlosigkeit, vor Aidens Gemeinheiten, vor Partys …«

Ich zog eine Grimasse. »Was soll ich sagen? Das Schicksal ist gegen mich.«

»Ich will gar nicht wissen, was du in deinem letzten Leben getan hast, um so viel schlechtes Karma anzuhäufen.«

Es gab keinen Kuss. Nur eine feste Umarmung, die meine Rippen zum Knacken und mich zum Keuchen brachte. Dann war er verschwunden, und ich blieb allein in seiner Wohnung zurück.

Nicht ganz allein, denn Noah war da, aber Dorian hatte recht: Die meiste Zeit blieb sein Mitbewohner unsichtbar. Erst am Abend klopfte er etwas schüchtern an meine Zimmertür und fragte, ob ich Pizza bestellen und Playstation spielen wollte.

Es war deprimierend, wie sehr er mich beim Autorennspiel fertigmachte, das er ausgesucht hatte. Beim Ego-Shooter, an dem wir uns danach versuchten, sah es nicht wesentlich anders aus. Aber dank seiner netten, unaufdringlichen Gesellschaft verging der Abend schnell, und als ich schließlich im Bett lag, schaffte ich es sogar, ziemlich schnell einzuschlafen, ohne allzu viel nachzugrübeln.

Kapitel 9

Der Wind zerzauste mein Haar, peitschte es in mein Gesicht und blähte mein Top auf, als wäre es das Segel eines Schiffs. Ich schloss die Augen, breitete die Arme aus und stellte mir vor, die Böen würden mich aufs Meer hinaustragen. Genussvoll sog ich den rauen, salzigen Duft des Ozeans ein. Die Sonne brannte so heiß vom Himmel, dass mir trotz meiner Shorts warm war.

Am liebsten wollte ich sofort zum Meer hinunterlaufen, meine nackten Zehen im glühenden Sand vergraben und durchs seichte Wasser waten. Aber noch standen wir alle um eine kleine Tribüne herum und lauschten den Worten des Rektors, des Hockeytrainers und des Teamcaptains. Das ganze Sportteam hatte sich aufgereiht, ein Kerl breitschultriger als der andere. Chloe, die sehnsüchtig seufzend neben mir stand, hatte natürlich nur Augen für Scott.

Ein paar Meter vor mir konnte ich Jennas glänzendes dunkles Haar sehen. Sie hatte uns noch nicht entdeckt, und das war mir eigentlich ganz recht. Wenn sie erfuhr, dass ich offiziell immer noch bei ihrem Bruder wohnte, würde sie mich für verrückt halten – und das völlig zurecht. Aber morgen wollte Dorian mir seine Freunde vorstellen, in deren WG ein Zimmer frei werden würde, und ich hoffte, dass ich ihr Aidens Schlüssel dann sehr bald zurückgeben konnte.

Nach dem formellen Teil gab es kein Halten mehr: Alle wollten hinunter zum Wasser. Sämtliche Studenten lieferten sich johlend ein Wettrennen, doch die Ernüchterung folgte schnell. Viele machten kreischend und lachend kehrt, sobald ihre Füße nass geworden waren, und nur die wenigsten gingen weiter als bis zu den Knien hinein. Bloß ein paar besonders Hartgesottene stürzten sich ganz in die Fluten. Das Wasser war überraschend kalt für einen so warmen Tag.

Ich streifte die von Chloe verzierten Disney-Vans von meinen Füßen und spazierte im knöcheltiefen Wasser herum. Mit jeder eiskalten Welle, die ans Ufer schwappte und meine Füße umspülte, sank ich tiefer in den Sand ein. Lächelnd bückte ich mich, um eine Muschel aufzuheben, und blickte dann weit übers tiefblaue Meer.

Als ich Chloe neben mir kreischen hörte, drehte ich mich erschrocken zu ihr um. Scott hatte sie gepackt und marschierte mit ihr auf dem Arm immer weiter ins Meer hinein. Das Wasser reichte schon bis über seine Badeshorts. Sie protestierte zappelnd und stieß lautstarke Morddrohungen aus.

»Wenn mein Kleid nass wird, bist du ein toter Mann«, quietschte sie.

Er wirkte nicht sonderlich beeindruckt und trug sie noch ein bisschen herum, bis er Gnade zeigte und sie wieder absetzte – im seichten Wasser, sodass nur ihre nackten Füße nass wurden und ihr kurzes Kleid unversehrt blieb. Empört funkelte sie ihn an und ließ eine Schimpftirade auf ihn los, die so manchen Rapper verschämt erröten hätte lassen. Grinsend beobachtete ich die beiden.

»Na, bereit?«, erklang Dorians Stimme.

Das kalte Wasser machte ihm offensichtlich nichts aus. Ich blinzelte gegen die Sonne und sah, dass er auf mich zu kam. Wassertropfen glitzerten auf seinem nackten, braungebrannten Oberkörper und tropften aus seinen blonden Haaren. Unter den Arm hatte er sich sein Surfbrett geklemmt. Es war geradezu komisch, wie synchron alle Mädchen aufseufzten, die ihn gerade sahen.

Aber er ging zu keinem der anderen Mädchen, sondern zu mir. Entsetzt wich ich zurück. »Nicht dein Ernst, oder? Erstens: Ich kann nicht surfen, nur auf einem Brett balancieren, das auf dem Boden liegt. Zweitens: Ich habe gar keine Badesachen dabei.«

»Drittens: Was ist das überhaupt für eine Begrüßung?« Er umarmte mich und drückte mich kurzerhand an seine breite Brust.

»Lass das, du bist ganz nass!«, versuchte ich ihn abzuwehren, aber dass ich gleichzeitig lachen musste, ließ meinen Widerstand wohl nicht sonderlich überzeugend wirken. Kalt drang die Nässe durch mein dünnes roséfarbenes Baumwolltop.

»Schon besser«, sagte er zufrieden. »Und jetzt sei kein Hühnchen. Ich passe auf, dass du nicht ins Wasser fällst. Du hast doch Shorts an. Im schlimmsten Fall werden deine Beine nass, aber deine Klamotten bleibt trocken. Ehrenwort. Du musst ja nicht surfen, nur ein bisschen auf dem Board stehen und üben, dein Gleichgewicht zu halten. Wie klingt das?«

Er ließ das Surfbrett ins Wasser fallen. Schwankend trieb es auf der Oberfläche. Er stellte einen Fuß darauf, damit es nicht fortgeschwemmt wurde, streckte mir die Hände entgegen und sah mich auffordernd an. Die silbernen Sprenkel im Hellblau seiner Augen glitzerten im Sonnenlicht.

Als er sein offenes, strahlendes Lächeln zeigte, konnte ich einfach nicht Nein sagen. Ich reichte ihm meine Schuhe, die ich bisher in einer Hand getragen hatte, und er warf sie einfach an den Strand. Dann umfasste er mit den Händen behutsam meine Ellenbogen. Ich klammerte mich an seine Unterarme. Vorsichtig trat ich mit einem Fuß aufs Board und verlagerte mein Gewicht darauf.

Es war ganz anders als die ersten Übungen in Dorians Zimmer. Das Brett gab unter mir nach und wurde von der Strömung unter meinen Füßen weggezogen. Lachend stützte ich mich auf Dorians Arme und stolperte ins Wasser, während die Wellen das Surfbrett an Land schwemmten. Dorian vergewisserte sich grinsend davon, dass ich sicher auf meinen Beinen stand, dann ließ er mich los und hechtete hinter seinem Board her, um es zurückzuholen.

Der zweite Versuch verlief nicht besser, ebenso wenig wie der dritte. Aber das spielte überhaupt keine Rolle. Mein Bauch schmerzte vor Lachen. Ich hatte überhaupt keine Angst; ich wusste schließlich genau, dass Dorian mich jedes Mal auffing, wenn ich fiel. Ich fühlte mich federleicht und unbeschwert.

Bis sich plötzlich eine Hand um meine Schulter schloss, hart und fest wie eine Stahlklammer. Erschrocken sog ich die Luft ein und stolperte vom Board. Meine Unterarme rutschten aus Dorians Griff, und ich verlor fast das Gleichgewicht, doch ich fiel nicht. Die Hand an meiner Schulter drehte mich herum.

Einen Moment lang war ich wie erstarrt, als ich Aiden sah. Chloe hatte nicht übertrieben: Heute war wirklich *jeder* hier, sogar er. Mit ihm hätte ich niemals gerechnet.

»Was soll das?«, fuhr ich ihn an, sobald ich mich wieder gefasst hatte.

Seine dunklen Augenbrauen waren finster zusammengezogen. »Wo warst du?«, knurrte er. »Du bist einfach verschwunden.«

Ich schüttelte seine Hand ab. »Was kümmert dich das? Sei doch froh«, zischte ich. »Du wolltest doch, dass ich verschwinde. Keine Sorge, meinen restlichen Kram hole ich in den nächsten Tagen auch noch ab.«

Dorian stellte sich neben mich und legte den Arm um meine Schultern. »Sie war bei mir. Kein Grund, auszuflippen«, sagte er freundlich, aber nachdrücklich.

Aiden sah ihn kurz an, dann wieder mich. »Ich habe mir Sorgen gemacht«, presste er hervor, so undeutlich, dass ich es kaum verstand. Er sprach mit mir, nicht mit Dorian. »Du warst einfach weg, und ich wusste nicht, ob dir was passiert ist.«

»Sorgen«, wiederholte ich ungläubig und verschränkte die Arme.

Einen Moment lang blieb Aiden noch stehen, dann schnaubte er verächtlich und stapfte ohne ein weiteres Wort davon. Verwirrt schaute ich ihm hinterher.

»Spinner«, murmelte ich. Mein Herz raste. Ihn zu sehen hatte mich komplett aus dem Konzept gebracht.

Dorian seufzte. »Falls es dich tröstet – ich glaube, er meint solche Auftritte nicht böse. Ich denke, er hat sich wirklich Sorgen gemacht. Ich rede nachher mit ihm.«

»Violet? Ist alles okay? Das war doch gerade Aiden, oder?« Chloe schaute mich besorgt an.

Ich seufzte und atmete tief durch. »Schon okay. Aiden war einfach nur … na ja, er selbst eben. Ausgesprochen charmant.«

Aber die Leichtigkeit, die mich gerade noch erfüllt hatte, war verflogen. Ich wollte nicht mehr surfen. Stattdessen ließen

Chloe und ich uns in den warmen Sand sinken und schauten Dorian zu. Nachdem er sich vergewissert hatte, dass ich okay war, warf er sich wieder mit seinem Board in die Wellen. Scott bot an, uns etwas zu trinken zu besorgen. Als er zurückkehrte, hatte er Jenna und ein paar ihrer Freundinnen im Schlepptau, die sich zu uns setzten.

Dankend nahm ich die Pepsi entgegen, dann trank ich das eiskalte Getränk schweigend, während alle anderen sich unterhielten. Meine Beine, die vom Meerwasser nass waren, hatte ich ausgestreckt. Feine Sandkörner blieben daran kleben, sodass meine Haut aussah, als sei sie paniert. Doch die warme Sonne trocknete mich schnell, und als ich über meine Beine strich, rieselte der Sand einfach hinab. Zurück blieb eine kaum sichtbare, leicht glitzernde Salzschicht.

»Wow, er ist echt gut«, meinte Chloe anerkennend.

»Gut? Er ist genial«, schwärmte Jenna und schob sich die elegante Sonnenbrille hoch ins Haar. »Ich wette, er könnte das professionell machen, wenn er wollte.«

Ich bildete mit der Hand ein schattenspendendes Dach über meinen Augen, um besser ins Licht blicken zu können. Die beiden hatten recht: Dorians Darbietung war beeindruckend. Er bewegte sich so natürlich und geschmeidig, als wäre er mit dem Surfboard zur Welt gekommen. Wenn man sah, wie er durchs Wasser glitt, könnte man meinen, es sei das Leichteste der Welt. Er ging tief in die Knie und streckte die Hand nach der Welle aus, als wollte er sie streicheln. Feine Tropfen stoben hoch und glitzerten in der Sonne wie Diamanten, als seine Finger durchs Wasser pflügten. Das Surfbrett folgte jeder kleinen Gewichtsverlagerung, so als sei es an seinen Füßen festgewachsen.

Bei jeder Bewegung seufzten all die Mädchen, die ihn wie gebannt beobachteten. Er war eindeutig der Kerl, der die meiste Aufmerksamkeit auf sich zog, obwohl es noch ein paar andere gab, die surften. Kein Wunder, sein Körper sah aus wie gemeißelt. Das Spiel seiner straffen, flachen Bauchmuskeln war eindrucksvoll. Sie bildeten ein perfektes Relief, das unter dem tiefsitzenden Bund seiner Shorts verschwand. Golden wie Honig glänzte seine nasse Haut.

Natürlich war er nicht der Einzige, der schmachtende Blicke abbekam. Auch Scott und die anderen Sportler wurden sehnsüchtig beäugt und hin und wieder angesprochen. Chloe wachte aufmerksam über Scott und warf anderen Mädchen, die ihm ihrer Meinung nach zu nah kamen, vernichtende Blicke zu; dabei hatte er ohnehin nur Augen für sie. Der Star war dennoch Dorian, daran konnte kein Zweifel bestehen, ebenso wie Jenna unter den Mädchen das größte Objekt der Begierde war. Ständig kamen Jungs zu unserer Gruppe, um ein paar Worte mit ihr zu wechseln und mit ihr zu flirten.

Ich sah mich um und entdeckte etwas abseits Aiden, der auf einem Felsen saß und übers Meer blickte. An mir oder anderen Mädchen zeigte er wie erwartet kein Interesse, aber immer wieder schauten Studentinnen in seine Richtung und flüsterten über ihn. Unwillkürlich hörte ich genauer hin und stellte fest, dass viele von seinem guten Aussehen und seiner geheimnisvollen Ausstrahlung sprachen.

Das wunderte mich nicht besonders, schließlich war mir bei unserer ersten Begegnung auch sofort aufgefallen, wie makellos und interessant er aussah. Wenn man ihn sah, konnte man den Blick kaum abwenden. Aber mittlerweile war ich so häufig mit ihm aneinandergeraten, dass ich kaum mehr glauben konnte, dass andere Mädchen nicht auf Anhieb merkten, was für ein unfreundlicher Kerl er war.

Dorian winkte mir zu. Die untergehende Sonne tauchte das Wasser in flammende Schattierungen von Rot und Orange und ließ ihn fast übermenschlich schön wirken. Verwirrt drehten sich einige Mädchen zu mir um und wirkten alles andere als begeistert, als sie begriffen, dass ich das Ziel seines freundlichen Grußes war.

Ich zog die Beine an, umschlang sie mit den Armen und legte das Kinn auf meine Knie. Plötzlich war ich verlegen, doch gleichzeitig fühlte ich mich geschmeichelt. Dorian könnte fast jede hier haben, aber ich war diejenige, der er zuwinkte.

Und ich war die, die er geküsst hatte.

Eine von vielen, darüber machte ich mir keine Illusionen. Und vermutlich hatte es nicht viel zu bedeuten, oder etwa doch? In jedem Fall hätten mir vermutlich einige Mädchen hier am liebsten die Augen ausgekratzt, wenn sie wüssten, dass er mir einen Kuss gegeben und neben mir geschlafen hatte.

Jenna kam näher und setzte sich direkt neben mich. Etwas unsicher lächelte ich ihr entgegen. Ich nahm an, sie wollte mich fragen, ob ich noch bei ihrem Bruder wohnte.

»Hey Violet! Sag mal, was läuft denn da zwischen dir und Dorian?«, fragte sie stattdessen leise und verstohlen. »Ich bin nur neugierig. Ich habe gesehen, dass er dir vorhin Surfunterricht gegeben hat. Ihr kommt gut miteinander aus, oder?«

»Ach was, Surfunterricht ist übertrieben«, winkte ich ab. »Das war nur Spaß. Er will es mir nicht ernsthaft beibringen, und selbst wenn, wäre es aussichtslos.« Es war eine ausweichende Antwort, vermutlich sogar eine feige. Aber so einfach ließ sie mich nicht davonkommen.

»Also seid ihr mittlerweile befreundet?«, hakte sie nach. Sie lächelte dabei, und ihre ganze Mimik wirkte so, als sei es keine wichtige Frage, doch ihre tiefblauen Augen waren aufmerksam auf mich gerichtet. So aufmerksam, dass ich mich mit einem Mal unbehaglich fühlte und mich zu fragen begann, ob sie Interesse an Dorian hatte.

Aber warum sollte ich lügen? »Ja, wir sind Freunde. Ich darf für ein paar Tage bei ihm wohnen. Er hat mir Unterschlupf gewährt, nachdem Aiden ja … hm … es schwierig mit ihm geworden ist.«

Für den Bruchteil einer Sekunde pressten sich ihre Lippen zusammen. Dieser Augenblick reichte mir als Beweis aus: Sie stand ganz eindeutig auf ihn. Plötzlich war ich froh, dass sie nichts von unserem Kuss wusste, und hatte auch nicht vor, etwas daran zu ändern. Es reichte, dass sie wusste, dass ich und Dorian befreundet waren. Wozu sollte ich sie eifersüchtig machen, wenn dieser Kuss doch vermutlich nur eine einmalige Sache ohne Zukunft und ohne Fortsetzung war?

»Also hast du meinen Rat befolgt und bist bei Aiden ausgezogen?«, fragte sie weiter.

»Ich habe noch ein paar Sachen bei ihm, aber die letzten beiden Nächte habe ich nicht mehr in seiner Wohnung übernachtet. Dorian meinte, er kann mir vermutlich ein neues Zimmer bei Freunden vermitteln, und spätestens dann hole ich meine letzten Sachen aus Aidens Wohnung ab. Du hattest recht, man sollte sich besser von ihm fernhalten.«

Sie nickte knapp. »Natürlich habe ich recht. Ich bin immerhin seine Halbschwester. Also, wenn jemand diesen Typen und seine üblen Seiten kennt, dann bin ich das.«

Dorian kam aus dem Wasser und steuerte direkt auf uns zu. »Die zünden schon die Lagerfeuer an«, sagte er freudestrahlend und deutete auf einen Punkt hinter uns. »Na kommt schon, wollen wir uns rübersetzen?«

Er reichte mir die Hand, um mir hoch zu helfen. Mir – nicht Jenna. Ihr kritischer Blick war mir so bewusst, dass es mir auf einmal unangenehm war, seine Hand zu ergreifen, obwohl wir sonst ganz unbefangen miteinander umgingen. Er schien mein Unbehagen gar nicht zu merken, schnappte sich einfach meine Hand und zog mich hoch. Dann legte er mir kurzerhand den Arm um die Taille und wollte mich zum Lagerfeuer ziehen.

»Du bist noch ganz nass!«, quietschte ich und machte einen raschen Schritt zur Seite. Er grinste teuflisch und schüttelte sich dann wie ein nasser Hund. Die Wassertropfen sprühten in alle Richtungen. Lachend und kreischend brachten ich und alle anderen, die das Wasser abbekommen hatten, uns in Sicherheit. Auch Jenna lachte, aber es wirkte nicht echt. Nun, da mir ihr offenkundiges Interesse an Dorian aufgefallen war, fragte ich mich, wie es mir bisher hatte entgehen können.

Mein Baumwolltop klebte nach Dorians Umarmung feucht an meiner Haut. Als die Sonne jetzt unterging, wurde es rasch kälter, und ich fröstelte. Es war hier nicht wie zu Hause in Florida, wo es auch nach Sonnenuntergang meist noch angenehm warm gewesen war. Also war ich froh, als wir uns alle um eines der wärmenden Lagerfeuer setzten.

Chloe saß neben mir, doch ihre Aufmerksamkeit galt Scott, der an ihrer anderen Seite Platz genommen hatte. Er legte den Arm um sie, und sie schmiegte sich an ihn.

»Ihr seid so ein Kitschpärchen«, flüsterte ich ihr grinsend zu. Sie gluckste nur und schmiegte sich noch enger an ihn. Sein gebräunter Arm hob sich dunkel von ihrer milchig weißen Haut ab.

Ich seufzte, umfasste meine Knöchel mit den Händen und blickte ins Feuer. Ich spürte die glühende Wärme auf meiner Haut, doch trotzdem rückte ich noch ein Stückchen näher heran. Die tanzenden Flammen loderten in allen erdenklichen Schattierungen von Orange und Rot. Glühende Funken stoben auf und verloren sich in der Abenddämmerung. Mein Blick folgte ihnen auf ihren wirren Wegen, bis sie erloschen. Das leise Prasseln übte eine merkwürdig hypnotische Wirkung auf mich aus, und ich ließ meine Gedanken treiben.

Mit einem Mal fühlte ich mich seltsam verloren und entwurzelt. Ich versuchte das Gefühl abzuschütteln, doch die Traurigkeit ließ sich nicht vertreiben. Der Griff meiner Hände um meine Knöchel verstärkte sich. Mir wurde einmal mehr bewusst, wie weit ich von meinen Eltern, Jackson und meinem früheren Zuhause weg war. Meine ehemalige Heimat hatte ich eingetauscht – wogegen eigentlich? Ich hatte keine feste Bleibe, keinen Ort, an den ich wirklich gehörte. Ich wohnte mal hier, mal dort, ohne irgendwo länger zu bleiben. Wie ein Blatt trieb ich dorthin, wohin der Wind mich trug; ähnlich wie die Funken, die vor meinen Augen aufblitzten, hochgewirbelt wurden und verglühten.

Laut knackend zerbrach ein Holzscheit im Feuer, und erschrocken zuckte ich zusammen. Ich wandte den Blick von den Flammen ab – und schaute direkt in Aidens Augen.

Ich war nicht sicher, ob er mich tatsächlich angesehen hatte oder ob ich mir das nur eingebildet hatte, denn nun starrte er ins Feuer, so als hätte er die ganze Zeit nichts anderes getan. Er saß mir schräg gegenüber, einige Meter entfernt. Die zuckenden Flammen warfen wilde Muster aus Licht und Schatten auf sein Gesicht; sie schienen in seinen Augen zu tanzen.

Erst als Dorian sich neben mich setzte, konnte ich den Blick von Aiden abwenden. »Wo warst du?«, fragte ich ihn.

»Hast du mich etwa vermisst?« Er drückte mir einen Becher in die Hand.

»Träum weiter.« Ich verdrehte die Augen und schnupperte an dem dampfend heißen Getränk, das sich erfreulicherweise als Tee entpuppte. »Wen musstest du denn umbringen, um daranzukommen?«

»Heißgetränke gibt es ohne Mord, Erpressung reicht. Die werden dort hinten ausgeschenkt.« Er deutete über seine Schulter. »Und um deine Frage zu beantworten: Abgesehen davon, dass ich dich aus reiner Fürsorge mit Tee versorgt habe, habe ich mich umgezogen. Was soll ich sagen … Ich dachte, wenn ich meinen halbnackten Körper weiter so zur Schau stelle, fällst du am Ende über mich her.«

»Du bist der größte Spinner, den ich kenne«, verkündete ich. Es klang nicht halb so streng wie geplant.

»Hey! Ich dachte, das wäre ich«, beschwerte sich Chloe auf meiner anderen Seite.

»Ihr teilt euch Platz eins«, versprach ich ihr. Das stellte sie zufrieden, und sie wandte sich wieder Scott zu.

Plötzlich spürte ich eine sachte Berührung an meiner Schläfe: Dorian strich behutsam meine Haare nach hinten, und sofort zog sich eine prickelnde Gänsehaut über meinen Körper.

»Hey, ist alles okay mit dir?«, fragte er und sah mich forschend an.

Ich kämpfte gegen den stacheligen Kloß an, der sich in meiner Kehle gebildet hatte. Ich wollte mich überhaupt nicht in Selbstmitleid suhlen, aber die Tatsache, dass ich kein richtiges Zuhause hatte, nahm mich mehr mit, als ich mir eingestehen wollte.

»Weiß nicht«, murmelte ich und lehnte mich an seine breite Schulter. »Tut mir leid, dass ich so ein Jammerlappen bin. Dauernd musst du mich trösten.«

Diesmal bildete ich mir den Meeresduft, der von ihm ausging, definitiv nicht nur ein. Dorians Haut roch nach Salz, Wind und Wellen; seine Haare waren vom Meerwasser noch stärker gewellt als sonst, und an manchen Stellen glitzerten kleine Salzkristalle darin.

»Es gibt schlimmere Aufgaben«, sagte er schmunzelnd.

Wir hatten gleichzeitig dieselbe Idee. Ich wandte ihm mein Gesicht zu und lehnte mich weiter zu ihm, in exakt dem Moment, als er seine Finger unter mein Kinn legte und es leicht anhob. Sanft legten sich seine Lippen auf meine.

Ich erhoffte mir durch diesen Kuss nicht bloß Trost. Nein, ich suchte auch nach dem Feuer, das mich bei Aidens Kuss durchflutet hatte … doch vergeblich.

Plötzlich wurden Schreie laut. Irritiert wich ich zurück, öffnete die Augen und begegnete einen Herzschlag lang Dorians Blick, der kaum weniger verwirrt war als meiner. Dann ging ein Ruck durch seinen Körper, er wurde von mir weggerissen. Erschrocken schnappte ich nach Luft.

Alles ging so schnell, dass ich kaum begriff, was vor sich ging. Aiden stand über Dorian. Er hatte ihn am Shirt gepackt. Seine Arme waren so angespannt, dass die Sehnen hervortraten. Sein Gesicht war wutverzerrt, die Zähne gefletscht, als sei er ein Raubtier.

Ich hatte Aiden bereits zuvor wütend erlebt, genau genommen schien das neben abweisender Teilnahmslosigkeit sein Standardzustand zu sein. Doch alles, was ich bisher gesehen hatte, war nichts im Vergleich dazu, wie er jetzt wirkte. Seine Augen waren zu schmalen Schlitzen verengt, in denen blinder Zorn loderte. Das flackernde rote Licht, das das Feuer auf sein Gesicht warf, ließ ihn dämonisch aussehen.

»Aiden! Nein«, rief ich, als ich begriff, was er vorhatte. Aber es war zu spät: Seine Faust schnellte auf Dorians Gesicht nieder. Das Knacken ging mir durch Mark und Bein. Dorian gab einen dumpfen Schmerzenslaut von sich. Mein schockierter Schrei gellte durch die Nacht und mischte sich in die erschrockenen Rufe der anderen Studenten. Als Aiden Dorian losließ, stürzte dieser zu Boden, direkt neben das Feuer. Funken stoben auf, und die Flammen schienen höher zu lodern. Aiden stand über ihm wie ein finsterer Racheengel.

Ich handelte, ohne nachzudenken; ich sprang auf, warf mich ihm entgegen und klammerte mich an seinen Arm. »Aiden! Hör sofort auf!«, heulte ich. »Um Himmels willen, hör auf der Stelle auf!«

Ich rechnete nicht damit, dass er auf mich hören würde. Ein Teil von mir ging davon aus, dass er mich einfach beiseitestoßen oder sogar schlagen würde, und ich wappnete mich gegen den Schmerz. Doch plötzlich hielt er inne. Er sah mich an, und seine Faust, um die ich meine Finger schlang, lockerte sich.

»Aiden, ihr seid doch Freunde«, sagte ich leise.

Einen Moment lang sahen wir einander an, dann wurden wir abrupt voneinander getrennt. Scott und ein paar andere Sportler packten Aiden, drehten seine Arme auf den Rücken und hielten ihn fest. Dünne Arme schlangen sich um meine Mitte, und ich wusste, dass es Chloe war, die mich umarmte. »Oh Gott, Violet, bist du okay?«

Ich nickte, dann wand ich mich sanft aus ihrem Griff und taumelte ein paar Schritte auf Dorian zu, der immer noch am Boden lag. Er hatte sich auf einen Ellenbogen gestützt, mit der anderen Hand betastete er vorsichtig seine Nase und verzog dann das Gesicht. Seine Nase blutete so stark, dass meine Knie weich wurden.

Ich wollte zu ihm, doch plötzlich tauchte Jenna auf. Ihr hübsches Gesicht war vor Wut beinahe entstellt, der hasserfüllte Blick fest auf ihren Bruder gerichtet. Sie bebte vor Zorn. »Du Monster«, brüllte sie. »Das ist so typisch für dich! Du wirst dich nie ändern, niemals! Warum kannst du nicht einfach verschwinden und dich nie mehr hier blicken lassen? Ich hasse dich!«

Sie hob eine Handvoll Sand auf und schleuderte ihn Aiden ins Gesicht. Er zuckte nicht, blinzelte nicht, sondern erwiderte ihren Blick ungerührt.

»Ich hasse dich«, wiederholte sie, diesmal gefährlich leise. Dann wandte sie sich von ihm ab und kniete sich neben Dorian. Mit einem Taschentuch begann sie behutsam das Blut von seinem Gesicht zu tupfen.

»Dorian, bist du okay?«, fragte ich leise und wollte mich ebenfalls zu ihm setzen.

»Lass ihn bloß in Ruhe«, fauchte Jenna mich an. »Ich kümmere mich schon um ihn.«

Erschrocken zuckte ich zurück. Wieder spürte ich Chloes Arme, die sich um meine Taille legten. Sanft, aber bestimmt zog sie mich weg. »Komm schon, Violet.«

Wie betäubt folgte ich ihr, doch ich schaute noch einmal über meine Schulter zurück und suchte Dorians Blick. Er sah mich über Jennas Schulter hinweg an und versuchte sich an einem Lächeln, das durch das viele Blut ziemlich gruselig ausfiel. »Alles okay«, formten seine Lippen. Erleichtert atmete ich auf.

Aiden wurde immer noch von einem ganzen Haufen Sportler festgehalten. Es war fast lächerlich, dass mehrere solcher muskelbepackten Schränke es für nötig hielten, ihn in Teamwork zu bändigen – jeder von ihnen überragte ihn deutlich, obwohl er schon ziemlich groß war. Aber eben nur *fast* lächerlich, denn irgendwie hielt ich es tatsächlich für möglich, dass er es in seiner Wut mit den stärksten Hünen aufnehmen konnte. Und mit dieser Meinung schien ich nicht allein dazustehen, so nervös wie einige der Hockeyspieler wirkten. Dabei tat Aiden nichts, um sich zu wehren. Die Aggressionen schienen mit einem Mal verpufft zu sein. Er stand bloß da und starrte düster vor sich hin.

»Können wir dich loslassen?«, fragte Scott. »Du machst keinen Scheiß, oder?«

Aiden sah ihn an und zuckte mit den Schultern. »Ich habe hier nichts mehr verloren.«

Zögernd ließen sie seine Arme los. Ohne sich noch einmal umzusehen oder noch etwas zu sagen, ging er. Ich blickte ihm hinterher, bis die Dunkelheit ihn nach wenigen großen Schritten verschluckte.

∞

»Was zur Hölle …«, seufzte Chloe.

»Was zur Hölle«, erwiderte ich aus ganzem Herzen und vergrub die Hände in den Taschen meiner Jeansshorts.

Wir stapften durch den nassen Sand. Immer wieder schlugen Wellen hoch, umspülten unsere Knöchel und zerrten an uns, als wollten sie uns mit sich hinaus ins Meer ziehen. Wir hatten uns ein Stück von den Lagerfeuern entfernt und auch von den beleuchteten Treppen, die hoch zur Promenade und dem Parkplatz führten. Nur der kreisrunde Mond spendete uns sein bleiches Licht.

»Du …«

»Hm?« Erstaunt sah ich sie an. Sie zögerte sonst nie, wenn sie mir etwas sagen oder mich etwas fragen wollte. Dass sie herumdruckste, war so ungewöhnlich, dass ich beinahe Angst vor ihren nächsten Worten hatte.

»Du weißt nicht zufällig, was in Aiden gefahren ist, oder?«

»Oh. Nein. Woher sollte ich? Ich habe nur ein paar Tage in seiner Wohnung verbracht. Das macht mich zu keiner anerkannten Expertin in Aiden-Psychologie.«

»Ich meine nur, weil es irgendwie so gewirkt hat, als sei er eifersüchtig. Er saß eigentlich nur ruhig da, bis du und Dorian euch geküsst habt. Oh, und übrigens: Das ist auch so eine Sache, über die wir noch reden müssen.« Sie pikte ihren spitzen Finger in meine Seite. »Und genau den Moment hat er sich ausgesucht, um total auszurasten, sich in eine besser aussehende Version des Hulk zu verwandeln und sich auf Dorian zu stürzen. Also, was ist deine Erklärung?«

Ich biss mir auf die Unterlippe. Genau darüber hatte ich auch gerade schon nachgedacht. Aber wie ich es auch drehte und wendete, es ergab für mich keinen Sinn. Aiden hatte mir unmissverständlich klargemacht, dass er nichts für mich empfand außer Abscheu. So viel Abscheu, dass er höchstwahrscheinlich stundenlang seine Zähne geputzt hatte, nachdem ich ihn mit meinem hirnrissigen Kuss überfallen hatte. Also, warum um alles in der Welt sollte er ein Problem damit haben, dass ich Dorian küsste?

»Unmöglich«, sagte ich, ohne meine peinliche Kussattacke auf Aiden zu erwähnen. »Aiden steht nicht auf mich, kein bisschen. Im Gegenteil. Also gibt es überhaupt keinen Grund für Eifersucht. Keine Ahnung, was er plötzlich hatte, aber an mir kann es nicht gelegen haben.«

»Wenn du meinst …« Sie wirkte nicht gänzlich überzeugt, wechselte dann aber das Thema. Ein breites Grinsen zog sich über ihr Gesicht. »Also, was läuft da zwischen dir und unserem Surferjungen?«

Ich barg das Gesicht in den Händen und stöhnte leise. »Oh Gott, frag mich was Leichteres. Ich weiß es einfach nicht. Ich würde sagen, wir sind Freunde – abgesehen davon, dass er mich zweimal geküsst hat.«

»Zweimal«, quietschte sie. »Erzähl mir alles.«

Zum Glück tauchte in dem Moment Scott auf und rettete mich vor ihren neugierigen Fragen. »Sollen wir nach Hause fahren?«, schlug er vor.

Wir nickten. Die Stimmung war ohnehin dahin, die meisten brachen bereits auf. Außerdem war es spät, und wir mussten noch zurück in die Stadt fahren – und es war ganz schön kalt geworden. Keine von uns hatte daran gedacht, eine lange Hose oder einen Pullover für den Abend mitzunehmen, und mittlerweile fröstelten wir.

Ich wollte am liebsten zu Dorian, um mit ihm zu sprechen und nach ihm zu sehen, aber Jenna wachte über ihn wie eine Furie. Immer wieder schaute sie mich giftig an. Ich warf ihm einen unsicheren Blick zu und deutete an, wir würden uns jetzt auf den Weg machen.

Er stand auf, obwohl Jenna heftig gestikulierte und ihm wohl zu verstehen geben wollte, er sollte sich noch ausruhen. Er ignorierte sie einfach und kam auf mich zu.

»Hey. Wie geht es dir? Alles okay?«, fragte ich leise und umfasste seine Unterarme mit meinen Händen, als könnte ich ihn so stützen – was wohl ziemlich optimistisch war, denn wenn er aus irgendeinem Grund umgekippt wäre, hätte er mich vermutlich einfach mitgerissen.

Seine Nase hatte aufgehört zu bluten, und er selbst oder Jenna hatte das Blut von seinem Gesicht gewischt. Doch sein Shirt wies ein paar große rote Flecken auf, seine Nase und eine Wange waren geschwollen und verfärbten sich lila. Bei seinem Anblick zog sich mein Herz zusammen.

Er zuckte mit den Schultern und grinste etwas schief. »Geht schon. Es war nicht der erste Fausthieb, den ich abbekommen habe. Es ist nichts gebrochen, denke ich. Hoffe ich!«

Ich begutachtete seine Nase, die dick und verfärbt, aber nicht schief aussah. »Keine Sorge, dein ach so makelloses Gesicht ist immer noch der Traum aller Frauen. Zumindest wird es das bald wieder sein.«

»Na dann ist ja alles gut.« Er seufzte. »Violet … Meinst du, ich kann bei euch mitfahren? Ich habe echt keinen Bock, mich jetzt noch für eine Stunde hinters Steuer zu setzen.«

»Klar«, sagte ich sofort. »Aber was ist mit deinem Auto?«

»Ein Kumpel fährt es für mich nach Hause. Ist sicher kein Problem.« Er warf seinen Autoschlüssel kurzerhand einem Kerl zu, der knapp nickte.

Als wir zum Parkplatz gingen, fing ich noch einen Blick von Jenna auf. Sie versuchte zu lächeln, doch eine Gänsehaut lief über meinen Rücken, als ich den unterdrückten Zorn in ihren Augen sah.

»Sicher, dass du nicht mit Jenna fahren willst?« Plötzlich war ich nervös. Dass sie so eifersüchtig war, gefiel mir gar nicht.

»Mit Jenna?« Er winkte ihr beiläufig zum Abschied zu. »Nein, eigentlich nicht. Oder willst du mich loswerden?«

Wir redeten kaum im Auto. Dorian legte erschöpft den Kopf in den Nacken. Seine Nase begann wieder zu bluten, und ich reichte ihm ein Taschentuch, das er sich gegen die Nasenflügel presste. Sanft umfasste ich seine andere Hand und hielt sie fest.

Ich merkte Chloe an, dass sie vor Neugier fast platzte. Immer wieder warf sie flüchtige Blicke zu uns zurück, und ihre Augen weiteten sich, als sie unsere Hände sah. Doch sie stellte keine Fragen, sondern summte nur leise zur Musik, die Scott auswählte. Ich hielt ihr das zugute und nahm mir vor, bald so offen wie möglich mit ihr zu sprechen. Sie hatte es verdient, dass ich ehrlich zu ihr war, auch wenn es keine Fakten gab, die ich ihr präsentieren konnte. Ich hatte ja selbst kaum eine Ahnung, was geschah.

»Soll ich heute auf dem Boden schlafen?«, fragte ich zaghaft, als Dorian und ich in seinem Zimmer waren, und deutete auf den Schlafsack, der immer noch in einer Ecke lag.

Er schüttelte den Kopf, ließ sich aufs Bett fallen und klopfte neben sich. Ich zögerte nicht, sondern legte mich neben ihn. Mitleidig betrachtete ich sein geschundenes Gesicht. »Tut es sehr weh?«

Er schüttelte den Kopf, dann verzog er leicht das Gesicht und musste grinsen. »Na ja, ein bisschen. Sag's nicht weiter. Vergiss nicht – ich bin ein Mann, und so was wie Schmerz kenne ich nur aus Erzählungen.«

Ich verdrehte die Augen. »Du bist so ein Affe.«

»Sag ich ja.«

Ich grinste, lief in die Küche, holte ein bisschen Eis, um die Schwellung damit zu kühlen, und legte mich wieder zu ihm.

»Danke, Süße«, seufzte er und hielt die Eiskompresse vorsichtig an seine Nase.

Ich legte mich auf den Rücken, verschränkte die Hände hinter meinem Kopf und starrte zur Decke. »Aiden ist so ein Arsch«, murmelte ich.

»Hm.«

Ich drehte mich zu ihm herum und stützte mich auf meine Ellenbogen. »Hm? Er schlägt dir das Gesicht zu Brei, und alles, was du dazu zu sagen hast, ist ›hm‹?«

»Oh, sag das nicht«, stöhnte er und legte sich die Hände aufs Gesicht. »Es ist kein Brei.«

»Es ist kein Brei.« Ich zog sanft an einer seiner sonnenblonden Haarsträhnen. »Und Aiden ist trotzdem ein Arsch.«

Dorian ließ seine Hände sinken. »Weißt du was? Vielleicht habe ich es ja verdient.«

Vor Empörung verschluckte ich mich fast. »Wie bitte? Wodurch um alles in der Welt könntest du so was verdient haben?«

Er zuckte mit den Schultern. Was mich wirklich irritierte, war, dass er meinem Blick auswich.

»Hat es … mit mir zu tun?«, fragte ich verunsichert. »Ich meine, ist es meine Schuld?«

»Nein, Hühnchen. Du hast nichts falsch gemacht. Ich hingegen …« Er brach mitten im Satz ab.

»Aber was ist es dann? Was hast du gemacht?«, fragte ich hilflos. »Ich verstehe das einfach nicht.«

»Ist auch besser so«, murmelte er leise. »Sorry.«

Ich seufzte. »Tarantino?«

Er nickte.

Es war mitten in der Nacht; genau genommen würde es in ein paar Stunden schon wieder hell werden. Trotzdem klappte ich Dorians Laptop auf und startete einen Film. Das blasse Leuchten des Monitors war unsere einzige Lichtquelle. Er breitete einen Arm aus, sah mich fragend an, und ich kuschelte mich an seine Schulter.

Es fühlte sich weder seltsam noch wirklich romantisch an. Ich fühlte mich wohl und geborgen in seiner warmen Umarmung und war ziemlich sicher, dass es ihm genauso ging.

»Wenn Aiden dir noch mal wehtun will, passe ich auf dich auf«, nuschelte ich im Halbschlaf.

Er lachte leise. Dann schliefen wir allmählich ein, während wir einander im Arm hielten und der Film immer noch lief.

∞

Als ich aufwachte, war Dorian nicht da. Ein Zettel lag neben mir im Bett: ›Bin beim Sport‹ war darauf gekritzelt. Ich zuckte mit den Schultern, streckte mich und stand auf. Die schlimmen Bilder der vergangenen Nacht – Aidens Ausbruch, Dorians blutende Nase – hatte ich beinahe vergessen. Stattdessen dachte ich über die schönen Dinge nach, die ich erlebt hatte: den Sand unter meinen nackten Sohlen, das kühle Meerwasser, das meine Füße umspülte, das prasselnde Lagerfeuer.

Ich hatte die Wohnung ganz für mich allein. Dorians Mitbewohner Noah schien auch nicht da zu sein. Seine Zimmertür stand einen Spaltbreit offen, niemand war zu sehen. Ich plünderte den Kühlschrank, warf den Herd an und machte es mir mit Spiegeleiern, Bacon und Erdnussbuttercups auf dem Sofa gemütlich.

Nach dem Frühstück beschloss ich spontan zum Campus zu fahren. Ich hatte noch ein paar Bücher aus der Bibliothek, die ich zu Beginn des Semesters ausgeliehen hatte und deren Ausleihfrist bald ablaufen würde. Es war zwar Sonntag, aber im Eingangsbereich der Bibliothek standen Rückgabeautomaten.

Mein Ausflug zum College dauerte nicht lange, und direkt danach kehrte ich zu Dorians Wohnung zurück. Schon an der Wohnungstür merkte ich, dass er in der Zwischenzeit vom Sport zurückgekommen war. Seine Sportschuhe standen da, und der Duft von Duschgel hing in der Luft. Die Tür zu seinem Zimmer war nur angelehnt.

Ich nahm an, er sei gerade im Bad, und steuerte sein Zimmer an. Ich trat durch die Tür – und erstarrte in der Bewegung.

Er war da, und er war nicht allein. Seine Haare waren noch nass von der Dusche. Er trug kein Shirt, und ich sah seinen durchtrainierten, breiten Rücken. Er hatte sich über jemanden gebeugt, der gerade auf dem Schreibtischstuhl saß. Ich konnte die Hände des Mädchens sehen, das er küsste. Sie hatte die Finger in seinem feuchten Haar vergraben. Sonst konnte ich nichts von ihr sehen, Dorian verdeckte sie. Ich schluckte, dann blinzelte ich irritiert. Irgendetwas störte mich an dem Bild. War ich etwa eifersüchtig? Empfand ich mehr für ihn, als ich gedacht hatte? Unwillkürlich fragte ich mich, ob es sich bei dem Mädchen um Jenna handeln mochte.

Keiner der beiden hatte mich bemerkt, also trat ich hastig den Rückzug an. Ich sollte mir dringend angewöhnen, an die Tür zu klopfen, bevor ich ins Zimmer platzte! Sein Mitbewohner hatte keinen Zweifel daran gelassen, dass Dorian oft Mädchen mit nach Hause nahm.

In meiner Eile stieß ich gegen den Türrahmen. Ich biss die Zähne zusammen und hoffte, dass sie mich nicht gehört hatten – doch das hatten sie. Dorian drehte sich zu mir herum. Und als ich sah, wer sich da hinter ihm verborgen hatte, entfuhr mir ein überraschtes Quietschen.

Das war nicht Jenna. Es war überhaupt kein Mädchen.

Die Person, die Dorian gerade geküsst hatte, war Noah.

Meine Augen weiteten sich. Jetzt begriff ich auch, was mich an dem Bild irritiert hatte. Es waren keine Frauenhände gewesen, die sich in Dorians Haar vergraben hatten, dafür waren sie zu groß. Eindeutig Männerhände.

Ich blickte in zwei zutiefst erschrockene Gesichter. Einen Herzschlag lang waren wir alle drei wie zu Eis erstarrt. Dann war Dorian mit wenigen schnellen Schritten bei mir und schlang die Arme so fest um mich, dass ich kaum Luft bekam. »Es tut mir leid«, stammelte er. »Es tut mir leid, Violet.«

Noah schob sich unauffällig an uns vorbei, verließ das Zimmer und ließ uns allein. Ich spürte, dass Dorian leicht zitterte, und streichelte sanft über seinen Rücken. Dann schob ich ihn so weit von mir weg, dass ich ihm ins Gesicht sehen konnte.

»Was?«, fragte ich. »Was tut dir leid?«

Seine Stirn war sorgenvoll gerunzelt, die hellblauen Augen blickten bekümmert. »Alles. Einfach alles. Ich habe dir wehgetan, oder? Scheiße – ich hätte dich niemals küssen dürfen. Verzeih mir, Violet.«

Aber ich war nicht verletzt. Ich war vielmehr … erleichtert. Er hatte die Sache zwischen uns gerade um ein Vielfaches vereinfacht.

»Du hast mir nicht wehgetan«, sagte ich sanft.

Zweifelnd sah er mich an. »Du meinst …«

Ich pikte ihm den Zeigefinger in den Bauch, in der Hoffnung, ihm ein Lächeln zu entlocken, was mir auch gelang. »Du überschätzt deinen Charme, du eingebildeter Gockel. Nicht jede, die du küsst, verliebt sich sofort unsterblich in dich.«

Er atmete auf. »Pizza?«

»Pizza.« Ich griff nach meinem Handy.

Wir bestellten wieder eine riesige Familienpizza, die wir samt Karton zwischen uns aufs Bett legten. Erst als wir beide im Schneidersitz dasaßen und das erste Stück Pizza in der Hand hielten, sprachen wir weiter.

»So. Du bist schwul«, sagte ich einfach.

»Ich bin schwul.« Ich hatte nicht den Eindruck, es fiele ihm leicht, das auszusprechen.

»Und du hast mich geküsst, weil …«

Er ließ das Stück Pizza sinken, das er gerade an den Mund

geführt hatte. Sein Mund verzog sich schmerzlich. »Es tut mir leid«, sagte er wieder.

Er sah so zerknirscht aus, dass ich es nicht mehr auf meinem Platz aushielt: Ich krabbelte über den Pizzakarton zu ihm und legte meine Arme um seine breiten Schultern.

»Jetzt bist du aber das Hühnchen hier«, sagte ich. »Ich habe doch schon gesagt, es ist okay. Ich will es nur verstehen. Sollte ich so was wie eine Alibifreundin sein? Ist es das?«

Er lehnte den Kopf gegen meinen. »Nicht nur«, murmelte er. »Ach Scheiße, wie das klingt. Ich bin so erbärmlich.«

Ich schnipste so fest mit dem Finger gegen seine Stirn, dass er einen dumpfen Laut von sich gab und über die Stelle rieb. »Bist du nicht. Du hast ein Geheimnis, und du willst verhindern, dass es ans Licht kommt. Aber warum? Ich meine, wir leben im einundzwanzigsten Jahrhundert!«

Er lachte auf. »Ja, schon. Und trotzdem ist alles nicht so einfach, wie man meinen könnte. Bevor wir umgezogen sind …« Er seufzte und zerpflückte sein Pizzastück, bis es in Fetzen dalag und seine Finger voll mit Tomatensoße und Käse waren. »Ich habe mich schon mal geoutet, in meiner Highschool in Kalifornien. Die meisten Leute haben es echt gut aufgenommen – abgesehen von den paar obligatorischen Spinnern, die es wohl immer und überall gibt. Aber die Leute betrachten einen mit anderen Augen, wenn sie so etwas über einen erfahren. Man wird sofort in eine Schublade gesteckt. Darauf hatte ich keinen Bock mehr. Ich schätze, ich dachte, wenn es keiner weiß, habe ich es einfacher. Und ich dachte …«

»Ja?«

Er holte tief Luft. »Das mit Noah und mir, das ist eine ziemlich offene Beziehung. Er weiß, dass ich mich auch mit

Frauen treffe, und er akzeptiert das. Weil ... Weil er weiß, dass das für mich nicht so einfach ist.« Er verzog den Mund. »Ich habe irgendwie immer gehofft, vielleicht könnte ich mich ja doch in eine Frau verlieben. Wenn, dann in eine wie dich. Ich habe es versucht. Gott, das klingt, als wärst du mein Versuchskaninchen gewesen. Und Noah gegenüber ist es auch nicht fair. Ich meine – er war mit diesem ganzen Offene-Beziehung-Kram einverstanden, aber ich glaube, eigentlich wollen wir das beide nicht.« Seine Stimme wurde leiser. »Ich liebe ihn.«

Ich lehnte mich an ihn und legte den Arm um ihn. Es machte mich glücklich, dass er verliebt war, und gleichzeitig traurig, dass es ihm schwerfiel, öffentlich dazu zu stehen. Aber noch eine Frage beschäftigte mich: »Warum genau ich?«

Wieder ein Schulterzucken. »Ich weiß nicht genau. Als ich dich gesehen habe, war es wie Liebe auf den ersten Blick – nur ohne Liebe. Zumindest nicht auf diese Weise. Weißt du, was ich meine?« Er legte den Kopf schief.

Ich nickte. »Freundschaft auf den ersten Blick.« Es war verrückt, aber irgendwie empfand ich genauso. Wir hatten einander gefunden, ohne uns zu suchen, und das war eines der besten Dinge, die mir je passiert waren. Ich wollte Dorian unter gar keinen Umständen jemals wieder verlieren. Aber ich stand einfach nicht auf ihn und er nicht auf mich.

»Ist es nicht furchtbar schwer, die ganze Zeit ein Geheimnis mit sich herumtragen zu müssen, ohne mit jemandem darüber reden zu können?«, fragte ich. Ich hasste den Gedanken, dass er das Gefühl hatte, sich verstellen zu müssen.

Er zog die Augenbrauen hoch. »Tust du das nicht auch?«

Ich biss mir auf die Unterlippe. »Punkt für dich. Woher ...«

»Ich erkenne jemanden, der sein eigenes Bündel Probleme mit sich herumträgt und es vor der Welt verstecken will. Ich bin Profi darin.«

Das konnte ich von mir nicht behaupten. Ich blickte in seine Augen, die so klar und offen waren, als hätte er nicht das Geringste zu verbergen. Entweder, er versteckte seine Ängste besser als ich, oder meine Menschenkenntnis war miserabel.

»Weiß irgendjemand davon?«, fragte ich. »Hier, meine ich. Abgesehen von den Leuten damals in Kalifornien.«

»Nur Aiden«, sagte er. »Und jetzt du.«

»Aiden?« Mein Stück Pizza fiel mir aus der Hand. Es dauerte einen Moment, bis ich die Puzzleteile in meinem Kopf richtig zusammengesetzt hatte. »Glaubst du, er hat dich geschlagen, weil …«

Er verzog den Mund. »Schätze schon. Das sähe ihm ähnlich. Ich schätze, es war ein Versuch, dich zu beschützen. Ich sag doch, ich hab es verdient.«

»Mich zu beschützen«, wiederholte ich langsam und leise. »Davor, mich in dich zu verlieben und dann am Boden zerstört zu sein, weil du meine Gefühle nicht erwiderst.«

Ehe ich michs versah, war ich schon aufgesprungen und auf dem Weg zur Tür. »Ich muss zu Aiden. Ich muss mit ihm reden.«

»Violet, warte.« An der Tür holte er mich ein. »Wirst du … Ich meine, wirst du es jemandem verraten? Dass ich schwul bin?«

Ich riss die Augen auf. »Machst du Witze? Wofür hältst du mich? Dein Geheimnis ist bei mir sicher, bis du beschließt, dass es kein Geheimnis mehr sein soll.«

»Danke. Ich bin froh, dass wir Freunde sind. Unsagbar froh.« Er zog mich in seine Arme. Ein Kuss traf meine Wange – ein unschuldiger, freundschaftlicher Kuss. »Und jetzt los.«

Ich nickte. Dann lief ich los und machte mich auf den Weg zu Aiden. Ich musste unbedingt mit ihm reden, auch wenn ich keine Ahnung hatte, was ich ihm überhaupt sagen wollte.

Kapitel 10

Als Aiden die Tür öffnete, schluckte ich. Hätte ich mich mittlerweile nicht halbwegs an seinen grimmigen Gesichtsausdruck gewöhnt, hätte ich jetzt wohl die Flucht ergriffen. »Was willst du hier?«, knurrte er.

Ich atmete tief durch. »Was denkst du denn? Ich will wissen, warum du am Strand so ausgerastet bist.«

Er schlug die Tür einfach zu, aber ich war geistesgegenwärtig genug, meinen Fuß hineinzuschieben. So einfach würde ich ihn nicht davonkommen lassen. Während er noch überrascht über meine Entschlossenheit war, schlängelte ich mich an ihm vorbei in die Wohnung.

Er verschränkte die Arme vor dem Körper und starrte mich böse an. »Was ist das bitte für eine bescheuerte Frage? Was meinst du, warum jemand wie ich so was tut? Weil ich nun mal so bin.«

Ich verschränkte ebenfalls die Arme. »Bullshit.«

Er schnaubte genervt. »Was willst du von mir hören?«

»Die Wahrheit.«

»Die Wahrheit ist, dass ich ein Arsch bin.« Er lachte bitter. »Ein Monster. Zufrieden?«

Ich schüttelte den Kopf. »Ein Arsch vielleicht. Ein Monster nicht. Aiden, Dorian hat es mir gesagt.«

Misstrauisch musterte er mich. »Was gesagt?« Von sich aus würde er Dorians Geheimnis nicht ausplaudern, so viel stand fest.

»Dass er schwul ist«, sagte ich schlicht. »Deswegen bist du auf ihn losgegangen.«

»Wofür hältst du mich? Ich schlage doch niemanden, weil er schwul ist«, fuhr er mich an.

Ich wich unwillkürlich einen Schritt zurück, dann drückte ich den Rücken durch. »Nicht direkt deshalb. Aber weil du dachtest, er spielt mit mir.«

»Er hat dich geküsst«, presste er zwischen zusammengebissenen Zähnen hervor. »Und das war eine verdammt beschissene Aktion. Damit hätte er dir falsche Hoffnungen machen können.«

»Du wolltest mich beschützen«, sagte ich leise. »Warum?«

Unter seinem schwarzen Shirt hob und senkte sich seine Brust bei jedem Atemzug. Seine Lippen waren zu einem harten Strich zusammengepresst, der Unterkiefer angespannt. »Sei nicht dumm. Du bist mir egal. Warum sollte ich dich beschützen wollen?«

»Keine Ahnung. Sag du es mir.« Den Schritt, den ich gerade noch vor ihm zurückgewichen war, ging ich nun wieder auf ihn zu, und diesmal wich er zurück. »Du hast befürchtet, dass ich mich in Dorian verliebe und dass er mir wehtut. Deswegen bist du auf ihn losgegangen – obwohl ihr befreundet seid. Warum hast du dir Sorgen um mich gemacht?«

Er knurrte einen Fluch und wandte sich ab. »Was willst du noch hier? Willst du deinen restlichen Kram abholen? Nimm dein Zeug und hau ab.«

Ich folgte ihm und baute mich vor ihm auf. Mein Herz schlug wie verrückt. Ich brauchte eine Antwort von ihm, ich brauchte sie einfach. Meine Kehle verengte sich, sodass mir das Atmen schwerfiel. »Warum wolltest du mich beschützen?«

Seine Augen waren dunkel und schmal. Die Hände hatte er zu Fäusten geballt, und einen Herzschlag lang war ich nicht sicher, ob er antworten oder auf mich losgehen würde.

»Warum, Aiden?«, flüsterte ich.

»Ich finde dich okay!« Er schleuderte mir die Worte entgegen wie eine Beschimpfung. Wie etwas, das ich hinunterwürgen und woran ich verrecken sollte.

Ich fror mitten in der Bewegung ein. Sekundenlang sagte keiner von uns etwas, wir sahen einander nur an. Das Ticken der Wanduhr klang dröhnend laut durch die Stille, vermischte sich mit meinem Herzschlag und pulsierte durch meinen Körper.

So absurd mir das auch erschien: Ich war ziemlich sicher, dass das gerade die Aiden-Variante von ›Ich mag dich‹ gewesen war.

»Aber …«

»Also, haust du jetzt endlich ab?«, herrschte er mich an.

Ich presste die Lippen zusammen und schüttelte den Kopf.

Er packte mich an den Schultern, drehte mich herum und schob mich auf die Wohnungstür zu. Ich berührte seine Hände, umfasste seine Handgelenke, und sofort ließ er mich los. Er zuckte zurück, als hätte er sich an mir verbrannt.

»Ich will nicht gehen«, sagte ich.

»Was zur Hölle stimmt nicht mit dir?« Seine Stimme war kalt. »Wo ist dein Selbsterhaltungstrieb? So blöd kann doch keiner sein.«

»Ich habe keine Angst vor dir.« Meine Stimme zitterte, und doch war es die Wahrheit.

»Dann bist du noch dümmer, als ich dachte.«

»Warum tust du das?« Ich fuchtelte aufgebracht mit den

Händen. »Das alles! Warum bist du ununterbrochen gemein zu mir?«

»Damit du mich verdammt noch mal endlich in Ruhe lässt.«

»Das ist es, oder?«, fragte ich leise. »Du willst mich abschrecken – du willst überhaupt alle abschrecken. Alle sollen sich von dir fernhalten. Aber wieso?«

Wütend fuhr er sich mit der Hand durchs Haar. Dann stürzte er so unvermittelt auf mich zu, dass ich automatisch zurückschreckte und mit Rücken und Hinterkopf hart gegen die Wand prallte. Seine Hände schlugen links und rechts von meinem Kopf gegen die Mauer. Er stützte sich daran ab und blickte auf mich hinab.

»Du willst wissen, wieso?«, zischte er. Ich spürte seinen heißen Atem auf meinem Gesicht. Seine Zähne waren fest zusammengebissen, die Oberlippe leicht hochgezogen. Er erinnerte mich an einen wütenden Wolf; einen Wolf, der gleich angreifen würde. »Du hast mich am Strand erlebt. Und da fragst du mich ernsthaft nach dem Grund?«

Ich sah, dass seine Arme so stark angespannt waren, dass sie zitterten und die Muskeln hervortraten. Die Ärmel des T-Shirts entblößten ein Stück seines Tattoos. Ich hob die Hand und ließ die Fingerspitzen über die geschwungenen Linien gleiten, so leicht, dass ich seine Haut kaum berührte. Eine Gänsehaut zog sich über seine Arme. »Ich habe keine Angst vor dir«, sagte ich wieder.

Er stieß sich ruckartig von der Wand ab, schnappte sich seine Jacke und ging mit großen Schritten auf die Wohnungstür zu. Hastig griff ich nach ihm, bekam den Stoff seines T-Shirts zu fassen und hielt ihn fest.

»Lass mich los«, forderte er, ohne sich zu mir umzudrehen.

»Nein.«

Er ging einfach weiter und der Saum seines Shirts rutschte mir aus der Hand. Aber ich konnte ihn nicht allein gehen lassen. Nicht so und nicht jetzt. Mein Körper setzte sich wie von selbst in Bewegung, und stur stapfte ich hinter ihm her. Bei seinem Auto holte ich ihn ein. Er setzte sich hinein, schlug die Fahrertür hinter sich zu und startete den Motor. So schnell ich konnte, hastete ich um den Wagen herum und wollte die Beifahrertür aufreißen, aber er hatte sie abgeschlossen. Panik machte sich in mir breit. Ich wusste selbst nicht genau, warum es mir so wichtig war, dass er nicht ohne mich wegfuhr, aber ich musste jetzt bei ihm sein. Ich rannte nach vorn, stellte mich vor das Auto, sodass er nicht wegfahren konnte, und stützte beide Hände auf die Motorhaube.

Einen endlos scheinenden Moment lang starrten wir einander durch die Windschutzscheibe hindurch an, dann beugte er sich zur Seite und schubste die Beifahrertür auf. Ich atmete auf und ließ mich rasch auf den Sitz fallen.

»Warum kannst du mich nicht in Ruhe lassen? Was willst du? Was erwartest du von mir?« Er blickte starr nach vorn, beide Hände ums Lenkrad geschlossen.

»Keine Ahnung«, gab ich zu. »Ich will mit dir reden. Und ich will, dass du hierbleibst.«

Er schüttelte den Kopf.

»Dann nimm mich mit«, forderte ich.

Er schnaubte. »Sicher nicht. Du würdest frieren und mir die ganze Zeit die Ohren volljammern.«

Frieren? »Die Sonne scheint«, sprach ich das Offensichtliche aus.

Er verdrehte die Augen. »Ja, jetzt. Aber ich komme heute Nacht nicht zurück.«

Überrascht zog ich die Augenbrauen hoch. »Du verbringst die Nacht draußen? Willst du campen?«

»Sowas Ähnliches«, sagte er genervt. »Und glaub mir, nachts kann es kalt werden.«

Ich reckte das Kinn vor. »Ist mir egal.«

»Du bist dafür nicht richtig angezogen.«

»Ist mir auch egal.«

»Ich muss ein gutes Stück zu Fuß laufen, um dorthin zu kommen.«

»Ist mir …«

Er riss seine Tür auf, sprang aus dem Auto und ließ mich einfach sitzen. Irritiert blickte ich ihm hinterher, als er zum Haus zurückrannte. Ich dachte gerade darüber nach, ihm zu folgen, als er wieder auftauchte – mit einem dicken Pullover in der Hand.

»Na schön«, murmelte er, als er sich wieder hinters Steuer setzte. »Ich weiß zwar nicht, was du dir davon versprichst, aber dann komm eben mit.«

Ich nahm den Pullover entgegen, vergrub meine Finger im weichen schwarzen Stoff und lehnte mich zurück. »Danke.«

Er warf mir einen vernichtenden Blick zu und fuhr los.

∞

Wir verließen die Stadt. Die Straße, der wir folgten, war kaum mehr als ein Weg, der verschlungen durch die Landschaft und schließlich in einen Wald führte. Dunkle Bäume bilde-ten links und rechts undurchdringliche Mauern. Bald war die

Straße so schmal, dass wir kaum mehr hätten wenden können. Meinem horrorfilmgeprägten Gehirn fielen dazu auf Anhieb dutzende unerfreulicher Szenarien ein.

»Lass mich raten.« Es war das Erste, was Aiden zu mir sagte, seit wir losgefahren waren. »Du fragst dich gerade, ob ich dich vergewaltigen, ermorden und im Wald verscharren will.«

Ich verdrehte die Augen. »Nein. Aber wenn du es schon ansprichst: Hast du es vor?«

Sein Grinsen war wölfisch. »Wer weiß? Vielleicht hättest du einfach zu Hause bleiben sollen.«

Als der Pfad so schmal und unwegsam wurde, dass wir nicht weiterkamen, hielt Aiden das Auto an, und wir stiegen aus. Es war das erste Mal, dass ich mehr von Maine sah als die Stadt, den Campus und einen kleinen Abschnitt des Strandes. Neugierig ließ ich den Blick schweifen.

Es war einer jener seltsamen Tage irgendwo zwischen Sommer und Herbst, an denen einem die Sonne heiß auf die Haut brannte, während sich die ersten Blätter bereits gelb und rot verfärbten und man den Geruch des nahenden Winters in der Nase hatte. Nicht mehr lange, und der Indian Summer würde sich in voller Pracht zeigen. Ich konnte es kaum erwarten, mit eigenen Augen zu sehen, wie die Wälder in flammenden Feuerfarben leuchteten.

Die Luft war feucht und trug den typischen Piniengeruch mit sich. Wilde Blaubeeren wucherten am Rand des Weges, umschwirrt von pelzigen Hummeln. Irgendwo hoch in den Baumkronen zwitscherten Vögel, die ich nicht sehen konnte. Ich atmete tief ein und genoss die wärmenden Sonnenstrahlen auf meinen nackten Armen.

Dann setzte ich mich hastig in Bewegung, als ich bemerkte, dass Aiden einfach losgegangen war, ohne auf mich zu warten. Wir traten in den Schatten der Bäume, und sofort schien es um ein paar Grad abzukühlen. Weiches Moos und Kiefernnadeln dämpften unsere Schritte. Der Trampelpfad, dem wir folgten, war kaum sichtbar und verlor sich schließlich ganz. An manchen Stellen standen die Bäume so dicht, dass man kaum das Blau des Himmels erkennen konnte und wir uns zwischen tiefen Zweigen hindurchzwängen mussten. Gelegentlich hielt Aiden kommentarlos einen Ast beiseite, sodass ich leichter vorankam. An anderen Orten fielen goldene Sonnenstrahlen zwischen den Baumkronen hindurch und malten faszinierende Muster aufs dunkle Moos.

Aiden ignorierte mich wieder, doch wenn der Weg es zuließ, lief ich neben ihm her. Unsere Arme waren einander so nah, dass ich die Wärme seiner Haut fühlen konnte, ohne dass wir einander berührten. Ich war mitgekommen, um mit ihm zu reden, doch nun wusste ich nicht, was ich sagen sollte. Schweigend ließ ich mich von ihm durch die Wildnis führen.

»Wie weit ist es noch?«, keuchte ich, nachdem wir eine gefühlte Ewigkeit durch den Wald gelaufen waren. Meine Füße taten weh, und in meiner Seite begann es zu stechen.

»Weit. Du solltest besser umkehren«, gab er zurück, ohne mich anzusehen.

Ich schnaubte. Selbst wenn ich es gewollt hätte – hätte ich auf eigene Faust versucht, den Weg zurückzufinden, hätte ich mich sicher innerhalb von Minuten hoffnungslos verlaufen. Vom Pfad, den wir anfangs beschritten hatten, war schon lang nichts mehr zu sehen. Ringsumher gab es nichts als Bäume;

der Wald schien sich schier endlos zu erstrecken. Wenn ich je heil hier rauskommen wollte, war ich auf Aiden angewiesen.

Im Gegensatz zu mir atmete er noch völlig ruhig. Ihn schien die Wanderung nicht sonderlich anzustrengen, und er machte keine Anstalten, sein Tempo zu drosseln. Allmählich fiel ich zurück und ging nun nicht mehr neben, sondern hinter ihm. Ich biss die Zähne zusammen, presste die Hand an meine schmerzende Seite und hielt den Blick fest auf Aidens Rücken gerichtet. Mittlerweile tat jeder meiner rauen Atemzüge weh.

»Können wir … eine Pause machen?«, stieß ich japsend hervor.

»Ich habe dich nicht gebeten, mitzukommen.« Eis klirrte in jeder Silbe.

»Mistkerl«, knurrte ich so leise, dass ich nicht sicher war, ob er es hörte.

Wütend stapfte ich bei jedem Schritt auf. War er der rücksichtsloseste Idiot, den ich kannte? Definitiv. Waren meine Vans für diese Unternehmung geeignet? Definitiv nicht. Mit den glatten Sohlen rutschte ich immer wieder fast auf dem feuchten Moos aus.

»Aiden …«, begann ich und war eine Sekunde lang unaufmerksam. Meine Fußspitze blieb an einer Wurzel hängen, ein Ruck ging durch meinen Körper und ich verlor das Gleichgewicht. Schützend riss ich die Hände vor mich, um meinen Sturz abzufangen, der unweigerlich folgen würde – doch da schloss sich Aidens Hand fest um mein Handgelenk. Er hatte blitzschnell reagiert und mich aufgefangen.

»Alles okay?« Er schaute hinab auf meine Füße, dann blickte er in meine Augen.

Mein Puls raste. Ich atmete tief durch und nickte dann hastig. Kein verstauchter Knöchel und auch sonst keine Verletzungen.

»Es ist nicht mehr weit«, sagte er. Als er sich umwandte, um weiterzugehen, ließ er mich nicht los. Am Handgelenk zog er mich hinter sich her, und mir fiel auf, dass er mich geschickt an unebenen Bodenstellen vorbeilotste. Atemlos folgte ich ihm.

Nicht mehr weit? Ich hatte das Gefühl, dieser verfluchte Wald nahm kein Ende. Ohne Aidens Hand, die mich festhielt, hätte ich einfach aufgegeben und mich auf den Boden fallenlassen. Schnaufend taumelte ich hinter ihm her und nahm mir fest vor, mich gleich morgen im nächsten Fitnessstudio anzumelden, um an meiner Ausdauer zu arbeiten. Vorausgesetzt, ich überlebte diese Aktion.

Gerade als ich dachte, wir würden für immer weiterlaufen, hielt er plötzlich an; so abrupt, dass ich in ihn hineinlief. Ich wollte mich beschweren, aber als ich mich umsah, blieben mir die Worte im Hals stecken.

Wir waren aus dem Wald heraus auf eine riesige, fast kreisrunde Lichtung getreten, die nach allen Seiten von dichtem Wald begrenzt war. Kleine weiße Blumen leuchteten wie Sterne aus dem dunklen Moos, das den Boden bedeckte und sich unter meinen Füßen beinahe wie ein Teppich anfühlte. Im Zentrum lag ein See, tiefblau und so glatt wie die Oberfläche eines Spiegels. Funkelnd reflektierte er das Sonnenlicht.

»Dein Mund steht offen«, informierte mich Aiden trocken.

Ich schluckte und versuchte böse dreinzuschauen, doch ich fühlte mich so benommen, dass meine Mimik wohl eher dümmliches Erstaunen widerspiegelte. Dieser Ort hatte etwas Magisches an sich. Er schien einem Märchen entsprungen zu sein.

Langsam ging ich auf den See zu. Er war von einem Kranz aus Schilf umgeben, auf dem schillernde Libellen so anmutig wie kleine Feen balancierten. Ich streifte die Disney-Vans von meinen Füßen, schob meine Skinny-Jeans so hoch es ging und lief barfuß über die glatten, sonnenwarmen Steine. Als ich den See erreicht hatte, hockte ich mich hin und streckte die Hand ins kalte Wasser. Kleine Wellen breiteten sich kreisförmig von meinen Fingern aus und brachen glitzernd das Licht. Vorsichtig ging ich über die glitschigen Steine weiter, beide Arme ausgestreckt, um mein Gleichgewicht zu halten. Eine Gänsehaut zog sich über meinen Körper, als das kalte Wasser meine Füße und Knöchel umspielte.

Ein Plätschern ließ mich zusammenzucken. Ich sah mich um und erblickte Aiden, der ein Boot auf den See schob, das davor im Schilf verborgen gewesen war. Mit geübten Handgriffen nahm er die Plane ab, die darüber gespannt war, und warf sie achtlos ans Ufer. Neugierig näherte ich mich und betrachtete das verschnürte Bündel, das im Boot lag.

»Ist das ein Schlafsack? Warte – willst du etwa im Boot schlafen?« Ich riss die Augen auf. Irgendwie hatte ich mehr mit einem Zelt gerechnet oder vielleicht einer Hütte mitten im Wald.

»Erraten.«

»Und wenn es regnet?«

»Wird es nicht. Und wenn doch, kommt die Plane drüber.« Mit einer geschmeidigen Bewegung stieg er ins Boot und stieß sich gleichzeitig vom Ufer ab. Wieder machte er keine Anstalten, auf mich zu warten. Wütend schob ich die Unterlippe vor und watete weiter ins Wasser, ohne darauf zu achten, dass der Saum meiner Hose nass wurde, obwohl ich sie bis zu den Knien hochgeschoben hatte. Er sah mich einfach nur an, ohne die Ruder zu benutzen und weiter hinauszupaddeln. Als ich bis zu den Oberschenkeln im Wasser stand, erreichte ich das Boot. Ich umfasste den rauen Rand und stellte mich darauf ein, mich äußerst unelegant darüberwuchten zu müssen. Ich rechnete nicht damit, dass er mir helfen würde, doch er reichte mir die Hand und zog mich zu sich ins Boot.

Schweigend setzte ich mich ans entgegengesetzte Ende, während er nach den Paddeln griff und mit ruhigen, gleichmäßigen Zügen auf den See ruderte. Als wir die Mitte erreicht hatten, hielt er inne und zog die Ruder ins Boot, lehnte sich zurück, verschränkte die Hände im Nacken und schloss die Augen. Eine Libelle setzte sich kurz auf sein schwarzes Haar, und für einen Moment sah er aus wie ein berückend schönes Fabelwesen aus einer fremden Welt.

Aber ich war nicht hier, um ihn anzustarren. Ich war mitgekommen, um mit ihm zu reden. Also versuchte ich meine Gedanken zu sammeln. »Du versuchst, alle von dir fernzuhalten, weil du niemandem wehtun willst.« Meine Stimme durchbrach die Stille, die über der Lichtung hing. Aiden öffnete ein Auge und sah mich missbilligend an, doch unbeirrt fuhr ich fort. »Du traust dir selbst nicht, oder? Du hast Angst, auszurasten und jemanden zu verletzen.«

»Und wie du gesehen hast, ist das keine unbegründete Befürchtung.«

»Hast du …« Ich schluckte. »Hast du so was schon oft gemacht?«

Er zuckte mit den Schultern. »Seit Jahren nicht mehr. Aber

das liegt nur daran, dass ich es zu verhindern weiß. Keine Menschen in meiner Nähe – keine Gefahr. So einfach ist das.«

Ich schüttelte heftig den Kopf. »Das ist überhaupt nicht so einfach. Du kannst doch nicht dein Leben damit verbringen, Mauern zu bauen und alle anderen Menschen von dir wegzustoßen.«

»Kann ich und mache ich.« Scheinbar gelangweilt blickte er hoch zum Himmel. »Bisher klappt das ziemlich gut.«

»Gut?« Ich rang nach Worten. »Bist du denn damit glücklich?«

»Glück wird überschätzt.« Er sah mich nicht an.

»So kannst du doch nicht leben, nicht auf Dauer. Niemand kann das.«

Er presste die Lippen zusammen, bevor er endlich antwortete. »Was würdest du tun, wenn du wüsstest, dass du ein Monster bist? Ein Monster, das jederzeit die Beherrschung verlieren kann und dann wild um sich schlägt? So jemanden sperrt man am besten weg – oder man hält ihn zumindest von allen fern, die er damit verletzen könnte.«

Ich fuhr hoch. »Du bist kein Monster.«

Er lachte kurz und hart auf. »Was weißt du schon? Du weißt nichts über mich. Absolut gar nichts.«

»Ich weiß, dass du kein Monster bist. Du bist einfach nur entsetzlich zornig. Warum, Aiden? Woher kommt nur diese Wut?«

Er stand so abrupt auf, dass das Boot zu schwanken begann, zog sich das Shirt über den Kopf und öffnete seinen Gürtel.

Meine Augen wurden groß. »Was hast du vor?«

Einen Moment lang hatte ich Zeit, seine Tätowierung zu

betrachten. Der Wolf auf seiner Brust wirkte beinahe lebendig, so als könnte er jederzeit von seiner Haut in die Realität springen. Die tätowierten Ketten hielten ihn in Zaum; und nicht nur ihn, sondern auch Aiden. Sie schlangen sich um seine Schultern, seine Oberarme und verliefen weiter auf seinen Rücken.

Aiden streifte seine Jeans ab, sodass er nur noch schwarze Boxershorts trug; dann stieß er sich ab und sprang ins Wasser. Das Boot schaukelte so heftig, dass ich erschrocken aufschrie und mich an den Rand klammerte.

»Aiden! Du kannst nicht einfach abhauen«, brüllte ich ihm hinterher. »Ich habe dich was gefragt!«

Ohne sich zu mir umzuschauen, schwamm er weiter. Mit großen, gleichmäßigen Zügen glitt sein Körper durch das Wasser. Ich presste wütend die Zähne zusammen, dann zog ich kurzerhand mein Top und die Jeans aus. Aiden schaute nicht her, also konnte er mich zum Glück nicht in Höschen und BH sehen.

»Was mache ich hier eigentlich?«, murmelte ich. Dann setzte ich mich vorsichtig auf den Bootsrand und ließ mich ins Wasser fallen.

Es war so kalt, dass mir für einen Moment der Atem wegblieb. Bibbernd ruderte ich mit Armen und Beinen. Meine Zähne schlugen klappernd aufeinander. Ich musste mich bewegen, um warm zu werden, also machte ich ein paar hektische Schwimmzüge. Dann reckte ich den Kopf so hoch aus dem Wasser wie möglich, um mich besser umsehen zu können. »Aiden?«

Aber er war nicht zu sehen. Neben dem Boot waren noch Wellen und Luftbläschen, da wo ich ins Wasser gesprungen war, doch sonst war die Oberfläche ruhig und spiegelglatt. Ich schwamm ums Boot herum, aber keine Spur von Aiden.

Wir waren mitten auf dem See. Jetzt erst fiel mir wirklich auf, wie groß das Gewässer war und wie weit es zum Ufer war. Mit zusammengekniffenen Augen scannte ich die Böschung ab, aber er konnte unmöglich so schnell dorthin geschwommen sein. Die Stille, die über dem See hing, war beinahe greifbar. Alles, was ich hörte, waren meine schnellen Atemzüge und das leise Plätschern bei jeder meiner Bewegungen.

»Aiden! Ist das ein bescheuerter Versuch, mich zu erschrecken? Ich habe dich was gefragt!« Ich wollte wütend klingen, aber meine Stimme zitterte leicht. In meinem Bauch breitete sich eine Kälte aus, die nichts mit dem eisigen Wasser um mich herum zu tun hatte. Ich drehte mich um meine eigene Achse und sah mich mit zunehmender Nervosität um. Auf einmal fühlte ich mich schrecklich allein in der Wildnis. Schutzsuchend hielt ich mich nah am Boot, meine Hände legten sich an die glitschige Außenwand und versuchten daran Halt zu finden. »Aiden!«

Und plötzlich war er da. Unmittelbar neben mir durchbrach er die Wasseroberfläche. Ich schrie auf und vergaß vor Schreck beinahe zu schwimmen.

»Warum hörst du nicht auf zu fragen?«, fragte er dicht an meinem Ohr. »Was kümmert es dich? Es kann dir doch scheißegal sein.«

Ich atmete mit offenem Mund tief durch und wartete darauf, dass sich mein Puls beruhigte. »Es ist mir nicht egal«, presste ich dann hervor.

Links und rechts von mir hob er seine Arme, um sich am Bootsrand festzuhalten. Ich war zwischen ihm und dem Boot gefangen. Er war mir so nah, dass ich jeden Wassertropfen auf seinem Gesicht, seinen Wimpern und seinen Haarspitzen erkennen konnte. So nah, dass wir einander leicht berührten. In meinem Rücken spürte ich hartes, moosbewachsenes Holz; vor mir nackte Haut. Und mit einem Mal fiel es mir schwer zu atmen.

Ich konnte seine Miene nicht deuten, und plötzlich hatte ich auch gar keine Lust mehr, über alles nachzudenken und alles krampfhaft zu interpretieren. Ich handelte einfach. Bevor mein Verstand mich daran hindern konnte, streckte ich die Hände nach ihm aus und berührte seine Haut. Aidens Augen weiteten sich leicht, doch er hinderte mich nicht daran. Meine Finger zitterten. Ich ließ sie über seinen glatten Oberkörper hinaufwandern, über das Wolfstattoo, unter dem sich seine Brustmuskeln abzeichneten, bis ich die Schultern erreicht hatte, und legte meine Arme um seinen Nacken, um mich über Wasser zu halten. Durch die Kälte des Wassers spürte ich die Hitze seiner Haut; seinen Oberkörper an meinem, voneinander getrennt durch nichts weiter als den Stoff meines BHs.

»Warum …« Seine Stimme klang rau, als er mich erneut fragte: »Warum kümmert es dich? Warum willst du so viele Dinge über mich wissen?«

»Weil ich dich auch okay finde«, flüsterte ich und wusste selbst nicht genau, was ich damit meinte.

Einen Moment lang sahen wir einander noch an, und dieser Bruchteil einer Sekunde reichte mir, um mir jedes Detail seines Gesichts für immer einzuprägen: die dichten Wimpern, die diese unfassbar faszinierenden Augen umgaben; die dunklen, gerade geformten Augenbrauen, die leicht schräggestellt waren und seinem Blick etwas Katzenhaftes verliehen. Die schwarzen Haare, in deren Spitzen jetzt glitzernde Wassertropfen hingen. Die dreizehn Sommersprossen, so blass, dass sie kaum auffielen, außer man sah genau hin. Die volle Unterlippe, die geschwungene Oberlippe. Die hohen, scharfgeschnittenen Wangenknochen.

»Violet«, flüsterte er.

»Aiden, ich …«

Weiter kam ich nicht. Er beugte sich weiter zu mir vor und überbrückte die letzte Distanz, die zwischen uns herrschte. Ich keuchte, als seine Lippen sich auf meine pressten, rau und fordernd. Es war ein wütender, beinahe verzweifelter Kuss, der jeden klaren Gedanken einfach wegspülte. Seine Zunge fand ihren Weg in meinen Mund und tanzte mit meiner. Ich schloss die Augen, ließ mich mitreißen und erwiderte seinen Kuss mit einer Wildheit, die mich selbst erschreckte. Pure Elektrizität schien durch meinen Körper zu fließen. Beinahe glaubte ich, Funken auf meiner Haut und in meinen Haaren tanzen zu spüren. Ich hatte das Gefühl, wäre ich nicht von kaltem Wasser umgeben, müsste ich in Flammen aufgehen.

Noch nie hatte ich so etwas gefühlt – ein solches Verlangen. Die Intensität der Gefühle, die mich überrollten, machte mir Angst, doch gleichzeitig fühlte ich mich auf seltsame Weise unbesiegbar und furchtlos. Ich fuhr sanft mit meiner Zunge an seiner Unterlippe entlang und merkte, dass er schneller atmete. Einem plötzlichen Impuls folgend, zog ich seine Lippe behutsam zwischen meine Zähne und wurde mit einem leisen Stöhnen belohnt.

Ich hatte keine Ahnung, was ich da eigentlich tat, doch es fühlte sich unbeschreiblich richtig an. Aidens heftige, heiße

Atemzüge feuerten mich an und zeigten mir, dass ihn der Kuss ebenso überwältigte wie mich. Er presste sich enger an mich, drückte mich an die schaukelnde Bootswand.

War das wirklich ich? Konnte ich wirklich dieses Mädchen sein, das mitten in der Wildnis in einem viel zu kalten See schwamm und einen Kerl so hemmungslos küsste, als gäbe es kein Morgen? Ich erkannte mich selbst nicht, und es war mir egal. Was zählte, war Aidens Nähe. Worauf es ankam, waren er und ich.

Unvermittelt schlang ich meine Beine um seine Hüften und zog ihn noch enger an mich. Er schnappte nach Luft. Einen Wimpernschlag lang lösten sich unsere Lippen voneinander, und wir sahen einander in die Augen. Unsere Gesichter waren sich so nah, dass sich unsere Nasenspitzen fast berührten. Ich spürte seine heißen, abgehackten Atemzüge auf meinen geöffneten Lippen.

Er hatte seine Maske fallengelassen; die Mauern aus kalter, schroffer Unnahbarkeit waren eingestürzt, zumindest für den Moment. Seine Pupillen waren so groß, dass man kaum Grün in seinen Augen sah. In diesem Augenblick war er ebenso verletzlich wie ich.

Für einen kurzen Moment wurde mir wieder bewusst, dass ich fast nichts anhatte und entsetzlich fror, aber ich schob den Gedanken beiseite. Stattdessen vergrub ich meine Finger in seinem nassen Haar und zog seinen Kopf wieder näher an mich, meine Lippen suchten seine.

»Du zitterst«, murmelte Aiden, dann schlang er einen Arm fest um meine Taille. Mit dem anderen stemmte er sich am Bootsrand hoch und hob erst mich ins Boot, bevor er mir folgte. Behutsam legte er mich auf den hölzernen Boden, während ich meine Arme immer noch um seinen Nacken geschlungen hatte.

Er war über mir, seine Hände links und rechts von meinem Kopf abgestützt. Wasser tropfte aus seinen Haaren auf mein Gesicht, und ich blinzelte, als mir ein paar Tropfen ins Auge liefen. Sanft wischte er sie mit seinen Fingern weg.

Mit einem Mal fühlte ich mich unsicher. Ein kalter Knoten bildete sich in meinem Bauch. Ich wollte ihm nah sein, unbedingt, doch alles ging so schnell, viel schneller, als ich je erwartet hätte.

»Aiden«, brachte ich mühsam hervor. Meine Stimme wollte mir kaum gehorchen. »Aiden, ich habe noch nie …«

Kurz verharrte er reglos. »Was hast du nicht?« Er blinzelte, als befreite er sich von einem Traum, der ihn ganz gefangengenommen hatte. Dann weiteten sich seine Augen, er zuckte zurück. »Du bist noch Jungfrau?«

Panik wallte in mir auf, als das Gewicht seines Körpers von mir verschwand, und plötzlich war mir zum Heulen zumute. War es das jetzt gewesen? Wollte er mich jetzt nicht mehr? Hastig setzte ich mich auf und griff nach Aidens Schultern, um ihn wieder auf mich zu ziehen. »Tut mir leid«, stammelte ich, obwohl mein Verstand wusste, dass ich nichts falsch gemacht hatte.

Seine Augenbrauen zogen sich finster zusammen, und ich rechnete fest damit, dass er gleich etwas Gemeines sagen würde. Aber er fragte nur: »Was tut dir leid?«

Es war furchtbar schwer, klare Sätze zu bilden. »Ich meinte nicht, dass du aufhören sollst. Bitte, Aiden. Ich will es.« Der Knoten in meinem Bauch schnürte meine Eingeweide zusammen. Er durfte mich nicht zurückweisen, nicht jetzt. Es hatte so wehgetan, nach unserem ersten Kuss von ihm weggestoßen zu werden, als ekelte er sich vor mir. Wenn es etwas gab, das ich jetzt nicht ertragen hätte, dann war das eine weitere Ablehnung.

Endlich verstand er. Sein Blick wurde unerwartet sanft; viel sanfter, als ich ihm zugetraut hätte. »Ich will es auch. Gott, du hast keine Ahnung, wie sehr ich es will. Aber nicht einfach so. Nicht, wenn es dein erstes Mal ist. Das solltest du nicht überstürzen.« Und leiser fügte er hinzu: »Und du solltest dir dafür keinen wie mich aussuchen.«

Mir wurde warm. Er wollte es, er wollte mich. Und ich glaubte ihm. Seine Augen waren immer noch geweitet, die Stimme heiser. Er bebte leicht, als bereitete es ihm große körperliche Mühe, sich zurückzuhalten.

Erneut versuchte ich ihn an mich zu ziehen. Er schob einen Arm unter meinen Rücken und einen hinter meinen Kopf und ließ mich langsam und sachte zurücksinken, bis ich wieder auf dem Bootsboden lag. Auf einen Ellenbogen gestützt, legte er sich dann seitlich neben mich.

Ich konnte kaum glauben, dass ich in seinem Arm lag. Vorsichtig legte ich eine Hand auf seine Brust und fragte mich, ob das ein seltsamer Traum war. Konnte es wirklich eine Realität geben, in der Aiden und ich uns nicht zofften, sondern aneinandergekuschelt in einem Boot lagen? Das erschien mir mehr als unwahrscheinlich, und doch war es wahr.

»Aiden …«

Er legte einen Finger auf meine Lippen, und ich verstummte. Die zarte Berührung sandte ein heißes Kribbeln durch meine Lippen und von dort ausgehend durch meinen ganzen Körper. Sein Finger wanderte langsam über meine

Unterlippe zu meinem Mundwinkel, dann über mein Kinn hinab zu meinem Hals. Ich schloss die Augen und legte den Kopf zurück, als seine Hand zärtlich an der Seite meines Halses hinabstrich, zur Schulter, übers Schlüsselbein. Seine Fingerspitzen schienen glühend heiße Linien auf meine Haut zu malen, und nie hatte sich etwas besser angefühlt.

An der Halskuhle verharrte er. »Gott, Violet, weißt du eigentlich, wie schön du bist?« Seine Stimme klang belegt.

Verlegen barg ich das Gesicht an seiner Schulter und presste es gegen seine duftende Haut, um ihn nicht ansehen zu müssen. Solche Worte aus seinem Mund zu hören, ließ meine Wangen glühen. Das Verrückte war, dass ich mich plötzlich wirklich schön fühlte, schön und begehrt. Noch nie hatte jemand das in einer solchen Ernsthaftigkeit zu mir gesagt.

»Du siehst auch okay aus«, murmelte ich herausfordernd, um meine Verlegenheit zu überspielen, und sah ihn vorsichtig an.

Einen Moment lang starrte er mich mit unergründlicher Miene an, dann lachte er einfach los. Plötzlich wirkte er so unbeschwert und gelöst, wie ich ihn noch nie erlebt hatte. Die düsteren Schatten schienen sich aufgelöst zu haben.

Ein warmes Kribbeln breitete sich in meinem Bauch aus, perlte in meiner Kehle hoch, und ich stimmte in sein Gelächter mit ein. Meine Hand lag immer noch auf seinem Brustkorb, der vor Lachen bebte.

Doch dann verstummte Aiden. Er zog seine Unterlippe leicht zwischen seine Zähne und sah mich mit plötzlicher Unsicherheit an. »Und du hast wirklich noch nie mit einem Typen …«

Ich spürte, dass sich meine Wangen röteten, und rasch schüttelte ich den Kopf. »Nein. Noch nie.«

Auf einmal stemmte er sich auf einen Ellenbogen hoch, sodass ich von ihm herunterrutschte, und sein Blick wurde forschend. »Aber du hast vor mir schon mal jemanden geküsst, oder?«

Sein Gesichtsausdruck brachte mich zum Lachen. »Na klar habe ich schon Jungs geküsst. Aber weiter als das ging es nun mal nie.«

Seine Miene entspannte sich kurz, doch dann wandte er den Blick ab. »Trotzdem. Das ist alles nicht richtig«, murmelte er. »Du solltest so was nicht mit einem wie mir tun.«

Ich streckte die Hand aus, berührte zart seine Wange und brachte ihn dazu, mich wieder anzusehen. »Genau das will ich aber.«

Er sah noch eine Weile auf mich hinab, dann stand er auf und brachte damit das Boot zum Schwanken. Ich blieb liegen – ich war gar nicht sicher, ob meine Beine mich überhaupt getragen hätten, so weich wie sie sich anfühlten. Meine Augen fielen zu, und ich öffnete sie erst wieder, als etwas neben mir raschelte. Aiden hatte den Schlafsack ausgerollt und breitete ihn neben mir aus. Ich sog scharf die Luft ein, als er dann einen Arm unter meine Kniekehlen und einen unter meine Schultern schob, aber er hob mich nur kurz an, um mich behutsam auf den weichen Schlafsack zu befördern.

»Viel bequemer«, seufzte ich.

Er lächelte kurz, dann wandte er sich ab. Ein Ruck ging durchs Boot, gefolgt von einem Platschen: Aiden war wieder ins Wasser gesprungen. Ich wollte mich aufrichten, aber dann hörte ich, dass er nicht weit weg schwamm. Leises Plätschern verriet, dass er langsame Runden ums Boot zog. Ich fühlte mich an einen Hai erinnert und musste leise kichern.

Das Boot schaukelte, als Aiden sich plötzlich neben mir hochstützte. Seine verschränkten Arme lagen am Bootsrand, er legte das Kinn darauf und sah mich kritisch an. Die Sonne brachte die Wassertropfen auf seiner Haut und in seinen Haaren zum Glitzern. »Was ist so lustig?«, fragte er.

Ich schüttelte den Kopf. »Nichts. Ich habe nur gedacht, ich habe Hunger.« Tatsächlich knurrte mein Magen.

»Und das amüsiert dich?«, fragte er skeptisch. Dann zog er sich ins Boot und machte sich an seiner Jeans zu schaffen, die am anderen Ende des Boots lag. Kurz darauf kam er mit ein paar Müsliriegeln zu mir.

Er wollte sich ein Stück von mir entfernt an die Bootswand gelehnt hinsetzen, doch ich klopfte neben mir auf den Schlafsack und sah ihn so lange auffordernd an, bis er die Augen verdrehte und sich zu mir legte.

Wir aßen die Müsliriegel, und es war mir, als hätte ich nie etwas Besseres gegessen. Warm schien die Sonne auf uns herab, trocknete unsere nasse Haut und unsere Kleidung. Wir lagen nah beieinander, doch ohne uns zu berühren; da waren ein paar Zentimeter zwischen uns. Zu viel Abstand, fand ich. Ich rutschte noch näher zu ihm und legte kurzerhand meinen Kopf in die Kuhle zwischen seiner Schulter und seiner Brust. Kurz versteifte er sich, dann aber legte er vorsichtig einen Arm um mich.

Versonnen strichen meine Finger über seine Brust und malten die schwarzen Linien seines Tattoos nach. Eine Gänsehaut zog sich über seine Haut. Unter meinen Fingern spürte ich seinen kräftigen Herzschlag.

Allmählich brach der Abend herein. Rotglühend sank die Sonne den Baumwipfeln entgegen und tauchte den Himmel und das Wasser in alle erdenklichen Schattierungen von sanftem Pink über Orange bis hin zu flammendem Zinnober. Ein leichter Wind frischte auf, fuhr raschelnd durch die Bäume am Ufer und versetzte die Oberfläche des Sees in kleine Kräuselwellen.

»Aiden?«, begann ich zaghaft.

»Hm?« Er öffnete ein Auge.

Leise stellte ich ihm die Frage, die mich hergeführt hatte. »Warum bist du oft so wütend?«

Sein Herz schlug schneller unter meiner Hand. Ich spürte, dass er sich anspannte. Es dauerte einen Moment, bis er antwortete. »Was willst du hören? Ich bin einfach so. Ich bin ein Arsch. Und deshalb solltest du nicht hier sein. So platt das klingen mag: Du solltest dich von mir fernhalten.«

Ich seufzte unzufrieden. »Aber das stimmt so einfach nicht. Du bist nicht so, wie du es allen weismachen willst. Du baust diese schroffe Mauer um dich auf und versuchst so gemein und abweisend wie möglich zu sein, aber manchmal gelingt dir das nicht. Immer wieder blitzt dein wahrer Charakter durch. Du bist fürsorglich. Das warst du vom ersten Moment an, seit ich dich das erste Mal gesehen habe. Du hast mir im Zug mit meinem Koffer geholfen. Du hast mich zweimal aufgefangen, als ich fast hingefallen bin; einmal auf dem Campus und einmal jetzt im Wald. Okay, du hast Dorian geschlagen, aber auch das hast du nur getan, um mir zu helfen. Du … Du hast für mich Milch gekauft und für mich gekocht!«, zählte ich auf.

Er schwieg eine Weile. Als er antwortete, klang seine

Stimme gepresst. »Du irrst dich. Das, was du als Mauer bezeichnest, das *ist* mein wahrer Charakter. Schön – ich habe dir Milch gekauft. Aber was ist das im Vergleich zu all den schlimmen Dingen, die ich getan habe? Ich bin gewalttätig. Du hast es selbst erlebt.«

»Aber so willst du nicht sein«, stellte ich leise fest.

Er lachte kurz und hart auf. »Natürlich *will* ich es nicht. Aber ich *bin* so.« Bitter und fast unhörbar fuhr er fort: »Ich hasse mich dafür. Ich hasse diese Seite an mir. Aber weißt du was? Ich kann das nicht kontrollieren. Ich komme nicht dagegen an. Ich bin eben …«

Ich wand meine Hand aus seiner und legte meine Finger auf seine Lippen, die immer noch leicht gerötet waren von unseren Küssen. »Pst. Sag es nicht.« Ich wusste, was er sagen wollte: ein Monster. Aber damit hatte er unrecht, das wusste ich einfach.

Glucksend schlug das Wasser von unten gegen das Boot. Eine Windböe ließ mich frösteln; nun, da es Abend wurde, kühlte es rasch ab. Kommentarlos reichte Aiden mir den Pullover, den er für mich mitgenommen hatte, und ich schlüpfte hinein. Als er wegsah, roch ich verstohlen am Kragen in der Hoffnung, der weiche Stoff würde nach ihm duften, enttäuscht stellte ich fest, dass er frisch gewaschen war und nur nach Waschmittel roch.

Der Pullover reichte mir bis zur Mitte der Oberschenkel und gab ein gutes Nachthemd ab. Meine Hose zog ich nicht an; sie war unterhalb der Knie immer noch leicht feucht vom Seewasser und außerdem zu unbequem zum Schlafen. Aiden trug nur seine Boxershorts.

Gemeinsam legten wir uns in den Schlafsack. Es war eng,

aber ich hätte unser Nachtlager gegen kein luxuriöses Bett der Welt ausgetauscht. Aiden hatte sein T-Shirt zusammengefaltet und ans Kopfende gelegt, wir teilten es uns als Kissen. Unsere Gesichter waren nur wenige Zentimeter voneinander entfernt. Seine Arme umschlossen mich warm und sicher, und ich wusste nicht genau, warum er das tat: weil die Enge des Schlafsacks kaum eine andere Liegeposition zuließ oder weil er mir einfach nah sein wollte.

Unergründlich ruhte sein Blick auf mir. Ich betrachtete seine Haut, die im Mondlicht fast silbern wirkte, und fragte mich, wie all das eigentlich geschehen war. War das wirklich der Aiden, den ich kennengelernt und für einen durchgeknallten Psycho gehalten hatte? Und war ich die Violet, die ich mein ganzes bisheriges Leben gewesen war?

Alles zwischen uns hatte sich rapide geändert. Hier und heute, an diesem See mitten im Wald, war alles anders als zuvor. Ich fühlte mich, als wären wir weit weg von der Realität, in einer geschützten Blase, die alle Bedingungen und Fakten änderte. Ich fragte mich, wie es sein würde, wenn wir morgen in die reale Welt zurückkehrten.

Natürlich wollte ich immer noch wissen, warum er so war, wie er eben war, was sein Problem mit Jenna war und was für Geheimnisse er mit sich herumtrug. Aber in diesem Moment spielte all das keine Rolle. Wichtig war nur, dass er bei mir war und mich in dieser Umarmung hielt, von der ich mir wünschte, sie würde nie enden.

Als ich hochschaute, weiteten sich meine Augen vor Staunen. Am klaren, nachtblauen Himmel waren unzählige Sterne zu sehen, viel mehr als man normalerweise sah, wenn man sich in der Stadt mit all ihren Lichtern befand. Es war ein beeindruckender Anblick, und ich spürte, dass sich eine feine Gänsehaut über meine Arme zog.

Unter freiem Himmel einzuschlafen war ein atemberaubendes Erlebnis. Es war kalt geworden, aber das spürte ich nur am Gesicht – im Schlafsack und in Aidens Arm war es wohlig warm. Immer noch trieb das Boot mitten auf dem See und schaukelte sachte. Außer dem leisen Plätschern des Wassers, dem steten Rauschen des Windes und unseren Atemzügen war nichts zu hören.

Ich kuschelte mich enger an Aiden und schloss die Augen. Der Geruch, den ich im Pullover vergeblich gesucht hatte, umfing mich jetzt. Sofort atmete ich tiefer ein. Ich liebte Aidens dezenten Duft.

Liebte …

War ich dabei, mich in ihn zu verlieben? Der Gedanke schien mir so verrückt, dass ich mich innerlich versteifte und mein Herz schneller pochte.

Kitzelnd streifte sein Atem meine Haut. Seine Lippen waren in meinem Haar. Er murmelte etwas, doch ich konnte seine Worte nicht mehr verstehen, ich versank bereits in einem tiefen Schlaf. Nur ganz leicht und schon halb im Traum spürte ich den sanften Kuss, den er mir auf die Stirn gab.

Kapitel 11

Als die Sonne mich weckte, glaubte ich einen furchtbaren Moment lang, alles sei nur ein Traum gewesen. Doch dann spürte ich Aidens Arme, die mich immer noch festhielten, und ein Lächeln stahl sich auf mein Gesicht. Er schlief noch, und ich hielt ganz still, um ihn nicht zu wecken. Ein Teil von mir befürchtete, er würde mich wegstoßen, sobald er aufwachte. Also ignorierte ich die Tatsache, dass mein linker Arm unter meinem Körper eingeschlafen war und sich taub anfühlte, und atmete ruhig weiter, ohne mich zu bewegen.

Aber es dauerte nicht lange, bis auch Aiden sich zu regen begann. Er zuckte kurz zusammen, und ich war sicher, auch er hatte sich kurz gefragt, ob all das gestern wirklich geschehen war.

»Morgen«, sagte ich leise.

Er zerzauste sanft mein Haar. »Morgen«, murmelte er verschlafen und öffnete dann den Reißverschluss des Schlafsacks. Rasch zog ich den Pullover, der im Schlaf hochgerutscht war, wieder über meine Oberschenkel hinab.

Das Boot schaukelte immer noch im Wasser. Aiden zog seine Jeans und sein T-Shirt an und reichte mir meine Klamotten. Nachdem ich mich auch angezogen hatte, setzte ich mich mit angezogenen Beinen hin, während Aiden nach den Paddeln griff und zum Ufer zurückruderte. Ich stützte mein Kinn auf die Knie und betrachtete seine Armmuskeln, die sich bei jedem Paddelzug anspannten.

Kies scharrte unter dem Bug, als wir das Land erreichten. Kommentarlos reichte Aiden mir die Hand und half mir aus dem Boot, bevor er es wieder im Schilf vertäute.

Der Rückweg durch den Wald war viel weniger anstrengend als der Hinweg. Aiden legte für mich Pausen ein und reichte mir die Hand, wann immer es unwegsam war. Außerdem fühlte ich mich so seltsam leicht und gelöst, als würde ich schweben. Und wie sollten einem die Füße wehtun, wenn man beim Gehen kaum den Boden berührte?

»Bist du oft am See?«, fragte ich. Ich konnte mir vorstellen, dass er viel Zeit hier verbrachte. Die Lichtung mitten im Wald war der schönste Rückzugsort, den ich mir vorstellen konnte.

Er zuckte mit den Schultern. »Gelegentlich. Wenn ich allein sein will. Hier draußen kann ich am besten nachdenken.«

»Oder wenn sich ungebetene Gäste in deiner Wohnung einquartieren«, vermutete ich.

Er grinste schief. »Ja, da habe ich öfter als sonst im Boot übernachtet.«

»Um mir aus dem Weg zu gehen.«

Wieder ein Schulterzucken. »Ja.«

Während der Rückfahrt war er schweigsam, und auch ich hing meinen eigenen Gedanken nach. Es widerstrebte mir, in die reale Welt zurückzukehren, nachdem ich einen Tag und eine Nacht wie in einem seltsamen Traum verbracht hatte. Heute war Montag und ich sollte eigentlich auf dem Campus sein, aber das war mir egal.

»Willst du zur Uni?«, fragte er in dem Moment mit einem Blick auf die digitale Uhranzeige im Auto. »Den Nachmittagskurs könntest du schaffen. Ich schätze, du hättest sogar noch genug Zeit, um vorher zu duschen und eine Kleinigkeit zu essen. Oder, wenn du willst, setze ich dich direkt am Campus ab.«

Ich schüttelte den Kopf. Pflichten hin oder her, heute wollte ich nicht in einer Vorlesung sitzen. Ich wollte mir ein winziges bisschen der Magie bewahren, die ich eingeatmet und in mich aufgenommen hatte. »Und du?«

Er schüttelte ebenfalls den Kopf. Ich lächelte ihn an, und er erwiderte das Lächeln zaghaft. Zumindest zuckte einer seiner Mundwinkel kurz nach oben.

Erst als wir die Wohnung betraten, fiel mir auf, dass ich mein Handy nicht dabeigehabt hatte. Ich hatte es gar nicht vermisst. Jetzt aber schrieb ich schnell Chloe zurück, die sich schon Sorgen machte, weil ich nicht am Campus aufgekreuzt war. *Alles okay*, textete ich. Worte, die viel zu simpel waren, um meiner Verwirrung gerecht zu werden.

»Violet?«

»Hm?« Ich hob den Blick vom Handy.

Aiden stand in der Tür, die Arme gegen den Türrahmen gestemmt. Er zögerte kurz, dann wandte er sich abrupt ab und ging auf sein Zimmer zu. »Nichts. Grüß Dorian von mir, wenn du gleich zu ihm zurückfährst.«

Ich schüttelte den Kopf. »Was wolltest du wirklich sagen?«, fragte ich seinen Rücken.

Er blieb stehen. Seine Schultern waren angespannt, und er drehte sich nicht zu mir um. »Soll ich deine Sachen von Dorian zurückholen?«

»Du willst, dass ich wieder hier einziehe?«, fragte ich ungläubig.

Er schnaubte. »Ach, vergiss es. War eine Schnapsidee.«

Wieder schüttelte ich den Kopf, obwohl er es nicht sehen konnte. »Ich würde gern wieder hier wohnen«, sagte ich leise.

Er nickte knapp, dann schnappte er sich seinen Autoschlüssel und war schon wieder durch die Wohnungstür verschwunden.

»Warte!«, rief ich ihm hinterher. »Es ist Montag. Dorian wird in irgendwelchen Vorlesungen sein, oder?«

Er lachte. »Bestimmt nicht. Der kommt selten vor Mittag aus dem Bett.«

»Und wenn er doch weg ist, und Noah auch? Dann stehst du vor verschlossenen Türen.« Ich lief zu meiner Tasche und kramte den Wohnungsschlüssel hervor, den Dorian mir gegeben hatte.

»Dann trete ich die Tür eben ein!« Aiden blieb nicht stehen, um auf den Schlüssel zu warten.

Stirnrunzelnd blickte ich ihm hinterher. Beinahe traute ich ihm das zu.

Ich nutzte seine Abwesenheit, um zu duschen, meine Zähne zu putzen und etwas Ordnung ins Vogelnest auf meinem Kopf zu bringen. Jammernd verzog ich das Gesicht, als sich die Haarbürste in zahlreichen Knoten verfing. Erst als ich meine Haare mit einer Extraportion pflegendem Conditioner gewaschen hatte, ließen sie sich entwirren.

Als ich danach ins Gästezimmer ging, das so karg und unbelebt wirkte, als hätte ich nie darin gewohnt, piepste mein Handy.

Aiden war gerade da. Gibt es da etwas, das du mir sagen willst?, schrieb Dorian. Und kurz darauf: *Er hat deine Sachen abgeholt. Hoffe, das war okay. Violet, du schuldest mir eine Erklärung.*

Ich wurde tomatenrot, warf das Handy aufs Bett und zog

die Decke darüber. Gedämpft hörte ich ein weiteres Piepen. Zögernd grub ich das Handy wieder aus.

Beste Violet. Ich habe gesehen, dass du die Nachrichten gelesen hast. Das wird angezeigt, weißt du? Raus mit der Sprache. Sei kein Hühnchen.

Ich zog eine Grimasse. *Ich schätze, ich wohne wieder bei ihm*, textete ich zurück.

Den Eindruck habe ich auch, kam die Antwort sofort. *Und ich schätze, du hast die Nacht bei/mit ihm verbracht.*

Du bist krankhaft neugierig, teilte ich ihm mit.

Und du kaum mitteilsamer als Aiden. Er ist nur reingeschneit, hat sich deinen Kram geschnappt und ist wieder verschwunden, beschwerte er sich. *Violet, als dein guter Freund muss ich wissen, was da läuft.*

Er beendete seine Nachricht mit einer solchen Flut an eindeutig-zweideutigen Emojis, dass ich das Handy mit rotglühenden Wangen wieder im Bett vergrub. Aber wenn ich Dorian das nächste Mal begegnete, würde ich seinen neugierigen Fragen nicht einfach entgehen können, indem ich eine Bettdecke über ihn warf. Was sollte ich ihm sagen? Und Chloe?

Einfach die Wahrheit? Und was genau war die Wahrheit? Ich war ziemlich sicher, dass es mit ›Wir waren an einem See und haben geknutscht‹ nicht getan war. Da war noch mehr, oder nicht? Ich mochte ihn. Ich mochte ihn irgendwie mehr, als ich erwartet hätte. Mehr, als ich vermutlich sollte.

Ein Geräusch an der Tür riss mich aus meinen Überlegungen, und sofort schlug mein Herz höher. Ich verschob die Lösung meiner ungeklärten Fragen auf einen späteren Zeitpunkt und lief Aiden entgegen. Außer meinem Riesenkoffer hatte er noch eine Papiertüte in der Hand, die er jetzt hochhielt. »Frühstück«, verkündete er.

Dankbar schleppte ich den Koffer ins Gästezimmer, zog frische Kleidung an – Jeansshorts und ein weißes Spitzentop – und flocht meine noch feuchten Haare zu einem seitlichen Zopf ein, damit sie nicht alles volltropften. Aiden verschwand solange im Bad, um das Seewasser abzuduschen und seine Zähne zu putzen. Dann setzten wir uns im Wohnzimmer auf den Boden, in das goldene Viereck aus Licht, das die Sonne hereinwarf, und machten uns über den Inhalt der Papiertüte her.

»Sushi?«, fragte ich grinsend.

»Es gibt kein besseres Frühstück als rohen Fisch«, behauptete er und griff nach der Wasabipaste.

Es gab so viele Dinge, die ich ihn fragen wollte. Nicht nur, was er alles vor mir verbarg, sondern auch, was nun mit uns war. Ob er mich mochte. Ob die Zeit am See ihm etwas bedeutet hatte. Aber ich wollte den friedlichen Moment nicht zerstören, und so betrachtete ich schweigend die Staubkörner, die in den Sonnenstrahlen schwebten.

»Was ist das eigentlich für eine Pappschachtel unterm Bett?«, fragte er beiläufig.

Das Blut in meinen Adern gefror schlagartig zu Eis. Die Staubkörner schienen langsamer zu taumeln und dann in der Luft einzufrieren. Ich öffnete den Mund, um etwas zu sagen, klappte ihn dann wieder zu, als kein Ton herauskam. Ich sprang auf, ohne mich darum zu kümmern, dass sich Maki-Röllchen und Sojasoße auf dem Boden verteilten, rannte ins Gästezimmer und warf mich vor dem Bett auf die Knie. Mit zitternden Fingern zog ich den Karton hervor und presste ihn schwer atmend an meine Brust. Mein Herz pochte wie verrückt.

»Hast du ihn aufgemacht?«, stieß ich hervor.

Aiden stand an den Türrahmen gelehnt und betrachtete mich stirnrunzelnd. Panik machte sich in mir breit. Ich musste es wissen, auf der Stelle.

»Hast du hineingesehen?«, herrschte ich ihn an, als er nicht schnell genug antwortete. Ich wollte nicht schreien, aber die Angst schaltete jeden klaren Gedanken aus.

Bitte, hämmerte es durch meinen Kopf, bitte sag nein. Mein Herz raste, als wollte es meinen Brustkorb von innen heraus zerschmettern. Er durfte den Inhalt nicht gesehen haben, er durfte einfach nicht. Es war mein Geheimnis, mein schmutziges, kleines Geheimnis, und niemand durfte dahinterkommen. Niemals.

Ich hatte nie darüber nachgedacht, was geschehen würde, wenn jemand es herausfände – nachdem meine Eltern und Jackson mich nicht ernstgenommen hatten, hatte ich nicht vorgehabt, es je wieder jemandem zu sagen. Aber die Vorstellung, Aiden könnte über mein Geheimnis gestolpert sein, kam für mich plötzlich einem Weltuntergang gleich.

Sein Unterkiefer war angespannt. »Nein«, sagte er endlich. »Ich habe gesehen, dass du etwas unterm Bett vergessen hast. Das ist alles. Ich habe dein Zeug nicht angefasst.«

Ich atmete hörbar auf.

»Violet, was um alles in der Welt ist da drin?« Seine dunklen Augenbrauen zogen sich zusammen.

Er kam einen Schritt auf mich zu, und sofort sprang ich auf, den Karton immer noch an mich gepresst, und wich zurück. Eine Hand streckte ich aus, um ihn auf Abstand zu halten.

»Nichts. Ich kann nicht darüber reden«, presste ich hervor und versuchte nicht loszuheulen. All die Ängste, die ich wegen meines Stalkers über die Jahre hinweg ausgestanden hatte, flackerten wieder auf und tobten wie ein Gewitter durch meine Brust. Ich hatte sie nicht vergessen, nur verdrängt, und nun schwappten sie wieder an die Oberfläche.

»Himmel – Violet! Ich will doch nur …« Er ging noch einen Schritt in meine Richtung.

Meine Fingernägel bohrten sich in die Pappe. Mit den Kniekehlen prallte ich an die Bettkante und kippte zurück, landete auf der Matratze und krabbelte rückwärts, bis ich die Wand im Rücken spürte, alles, ohne ihn aus den Augen zu lassen.

»Das geht dich nichts an«, fauchte ich wie eine Katze, die in die Enge getrieben wurde. »Das ist meine Sache!«

Er ging noch einen Schritt auf mich zu, beide Handflächen entwaffnend nach vorne gedreht. Hektisch verbarg ich die Schachtel hinter meinem Rücken, sprang auf und stürzte mich Aiden entgegen. Meine Hände trafen auf seine Brust und stießen ihn zurück – oder versuchten es. Es war, als versuchte ich, eine Wand zu verrücken. Aiden blickte auf mich hinab, als hätte ich den Verstand verloren.

Beide Hände gegen seinen Brustkorb gestemmt, stierte ich hoch zu ihm und versuchte ihn aus dem Zimmer zu schieben. »Raus«, stieß ich zwischen zusammengebissenen Zähnen hervor. Alles, was jetzt zählte, war, dass er verschwand – und mein Geheimnis sicher war.

Langsam ging er rückwärts, und sobald er durch die Tür war, schlug ich sie hinter ihm zu. Das Letzte, was ich von ihm sah, war der verwirrte und verletzte Ausdruck in seinen

Augen. Erschöpft lehnte ich mich gegen das Holz, Fäuste und Stirn dagegengepresst. Meine Atemzüge kamen rau und stoßweise.

Kurz hörte ich Aiden jenseits der Tür, und ich fragte mich, ob er sich auch dagegenlehnte; ob unsere Hände nur durch ein paar Zentimeter Holz voneinander getrennt waren. Dann entfernten sich seine Schritte, und er knallte seine eigene Zimmertür lautstark zu.

Ich flüchtete zurück aufs Bett. Fieberhaft glitten meine Finger über den Karton, und ich versuchte festzustellen, ob irgendwas daran anders aussah als sonst. Aber natürlich tat es das nicht, abgesehen davon, dass meine Fingernägel gerade Dellen in der Pappe hinterlassen hatten. Wenn jemand ihn geöffnet und wieder geschlossen hätte, sähe ich das ohnehin nicht, aber es war nicht geschehen. Aiden sagte die Wahrheit, das wusste ich.

Ich barg das Gesicht in den Händen.

Kacke.

Riesengroße Kacke.

Ich war total ausgerastet, hatte mich aufgeführt wie eine hysterische Furie. Ich hatte komplett die Kontrolle verloren. Dafür gab es keine Entschuldigung.

Warum hatte ich so heftig reagiert? Ich wusste es selbst nicht genau. Die Postkarten waren wie ein Schandfleck in meinem Leben, und obwohl mir bewusst war, dass ich mir dafür keine Schuld geben durfte, sondern nur meinem Stalker, schämte ich mich dafür. Ich war das Psychomädchen mit dem verrückten Stalker, das Psychomädchen mit den Panikattacken. Das Psychomädchen, das eigentlich nur normal sein wollte, so wie alle anderen, und daran gehindert wurde. Und ich wollte nicht, dass Aiden mich so sah – als dieses Wrack, das ich innerlich war.

Aber die irrationale Scham war nicht der einzige Grund für meinen Ausbruch. Alles, was ich wollte, war, meine Ängste zu vergessen. Die Postkarten zu verdrängen. Darüber zu sprechen oder sie gar jemandem zu zeigen hätte all das, was ich aus meinem Gedächtnis streichen wollte, wieder realer gemacht.

Die Karten waren ein Monster aus meiner Vergangenheit, an das niemand rühren durfte, weil ich befürchtete, dass es sonst mit blitzenden Zähnen und auf klackenden Krallen in die Gegenwart schleichen könnte. So als hätte ich Angst, jede Beschäftigung mit dem Thema könnte meinen Stalker wieder auf meine Fährte locken und den Albtraum von Neuem beginnen lassen.

Ich ließ mich auf die Seite fallen, rollte mich zusammen und starrte den Karton an, der sich kaum eine Handbreit vor meinem Gesicht befand. Tränen brannten in meinen Augen, aber ich kämpfte sie zurück und schluckte sie herunter.

»Ich sollte dich verbrennen«, zischte ich der Schachtel zu. All die Karten sollten in Flammen aufgehen.

Aber ich konnte es nicht tun. Ich schleppte die Last mit mir herum, unfähig, sie abzusetzen. Egal, wie weit ich weglief: Ich nahm meine Probleme, meine Ängste und meine Erinnerungen mit. Vor über zwei Jahren war etwas in mir zerbrochen, und selbst wenn ich meilenweit rannte, Ländergrenzen überschritt, Ozeane überquerte, würde es nicht wieder heilen. In dem Moment wurde mir bewusst, meine Flucht war aussichtslos. Die Erkenntnis traf mich mitten in den Magen wie ein Faustschlag.

Ich blieb im Bett liegen. Mein Herz, das gerade noch gerast hatte wie verrückt, wurde langsamer und schwächer, bis ich beinahe glaubte, es würde ganz aufhören zu schlagen. Die Zeit zog sich zäh wie Honig. Eine Fliege hatte sich ins Zimmer verirrt, und reglos lauschte ich ihrem Surren. Ich sah ihr zu, als sie über die Pappschachtel krabbelte, und zuckte nicht einmal, als sie sich dann auf meinem Arm niederließ.

Ich dachte darüber nach, Jackson anzurufen. Ich sehnte mich schmerzhaft nach einer freundlichen Stimme. Aber wozu? Über die Postkarten konnte ich mit ihm nicht sprechen, seit er mich in der Vergangenheit bereits damit alleingelassen hatte. Und wenn ich ihm einfach erzählte, es ginge mir schlecht, würde er mir Vorhaltungen machen, weil ich mich nicht von Aiden fernhielt. Er würde fordern, dass ich zurück nach Florida kam, und das war das Letzte, was ich wollte.

Das Licht, das durch das Fenster hereinfiel, wanderte langsam durch den Raum und zeigte mir, wie die Zeit verstrich. Ich blieb liegen, bis es allmählich dunkel wurde. Ich hatte den ganzen Tag im Bett verbracht und sah mich immer noch unfähig, aufzustehen. Mein Körper fühlte sich seltsam taub an.

Wie konnte ich von Aiden erwarten, seine Geheimnisse mit mir zu teilen und mit mir über seine Vergangenheit zu sprechen? Wer war ich, ihm vorzuwerfen, dass er Probleme mit sich selbst und dem Rest der Welt hatte?

Ich war innerlich ebenso zerbrochen wie er. Vielleicht waren wir gar nicht so unterschiedlich, wie man meinen könnte.

Die Fliege landete auf meiner Nase. Ich wedelte mit der Hand, um sie zu verscheuchen, und setzte mich dann langsam auf. Mein Blick wanderte zur Tür, und bevor ich darüber nachdachte, stand ich auf und öffnete sie leise. Aiden war nicht zu sehen, vermutlich war er in seinem Zimmer.

Minutenlang schlich ich durch die Wohnung, machte einen Zwischenstopp im Bad, streifte durch die Küche und kam schlussendlich vor seiner Tür zu stehen. Unschlüssig wippte ich von den Zehen auf die Fersen und wieder zurück. Es war, als gäbe es zwei Violets: Die eine schämte sich so sehr für ihren Ausbruch, dass sie Aiden nie mehr unter die Augen treten wollte. Die andere wollte ihn einfach sehen, und es war ihr völlig egal, ob er sie jetzt für irre hielt.

»Sei kein Hühnchen«, flüsterte ich, hielt den Atem an, klopfte an die Tür und trat dann ein.

Aiden saß an seinem PC. Über den Monitor flackerte gerade eine Videosequenz aus einem Computerspiel. Als ich hereinkam, stand er auf, verschränkte die Arme und musterte mich misstrauisch, als erwartete er, dass ich gleich wieder herumschreien würde.

Ich holte tief Luft. »Tut mir leid.«

Langsam nickte er, dann kam er mir einen Schritt entgegen. »Was genau war …«

Rasch legte ich ihm einen Finger auf die Lippen und brachte ihn damit zum Schweigen. »Bitte nicht«, flüsterte ich.

Wieder nickte er.

Ich setzte mich an seine Bettkante und fühlte mich plötzlich schrecklich verloren. Was suchte ich hier eigentlich?

Aiden setzte sich neben mich und zog mich behutsam in seine Arme. Ich ließ mich einfach gegen ihn kippen und lehnte den Kopf an seine Brust.

»Sorry, ich war echt blöd«, murmelte ich eine weitere Entschuldigung.

Er zuckte nur wortlos mit den Schultern, hielt mich weiterhin fest und zog mich weiter ins Bett. Ich rollte mich zusammen, und er lag hinter mir, seine Arme fest um mich geschlossen. Der Monitor, auf dem immer noch das Computerspiel zu sehen war, tauchte den Raum in blasses Licht. Es war eigentlich zu früh, um schlafen zu gehen, aber mit einem Mal war ich furchtbar müde. Während Aiden mich im Arm hielt, schlief ich ein.

∞

Als ich aufwachte, war ich allein. Schlaftrunken tastete ich nach Aiden und fuhr dann abrupt im Bett hoch, als mir einfiel, dass ich zum College musste. Ich konnte nicht schon wieder schwänzen. Es war schon hell; durch die offenen Vorhänge fiel Sonnenlicht herein. Hektisch fragte ich mich, ob ich all meine Vorlesungen verschlafen hatte.

Aber die Digitalanzeige des Weckers auf dem Nachttisch zeigte zum Glück erst sechs Uhr an, also hatte ich mehr als genug Zeit.

Leises Wasserrauschen verriet mir, dass Aiden gerade duschte. Genüsslich streckte ich mich, versuchte zu verdrängen, dass ich mich gestern total zum Affen gemacht hatte, und stand auf. Plan A war, in mein Zimmer zu gehen, mich umzuziehen und mich fürs College fertig zu machen. Aber ich verwarf ihn spontan zugunsten von Plan B: mich in Aidens Zimmer umzusehen, um mehr über ihn zu erfahren. Ich wollte ihn besser kennenlernen.

Langsam drehte ich mich im Kreis und ließ den Blick schweifen. Ich schaute die PC-Spiele durch, die sich neben dem Monitor stapelten, kannte die meisten aber nicht. Ich war nie eine große Gamerin gewesen. Viel mehr interessierten mich die etlichen Bücher in seinem großen dunklen Holzregal. Ich schritt daran entlang, ließ meine Finger über die Buchrücken gleiten, zog manche aus dem Regal, um sie genauer unter die Lupe zu nehmen. Ein Lächeln stahl sich auf mein Gesicht: Ich mochte seinen Literaturgeschmack, der perfekt zu ihm passte. Neben großen Autoren wie Oscar Wilde, Mary Shelley und Edgar Allan Poe standen Horrorromane, von denen ich nie gehört hatte, obwohl ich mich auch gerne gruselte, und ein paar dicke Fantasywälzer. Die drei Bände von *Herr der Ringe* standen in einem schönen Schuber, den ich gierig betastete, und wurden flankiert von *Game of Thrones*. Ich fand sogar ein paar Mangas und Graphic Novels, deren düsterer Zeichenstil mich faszinierte.

Ich wandte mich vom Regal ab, und da sah ich ihn – den Koffer. Den kleinen schwarzen Koffer, den Aiden so oft bei sich hatte und der mich von Anfang an vor ein Rätsel gestellt hatte. Chloe hatte vermutet, darin seien Liebesbriefe seiner verstorbenen ersten Liebe, ich hatte eher auf einen abgetrennten Kopf getippt. Das hier war die perfekte Gelegenheit, das Rätsel zu lösen und die Wahrheit herauszufinden. Vielleicht konnte ich ja einen winzigen Blick riskieren? Bloß eine Sekunde lang, nur um sicherzugehen, dass er nicht doch ein Mörder war, der Körperteile seiner Opfer mit sich herumtrug.

Brüsk wandte ich mich ab. Nein, das konnte ich nicht tun. Natürlich nicht, ich schämte mich für den bloßen Gedanken. Aiden hatte seine Geheimnisse ebenso wie ich, und ich durfte sie ihm nicht entreißen. Abgesehen davon würde er mich vermutlich vor die Tür setzen und nie wieder ein Wort mit mir reden, wenn er mich ertappte. Ich verschränkte die Arme, um meine Hände daran zu hindern, sich selbstständig zu machen und den Koffer zu öffnen.

Ich spitzte die Ohren und stellte fest, dass Aiden immer noch duschte. Nachdenklich schürzte ich die Lippen: Zumindest von außen konnte ich das Ding ansehen.

Ganz langsam drehte ich mich wieder zum Koffer herum. Er stand mitten auf dem Schreibtisch, wie auf einem Präsentierteller. Ich könnte schwören, dass ein Sonnenstrahl durch das Fenster direkt darauffiel, wie in einem Film, wenn man etwas Wichtiges auf keinen Fall übersehen sollte. Wie ein Scheinwerfer auf der Bühne, der meine Aufmerksamkeit direkt auf den Koffer lenkte.

Ich tippte nervös mit dem Zeigefinger an meine Unterlippe, streckte die Hand nach dem Koffer aus, zog sie wieder zurück. Ich schlich um ihn herum wie eine Katze um den heißen Brei. Schließlich nahm ich meinen Mut zusammen und ließ meine Finger über das abgenutzte schwarze Leder und die abgestoßenen Ecken gleiten. Das Gepäckstück schien alt zu sein; alt genug, um geheimnisvoll zu wirken. Warum um alles in der Welt hatte Aiden einen antik wirkenden Koffer, und was bewahrte er darin auf?

Plötzlich erklang ein Geräusch hinter mir. Ich fuhr herum, zuckte zurück und stieß so heftig gegen den Tisch, dass er wackelte.

Aiden stand mit verschränkten Armen in der Tür. Verdammt. Ich war so auf den Koffer konzentriert gewesen, dass mir überhaupt nicht aufgefallen war, dass die Duschgeräusche aufgehört hatten. Ich fühlte mich wie Belle im Disneyfilm, als sie unerlaubterweise den Westflügel betreten hatte und vom wutschnaubenden Biest ertappt wurde.

»Ich … ich …«

»Du?« Eine Augenbraue zog sich hoch.

»Es tut mir leid! Ich wollte nicht hineinschauen. Also – ich wollte schon, aber ich habe es nicht getan, und ich hatte es auch nicht vor«, stammelte ich. Es war die Wahrheit, aber warum sollte er mir glauben? Die Situation musste eindeutig wirken. An den Disneyfilm denkend, bat ich: »Bitte schlag jetzt nicht den Raum kurz und klein.« Ich versuchte den Koffer mit meinem Körper zu verdecken – ein sinnloses Unterfangen, denn natürlich wusste er genau, was sich hinter mir befand.

Als er sich bewegte, schreckte ich zusammen, aber er löste nur die verschränkten Arme und ließ sie sinken. »Ich bin nicht das Biest, weißt du? Nicht ganz«, seufzte er. »Und du hast keine verwunschene Rose entdeckt.«

»Kannst du meine Gedanken lesen?«, fragte ich argwöhnisch.

»Vermutlich sollte ich mich nicht wundern, dass du mir so was zutraust«, sagte er bitter. »Im Gegenteil. Damit zeigst du nur, dass du mich richtig einschätzt.«

»Gedankenlesen?«

Ein strafender Blick traf mich. »Auszurasten und dabei alles um mich herum zu zerstören.«

»Also bist du nicht … sauer?«, fragte ich vorsichtig.

Er zuckte mit den Schultern. »Warum? Du sagst, du hättest nicht reingeschaut, also glaube ich dir.« Plötzlich grinste er. »Die Selbstbeherrschung scheint dir aber echt schwerzufallen.«

»Ich wollte wissen, was drin ist, seit ich dich das erste Mal damit gesehen habe«, gestand ich.

Wieder ein Schulterzucken. »Dann schau doch rein.«

Misstrauisch suchte ich in seinem Gesicht nach Anzeichen dafür, dass das Angebot eine Falle war. Aber er verdrehte nur die Augen. »Das Angebot verfällt in fünf … vier … drei …«

Ich hielt den Atem an, meine Hand schnellte vor und ließ die Metallverschlüsse aufschnappen. Mit spitzen Fingern umfasste ich den Deckel und hob ihn wie in Zeitlupe an, das Gesicht möglichst weit weggereckt und beiseitegedreht, als könnte mich etwas Gefährliches anspringen: eine Giftschlange, ein Dämon, ein gruseliger Jack-in-the-Box.

Pfeifend ließ ich den Atem entweichen, als ich sah, was tatsächlich darin war. Schwarzer Lack, weißes Papier. Filigrane Stäbchen, die in einem Halbkreis angeordnet waren. Tasten aus glänzendem Metall, in die Buchstaben eingraviert waren.

Fragend sah ich ihn an. »Eine Schreibmaschine?«

Er nickte. Aiden besaß eine altmodische Kofferschreibmaschine, die so ziemlich das Coolste war, was ich je gesehen hatte.

Zögerlich drückte ich auf eine der Tasten und zuckte erschrocken zusammen, als eines der Metallstäbchen hochschnellte und einen Buchstaben aufs eingespannte Papier hämmerte. Neugierig beugte ich mich weiter vor, um herauszufinden, was auf dem Zettel stand.

Mit einem großen Schritt kam Aiden so nah zu mir, dass ich mich unwillkürlich versteifte, doch er griff nur an mir vorbei und ließ den Koffer zuschnappen – so schnell, dass ich gerade noch meine Finger in Sicherheit bringen konnte.

Ohne mich weiter zu beachten, öffnete er das Fenster und

suchte im Regal nach dem Buch, das wir im Literaturkurs als Nächstes durchnehmen wollten. Unschlüssig stand ich mitten im Zimmer. Ich wusste, dass ich mich allmählich umziehen und meine Collegesachen zusammenpacken musste, aber mir lag noch eine Frage auf der Zunge. »Was tippst du denn so auf der Schreibmaschine?«

»Nichts.«

»Echt jetzt? Du schleppst eine Schreibmaschine nur zum Spaß mit dir herum, weil sie so ein superschickes Accessoire ist? Und was war das für ein Zettel, der darin steckte? Da stand was drauf, falls es dir nicht aufgefallen ist.«

Genervt verdrehte er die Augen. »Na schön. Kurzgeschichten. Zufrieden?«

»Echt?« Verblüfft zog ich die Augenbrauen hoch.

»Ist das so überraschend? Du traust mir zu, einen Biestauftritt hinzulegen und Gedanken zu lesen, aber nicht, eine Geschichte zu schreiben?«

Ich stemmte die Hände in die Hüften. »Klar traue ich dir das zu. Worüber schreibst du denn so?«

Er zuckte mit den Schultern. »Dies und das. Was mir eben so einfällt. Einige meiner Geschichten wurden in Literaturzeitschriften veröffentlicht.«

Ich blinzelte. »Dann bist du ein richtiger Schriftsteller?«

Wieder ein Schulterzucken. »Ach was. Bisher habe ich kein richtiges Buch geschrieben. Nur einen Haufen kleiner Texte.«

»Und …«

»Musst du nicht zum Campus?«, versuchte er mich abzuwimmeln, und zwar erfolgreich. Ein Blick auf die Uhr verriet mir, dass ich mich beeilen sollte. Ich ließ mich von ihm durch die Tür hinausschieben, nahm mir aber fest vor, das Thema noch einmal anzusprechen.

∞

Ich machte mich ohne Aiden auf den Weg zum College. Er hatte morgens frei, erst den zweiten Kurs hatten wir gemeinsam. Nach den vergangenen Tagen fühlte es sich merkwürdig an, meinem ganz normalen Alltag nachzugehen: in meinem Auto zu sitzen, den Campus anzusteuern und mich gedanklich auf das Seminar vorzubereiten, so als sei alles wie immer. So als hätten die letzten Tage nicht mein komplettes Gefühlsleben auf den Kopf gestellt.

»Violet!« Sobald ich den Hörsaal betrat, sprang Chloe auf, rannte mir entgegen und umarmte mich so überschwänglich, dass mir die Luft wegblieb. »So schön, dass du heute wieder hier bist. Ich habe dich vermisst.«

»Eigentlich war ich nur gestern nicht hier«, erinnerte ich sie grinsend und erwiderte die Umarmung. »Es ist ja nicht so, als wäre ich wochenlang untergetaucht.«

»Hat sich aber so angefühlt«, seufzte sie. »Komm, ich habe deinen Platz freigehalten und dir einen ekelhaft süßen Kaffee geholt. In der verzweifelten Hoffnung, dass du auftauchst und ich das Gesöff nicht selbst trinken muss.«

Während ich ihr zu unserem Platz folgte, überlegte ich fieberhaft, was ich ihr erzählen sollte – wegen Aiden, Dorian, und überhaupt. Schon während der Autofahrt hatte ich darüber nachgedacht, ohne zu einer Antwort zu kommen, mit der ich mich auch nur ansatzweise wohlfühlte. Ich hatte keine Lust, sie anzulügen, immerhin war sie meine Freundin. Aber

Dorians Geheimnis würde ich wahren, selbst vor ihr, so viel stand natürlich fest. Und was Aiden betraf ... Konnte ich ihr wirklich erzählen, was am See passiert war? Es war ein so besonderer Moment gewesen – eine Sache nur zwischen Aiden und mir. Außerdem hatte ich keine Ahnung, wie Aiden es fände, wenn ich über ihn und mich sprach. So wie ich ihn kannte, würde er Chloe danach ermorden, um Zeugen zu beseitigen.

Na gut, das würde er nicht tun, aber begeistert wäre er sicher nicht.

Abgesehen davon wusste ich nicht, was genau bei mir und Aiden lief. Alles zwischen uns fühlte sich so unsicher und flüchtig an; ein filigranes Konstrukt, das jeden Augenblick in sich zusammenstürzen konnte wie ein Kartenhaus. Ich mochte ihn, und die Küsse im See und im Boot waren das Atemberaubendste gewesen, was ich je erlebt hatte. Aber wie sah er das? Er fand mich okay – aber so dachte er bestimmt über viele Mädchen.

Chloe stützte die Ellenbogen auf den Tisch, legte das Gesicht in ihre Handflächen und sah mich erwartungsvoll an. »Und? Lass mich raten – du warst gestern nicht da, weil du und Dorian ... beschäftigt wart?«, fragte sie verschwörerisch.

Ich unterdrückte ein Seufzen. Richtig – sie dachte, ich wohnte noch bei ihm. In letzter Zeit war ich so oft zwischen verschiedenen Wohnorten hin- und hergesprungen, dass ich selbst fast den Überblick verlor. Wenn ich ihr sagte, dass ich bei Aiden übernachtet hatte, würde ich das auch begründen müssen. Musste ich es ihr sagen? Bei meinem wankelmütigen Wohnverhalten war ich morgen vielleicht schon wieder bei Dorian oder wo auch immer.

Ausgerechnet Jenna ersparte mir die Antwort. Sie stemmte die Hände so abrupt vor mir auf den Tisch, dass ihre filigranen Armreifen klirrten und ich vor Schreck zurückzuckte. Mit kalter Verachtung blickte sie auf mich herab.

»Ich schätze, nachdem du jetzt mit Dorian herummachst, brauchst du den Ersatzschlüssel meines Halbbruders nicht mehr, oder?« Ihre tiefblauen Augen blickten kühl, die schönen Gesichtszüge wirkten ohne das übliche Lächeln wie die einer Schaufensterpuppe.

Die offene Feindseligkeit in ihrer Stimme schockierte mich. Jenna war immer so freundlich gewesen, beinahe zuckersüß. Dass die Eifersucht sie so änderte, hätte ich nie erwartet. Hektisch kramte ich in meiner Tasche nach dem Schlüsselbund und pfriemelte Aidens Schlüssel durch den Ring, wobei ich mir in meiner Eile einen Fingernagel abbrach. Ich würde ihr jedenfalls ganz bestimmt nicht verraten, was alles zwischen mir, Aiden und Dorian vorgefallen war, und solange sie dachte, dass ich immer noch bei Dorian wohnte, hatte ich keine Ausrede, ihr den Schlüssel vorzuenthalten.

»Hey! Etwas freundlicher, okay?«, begehrte Chloe neben mir auf. »Violet kann nichts dafür, dass Dorian sich nicht für dich interessiert. Und dass du dich jetzt wie eine hysterische Hyäne aufführst, wird ihn sicher nicht in Liebe zu dir entbrennen lassen.«

»Einer Freundin den Kerl wegzuschnappen ist nicht die feine Art«, zischte Jenna, ohne Chloe anzusehen. Ihr Blick fixierte mich immer noch, und sie beugte sich so weit über mich, dass ich mich auf meinem Stuhl furchtbar klein fühlte.

Chloe wollte etwas sagen, um mich zu verteidigen, aber plötzlich hatte ich genug. Ich stand so abrupt auf, dass mein

Stuhl beinahe umkippte und Jenna überrascht zurückwich. Ich hielt ihr den Schlüssel entgegen. »Der Vollständigkeit halber – zwischen Dorian und mir läuft nichts. Wir sind nur Freunde und verstehen uns gut«, sagte ich kühl. So viel konnte ich sagen, ohne sein Geheimnis zu offenbaren. »Aber wenn du denkst, dass du bei ihm landen kannst, hast du dich geschnitten. Ich kann mir nicht vorstellen, dass du sein Typ bist. Er legt Wert auf Charakter.«

Sie biss die Zähne zusammen, ignorierte den Seitenhieb und stürzte sich auf den Happen, der ihr offenbar trotz allem Hoffnung machte. »Was soll das heißen, da läuft nichts? Hältst du mich für blind? Ich habe gesehen, wie ihr euch geküsst habt. Jeder hat das gesehen.«

»Sei ehrlich. Hast du bisher nur Kerle geküsst, mit denen du eine feste Beziehung hattest?«, fragte ich freundlich.

»Sicher nicht«, gluckste Chloe. »Wenn man Scott glauben darf, hat sie mit der halben Hockeymannschaft rumgemacht.«

Jenna funkelte mich noch einen Moment wütend an, dann schnappte sie mir den Schlüssel aus der Hand, warf sich die glänzenden Haare über die Schulter zurück und rauschte ab.

»Woah.« Chloe kicherte ungläubig und schaute Jenna mit großen Augen hinterher. »So hätte ich sie niemals eingeschätzt.«

Ich ließ mich wieder auf meinen Stuhl fallen. »Ich auch nicht. Chloe, tut mir leid, dass du jetzt meinetwegen auch Streit mit ihr hast. Du hättest dich nicht auf meine Seite schlagen müssen. Ihr beide wart doch Freundinnen.«

Sie schnaubte empört. »Machst du Witze? Die Frau hat sie nicht mehr alle. Ich schaue doch nicht tatenlos zu, wenn sie auf dich losgeht. Schon vergessen? Ich bin The Flash. Total superheldenmäßig. Ich kämpfe gegen das Böse, und Jenna ist eindeutig eine von den Bitterbösen.«

Ich musste lachen. »Danke, Chloe«, sagte ich dann leise. »Das bedeutet mir echt viel.«

»Aber mal zu den wirklich wichtigen Themen: Läuft da wirklich nichts zwischen dir und dem Surferboy, oder hast du das nur so gesagt?«, erkundigte sie sich.

Ich schüttelte den Kopf. »Da ist ehrlich nichts. Er ist toll und süß, und ich mag ihn wirklich gerne. Aber wir haben beide festgestellt, dass wir nicht aufeinander stehen. Die Küsse waren schön, aber es hat eben nicht gefunkt.«

Sie nickte und fragte nicht weiter nach. Ich stellte erleichtert fest, dass das Thema Männer damit erledigt war. Bis der Dozent hereinkam, unterhielten wir uns im Flüsterton über Jennas Mutation von Miss Perfect zur Superzicke.

»Weißt du was?«, griff Chloe das Thema nach dem Kurs wieder auf. »Ich bin gar nicht mehr so sicher, dass die ganzen Jenna-Vorfälle wirklich Zufall waren. Die Überfallsparty, dass sie dir das falsche Buch fürs Literaturseminar genannt hat … Entweder, sie ist wirklich unfassbar verpeilt, oder sie konnte dich die ganze Zeit schon insgeheim nicht leiden. Immerhin hat Dorian sofort mit dir geflirtet, als er dich auf der Party gesehen hat. Jenna war auch dabei, sie hat es gesehen.«

Ich nickte zögerlich. »Darüber habe ich auch schon nachgedacht«, gab ich zu und schauderte beim Gedanken daran, wie freundlich sie mir dennoch immer ins Gesicht gelacht hatte. Wenn sich hinter der strahlenden Fassade wirklich die ganze Zeit schon Zorn und Eifersucht versteckt hatten, war sie eine gute Schauspielerin – und das war ganz schön gruselig.

Ich wollte noch etwas dazu sagen, aber die Worte lösten sich in meinem Kopf zu Staub auf, als ich zur Tür sah. Aiden kam herein, und mein Körper handelte wie von selbst. Ich stand auf und ging ihm lächelnd entgegen, um ihn zu begrüßen. Wir waren jetzt schließlich so was wie Freunde, oder nicht?

Und dann war er auch schon an mir vorbei. Er war nicht stehen geblieben, hatte mich nicht angesehen, hatte sich nicht anmerken lassen, dass wir einander überhaupt kannten. Ich erfasste einen leichten Hauch seines Aftershaves, als wir auf gleicher Höhe waren, dann hörte ich seine Schritte, die sich hinter mir entfernten.

Mein Mund blieb offen stehen. Was zur Hölle sollte das? Und wie unangenehm war das bitte? Zu allem Überfluss spürte ich auch noch, wie mir das Blut in die Wangen schoss. Zauberhaft. Wenn irgendjemand die peinliche Situation bisher nicht bemerkt hatte, wies ihn mein knallrotes Gesicht jetzt mit Sicherheit wie ein Leuchtschild darauf hin.

Der Getränkeautomat.

Mein Blick fiel auf einen Getränkeautomaten, der in der Ecke stand. Ich versuchte zu retten, was zu retten war, und führte meine Bewegung einfach weiter, so als hätte ich die ganze Zeit den Automaten angesteuert und nicht etwa Aiden. Die Haare ließ ich mit gesenktem Kopf halb vor mein Gesicht fallen, um meine rotglühenden Wangen zu verbergen, und stopfte mit klammen Fingern ein paar Scheine in den Geldschlitz.

Erst als ich die Wasserflasche in der Hand hielt, drehte ich mich wieder um. Wie durch ein Wunder schien niemand die demütigende Situation mitbekommen zu haben. Verwirrt suchte ich Aidens Blick, aber er schaute ungerührt aus dem Fenster.

Ich presste die Lippen zusammen, während ich zurück zu meinem Platz ging. Chloe warf mir einen fragenden Blick zu, aber ich zwang ein beruhigendes Lächeln auf mein Gesicht. »Alles okay, ich brauchte nur dringend was zu trinken.«

Die Vorlesung über Literaturkritik begann, aber ich bekam überhaupt nichts von den Inhalten mit. Die Worte des Dozenten rauschten wie unverständliches Kauderwelsch an mir vorbei. Ich konnte mich nur auf Aiden konzentrieren. Der Raum verschwamm, nur ihn sah ich gestochen scharf. Immer wieder schaute ich unauffällig zu ihm, aber er schenkte mir weiterhin überhaupt keine Beachtung.

Schließlich nahm ich meinen Mut zusammen, beugte mich zu ihm und fragte leise: »Hey, hast du mal 'nen Kugelschreiber für mich?«

Endlich sah er mich an, aber sein Blick war völlig gleichgültig. »Nein, sorry.« Damit wandte er sich wieder ab.

Chloe stupste mich an und reichte mir einen Stift. »Hier, du kannst mich doch einfach fragen«, meinte sie unbefangen. Zähneknirschend nahm ich den Kugelschreiber entgegen, den ich eigentlich gar nicht brauchte.

Was sollte dieses blöde Spiel? Es war, als hätte er einen Zwillingsbruder. Ein Aiden hatte mich am See geküsst und mich im Schlaf festgehalten – der andere behandelte mich wie eine Fremde. Mich überraschte selbst, wie weh das tat.

Ich kämpfte gegen die Tränen an, die plötzlich in meinen Augen brannten und meine Kehle so verengten, dass ich kaum Luft bekam. Meine Hand krampfte sich so fest um Chloes Kugelschreiber, dass ich ihn fast zerbrach.

»Alles okay?« Sanft legte sie die Hand auf meine Schulter und schaute mich besorgt an.

Ich nickte. »Geht schon«, presste ich hervor. »Ich habe auf einmal schreckliche Kopfschmerzen. Ich fahre gleich nach der Vorlesung nach Hause.«

Sobald die Stunde vorbei war, stand ich auf, packte hastig meine Sachen, murmelte einen Abschied und verließ fast fluchtartig den Raum. Ich brauchte dringend frische Luft, um wieder klar denken zu können. Ich wollte zum Ausgang, aber plötzlich schloss sich eine Hand fest um meinen Unterarm. Aiden zog mich einfach hinter sich her.

»Was soll das?«, fauchte ich aufgebracht, aber er ließ nicht los. Ich stolperte hinter ihm her die Treppen hoch, bis wir auf dem Dach standen. Dann erst hielt er an, sein Griff um meinen Arm löste sich.

Ich atmete tief ein und zählte in Gedanken bis zehn. »Was sollte das?«, fragte ich dann mühsam beherrscht.

Statt zu antworten, ging er zur Kante des Dachs und setzte sich mit einer geschmeidigen Bewegung. Kopfschüttelnd starrte ich ihm nach und wünschte, ich könnte mit einem Laserblick Löcher in seinen Rücken brennen. Als diese Versuche jedoch erfolglos blieben, folgte ich ihm.

Ich schluckte, als ich den Rand erreichte. Ohne hinunterzusehen, setzte ich mich ganz vorsichtig und mit butterweichen Knien. Erst als ich sicher saß, riskierte ich einen Blick in die Tiefe und sog scharf die Luft ein. Meine Füße baumelten in schwindelerregender Höhe. Unter ihnen war nur Luft – und ganz tief unten harter Asphalt.

»Also?«, fragte ich leise, als sich meine Atmung halbwegs beruhigt hatte. Meine Wut war schon wieder verraucht, geblieben waren Verwirrung und Traurigkeit. »Warum hast du mich ignoriert?«

Er ließ sich Zeit mit seiner Antwort. »Denk doch nach«, sagte er schließlich. »Wenn die Leute dich mit mir in Verbindung bringen würden, würde das ein schlechtes Licht auf dich werfen. Was meinst du, was sie über dich denken würden? Bei den meisten wärst du sofort unten durch. Also darf niemand wissen, was passiert ist.«

Ich konnte nicht anders, ich lachte einfach auf. »Ist das dein Ernst?«, stieß ich hervor. »Du kümmerst dich darum, was irgendwelche Leute denken? Das ist doch ein Witz.«

Aber es schien ihm ernst zu sein. Sein Kinn war leicht vorgeschoben, der Blick in die Ferne gerichtet. Ich suchte vergeblich nach dem Ansatz eines Grinsens. »Ich natürlich nicht«, berichtigte er mich, »aber du solltest dich darum kümmern. Du bist nicht wie ich. Du hast die Chance auf ein ganz normales Leben, und glaub mir, die solltest du nutzen.«

»Das ist mir völlig egal.«

»Aber mir nicht. Und dir mit Sicherheit auch nicht, wenn du darüber nachdenkst. Ich bin niemand, mit dem man in Verbindung gebracht werden sollte.«

Der Wind blies durch mein Haar und wirbelte es hoch. Ich blickte über die Wälder, die sich schier endlos erstreckten, entdeckte den See, den ich schon beim letzten Mal von oben gesehen hatte, und fragte mich, ob es unser See war. Wenn ich zaubern könnte, hätte ich uns beide jetzt dorthin teleportiert – an diesen magischen Ort, fern von der realen Welt mit all ihren Problemen.

»Und wie soll das in Zukunft sein?«, fragte ich bitter. »Sollen wir für immer so tun, als würden wir uns kaum kennen?«

Endlich sah er mich an, aber sein Blick war distanziert. »Welche Zukunft? Violet … Wach auf. Das, was wir hatten oder haben, sind nur ein paar gestohlene Momente. Mit jemandem wie mir kann es keine Zukunft geben. Es tut mir leid, wenn ich irgendwie einen falschen Eindruck erweckt habe.«

Die Worte waren wie eine Ohrfeige. »Du irrst dich«, presste ich hervor.

Für einen Moment dachte ich, er würde die Hand nach mir ausstrecken, aber er stützte sich nur an der Kante auf und stand auf. Er schüttelte den Kopf. »*Du* irrst dich.« Mit diesen Worten ging er einfach und ließ mich allein auf dem Dach zurück.

Jetzt konnte ich die Tränen, die mir seit der Vorlesung in den Augen brannten, nicht mehr zurückhalten. Heiß strömten sie über meine Wangen.

Kapitel 12

Wütend stapfte ich die Treppe zu Aidens Wohnung hoch. Er hatte es wieder einmal geschafft, mich total auf die Palme zu bringen. Wie konnte man nur so stur sein?

Es war frustrierend, so furchtbar frustrierend. Warum machten Aiden und ich es einander so schwer? Warum konnten wir nicht einfach nett zueinander sein? Jeder von uns war wie ein Minenfeld. Ein falscher Schritt, ein falsches Wort, und schon konnte eine Bombe explodieren. Mein Stalkergeheimnis war für mich ein ähnlich sensibles Thema wie seine Geheimnisse für ihn. Ich ließ ihn nicht an mich heran und er mich nicht an sich.

Erst als ich vor der Wohnungstür stand, fiel mir ein, dass ich keinen Schlüssel mehr hatte. Die Haustür im Erdgeschoss hatte offen gestanden, aber jetzt kam ich nicht mehr weiter.

Genervt drückte ich auf die Klingel und klopfte gleichzeitig mit der Faust an die Tür, bis Aiden öffnete. Er zog eine Augenbraue hoch, sonst zeigte sein Gesicht keine Regung.

»Jenna hat den Schlüssel«, sagte ich knapp.

Er sah so aus, als wollte er etwas erwidern, aber ich ließ ihn nicht zu Wort kommen. Auf Gespräche hatte ich jetzt keine Lust. Nicht nachdem er mich im Hörsaal mit Missachtung gestraft und dann auf dem Dach lauter Sachen gesagt hatte, mit denen ich nicht einverstanden war.

Forsch wollte ich mich an ihm vorbei in die Wohnung drängen, aber ich kam nicht weit. Überrumpelt schnappte ich nach Luft, als Aiden meine Schultern umfasste, mich an die Wand drückte und mich festhielt. Unsere Gesichter waren kaum eine Handbreit voneinander entfernt. Atemlos starrten wir einander an, ohne etwas zu sagen. Aiden blinzelte – er schien selbst überrascht über seine eigene Handlung zu sein und sich zu fragen, wie wir gerade in diese Situation gekommen waren.

Ich hatte keine Ahnung, wer den ersten Schritt machte, und es spielte auch überhaupt keine Rolle. Was zählte, war einzig und allein, dass wir uns von einem Moment auf den anderen in einem leidenschaftlichen Kuss wiederfanden.

Ein kleiner Teil meines Gehirns dachte empört darüber nach, ihn zum Teufel zu jagen, aber der hormongesteuerte Rest brachte diese Gedanken rasch zum Schweigen. Die Wut, die ich gerade noch auf ihn empfunden hatte, fand ein Ventil – sie schlug um in Lust. Ich schlang meine Arme um Aidens Nacken, zog ihn an mich und wünschte, ich müsste ihn nie wieder loslassen. Ich war zwischen ihm und der Wand eingeschlossen und wollte nirgends auf der Welt lieber sein als genau hier.

Seine Zunge strich einen Herzschlag lang über meine Lippen und glitt sanft in meinen Mund. War ich nicht gerade noch sauer auf ihn gewesen? Der Gedanke löste sich in Luft und glitzernde Konfetti auf, als Aidens Hände sich um meine Taille legten und langsam zu meinen Hüften hinabglitten.

Wäre es nach mir gegangen, hätte dieser wilde und wunderbare Kuss nie geendet, doch er war viel zu schnell vorbei. Es schien Aiden viel Willenskraft zu kosten, sich aus meiner Umklammerung zu lösen. Sein Atem ging rau und schwer.

»Aiden«, flüsterte ich und wünschte, ich könnte seine Gedanken lesen.

Seine Hände legten sich sanft an meine Wangen, umfassten mein Gesicht behutsam von beiden Seiten, und ich merkte, dass sie leicht zitterten. Seine Stirn berührte meine für einen Moment. Ich hatte das Gefühl, er wollte irgendetwas sagen, doch er tat es nicht.

Noch einmal trafen seine Lippen auf meine, aber diesmal war es anders. Es war ein unschuldiger Kuss, zart wie Schmetterlingsflügel und süß wie Honig.

Als er mich danach losließ und sich abwandte, fühlte ich mich so benommen, als wachte ich aus einem tiefen Schlaf auf. Meine ganze Haut kribbelte, als liefen unzählige Ameisen darüber, und meine Knie waren puddingweich. Ich brauchte einen Moment, um wieder ganz in die Realität zurückzufinden.

»Wieso …« Aidens Stimme klang rau. Er räusperte sich und setzte neu an. »Wieso genau hast du eigentlich keinen Schlüssel mehr für meine Wohnung?«, wollte er wissen.

Ich atmete tief durch und bemühte mich, meiner Stimme einen normalen Klang zu verleihen. Wollte er etwa zur Tagesordnung übergehen und so tun, als hätten wir uns gerade nicht leidenschaftlich geküsst? »Jenna hatte mir ihren geliehen – aber jetzt hat sie ihn zurückverlangt«, sagte ich, während ich ihm in die Küche folgte, wo er die Kaffeemaschine einschaltete.

»Verlangt?« Er zog eine Augenbraue hoch.

Ich verzog den Mund. »Oh ja, da war sie sehr deutlich. Sehr, sehr deutlich. Ich dachte, sie kratzt mir die Augen aus.«

Er runzelte die Stirn. »Wieso das denn?«

Er schüttete viel Milch in meinen Kaffee, wobei sein angewiderter Gesichtsausdruck verriet, was er davon hielt, und nahm für sich selbst einen schwarzen Kaffee.

»Sie ist eifersüchtig. Wusstest du, dass deine Schwester auf Dorian steht? Sie dachte, dass zwischen mir und ihm was läuft – vielleicht denkt sie es immer noch, keine Ahnung. Und plötzlich bin ich ihre persönliche Erzfeindin.«

Er stellte seine Kaffeetasse so abrupt ab, dass etwas von der schwarzen Flüssigkeit über die Arbeitsplatte schwappte. »Was hat sie gesagt oder getan?«

Ich erschrak über die plötzliche Heftigkeit in seiner Stimme. »Na – nichts! Sie hat mich nur angezickt.«

Sein Blick verfinsterte sich. »Gut. Violet, ich will, dass du dich vor ihr in Acht nimmst.«

Verwirrt legte ich den Kopf schief. »Übertreibst du da nicht etwas? Ich komme schon klar.«

Grimmig schüttelte er den Kopf. »Unterschätz sie nicht. Sie kann hinterhältig und gemein sein – und du nicht. Mit netten Mädchen wie dir hat sie leichtes Spiel. Wenn sie dir wehtut …«

Er wirkte so wütend, dass ich plötzlich beinahe für möglich hielt, er könnte auf seine eigene Schwester losgehen, nur weil diese gemein zu mir war. Ich verschwieg ihm die kleinen Pfeile, die sie bereits früher auf mich abgefeuert hatte, und sagte nur: »Ich komme klar.« Aber eine Sache interessierte mich wirklich. »Warum hast du ihr überhaupt einen Ersatzschlüssel zu deiner Wohnung gegeben? Ich meine – ihr mögt euch offensichtlich nicht besonders.«

Er schnaubte. »Wenn es nach mir ginge, hätte sie mit Sicherheit keinen. Die Wohnung gehört meinem Stiefvater.« Das Wort Stiefvater spuckte er förmlich aus, so verächtlich, dass ich zusammenzuckte. »Er lässt mich hier wohnen, aber er und Jenna haben je einen Ersatzschlüssel. Für Notfälle, angeblich. Bullshit. Natürlich geht es ihnen nur darum, mich kontrollieren zu können.«

»Deshalb ist hier alles so unpersönlich eingerichtet, abgesehen von deinem Schlafzimmer«, sagte ich. »So steril wie im Möbelhaus. Nichts an der restlichen Wohnung sieht nach dir aus.«

»Ich hasse diese beschissene Wohnung«, presste er hervor. »Sie gehört nicht mir, sondern *ihm*. Und trotzdem muss ich hier leben.«

Großartig. Ich hatte es geschafft, innerhalb weniger Minuten zwei Themen anzusprechen, die ihn wütend machten. So sehr, dass ein Muskel an seinem Kinn zuckte und seine Hände fest zu Fäusten geballt waren. Ich hatte gedacht, ich hätte ein Problem mit meinen Eltern – aber wenn ich nun Aidens grimmigen Blick betrachtete, kam es mir so vor, als wären Mom, Dad und ich die glücklichste Familie der Welt. Eine Gänsehaut zog sich über meine Unterarme. Er schien seinen Stiefvater zu *hassen*.

Und trotzdem musste ich noch eine Frage loswerden. »Warum wohnst du dann hier?«, fragte ich vorsichtig.

Erst sagte er nichts, sondern starrte düster ins Leere. Gerade als ich dachte, er würde meine Frage unbeantwortet lassen, sagte er: »Meiner Mom war es wichtig.«

Ich wollte mehr wissen, viel mehr. Aber er kippte seinen Kaffee einfach in die Spüle, ging zur Tür und schnappte sich seine Jacke.

»Warte, Aiden! Wo willst du hin?«

»Schlüsseldienst. Ich lasse dir einen eigenen Schlüssel nachmachen«, erwiderte er knapp.

»Aiden, dein Vater … Stiefvater …«, korrigierte ich mich rasch.

Er schüttelte den Kopf. »Ich will nicht darüber reden.« Und als ich dazu ansetzte, noch etwas zu sagen, fügte er kühl hinzu: »Ich schätze, gerade du verstehst so etwas.«

Ich klappte den Mund wieder zu. Da hatte er nicht ganz unrecht. Schweigend sah ich ihm hinterher.

∞

Chloe verdrehte die Augen und hämmerte mit dem Kugelschreiber aufs Papier ein, um ihren Worten mehr Gewicht zu verleihen: »Wenn Professor Moore das in der Vorlesung so erklärt hätte, hätte ich es gleich verstanden. Aber dem Kerl kann man einfach nicht zuhören! Weißt du, mittlerweile frage ich mich, warum wir überhaupt noch in seine Vorlesung gehen. In der letzten halben Stunde habe ich mehr gelernt als in all seinen bisherigen Vorlesungsstunden.«

Ich musste ihr recht geben: Der Geschichtsprofessor war nicht der beste Dozent, und es war oft schwer, seinen monotonen Vorträgen zu folgen, ohne abzudriften. Chloe und ich hatten panisch festgestellt, dass wir noch keine Ahnung vom Stoff hatten, obwohl in ein paar Wochen Zwischenklausuren stattfinden sollten. Also nutzten wir jetzt die Lücke zwischen zwei Kursen, saßen mit unseren Unterlagen und literweise Kaffee in der Mensa, die um diese Uhrzeit fast leer war, und versuchten etwas über den Amerikanischen Unabhängigkeitskrieg zu lernen. Ich war ganz stolz auf uns, weil wir so konzentriert arbeiteten.

»Wirklich schade, dass es zwischen dir und Dorian nicht gefunkt hat«, meinte Chloe in dem Moment bedauernd.

Ich verzog das Gesicht. So viel zu unserer Konzentration. »Na ja, man kann eben nichts erzwingen«, antwortete ich ausweichend.

Sie nickte betrübt, verschränkte die schlanken Finger und stützte das Kinn darauf. »Stimmt. Und wir werden für dich schon noch wen finden, keine Sorge. Immerhin sind wir hier am College. Wo sonst findet man so viele sexy Typen? Da ist bestimmt was für dich dabei.«

Ich verschluckte mich fast an meinem Kaffee. »Oh nein, schlechte Idee. Ich bin keine verzweifelte alte Jungfer, die man unbedingt vermitteln muss, weil sie sonst einsam und allein stirbt. Da musst du was falsch verstanden haben.«

Sie schenkte mir einen Dackelblick. »Aber Violet. Was ist denn das Leben ohne Liebe?«

»Unkompliziert«, erwiderte ich im Brustton der Überzeugung.

Sie verdrehte die Augen. »Ehrlich, ich verstehe nicht, warum es sich alle Leute immer selbst so schwer machen, wenn es um so was geht. Warum muss Beziehungskram immer kompliziert sein? Alle Welt sollte sich ein Beispiel an mir und Scott nehmen. Ich mag ihn, er mag mich. Oh, und verdammt scharf finde ich ihn auch. Fertig. Einfacher geht es nicht.«

Ich unterdrückte ein Seufzen. Chloe hatte leicht reden – zwischen ihr und Scott schien wirklich alles ganz einfach zu sein, aber für die Sache mit Aiden reichte das Wort ›kompliziert‹ nicht aus.

Das alles erschien mir so furchtbar lächerlich. Zuhause gab es leidenschaftliche Küsse, und in der Öffentlichkeit taten wir so, als wären wir einander völlig fremd. Und wozu das Theater? Alles bloß, weil Aiden meinte, mich vor einem Imageschaden bewahren zu müssen?

Ich wünschte, zwischen uns könnte alles so klar sein wie zwischen Chloe und Scott. Manchmal hatte ich kurz das Gefühl, wir seien einander ganz nah, aber trotz allem war er emotional immer noch ganz weit weg von mir. Ich konnte ihn nicht verstehen, und er mich ebenso wenig, weil auch ich nicht bereit war, mich ihm wirklich zu öffnen.

Es war seltsam unbefriedigend, nicht zu wissen, was da eigentlich zwischen uns lief: Mochten wir einander überhaupt? Waren wir Feinde, Freunde oder … mehr als das? Am liebsten wollte ich der Sache einen Stempel aufdrücken, der mir, Aiden und allen anderen ein für alle Mal sagte, was genau wir miteinander hatten. Dummerweise flüsterte ein boshaftes Stimmchen in meinem Hinterkopf, die Aufschrift dieses Stempels würde mir nicht gefallen.

Und dabei waren wir noch gar nicht weit gegangen. Wir beide wollten mehr, daran konnte kein Zweifel bestehen, und trotzdem hatte Aiden nichts in diese Richtung versucht. Vielmehr schien er sich Mühe zu geben, mich auf Abstand zu halten.

War es nicht laut Klischee eigentlich so, dass die Jungs versuchten, die Mädchen zum Sex zu überreden? Mein Mund wurde trocken und meine Wangen röteten sich, als ich mir selbst eingestand, dass Aiden dazu keine großen Überredungskünste bräuchte. Ich wollte ihm so nah wie möglich sein, viel näher als bisher. Jeder seiner Küsse war atemberaubend gewesen und hatte sich tief in meine Seele eingebrannt, aber ich wollte noch mehr als das. Ich wollte alles – und zwar mit Aiden.

Plötzlich merkte ich, dass Chloe mich merkwürdig anschaute. »Ähm, Violet, bist du geistig noch anwesend?«

Ich wurde rot. »Sorry. Was hast du gesagt?«

»Eigentlich wollte ich nur sagen, dass ich jetzt zur Toilette gehe. Denn so zerstreut, wie du gerade wirkst, würdest du dich sonst sicher gleich ganz schockiert fragen, ob ich mich in Luft aufgelöst habe.«

»Okay. Danke für die Information.« Als ich ihr hinterhersah, biss ich mir auf die Zunge. Ich musste mich dringend zusammenreißen und aufhören, meinen Aiden-Grübeleien nachzuhängen. Neuer Vorsatz: Heute nicht mehr an Aiden denken.

Allmählich füllte sich die Mensa. Essensgerüche und Gelächter hingen in der Luft. Ich beugte den Kopf tiefer über meine Unterlagen und versuchte die Geräuschkulisse auszublenden. Ich las gerade einen Absatz zum fünften Mal, weil ich mir einfach nicht merken konnte, was da stand – als plötzlich etwas Kaltes, Nasses auf meinen Kopf platschte.

Ich war so schockiert, dass ich nicht einmal aufschreien konnte. Ich riss nur den Mund auf, aber kein Ton kam hervor. Eine klebrige Flüssigkeit rann meinen Nacken hinab, sickerte in mein Top und tropfte über mein Gesicht.

»Jenna!«, fauchte Chloe neben mir.

Ich fuhr herum und blickte in Jennas tiefblaue Augen. Sie zog einen unschuldigen Schmollmund. »Oh, sorry, war keine Absicht.« Mit diesen Worten schlenderte sie davon.

Chloe sprang so abrupt auf, dass ihr Stuhl polternd umfiel

und sich alle Blicke auf uns richteten. »Bleib sofort stehen!« Sie wollte hinter Jenna herlaufen, aber ich erwischte sie am Saum ihres Jeanskleides und hielt sie fest.

»Lass gut sein, Chloe. Das ist sie gar nicht wert«, sagte ich so gleichgültig wie möglich. Ich wollte kein Drama. Alle schauten bereits her. Mein Kopf leuchtete hochrot, und ich wollte am liebsten im Boden versinken.

Chloe atmete zischend aus, stellte ihren Stuhl wieder auf und ließ sich darauf fallen. »So eine miese Bitch«, fauchte sie. »Ich kann nicht fassen, dass wir mit ihr befreundet waren.«

Da entdeckte ich Aiden, der mit einem Tablett in der Hand ein paar Meter entfernt stand. Sein Gesicht war vor Zorn verzerrt, er machte den Eindruck, als wollte er hinter Jenna her. Seine angespannte Haltung erinnerte mich an ein Raubtier im Sprung. Ich fing seinen Blick auf, schüttelte leicht den Kopf und legte all meine Überzeugungskraft in meinen Blick. »Bitte nicht«, formte ich mit den Lippen. Er verharrte noch einen Moment, dann ließ er sich resigniert auf den nächsten freien Stuhl sinken.

Jetzt erst merkte ich, dass ich zitterte. Dass jemand so etwas Gemeines tat – nicht in irgendeiner Hollywoodkomödie, sondern im echten Leben –, hatte mich erschüttert. Erst hatte ich so cool getan, aber jetzt war mir plötzlich doch zum Heulen zumute.

»Ich habe ihr doch überhaupt nichts getan«, stieß ich hervor und presste die Lippen fest zusammen, um nicht einfach loszuheulen.

»Sie ist einfach eine miese Kuh.« Düster schaute Chloe ihr immer noch hinterher.

Ich sah an mir hinab und japste erschrocken. Mein mintgrünes Top war voll roter, klebriger Flecken. Ich roch wie ein wandelndes Gummibärchen und tippte darauf, dass ich mit einem Energydrink geduscht worden war.

»Toll. So muss ich jetzt den restlichen Tag rumlaufen«, jammerte ich und wünschte beinahe, ich hätte Chloe und Aiden nicht zurückgehalten, als sie sich auf Jenna stürzen wollten.

Chloe seufzte. »Ich kann dir leider nichts Tolles anbieten – aber zumindest ein getragenes Top. Besser als nichts.« Sie griff in ihre Tasche und brachte ein schwarzes Shirt mit Lochspitze zum Vorschein.

»Warum schleppst du denn Klamotten mit dir herum?«, fragte ich perplex.

Sie grinste. »Das hatte ich gestern an, als ich bei Scott war. Na ja, und heute habe ich eben etwas Frisches angezogen. Weise Voraussicht und schlaue Planung: In letzter Zeit weiß ich nie so genau, ob ich bei ihm oder bei mir übernachte, also habe ich immer Wechselkleidung bei mir.«

Der Kloß, der sich in meiner Kehle gebildet hatte, löste sich plötzlich auf, und ich musste lachen. »Wow. Ein Shirt, das dir der liebestrunkene Scott gestern vom Leib gerissen hat und das mir nebenbei bemerkt vermutlich zwei Nummern zu klein ist.«

Ihr Grinsen wurde noch breiter. »Undankbares Balg«, schimpfte sie scherzhaft.

Ich versuchte sie zu umarmen, was sie quietschend abwehrte, weil sie nichts von den Energydrink-Flecken abbekommen wollte. »Danke, Chloe«, sagte ich. »Ohne Mist – du bist die Allerbeste. Keine Ahnung, was ich ohne dich tun würde.«

»Ich weiß«, sagte sie mit ihrer üblichen Bescheidenheit.

Ich stand auf, um mich auf dem Klo in ein Top zu zwängen, das an der elfenzarten Chloe vermutlich wie eine zweite Haut saß. Ich konnte nur hoffen, es nicht zu sprengen.

Als ich die Toilette gerade verlassen hatte, überraschte Aiden mich und zog mich um eine Ecke, sodass uns niemand sehen konnte. Und bevor ich mich fragen konnte, was er vorhatte, beugte er sich vor. Sanft umfasste er mein Gesicht mit beiden Händen und hob es leicht an. Atemlos starrte ich zu ihm hoch.

»Aiden, was …«

Mit einem Kuss brachte er mich zum Schweigen. Ich schnappte nach Luft, und dann schien es mir plötzlich, als bräuchte ich überhaupt keinen Sauerstoff mehr – nur Aidens Lippen auf meinen.

Ich schlang die Arme um seinen Hals, zog ihn weiter zu mir herab und schloss die Augen. Seine Zähne spielten mit meiner Unterlippe und knabberten leicht daran, und genussvoll seufzte ich.

Und dann war es vorbei, ebenso schnell, wie es begonnen hatte. Sanft löste er meinen Klammergriff um seinen Nacken.

»Schwarz steht dir«, murmelte er.

Mit pochendem Herzen und pochenden Lippen starrte ich ihm hinterher und versuchte zu begreifen, was das gerade gewesen war. Keine Minute später kam Chloe wieder herein, und Aiden saß an seinem Platz, so als sei nie etwas gewesen.

∞

Ich saß im Schneidersitz auf dem Bett, meinen Laptop im Schoß, und stöberte auf Netflix nach neuen Serien. Goldenes Sonnenlicht fiel zum Fenster herein und wärmte meine Haut. Zufrieden summte ich vor mich hin, als ich eine Horrorserie entdeckte, die ich noch nicht kannte.

Dass Aiden an die Tür klopfte, merkte ich erst gar nicht, weil meine klobigen Kopfhörer fast jedes Geräusch schluckten. Als er die Tür öffnete und hereinkam, nahm ich die Kopfhörer ab, legte den Kopf schief und sah ihn fragend an. »Hm?«

Er lehnte in der Tür, fuhr sich mit der Hand durch die Haare und schien auch nicht so recht zu wissen, was er sagen wollte. »Nichts. Ich dachte nur …« Er brach mitten im Satz ab, verschränkte die Arme vor der Brust und sah mich wortlos an. War da etwa Misstrauen in seinem Blick?

Ich verdrehte die Augen. »Ach so, und ich dachte schon, du wolltest kryptische Andeutungen machen und mich dann schweigend anstarren. Also, wenn es weiter nichts ist …«

Er biss sich auf die Unterlippe, schien kurz mit sich zu ringen und wandte sich dann ab. »Ach, vergiss es.«

»Warte«, rief ich, bevor er die Tür hinter sich schließen konnte. »Nun sag schon, was ist los?«

Aiden drehte sich nicht zu mir um, ich sah nur seinen Rücken. »Ich dachte nur … na ja, das, was wir haben, wäre irgendwie exklusiv.« Seine Stimme klang betont beiläufig.

Ich starrte seinen Rücken an. »Exklusiv? Was meinst du denn damit? So wie in: Wir daten niemand anderen?«

»So in etwa«, meinte er schulterzuckend.

»Moment mal.« Ungläubig schüttelte ich den Kopf. »Du bist doch derjenige, der keine Beziehung will. Ich meine – du ignorierst mich in der Öffentlichkeit! Und jetzt sagst du mir, ich darf mich mit keinem anderen treffen?«

Seine Schultern spannten sich kaum merklich an. »Also stimmt es?«

»Was denn? Nein, du Spinner«, schnaubte ich. »Und mir ist schleierhaft, wie du auf die Idee kommst. Aber weißt du was? Du bestehst darauf, dass wir kein Paar sind. Also könnte ich theoretisch zehn Typen gleichzeitig daten, und du dürftest dich nicht darüber beschweren.«

»Mach doch«, knurrte er.

»Ich denke darüber nach, wenn du weiterhin so zickig bist.« Genervt funkelte ich seinen Rücken an und versuchte mit meinen Blicken spitze kleine Pfeile abzufeuern. Irgendwie freute es mich, dass er eifersüchtig war. Das bedeutete, dass ich ihm wichtig war, oder nicht? Aber das gab ihm noch lange nicht das Recht, sich wie ein gottverdammter Idiot aufzuführen.

Endlich drehte er sich wieder zu mir um. »Schön, also heißt das, du hast keinen anderen?« Seine Miene war scheinbar desinteressiert, aber je besser ich ihn kannte, desto leichter konnte ich ihn durchschauen. Meine Antwort war ihm alles andere als egal.

»Da gibt es niemanden«, erwiderte ich ehrlich.

»Und was ist dann das?« Er hielt mir etwas entgegen und runzelte die Stirn. »Das war in der Post.«

Ehe ich mich selbst daran hindern konnte, warf ich den Laptop aufs Bett, sprang auf und riss Aiden das rechteckige Stück Papier aus der Hand. Die Vorderseite der Postkarte war pechschwarz, abgesehen von geheimnisvollen gelben Katzenaugen, die aus dem Dunkel leuchteten.

Fäuste schienen in meinen Magen zu schlagen, immer und immer wieder. Keuchend krümmte ich mich zusammen. Tränen schossen mir in die Augen, die Postkarte verschwamm vor meinem Blick.

Er ist wieder da, hämmerte es unentwegt durch meinen Kopf. *Er ist wieder da, er hat mich gefunden.*

Alles in mir sträubte sich dagegen, die Postkarte umzudrehen und den Text zu lesen. Die Buchstaben jagten mir eine solche Panik ein, dass mir schlecht wurde. Und trotzdem handelte mein Körper wie von selbst.

Kätzchen, du fehlst mir. Ich bin dir immer nah, aber nicht nah genug, stand da.

Ich zitterte so heftig, dass mir die Karte aus den Fingern rutschte. Alle klaren Gedanken waren wie weggefegt. Durch meinen Tränenschleier nahm ich Aiden wahr und sah, dass sich sein Mund bewegte, aber ich hörte nicht, was er sagte. Alles, was ich hören konnte, war mein eigener Herzschlag, der dröhnend laut durch meinen Körper donnerte.

Wie hatte ich nur je glauben können, ich sei hier sicher? In Maine und bei Aiden hatte ich mich irgendwie beschützt gefühlt. Wie dumm ich gewesen war! Mein Stalker würde mich immer finden, ganz egal, wohin ich floh. Das hätte ich wissen müssen. Er war mir immer nah, viel zu nah, wo ich mich auch versteckte. Die Illusion der Sicherheit stürzte in sich zusammen wie ein Kartenhaus. Mein Umzug – meine Flucht – hatte rein gar nichts gebracht.

Meine Arme und Beine kribbelten, als liefen tausend Ameisen durch meine Adern. Ein schmerzhaftes Ziehen breitete sich in meiner Brust aus, mein Herz stolperte und raste unkontrolliert, und plötzlich hatte ich Angst, an einem

Herzinfarkt zu sterben. Ich presste beide Hände auf meine Brust, schnappte verzweifelt nach Luft und merkte auf einmal, dass ich nicht atmen konnte. Meine Kehle war wie zugeschnürt, meine Brust so eng, als lägen Stahlklammern um meine Lunge.

Alles begann sich zu drehen, und ich hatte das Gefühl, gleich ohnmächtig zu werden. Ich versuchte mich an die Anweisungen meiner Therapeutin zu erinnern. Sie hatte Atemübungen empfohlen, aber wie um alles in der Welt sollte ich die machen, wenn ich überhaupt nicht atmen konnte? Mein Mund öffnete und schloss sich, meine Hände fuhren zu meiner Kehle. Tränen strömten ungehindert über meine Wangen. Die Gegenstände im Zimmer schienen sich allmählich in Luft aufzulösen, mein Kopf fühlte sich seltsam leicht und hohl an.

Aber ich war nicht allein, Aiden war bei mir. Und er fing mich auf, als ich drohte zu fallen, und legte mich aufs Bett. Sanft umfasste er meine Schultern mit beiden Händen und schüttelte mich. Ich hörte seine Stimme wie durch einen Schleier. Kurz wurde mir schwarz vor Augen, doch dann konnte ich sein Gesicht sehen. Er sah zu Tode erschrocken aus. Seine Augen waren weit aufgerissen, sein Gesicht kreidebleich.

Als ich mich anstrengte und mich mit aller Macht auf ihn konzentrierte, verstand ich, was er sagte. Unentwegt versicherte er mir, alles würde wieder gut werden, und fragte, was zur Hölle los war. Und immer wieder beschwor er mich, zu atmen, wiederholte es wie ein Mantra.

Verzweifelt versuchte ich es, aber meine hechelnden Atemzüge waren viel zu flach und meine Lunge viel zu verkrampft. Sosehr ich mich auch bemühte, ich bekam keine Luft.

Plötzlich griff Aiden nach meinen beiden Händen, legte sie flach auf seine Brust und hielt sie mit einer Hand fest. Seine andere Hand legte er auf meine Brust.

»Atme, Violet«, flüsterte er. »Mach es so wie ich. Konzentrier dich darauf.«

Ich schloss die Augen und spürte, wie sich seine Brust unter meinen Händen bei jedem Atemzug hob und senkte. Der Rest der Welt verblasste, alles verlor an Bedeutung, sogar mein Stalker. Ich nahm nur noch Aiden wahr, konzentrierte mich mit aller Macht auf seine gleichmäßige Atmung. Er gab den Rhythmus vor. Seine warme Berührung gab mir Sicherheit, sie fühlte sich an wie ein Rettungsanker. Ein Strohhalm, an den ich mich klammerte, um nicht im tiefen, dunklen Meer zu versinken.

Und es funktionierte. Ich hatte keine Ahnung, wie es klappte, aber mein Körper passte sich Aidens Rhythmus an. Das hektische Hecheln ebbte ab, ich atmete tief ein und aus, immer wieder. Mit jedem Atemzug schien etwas von der blinden Panik aus meinem Körper zu entweichen, bis nur noch eine tiefe Müdigkeit übrigblieb.

Zu Tode erschöpft lehnte ich mich an Aiden. Behutsam hielt er mich minutenlag fest und streichelte sanft über meinen Rücken.

»Brauchst du einen Arzt?«, fragte er nach einer Weile.

Ich schüttelte nur den Kopf.

»Erklärst du es mir? Erzählst du mir, was los ist?«

»Ich kann nicht«, murmelte ich rau. »Bitte frag mich nicht.«

Um nichts in der Welt wollte ich darüber sprechen. Lieber wollte ich mir einreden, alles sei nur ein dummer Traum gewesen. Mein Stalker hätte mich nicht aufgespürt, und da wäre keine Postkarte an Aidens Adresse geschickt worden.

Ich hatte hier ein neues Leben. Ich hatte Chloe, Dorian und vor allem Aiden. Ich hatte mein Studium und stand mehr oder weniger auf eigenen Beinen. Es war so verdammt unfair, dass mein Stalker mir das bisschen Glück kaputtmachen wollte, das ich mir in Maine aufgebaut hatte. Und plötzlich weigerte ich mich, das zu akzeptieren.

Ich wollte mein Leben führen. Studieren. Zeit mit meinen Freunden verbringen, ohne die ganze Zeit im Hinterkopf zu haben, dass dieser grässliche Mensch mir möglicherweise ganz nah war. Er hatte mein Leben in Florida zur Hölle gemacht, und ich hasste die Vorstellung, dass es hier in Maine genauso schrecklich werden könnte.

An Aiden gelehnt schlief ich ein – mit dem festen Vorsatz, die Postkarte zu vergessen, so als sei sie nie angekommen. Vielleicht war es nicht der klügste Weg, damit umzugehen, aber ich wollte verdrängen, dass es sie je gegeben hatte. Ich versuchte die Tatsache zu ignorieren, dass mein Stalker irgendwo da draußen war, an mich dachte und wusste, wo ich war.

Und als ich aufwachte, fühlte sich die Erinnerung an die Karte tatsächlich an wie ein ferner Traum, der nichts mit der Realität zu tun hatte. Ich war Aiden dankbar dafür, dass er mich nicht darauf ansprach. Krampfhaft vermied ich es, darüber nachzudenken, denn dann hätte ich mir eingestehen müssen, dass es sehr wohl real war. Dass mein Stalker mich tatsächlich gefunden hatte.

Sobald sich meine Gedanken in diese Richtung bewegten, brach ich in Angstschweiß aus, und hektisch lenkte ich mich mit irgendetwas ab. Doch irgendwie gelang es mir, mein Leben fortzuführen, als hätte es die Postkarte nie gegeben.

Kapitel 13

»Echt jetzt?« Ich warf Aiden einen ungläubigen Blick zu.

Er schob das Kinn leicht vor und begegnete meinem Blick mit einer stoischen Gelassenheit, die mich nur noch mehr ärgerte. »Absolut.«

Ich atmete tief durch. »Das ist absolut lächerlich. Was meinst du denn, was geschieht? Dass es einen riesigen Skandal gibt?«

»Schlimmer: Die Leute werden denken, du könntest ähnlich gestört wie ich sein.«

»Die Leute.« Ich schnaubte. »Es kümmert mich nicht, was die Leute denken und sagen.«

»Glaub mir«, erwiderte er ruhig. »Wenn alle Welt schlecht über dich denkt, wird es dich sehr wohl kümmern.«

Ich verdrehte die Augen, nahm das Cupcaketablett, stieg aus dem Auto und schlug ohne weiteren Kommentar die Tür hinter mir zu. Diskussionen waren zwecklos. Er hatte sich dazu bereiterklärt, gemeinsam herzukommen, nachdem ich mehrmals betont hatte, wie sinnlos es wäre, in getrennten Autos zu fahren. Das hatte ich als kleines Zeichen von Vernunft interpretiert. Aber nun hatte er das Auto eine Straßenecke von Dorians Wohnung entfernt geparkt und bestand darauf, dass wir getrennt hineingingen.

»Und … Violet?«, rief er mir durch das offene Autofenster hinterher.

Ich hielt nicht an, sondern lief sogar schneller. Ich wusste, was er fragen wollte: Er wollte wegen meiner Panikattacke nachhaken. Doch das war das Letzte, worüber ich sprechen wollte. Die Frage stand zwischen uns im Raum, aber ich weigerte mich standhaft, das Thema anzuschneiden.

Aiden akzeptierte das, obwohl ich die Fragen in jedem seiner Blicke las, wenn er mich ansah. Auch jetzt sprach er die Worte nicht aus, die ihm auf der Zunge liegen mussten, sondern ließ mich gehen.

Um den Gedanken nicht weiterverfolgen zu müssen, konzentrierte ich mich auf meinen Groll. Wie albern war es denn bitte, dass wir gemeinsam zu einer Party fuhren und dann getrennt hineingingen, damit uns niemand zusammen sah?

»So ein Schwachsinn«, murmelte ich, während ich die Straße entlangstapfte. Wenigstens lenkte mich der Ärger von der Tatsache ab, dass ich unterwegs zu einer Party war: Dorians Geburtstagsfeier.

Es gab nicht viele Menschen, für die ich mich freiwillig auf eine Party gewagt hätte, aber Dorian war einer davon. Ich konnte kaum glauben, wie wichtig er mir in dieser kurzen Zeit geworden war – er und Chloe. Freundschaften zu schließen war eigentlich nicht gerade meine Stärke.

Das schlechte Gewissen versetzte mir einen Stich, als ich daran dachte, dass ich dennoch keinem der beiden von Aiden und mir erzählt hatte. Dorian ahnte etwas, da war ich mir sicher, aber er akzeptierte, dass ich nicht darüber sprach. Chloe hingegen war gänzlich ahnungslos. Aber obwohl ich mich noch nicht bereit fühlte, offen mit ihnen zu reden, waren sie meine Freunde.

Also hatte ich natürlich zugesagt, als Dorian mich eingeladen hatte. Ich hatte Cupcakes gebacken, die gleichen, die ich gemacht hatte, als wir uns kennengelernt hatten. Aiden hatte assistiert, obwohl er die Massen an Glitzer mit fassungslosem Entsetzen betrachtete. Mit ihm zu backen hatte so viel Spaß gemacht, dass ich fast vergessen hatte, für was für einen furchteinflößenden Anlass wir das taten. Aber jetzt konnte ich nicht länger verdrängen, wohin ich gerade unterwegs war.

Ich versuchte das nervöse Kribbeln in meinem Bauch zu ignorieren und sagte mir, dass es eine verhältnismäßig harmlose Feier war: Sie fand bei Dorian zu Hause statt, ich kannte einige Leute, und sollte etwas Schlimmes passieren, konnten mich Chloe, Dorian und Aiden beschützen.

Etwas Schlimmes … Ich schnaubte. Das Schlimmste, was passieren konnte, war, dass mir ein paar Leute ohne böse Absicht zu nahe kamen und ich in Panik geriet. Oder dass Jenna Getränke über mich kippte, falls sie überhaupt da war.

Oder dass mein Stalker da war und mich beobachtete, flüsterte ein hässliches Stimmchen in meinem Hinterkopf. Immerhin hatte er mich aufgespürt, also was sollte ihn daran hindern, mir nach Maine zu folgen?

Vor diesem Gedanken schreckte ich so entsetzt zurück, als hätte ich mich daran verbrannt, und versuchte mich auf weit harmlosere Schreckensbilder zu konzentrieren: Jenna. Unfreiwillige Energydrink-Duschen. Das war alles, was geschehen konnte, und alle anderen Möglichkeiten blendete ich mit aller Macht aus. Von echter Gefahr konnte also keine Rede sein. Trotzdem wäre ich am liebsten weggerannt, als ich vor der Tür stand.

»Es geht um Dorian«, flüsterte ich mir zu. »Tu es ihm zuliebe – und sei kein Hühnchen.« Nervös strich ich mein blaues Kleid glatt und klingelte.

Sobald ich Dorian sah, fühlte ich mich besser. Er schenkte mir ein umwerfendes Lächeln, schloss mich in die Arme und hüllte mich in seinen Duft von Salzwasser, Minze und Meeresluft.

»Violet!« Er strahlte übers ganze Gesicht, als er die Cupcakes sah. »Wunderbar. Ich habe sehnsüchtig auf deine süße Sünde gewartet. Und auf dich natürlich.«

»Keine unzüchtigen Bemerkungen über Violets Cupcakes!«, ertönte Chloes Stimme aus den Tiefen der Wohnung.

Ich errötete, zog meinen Ausschnitt etwas höher und kramte in meiner braunen Ledertasche nach meinem zweiten Geschenk: einer besonders schönen Sonderausgabe von Oscar Wildes *Bildnis des Dorian Gray*.

»Oh, danke, Süße.« Dorian gab mir einen sanften Kuss auf die Stirn, und sofort begannen einige Mädchen zu tuscheln. Er kümmerte sich nicht darum, sondern lotste mich zwischen den vielen herumstehenden Leuten hindurch ins Wohnzimmer, wo Chloe und Scott auf dem Sofa saßen. Bei den beiden fühlte ich mich halbwegs sicher, obwohl die Wohnung brechend voll mit Partygästen war.

Aiden kam etwa zehn Minuten nach mir an. Ich konnte kaum fassen, dass er ernsthaft so lang im Auto gewartet hatte, bloß um zu vermeiden, dass man uns gemeinsam sah. Ich verdrehte die Augen, aber natürlich tat er so, als sähe er es nicht.

Objektiv betrachtet war es eine wirklich gute Party. Viele Leute waren gekommen, tanzten, tranken und amüsierten sich. Die Musik war gut, und immer wieder ertappte ich mich dabei, mit dem Fuß im Takt zu wippen. Trotzdem fand ich die Stimmung seltsam angespannt.

Aiden redete nicht mit mir, und Dorian redete nicht mit Noah, der auch anwesend war. Verstohlene Blicke flogen hin und her. Einmal streifte Dorian im Vorbeigehen Noahs Hand, was jeder, der nicht eingeweiht war, bestimmt für eine zufällige Berührung gehalten hatte. In Wirklichkeit lag so viel Sehnsucht darin, dass sich mein Herz zusammenkrampfte. Die Stimmung war so aufgeladen, dass Funken zu sprühen schienen.

Dorian und Noah hatten ein gemeinsames Geheimnis, ich hatte ein Geheimnis, Aiden *war* von oben bis unten ein einziges Geheimnis. Geheimnisse hingen in der Luft wie Nebelschwaden, so dick und greifbar, dass ich meinte, man müsste sie einfach sehen können.

Noch dazu wurde ich heute immer wieder merkwürdig angeschaut. Es war mir tagsüber im College schon aufgefallen, und jetzt setzte es sich fort. Ich hatte schon mehrmals kontrolliert, ob ich irgendwas zwischen den Zähnen oder Klopapier am Schuh hatte, aber da war überhaupt nichts, das die auffälligen Blicke erklärte. Wenn ich die Leute dann direkt anschaute, wandten sie sich so schnell ab, dass ich plötzlich unsicher war, ob sie wirklich in meine Richtung gesehen hatten. Aber das konnte ich mir doch nicht einbilden, oder etwa doch? Wurde ich langsam paranoid?

Allmählich hatte ich das Gefühl, all die Dinge, die ich verbergen wollte, stünden mit Edding auf meine Stirn geschrieben: Psychomädchen. Sozialphobikerin. Aidens Hass-Freundin.

Jenna, die gerade gekommen war, machte die Situation für mich nicht besser. Sie begrüßte Dorian mit überschwänglichen Küssen auf die Wangen und hielt ihn bei der Umarmung eine Winzigkeit zu lange fest. Über seine Schulter hinweg warf sie mir böse Blicke zu. Warum konnte sie nicht wenigstens aussehen wie die Hexe, die sie war? Stattdessen hätte sie mit ihrem figurbetonten schwarzen Spitzenkleid, dem schimmernden Lippenstift und dem verführerischen Blick sofort die Hauptrolle in einem Werbespot spielen können.

Als ich Dorians Blick auffing, zog ich eine Grimasse, und er tat es mir gleich. Dann kam er zu uns herüber und quetschte sich zwischen mich und Chloe. Jenna und die anderen Mädchen, die sich davor um ihn geschart hatten, schauten ihm enttäuscht hinterher.

Als plötzlich mein Name fiel, horchte ich auf. Eine von Chloes Freundinnen flüsterte ihr etwas ins Ohr, doch sie war beschwipst genug, um dabei so laut zu lallen, dass ich und Dorian mithören konnten: »Sag mal, das stimmt doch nicht, was man sich über Violet erzählt, oder? Ich meine, dass sie in Florida als Nutte gearbeitet hat und umgezogen ist, weil sie Probleme mit ihrem Zuhälter hatte? Das traut man ihr irgendwie gar nicht zu.«

Ich riss die Augen auf und schlug mir die Hand vor den Mund. Das klang so absurd, dass ich mich fragte, ob ich gerade träumte. Solche Dinge erzählte man sich über mich? Solche Gerüchte waren über mich im Umlauf? Kein Wunder, dass mich so viele Leute angestarrt hatten.

Mein erster Gedanke war: mein Stalker! War er mir wirklich nach Maine gefolgt und verbreitete Lügen über mich, um mir das Leben schwerzumachen? Schon begann mein Puls zu rasen. Doch gleich darauf wurde mir bewusst, dass das nicht stimmen konnte. Es passte nicht zu meinem Postkartenschreiber. Jemand anders musste dahinterstecken, und plötzlich hatte ich das ungute Gefühl, dass dafür nur eine Person infrage kam.

»Wer sagt sowas?«, zischte Chloe.

Das Mädchen wurde rot. »Niemand! Also … Ich weiß nicht mehr. Irgendwo habe ich es eben aufgeschnappt.«

»Jenna«, sagte ich leise. »Wer sonst?«

»Jenna«, grollte Chloe. Ihre Hände waren zu Fäusten geballt.

Aiden, der zu weit weg stand, um etwas mitbekommen zu haben, zog fragend die Augenbrauen hoch, als er mein schockiertes Gesicht sah. Rasch wandte ich den Blick ab.

Dorian runzelte verwirrt die Stirn und legte sanft den Arm um meine Schultern. »Was habe ich verpasst?«

Ich wollte antworten, hatte aber Angst, einfach loszuheulen, sobald ich den Mund öffnete. Gott, ich sollte mich echt mal zusammenreißen und mich zur Wehr setzen.

»Jenna hat es auf mich abgesehen.« Meine Stimme bebte. »Sie ist …« Den Rest des Satzes beendete Chloe mit einer Flut von Schimpfworten für mich.

Dorians Augen weiteten sich. »Jenna setzt Gerüchte in die Welt?«

»Klar, wer sonst?«, stieß Chloe hervor. »Sie ist eifersüchtig, weil sie denkt, du hättest was mit Violet. Sie tyrannisiert sie schon seit einer Weile, aber das geht echt zu weit.«

Ich spürte, dass Dorian sich neben mir versteifte. Sein Blick wurde grimmig.

»Geht schon«, presste ich hervor. Das Letzte, was ich wollte, war eine Szene zu machen und damit Dorians Party zu sprengen.

Doch er schüttelte den Kopf, stand auf und ging los. Ich dachte erst, er wollte zu Jenna, doch er steuerte an ihr vorbei direkt auf Noah zu. Dieser stand gerade vor dem Getränketisch, hatte sich ein Bier aufgemacht und schaute nun überrascht hoch. Dorian nahm ihm das Bier ab, stellte es beiseite, nahm sein Gesicht in beide Hände – und küsste ihn vor versammelter Mannschaft.

Es war ein filmreifer Kuss, einer, der einen sehnsüchtig seufzen ließ und einem eine Gänsehaut auf die Arme zauberte, weil er so schön war. Dorian vergrub seine Finger in Noahs Haaren und schloss die Augen. Noah wirkte einen Moment lang überrumpelt, dann schlang er die Arme um Dorian und erwiderte den Kuss.

Man hätte eine Stecknadel fallen hören können, so still war es. Alle Augen richteten sich auf das knutschende Paar, und ich konnte es förmlich klirren hören, als die romantischen Träume vieler Mädchen in tausend Splitter zerbrachen.

Ich wusste, was Dorian gemeint hatte. Es sollte kein Problem sein, und hier war wohl auch niemand, der ein Problem damit hatte, und doch hatte sich etwas verändert. Von vielen wurde er nun mit anderen Augen betrachtet. Ein paar Leute starrten, einige tuschelten.

Aber Dorian wirkte einfach nur glücklich und befreit. Er warf einen Blick in die Runde, ohne Noah loszulassen. »Der Vollständigkeit halber: Ja, ich bin schwul, und Noah auch. Und falls jemandem die Frage auf der Zunge liegt: Nein, ich bin nicht bi.«

Grinsend gab er Noah das Bier zurück, und sie unterhielten sich, als sei nichts passiert. Nach und nach setzten auch die anderen Gespräche wieder ein.

Chloe räusperte sich und pikte mir den Ellenbogen in die Seite. »Du hast das gewusst, stimmt's?«

Ich nickte. »Er wollte nicht, dass ich es weitersage.«

Sie lachte leise. »Oh Mann, schau dir nur all die Mädchen an! Ein paar haben fast geheult, meinst du nicht auch? Und Jenna! Die fällt gerade aus allen Wolken.«

Vorsichtig linste ich zu Jenna, die kreidebleich geworden war und die Wohnung verließ. Ich begriff, dass der Kuss zumindest teilweise eine Rettungsaktion gewesen war: Nachdem Jenna jetzt wusste, dass nicht ich zwischen ihr und Dorian stand, hatte sie keinen Grund mehr, gegen mich zu intrigieren.

Als hätte Dorian meine Gedanken gelesen, grinste er mich an. Ich sprang auf und lief zu ihm. »Geht es dir gut?«, flüsterte ich ihm zu und musste lächeln, weil die Antwort eigentlich offensichtlich war.

Seine blauen Augen funkelten und er machte den Eindruck, als sei ihm eine schwere Last von den Schultern gefallen. »Besser als gut. War irgendwie doch höchste Zeit. Noah wollte schon lange, dass wir uns beide outen – na ja, ich brauchte wohl eine passende Motivation. Oder besser gesagt: Ich war ein Feigling.«

Ich knuffte ihn in die Seite. »Du warst ein Hühnchen.«

Er grinste noch breiter. »Und jetzt? Ein Adler?« Er warf sich prahlerisch in Pose.

»Ein Gockel vielleicht«, sagte ich trocken, »oder bestenfalls ein Pfau.«

Er versuchte beleidigt dreinzuschauen, wirkte aber nicht sonderlich überzeugend.

Ich seufzte. »Hör mal ... Wäre es okay, wenn ich abhaue?«

»Jetzt schon?«, fragte er enttäuscht. »Du bist ja gerade erst aufgetaucht.«

»Ich weiß. Tut mir auch leid. Aber nach der Sache mit Jenna will ich irgendwie nur noch ins Bett«, sagte ich ehrlich. »Auch wenn sie mich jetzt womöglich in Ruhe lässt – das Gerücht über mich hat sie schon in die Welt gesetzt. Das lässt sich nicht rückgängig machen. Und ich habe heute echt nicht die Kraft, mich mit dem Kram auseinanderzusetzen.« Obwohl Dorians und Noahs Kuss die Aufmerksamkeit von mir abgelenkt hatte, spürte ich immer noch neugierige Blicke. Ich wollte nach Hause fahren und mir die Decke über den Kopf ziehen – und am besten niemals wieder unter Leute gehen.

Sein Blick war bekümmert. »Ich kann nicht fassen, dass sie Lügen über dich herumerzählt hat. Das hätte ich ihr echt nicht zugetraut. Weißt du was? Du gehst in Ruhe schlafen, und Chloe und ich waschen deinen Namen rein. Wir versuchen mit der Gerüchteküche aufzuräumen.«

Chloe, die sich zu uns gesellt hatte, nickte energisch. »Wir sind dein persönliches Superhelden-Einsatzkommando. Wir stellen klar, dass an den Lügen nichts dran ist – und wenn wir dafür mit jedem Einzelnen hier reden und ihm erklären müssen, was für eine miese Schlange Jenna ist.«

Ich lächelte schwach. Es war lieb von ihnen, dass sie mir helfen wollten, aber ich hatte keine Ahnung, wie erfolgsverheißend das war. Solche Gerüchte hielten sich bestimmt hartnäckig. Aber darüber wollte ich jetzt gar nicht nachdenken – der Abend war für mich gelaufen, und ich wünschte, ich könnte ihn zu den Akten legen. Schlimm genug, dass ich mich morgen am Campus wieder mit dem Thema auseinandersetzen musste.

Jetzt erst fiel mir ein, dass ich gar nicht mit meinem eigenen Auto hier war. Wenn Aiden noch bleiben wollte, musste ich ein Taxi nehmen. Vielleicht war meine Idee, gemeinsam herzukommen, doch nicht so toll gewesen, aber ich hatte ja nicht ahnen können, dass Jenna mir den Abend so schnell vermiesen würde. Ich fing Aidens Blick auf, deutete mit dem Kopf unauffällig zur Tür und ging dann hinaus, nachdem ich mich von meinen Freunden verabschiedet hatte. Ob Aiden mir folgte, würde ich wohl erst in ein paar Minuten beim Auto feststellen.

Ich lief die Treppe hinunter und realisierte zu spät, dass ich nicht allein war. Eine große, laute Studentengruppe kam mir entgegen, vermutlich unterwegs zu Dorians Party. Ich hielt den Atem an, als müsste ich in einen Pool eintauchen, und versuchte mich an den Leuten vorbeizudrücken, aber sie waren so viele, und das Treppenhaus war furchtbar eng. Jemand streifte meinen Arm, und ich versteifte mich automatisch. Meine Hände schlossen sich fest ums Treppengeländer, und meine Füße weigerten sich, weiterzugehen. Mit eingezogenem Kopf, verkrampften Schultern und pochendem Herzen wartete ich darauf, dass sie weitergingen, aber sie hatten es alles andere als eilig. Eines der Mädchen torkelte, offenbar schon leicht angetrunken, und stützte sich kichernd am Geländer ab, keine zehn Zentimeter von mir entfernt. Ich konnte den Biergeruch wahrnehmen, der von ihr ausging, und ihre langen Haare streiften mich. Ich kannte sie nicht, ich kannte keinen von ihnen. Jetzt blieben sie alle stehen und lachten über das betrunkene Mädchen.

Mit weit aufgerissenen Augen suchte ich nach einem Ausweg. Sie standen um mich herum und blockierten fast das ganze Treppenhaus, aber da war eine kleine Lücke; wenn ich mich zwischen ihnen hindurchquetschte, könnte ich entkommen. Aber ich konnte keinen Muskel rühren, mein Körper war wie eine leblose Hülle, die gar nicht zu mir gehörte. Ich sah und spürte, wie sich meine Hände ums Geländer krampften, bis die Gelenke weiß hervortraten, aber sie schienen nicht meine Hände zu sein. Verzweifelt versuchte ich die aufkeimende Panikattacke niederzukämpfen.

War er da? War mein Stalker unter diesen Leuten? War er mir so nah, dass ich beinahe seinen Atem im Nacken spüren konnte? Die Postkarte, die er an Aidens Adresse geschickt hatte, ließ das kleine Gefühl von Sicherheit, das ich mir in meiner neuen Heimat mühsam aufgebaut hatte, dahinbröckeln. Die Panikattacken wurden schlimmer.

Plötzlich schloss sich eine Hand fest um meinen Arm. Ich schnappte nach Luft, wollte mich instinktiv wehren und um mich schlagen, aber dann sah ich, dass es Aiden war. Er zog mich hinter sich her, ein Stück weiter die Stufen hinab und in eine Nische im Treppenhaus, in der uns niemand sehen konnte. Dann umfasste er meine Schultern und sah mich eindringlich an. »Verdammt, Violet, was war da gerade los?«

Ich lehnte den Kopf gegen die Wand und konzentrierte mich darauf, meine jagenden Atemzüge zu beruhigen. »Nichts«, murmelte ich.

»Das sah aber nicht nach ›nichts‹ aus«, knurrte er. »Diese Postkarte, deine Ängste … Was um alles in der Welt verheimlichst du mir?«

Ich erwiderte seinen bohrenden Blick. »Ich will nicht darüber reden. Ich schätze, gerade du verstehst so etwas«, wiederholte ich die Worte, die er genau so auch schon zu mir gesagt hatte.

Er biss die Zähne so fest zusammen, dass an seinem Kiefer ein Muskel hervortrat. Es fiel ihm offenkundig schwer, das zu akzeptieren, aber er nickte langsam und widerstrebend.

Wieder kamen Leute die Treppe hoch; diesmal hörte ich sie rechtzeitig, als sie noch ein paar Stockwerke unter uns waren.

Aiden hielt immer noch meine Schultern fest. »Kommst du klar?« Eindringlich sah er mir in die Augen.

Ich nickte. Es ging schon wieder.

Sofort ließ er mich los, bevor die Leute uns erreicht hatten, und lief an ihnen vorbei die Treppe hinunter, ohne sich noch einmal zu mir umzudrehen.

∞

Es nervte mich. Ich konnte gar nicht sagen, wie sehr mich diese künstliche Distanz zwischen Aiden und mir nervte. Ich wollte ihm nah sein, und er ließ mich gegen Glaswände laufen, immer und immer wieder.

Heute würde das aufhören, das hatte ich beschlossen. Ich war fest entschlossen, die Mauern zwischen uns einzureißen – und zwar auf die Weise, die mir so einige Filme nahegelegt hatten. Da sollte noch einmal jemand behaupten, Fernsehen würde nicht bilden.

Zuerst hatte ich gedacht, es wäre die perfekte Idee. Aber jetzt wo ich im Bad vor dem Spiegel stand und den Blick über die hauchzarte, rubinrote Spitzenunterwäsche schweifen ließ, kamen mir ernsthafte Zweifel. Ich verzog den Mund und zupfte am halbtransparenten BH herum, der viel mehr zeigte, als er verbarg.

Nachdem ich Jeans und eine überdimensionale graue Sweatjacke darübergezogen hatte, fühlte ich mich nicht mehr so schrecklich nackt, aber dafür war auch der sexy Effekt dahin. Ich schnitt meinem Spiegelbild eine Grimasse: Der Plan hatte eindeutig Lücken.

So entschlossen, als wäre es eine Kriegsbemalung, trug ich Make-up auf. Als ich dann das Badezimmer verließ und an Aidens Zimmertür klopfte, hatte ich das Gefühl, in die Schlacht zu ziehen.

Er lag gerade auf dem Bett – die Decke achtlos als Rückenstütze zusammengeknüllt, ein Bein ausgestreckt, das andere angezogen – und las in einem Buch. Perfekt: Genau da wollte ich ihn haben, nur ohne das Buch.

»Was gibt's?« Ohne seine Lektüre beiseitezulegen, sah er mich fragend an.

Mein Magen drehte sich vor Nervosität beinahe um. Ich krallte meine Finger in den Saum meiner Jacke, um zu verbergen, dass sie zitterten. Ich wusste nicht, was ich sagen sollte, also sagte ich einfach gar nichts. Wortlos setzte ich mich neben Aiden aufs Bett, nahm ihm das Buch aus der Hand und ließ meine Fingerspitzen sanft über seine Wange gleiten. Seine Haut schien meine Finger zu verbrennen. Als ich mich über ihn beugte, streiften meine blonden Haare sein Gesicht.

Einen Herzschlag lang verharrte ich, kurz bevor sich unsere Lippen berührten. Ich spürte seinen Atem und die Wärme, die von seinem Körper ausging. Ich konnte kaum atmen, als meine Lippen nach seinen tasteten. Würde ich mich je daran gewöhnen, ihm so nah zu sein? Würde mein Herz je aufhören, so wild zu hämmern, wenn ich ihn küsste? Das Bett, auf dem wir saßen, schien zu schwanken. Die ganze Welt bestand aus Aiden, es schien nichts anderes mehr zu geben.

»Hey …«, begann er, aber es klang eher überrumpelt als abwehrend.

Ich legte ihm einen Finger auf die Lippen, nahm meinen Mut zusammen und schob ein Bein über ihn, bis ich rittlings auf ihm saß. Meine Haare malten ein Muster aus Schnörkeln auf sein Kissen, als ich mich wieder vorbeugte, um ihn zu küssen.

Einen Moment lang übernahmen seine Instinkte die Kontrolle, sie drängten all seine klaren Gedanken beiseite. Das las ich in seinen Augen. Er stöhnte überrascht auf. Seine Hände umfassten meine Hüften, zogen mich noch enger an ihn. Mit einem Mal war mir so heiß, als verglühte ich von innen heraus. Mein ganzer Körper begann zu kribbeln.

»Violet«, presste er hervor.

Ermutigt von seiner Reaktion, verfolgte ich weiter meinen Plan und öffnete mit zittrigen Händen den Reißverschluss meiner Jacke. Aidens Augen weiteten sich, als er meinen durchsichtigen Spitzen-BH sah.

»Was … Was hast du vor?« Seine Stimme klang rau.

Wie beantwortete man so eine Frage auf souveräne Weise, ohne sich zu blamieren? Ich beschloss, mit der Wahrheit herauszuplatzen. »Ich will mit dir schlafen«, sagte ich, während ich die Jacke – verführerisch, wie ich inständig hoffte – von meinen Schultern rutschen ließ.

Er murmelte etwas, das sich wie ein Fluch anhörte, und setzte sich unter mir auf. Immer noch saß ich auf ihm. Unsere

Gesichter waren sich jetzt so nahe, dass sich unsere Nasenspitzen beinahe berührten.

Es schien ihm schwerzufallen, aber ganz langsam schob er meine Jacke wieder hoch und zog sie vor meiner Brust zusammen. Als ich ihn daran hindern wollte, hielt er sanft meine Hände fest.

»Warum nicht?«, flüsterte ich.

»Violet, du hast noch nie …«

»Dann ist das eben mein erstes Mal«, fiel ich ihm ins Wort.

Er schüttelte den Kopf. »Vergiss es. Das wäre nicht richtig. Nicht mit mir. Such dir dafür einen netten Typen.«

Ich presste die Lippen zusammen. »Du bist nett genug«, sagte ich dann.

Er lachte hart auf. »Dann solltest du deine Ansprüche überdenken.«

»Wovor hast du solche Angst?« Ich wand meine Hände aus seinem Griff und hielt seinen Kopf fest, sodass er meinem Blick nicht ausweichen konnte.

»Du bist diejenige, die Angst haben sollte«, knurrte er.

»Ich habe keine Angst vor dir, schon lange nicht mehr«, sagte ich leise. »Du kannst mich nicht abschrecken. Und weißt du was? Du musst endlich einsehen, dass du keine Entscheidungen für mich treffen kannst. Ich entscheide selbst, worauf ich mich einlassen will.«

»Verdammt, ich will dich doch nicht bevormunden!«, fuhr er hoch. »Ich will dich beschützen!«

»Vor dir«, stellte ich fest.

»Vor mir.« Er nickte grimmig.

»Verdammt noch mal, wir sind nicht im Mittelalter!«, fuhr

ich auf. »Du klingst wie ein Typ aus einem bescheuerten Kostümfilm.«

Er zuckte nur mit den Schultern.

»Ich will nicht vor dir beschützt werden«, flüsterte ich und küsste sanft seinen Mundwinkel.

»Dann muss ich eben doch für dich entscheiden.«

»Aber …« Ich verfluchte meine Stimme dafür, wie schwach und piepsig sie plötzlich klang. Sie verriet, wie unsicher ich war. »Du willst es eigentlich auch, oder?«

Wieder lachte er auf, diesmal klang es beinahe verzweifelt. »Ob ich es will? Machst du Witze?«, brachte er rau hervor. »Scheiße – du hast keine Ahnung, wie schwer es ist, Nein zu sagen, wenn du auf mir sitzt. Dich so zu sehen und mich zurückhalten zu müssen … das bringt mich um den Verstand. Du bringst mich um den Verstand, Violet.«

»Dann sag nicht Nein«, sagte ich. Meine Lippen wanderten von seinem Mundwinkel zu seinem Hals, und seine Arme schlossen sich fest um mich.

»Du solltest …«

»Scheiß drauf, was ich sollte«, fiel ich ihm ins Wort, hörte auf, seinen Hals zu küssen, und schaute ihm direkt ins Gesicht. »Was ist damit, was ich *will*? Und mit dem, was du willst?« Ich wollte es, ich wollte alles, und ich wusste nicht, was ich tun würde, wenn er weiterhin Nein sagte.

Doch das tat er nicht, er diskutierte nicht mehr. Mit einem Arm hielt er mich weiterhin fest, den anderen nutzte er, um sich aufzustützen. Er drehte sich mit mir gemeinsam herum und hob mich von sich herunter, sodass ich neben ihm lag.

Ich wollte protestieren, aber er legte einen Finger auf meine Lippen, und ich verstummte. Die zarte Berührung sandte ein heißes Kribbeln durch meine Lippen und von dort ausgehend durch meinen ganzen Körper. Das Prickeln schoss durch meine Brust und meinen Bauch, meine Arme und Beine und füllte mich ganz aus. Scharf atmete ich ein.

»Violet.« Aiden sagte nur meinen Namen, aber in seiner Stimme lag so viel Zärtlichkeit, dass mein Herz schneller schlug und sich ein seltsam flaues Flattern in meinem Bauch ausbreitete. Er legte eine Hand unter mein Kinn, hob es leicht an, und ich schloss die Augen. Er küsste mich so zart, wie ich es noch nie erlebt hatte, so behutsam, als sei ich aus Porzellan. Ich öffnete meine Lippen, und seine Zungenspitze stupste sanft gegen meine.

Sein Finger legte sich wieder auf meinen Mund, wanderte langsam über meine Unterlippe zu meinem Mundwinkel, dann über mein Kinn hinab zu meinem Hals. Ich schloss die Augen und legte den Kopf zurück, als seine Hand zärtlich an der Seite meines Halses hinabstrich, zur Schulter, übers Schlüsselbein. Nie hatte sich etwas besser angefühlt.

Das Kissen duftete nach ihm. Plötzlich nahm ich alles hundertmal stärker wahr: diesen Duft, den ich gierig einatmete, den süßen Geschmack seiner Lippen, die sanfte Berührung seiner Fingerspitzen. Alle Sinneseindrücke prasselten ungefiltert auf mich ein und überwältigten mich.

Seine Lippen streiften meinen Mund, dann zogen sie küssend eine Linie über mein Kinn hinab zu meinem Hals, da wo gerade noch seine Hände gewesen waren. In der Halskuhle verweilten sie kurz, was mir ein entzücktes Seufzen entlockte.

Er küsste jeden Zentimeter meiner Haut, und ich fragte mich, wie das sein konnte – wie er manchmal so grob und abweisend sein konnte, und manchmal so unfassbar zärtlich –, wie es möglich war, zwei solche Extreme in einem Körper zu vereinen, ohne dass dieser einfach in der Mitte auseinanderriss, in zwei völlig unterschiedliche Hälften.

»Gott, weißt du eigentlich, wie schön du bist?« Seine Stimme klang belegt.

Ich griff nach dem Saum seines T-Shirts. »Zieh das aus«, bat ich. Mit einer raschen, geschmeidigen Bewegung zog er sich das Shirt über den Kopf und ließ es achtlos neben das Bett fallen, so schnell, als wollte er keinesfalls zu lang die Finger von mir lassen. Und mir ging es genauso – ich hielt den Atem an, während er mich losließ, und atmete erst aus, sobald ich seine Finger wieder auf meiner Haut spürte.

Neugierig betrachtete ich ihn und konnte kaum glauben, wie schön er aussah: seine glatte Haut, sein durchtrainierter Oberkörper und das halblange dunkle Haar, das ihm in sein faszinierendes Gesicht fiel. Er erwiderte meinen Blick, und in seinen Augen las ich eine seltsame Mischung aus Verlangen und einem Hauch von Traurigkeit.

Ich würde mich nie an ihm sattsehen. Sein Körper war so makellos, dass kein Künstler ihn perfekter hätte entwerfen können.

Ich sah, wie sich die straffen Oberarmmuskeln unter seiner tätowierten Haut bewegten. Staunend legte ich meine Hand auf seinen Arm und spürte das Spiel seiner Muskeln, dann fuhr ich die Linien des Tattoos nach bis zu seiner Brust. Ich strich über das Wolfsgesicht, das ebenso furchteinflößend wie wunderschön war. Dann ließ ich die Hand über seinen straffen Bauch wandern, über jede Wölbung seines Sixpacks. Er erstarrte, sein Atem wurde schneller. Ich merkte ihm an, dass ihn das alles nicht weniger überwältigte als mich, obwohl er so viel erfahrener sein musste.

Meine Jacke, die Aiden zuvor noch zugezogen hatte, war wieder aufgegangen, als er mich auf den Rücken gedreht hatte. Aidens Hand setzte ihren Weg über meinen Körper fort und streifte den Rand meines BHs. Unendlich langsam strich er daran entlang. Ich schloss die Augen und konzentrierte mich auf meine Atmung.

»Darf ich?« Er stockte und biss sich auf die Unterlippe, während er auf mich herabblickte.

Ich nickte, und er zog mir die Jacke aus, schob eine Hand um mich herum hinter meinen Rücken, und ich wölbte mich hoch, um ihm zu helfen. Geschickt löste er die Häkchen meines BH-Verschlusses, dann streifte er die Träger von meinen Schultern. Ich hielt den Atem an, als er den BH beiseiteschob.

Verschämt verschränkte ich die Arme vor meinen Brüsten. Er hatte mich noch nie so nackt gesehen, niemand hatte mich je so gesehen.

»Bitte nicht«, sagte er leise, zog meine Arme sanft weg, und als ich ihm in die Augen sah, verflog meine Scheu. Mit einem Mal gefiel es mir sogar, wie er mich ansah: als sei ich das begehrenswerteste Wesen auf der ganzen Welt. Mein Herz fühlte sich an, als müsste es bersten.

Ich erwartete, er würde meine Brüste berühren, und plötzlich wünschte ich mir nichts mehr als das, aber den Gefallen tat er mir nicht. Mit quälender Langsamkeit fuhren seine Finger um meine Brüste herum, zogen glühend heiße Kreise.

Ich ließ den Kopf zurückfallen und schloss die Augen. »Bitte …«, flüsterte ich, ohne zu wissen, worum ich ihn bat. Dann stieß ich einen leisen Schrei aus, als ich ganz unvermittelt seine Lippen an meiner Halskuhle spürte. Erschrocken schlug ich mir die Hand vor den Mund. War das zu laut gewesen?

Er ließ mir keine Zeit, darüber nachzudenken, denn plötzlich spürte ich seine Fingerspitzen auf meinem Bauch. Sein Daumen umkreiste träge meinen Nabel, dann wanderte seine Hand tiefer, bis sie den Bund meiner Hose berührte. Mein Puls beschleunigte sich, und eine ungeahnte Spannung baute sich in meinem Inneren auf. Als seine Finger langsam am Rand meiner Jeans entlangfuhren, keuchte ich auf. Er öffnete den Knopf und den Reißverschluss, doch dann zog er plötzlich seine Hand zurück.

Ich gab einen Protestlaut von mir.

Aiden atmete schwer durch. »Ich sollte nicht …« Seine Stimme klang gepresst. Ich hörte ihm an, dass er mit sich rang.

»Doch«, stieß ich hervor, »und ob du sollst.« Als er immer noch zögerte, entfuhr mir ein frustriertes Seufzen. Ich stützte mich auf meine Ellenbogen, um ihn besser ansehen zu können. Das war eindeutig nicht der richtige Moment für eine Gewissenskrise. »Aiden …«

»Okay«, murmelte er. Die Lust in seinem Blick verschlug mir den Atem.

Dann spürte ich seine Hand in meinen Jeans, durch den dünnen Stoff meiner Unterhose hindurch, und ein Stromstoß schien durch meinen Körper zu schnellen. Ich keuchte auf, ließ mich zurück auf die weiche Matratze sinken und presste beide Hände auf meinen Mund, um den Schrei zu unterdrücken, der in meiner Kehle hochperlte. Meine Bauchmuskeln spannten sich an, und für einen Moment schien die Zeit stillzustehen.

Meine Finger tasteten über meinen Kopf, fanden das Kissen und hielten sich daran fest. Aidens Hand bewegte sich so langsam, dass es mir fast den Verstand raubte. Jeder meiner Atemzüge war ein winziges Stöhnen.

Es war so anders, als wenn ich das selbst tat. Seine Hand zu spüren und nicht zu wissen, was er als Nächstes tun würde, machte mich wahnsinnig. Mein ganzer Körper zitterte, und es war mir fast unheimlich, wie heftig ich auf ihn reagierte. Jede seiner Berührungen und alles, was er tat, fühlte sich so perfekt an, dass ich mich fragte, wie ich es je ohne ihn ausgehalten hatte. Es war, als hätte ich immer schon auf ihn gewartet, ohne es zu wissen. Die Welt ging in einem Nebel aus bunten Farben unter, und in diesem Strudel gab es nur ihn und mich.

»Aiden …«, keuchte ich zum wohl hundertsten Mal, als sei sein Name das einzige Wort, das ich kannte.

Er lachte leise. Das Geräusch vibrierte durch meinen Körper, während seine Finger weiter ihre langsamen, sachten Kreise zogen.

Ich warf den Kopf in den Nacken und drückte den Rücken durch. Mein Herz schlug so heftig, dass ich es durch meinen ganzen Körper pochen spürte.

Er lehnte seine Stirn gegen meine, verstärkte seine Berührung, und die Welt ging in Flammen auf. Klirrend löste sie sich in ihre Bestandteile auf und setzte sich dann wieder zusammen. Hinter meinen fest geschlossenen Augenlidern schien ein grelles Feuerwerk zu explodieren.

Ich klammerte mich an Aiden, schrie auf, und seine Lippen legten sich auf meine, küssten meinen Schrei weg, küssten mich, bis das Beben, das durch meinen Körper ging, nachließ.

Ich zitterte. Meine Kehle war rau vom heftigen Atmen und Stöhnen. Sanft umfasste Aiden mein Gesicht und küsste mich erneut. Unendlich zärtlich erkundete er meine Lippen.

Jetzt erst wurde mir richtig bewusst, dass ich in seinem Arm lag. Ich drehte mich zur Seite und presste mein Gesicht in seine Halskuhle. Aiden hielt mich fest, bis meine Atemzüge wieder ruhiger wurden.

Ein seliges Lächeln breitete sich auf meinem Gesicht aus, als ich benommen darüber nachdachte, was gerade passiert war. Wir waren wieder nicht aufs Ganze gegangen, hatten nicht miteinander geschlafen, und plötzlich war ich irgendwie froh darüber, dass es noch nicht geschehen war. Denn das, was ich gerade erlebt hatte, hatte ausgereicht, um meine Welt aus den Angeln zu heben.

Ich fühlte mich Aiden unsagbar nah. Warum war manchmal alles so einfach und klar zwischen uns, und dann wieder so verworren? Warum konnte ich ihm nicht immer so nah sein?

»Ich will das nicht mehr«, murmelte ich leise.

»Was? Was willst du nicht mehr?«, fragte er bestürzt. Seine Hand legte sich an meine Wange, und sein Daumen strich leicht über meine Lippen, als könnte er meine Antwort dadurch beeinflussen.

Ich suchte nach den richtigen Worten. »Diese Heimlichtuerei. Ich mag dich, Aiden. Ich meine … ich finde dich sehr okay.« Irgendwie hatte ich das Gefühl, jedes falsche Wort könnte ihn dazu bringen, die Mauern sofort wieder hochzuziehen. »Also, warum muss immer alles so kompliziert sein? Warum machen wir es uns so schwer?«

Er zog die Hand zurück, die an meiner Wange gelegen

hatte, und setzte sich auf. Nachdem wir einander so nah gewesen waren, tat schon diese kleine Entfernung beinahe weh.

»Es ist eben schwer, Violet. Nein, das stimmt nicht ganz – es ist unmöglich.« In seine Augen trat ein anderer Ausdruck, und mit einem Mal war er wieder so weit weg wie eh und je.

Plötzlich hätte ich heulen können. Gerade war ich noch so glücklich gewesen, aber er hatte es wieder geschafft, alles zu zerschmettern. Auf keinen Fall wollte ich jetzt vor ihm in Tränen ausbrechen, also kämpfte ich verbissen gegen das Brennen in meinen Augen an.

»Weißt du was? Du hast echt ein Problem«, presste ich hervor, während ich durch den Raum stolperte und meine Sweatjacke an mich raffte. »Ich habe es so satt, von dir weggestoßen zu werden. Ich kann dir gar nicht sagen, wie satt ich das habe.«

Ich blickte noch einmal zu ihm zurück und stellte fest, dass er immer noch regungslos auf dem Bett saß. Ich könnte schwören, dass seine Augen verdächtig feucht schimmerten, und bei dem Anblick setzte mein Herz einen Schlag aus. Alles in mir verlangte danach, mich ihm einfach in die Arme zu werfen, aber ich tat es nicht, und er hielt mich nicht zurück. Brüsk wandte ich mich ab, verließ sein Zimmer und knallte die Tür hinter mir zu.

Kapitel 14

»Gigantische Salamipizza?«, fragte Dorian, sobald er mir die Tür öffnete und mich sah.

Ich seufzte todunglücklich. »Gigantische Salamipizza.«

Ich musste einfach mit jemandem reden, und wer eignete sich dazu besser als Dorian, der nicht nur mich, sondern auch Aiden kannte? Er hatte mir sofort angesehen, dass etwas nicht stimmte. Er sagte nichts, als ich fragte, ob ich duschen könnte, sondern reichte mir kommentarlos eines seiner T-Shirts, damit ich danach etwas Frisches anziehen konnte.

Eine halbe Ewigkeit ließ ich das heiße Wasser auf mich einprasseln in der Hoffnung, damit die Erinnerung an die letzten Minuten abwaschen zu können. Doch selbst als sich meine Haut rötete, konnte ich mich an jedes Wort erinnern, das Aiden gesagt hatte. Ich hatte diese unglaubliche Erfahrung mit ihm geteilt und direkt danach eine Abfuhr kassiert.

Es war nicht so, als hätte er mich nicht gewarnt, wisperte ein Stimmchen in meinem Hinterkopf. Aber das änderte nichts am brennenden Schmerz in meiner Brust. Jetzt noch meinte ich seine Berührungen überall an meinem Körper zu spüren und konnte einfach nicht glauben, was für eine Ernüchterung auf dieses Glück gefolgt war.

Ich wollte weder an Aiden denken noch an meinen Stalker. Am liebsten hätte ich meinen Kopf komplett ausgeschaltet, aber das Gedankenkarussell hörte nicht auf, sich zu drehen, bis mir ganz schwindelig war.

Als ich aus dem Bad kam, war die Pizza schon da. Dorian bugsierte mich sanft in sein Zimmer, und als wir auf dem Bett saßen, fragte er: »Was ist passiert?«

Plötzlich wusste ich nicht genau, wo ich beginnen sollte. »Ich wollte dir übrigens noch danken«, sagte ich ausweichend und schaute hinab auf das Pizzastück in meinen Händen, auf das ich überhaupt keinen Appetit hatte.

»Danken?«

»Du hast dich geoutet, um mich vor einer Furie zu beschützen. Das war sicher eine schwere Entscheidung.«

Trotz der offenkundigen Sorge in seinem Blick grinste er. »So schwer nun auch wieder nicht. Du bist doch meine Freundin. Abgesehen davon bin ich unfassbar froh, dass ich es getan habe. Aber deswegen bist du nicht hier.«

Ich schüttelte den Kopf und starrte immer noch die Pizza an. Um nicht antworten zu müssen, biss ich davon ab und merkte plötzlich, wie hungrig ich war. Gierig schlang ich das ganze Stück herunter.

»Was ist …«, begann Dorian.

Ich fiel ihm ins Wort. »Sorry, dass ich so schnell von der Party verschwunden bin. Hattet ihr noch Spaß?«

Er seufzte. »Ja, es war schön. Und falls es dich beruhigt – ich glaube nicht, dass dein Ruf sonderlich unter Jennas Lügen gelitten hat. Jenna ist beliebt, aber das heißt nicht, dass man ihr alles glaubt. Chloe und ich haben unser Bestes getan, um mit der Gerüchteküche aufzuräumen. Und wir hatten beide den Eindruck, dass die meisten dir so was ohnehin nicht zutrauen. Aber du bist auch nicht hier, um darüber zu reden.«

Ich schüttelte den Kopf und wich seinem Blick aus.

»Willst du mir nicht endlich sagen, was zwischen dir und Aiden läuft?«, fragte er sanft.

Ich schaute meine fettglänzenden Finger an und musste daran denken, dass diese Finger gerade noch über Aidens Haut gestreichelt hatten. Das ließ den Damm brechen. Ich schlug mir die Hände vors Gesicht und schluchzte laut auf.

Erschrocken rückte Dorian neben mich und legte den Arm um mich. »So schlimm?«

Unter Tränen nickte ich und lehnte mich an ihn. Die Worte sprudelten nur so aus mir heraus. Endlich konnte ich mich jemandem anvertrauen. Ich erzählte ihm alles – nun, nicht alles, denn ein paar Details gingen nur Aiden und mich etwas an. Aber ich erzählte genug, um ihm begreiflich zu machen, was da zwischen mir und Aiden lief.

»Du hast dich in ihn verliebt«, sagte er schließlich leise.

Ich zuckte zusammen. Selbst in Gedanken hatte ich bisher kaum gewagt, diese Worte zu formulieren.

Er seufzte und schnipste mir mit dem Zeigefinger gegen die Stirn. »Violet, was machst du nur? Sosehr ich Aiden mag – ich würde dir davon abraten, dein Herz an ihn zu hängen. *Dringend* davon abraten. Aber ich fürchte, diese Warnung kommt zu spät, was?«

Ich nickte, ohne ihn anzusehen.

»Scheiße«, sagte er inbrünstig, und wieder nickte ich.

»Erzähl mir von ihm«, bat ich leise. »Bitte, Dorian. Ich verstehe ihn einfach nicht. Ich habe das Gefühl, ich renne gegen eine Wand, immer und immer wieder. Bitte hilf mir zu kapieren, was in ihm vorgeht.«

In seinem Blick lag Mitgefühl. »Sorry, Süße. Ich würde

dir gerne eine Aiden-Gebrauchsanweisung liefern. Aber die Wahrheit ist, ich kenne ihn wohl nicht besser als du. Ich habe nie jemanden getroffen, der verschlossener ist als er. Ich weiß, dass er Probleme mit seiner Familie hat.«

Ich nickte resigniert. »Das ist mir auch schon aufgefallen.«

»Irgendetwas ist mit seinem Stiefvater. Aiden hasst ihn. Ich habe ihn mal danach gefragt – na ja, als Antwort hat er eine Tür eingetreten und ist wutschnaubend rausgerannt. Ich muss wohl nicht betonen, dass ich ihm danach keine solchen Fragen mehr gestellt habe.«

»Oh Gott.« Ich konnte es mir bildlich vorstellen. »Und … was ist mit seinem richtigen Dad?«

Er zuckte mit den Schultern. »Er hat ihn nie erwähnt.«

Wie konnte man nur so leben? Wie konnte man sich so komplett von allem und jedem abschotten wie Aiden? Wie war es möglich, so zu leben, ohne daran kaputtzugehen?

Eine Weile saßen wir schweigend da und aßen die restliche Pizza. Immer noch lehnte ich an Dorian. Ich war so müde, als hätte ich seit Tagen und Wochen nicht geschlafen.

»Dorian, was soll ich tun?« Es war plötzlich anstrengend, diese paar Worte zu formen.

Er legte den Kopf auf meinen und dachte nach. Seine langen blonden Haare fielen vor mein Gesicht und kitzelten meine Nase. Ich fand, heute rochen sie nach Honig.

»Entweder, du vergisst Aiden«, sagte er schließlich. »Du schneidest ihn dir aus dem Herzen, und vermutlich wird es bluten, und mit Sicherheit wird es wehtun. Aber irgendwann hörst du auf, an ihn zu denken.«

»Das kann ich nicht«, flüsterte ich.

»Oder du marschierst schnurstracks in seine Hölle und holst ihn da heraus. Denn glaub mir, Violet, allein wird er den Weg heraus nicht finden.«

Ich schauderte. »Du hast eine Schwäche für dramatische Metaphern, oder?«, versuchte ich zu scherzen. Aber es gelang mir nicht, meiner Stimme einen leichten Tonfall zu verleihen, denn ich wusste, wie zutreffend Dorians Worte waren. Und ich hatte mich im Grunde genommen schon entschieden. Langsam stand ich auf.

»Ohne pessimistisch klingen zu wollen, Violet … Ich glaube, der erste Weg wäre die vernünftigere Option«, merkte er an.

Ich zog bereits meine Schuhe an. »Vermutlich.« Aber eigentlich war die erste Option gar keine Option. Um Aiden zu vergessen, war es viel zu spät.

»Und du weißt, dass man nicht jeden Menschen retten kann, oder?«, sagte er sanft.

»Ja. Aber versuchen muss ich es.«

Er seufzte. »Ich weiß. Sorry, Violet. Sorry, dass ich dich nicht früher vor ihm gewarnt habe.« Sein schiefes Lächeln fiel traurig aus.

Aber das hätte nichts gebracht. Ich hatte plötzlich das sichere Gefühl, seit dem Moment, als ich Aiden das erste Mal sah, gab es kein Zurück für mich.

Als ich die Tür erreicht hatte, hielt er mich noch kurz auf. Seine Hand schloss sich um meinen Arm. »Warte mal, Violet.«

»Ich soll kein Hühnchen sein?«

Aber er schüttelte den Kopf. »Nein. Du sollst auf dich aufpassen.«

»Aiden tut mir nichts«, sagte ich im Brustton der Überzeugung.

»Ich weiß. Ich meine nicht körperlich. Pass auf dein Herz auf. Ja?«

Ich stellte mich auf die Zehenspitzen und zog ihn zu mir herunter, sodass ich ihm einen Kuss auf die Wange geben konnte. Dann huschte ich durch die Tür und machte mich auf den Weg zurück zu Aiden, wobei ich das Gefühl hatte, in den Krieg zu ziehen.

∞

Mit pochendem Herzen stand ich vor der Tür. Den Schlüssel, den Aiden für mich hatte anfertigen lassen, hielt ich schon in der Hand, aber ich hatte mich noch nicht getraut, aufzuschließen. Schließlich zählte ich bis drei, sperrte auf und ging langsam ein paar Schritte hinein. Alle Lichter waren aus, und die letzten abendlichen Sonnenstrahlen, die durch die Fenster hereinfielen, tauchten die Wohnung in unwirkliches Halbdunkel. Eine geisterhafte Stille hing in der Luft wie stickiger Nebel.

Ich war höchstens zwei Stunden weg gewesen, aber etwas hatte sich eindeutig verändert. Ich konnte nicht auf den ersten Blick ausmachen, was es war – es war eher ein Gefühl. Die Atmosphäre hatte sich verändert und schien seltsam aufgeladen zu sein.

Etwas knirschte unter meinen Schuhen, und erschrocken machte ich einen Satz zurück. Als ich näher hinsah, stellte ich fest, dass es Splitter waren: Aiden hatte einen Spiegel zerschlagen, dessen Scherben nun den Boden bedeckten.

»Aiden?« Meine Stimme zitterte, als ich nach ihm rief. Suchend sah ich mich nach ihm um. »Lass uns reden.«

Die Tür zu seinem Zimmer stand halb offen. Ich schlich darauf zu und lugte vorsichtig hinein. Mein Herz donnerte wild, und ich hörte das Blut in meinen Ohren rauschen.

»Aiden?« Diesmal brachte ich kaum mehr als ein Piepsen zustande. Ich wollte noch einmal nach ihm rufen, doch das Wort blieb mir schmerzhaft in der Kehle stecken, als ich ihn sah.

Er stand leicht vorgebeugt da, beide Hände auf den Schreibtisch gestützt, den Kopf gesenkt. Jeder Muskel seines Körpers war angespannt, die Schultern verkrampft und hochgezogen. Die Haare fielen ihm vors Gesicht, sodass ich seine Miene nicht deuten konnte.

»Aiden«, flüsterte ich.

Er fuhr zu mir herum, so ruckartig, dass ich zurückschreckte. In seinem Blick loderte eine Wut, die mich entsetzte. Ich schnappte nach Luft. Meine Finger krallten sich um den Türrahmen.

Ich erkannte ihn kaum. Dieser wilde Ausdruck in seinen Augen ließ ihn fremd wirken, als sei er plötzlich ein ganz anderer Mensch.

Das lag nicht nur an mir, nicht nur an unserem Streit. Ich wusste es einfach. Als ich ihm in die Augen sah, war mir klar, dass noch etwas nicht stimmte. Etwas musste passiert sein.

»Du solltest nicht hier sein«, presste er zwischen zusammengebissenen Zähnen hervor. »Nicht jetzt. Geh.« Nicht einmal seine Stimme klang nach ihm. Sie war gespannt wie eine Gitarrensaite, die jederzeit reißen konnte.

Aber wie hätte ich jetzt gehen können? Selbst wenn ich es

gewollt hätte, hätte ich es nicht gekonnt. »Was … Was ist los? Was ist passiert?«

»Ich habe gesagt, du sollst mich allein lassen!«

Stattdessen ging ich einen Schritt auf ihn zu und streckte die Hand nach ihm aus.

Ein Ruck ging durch seinen Körper, er zuckte vor mir zurück und griff nach dem erstbesten Gegenstand, den er erwischte: einer Schreibtischlampe. »Du sollst gehen«, stieß er noch einmal hervor und schleuderte die Lampe mit aller Kraft in meine Richtung.

Er zielte absichtlich weit an mir vorbei, vermutlich hätte das Geschoss gegen die Wand knallen sollen, doch es flog mitten durchs geschlossene Fenster. Das Klirren von Glas ging mir durch Mark und Bein, Splitter barsten in alle Richtungen. Wie in Zeitlupe sah ich sie für einen Moment im Licht der Straßenlaternen schweben.

Der Schock lähmte mich. Ich konnte mich kaum rühren. Einen Moment lang starrten wir einander an, ich voll Entsetzen, er mit einer Mischung aus Zorn und Schreck. Darüber, dass sein Wurfgeschoss das Fenster getroffen und zerstört hatte, schien er kaum weniger bestürzt zu sein als ich.

Dann fiel die Starre von mir ab, mit wenigen Schritten war ich am zerbrochenen Fenster und schaute hinaus. Inmitten von Scherben lag die kaputte Lampe auf dem Bürgersteig, keine drei Meter von einem Nachbarn entfernt, der gerade das Haus betreten wollte. Fassungslos starrte der Mann hoch; in einer Hand seinen Schlüssel, Mund und Augen weit aufgerissen. Es war reines Glück, dass die Lampe ihn nicht getroffen hatte.

Mit einem Mal war mir übel.

»Was um alles in der Welt …«, stammelte ich, wandte mich vom Fenster ab und sah Aiden an.

Ein schmerzlicher Ausdruck huschte über seine Züge. Sein Blick fiel auf einen Wandspiegel, und plötzlich stand ihm der Selbsthass ins Gesicht geschrieben. Sein Knurren klang mehr nach einem wilden Tier als nach einem Menschen.

Als ich begriff, was er vorhatte, war es schon zu spät. Seine geballte Faust schnellte vor und donnerte gegen den Spiegel, genau dorthin, wo sich sein Spiegelbild befand. Das Glas zersprang klirrend, Risse und Sprünge bildeten ein blutbeflecktes Spinnennetz.

Ich schrie auf, rannte auf Aiden zu und warf mich einfach gegen ihn. Ich schlang meine Arme um ihn – um seinen Oberkörper und seine Arme, sodass er nichts mehr zerstören konnte, schon gar nicht sich selbst – und hielt ihn, so fest ich konnte.

Einen Herzschlag lang blieb er starr und reglos wie eine Statue stehen. Ich fühlte das Donnern seines Herzens, seine rauen Atemzüge und das Zittern seines Körpers. Mit aller Macht klammerte ich mich an ihn, um ihn daran zu hindern, weiter zu toben. Heute war mehr als genug zu Bruch gegangen: zwei Spiegel, eine Fensterscheibe, eine Lampe. Doch ich wurde das Gefühl nicht los, dass in Aiden mehr zerbrochen war als in seiner Wohnung.

»Bitte sag es mir doch«, flüsterte ich. »Was ist passiert?«

Er wand sich aus meiner Umarmung und hetzte an mir vorbei aus dem Zimmer. Mit rasendem Herzen lehnte ich mich an den Türrahmen und brauchte einen Moment, um wieder zu Atem zu kommen, bevor ich hinter ihm herrannte.

»Um Himmels willen, Aiden!«, schrie ich ihn an. »Was ist los?«

»Nichts«, brüllte er. »Lass mich doch einfach!«

»Was ist verdammt noch mal passiert?« Meine Stimme überschlug sich.

Er wich meinem Blick aus und schnappte sich seine Autoschlüssel. Ich stürmte an ihm vorbei und stellte mich mit ausgebreiteten Armen in die Wohnungstür, um ihm den Weg zu versperren.

Die Fragen sprudelten wie eine unaufhaltsame Flut aus meinem Mund. »Was ist los? Was ist passiert? Warum … warum hast du das getan? War jemand hier? Hast du eine Nachricht bekommen? Hat irgendjemand etwas gesagt? Was um alles in der Welt stimmt nicht?«

Ich konnte nicht aufhören zu fragen. Zuerst wusste ich selbst nicht genau, warum ich nicht lockerlassen konnte; warum ich diese Fragen unaufhörlich auf ihn einprasseln ließ, statt es einfach für den Moment gut sein zu lassen und dann mit ihm zu sprechen, wenn er sich beruhigt hatte.

Aber dann begriff ich es. Ich hatte panische Angst.

Angst, ihn zu verlieren, wenn er sich jetzt vor mir verschloss. Dass es das war, ein für alle Mal, wenn er jetzt nicht mit mir sprach.

Angst, dass das hier die einzige Chance war, die wir beide hatten.

Schwer atmend stand er mir gegenüber, und in seinem Blick sah ich genau dieselbe Panik. Seine Augen waren das Spiegelbild meiner Furcht. Wir waren beide geradezu paralysiert.

»Aiden, was ist los?«, fragte ich wieder.

»Lass mich in Ruhe«, brüllte er mich an. »Das ist nicht deine Sache.«

Er schob mich beiseite, obwohl ich kämpfte, strampelte und mich festkrallte. Dann war er im Treppenhaus, und ich wusste, es war vorbei. Diese Sache zwischen uns, die niemals richtig begonnen hatte, die ich nicht greifen und nicht in Worte fassen konnte, und die mir dennoch alles bedeutete, war vorbei, wenn er dieses Haus verließ. Ich wusste es einfach. Er würde sich mir niemals anvertrauen, ich hatte ihn verloren. Mein Herz stolperte in meiner Brust, setzte ein paar Schläge aus und pochte dann schwach und unregelmäßig wie ein kaputtes Uhrwerk.

»Aiden Benjamin Morrison!«, brüllte ich aus Leibeskräften. Ich brüllte so ohrenbetäubend laut, dass meine Kehle schmerzte. So laut, dass es durchs Treppenhaus hallte.

Aiden hielt inne. Reglos stand er da, ohne sich zu mir umzudrehen. Atemlos starrte ich auf seinen Rücken.

»Benjamin?«, fragte er dann.

Als mir schwindelig wurde, erinnerte ich mich daran, dass ich atmen musste. Meine Finger umklammerten das Treppengeländer so fest, dass meine Nägel beinahe brachen.

Ich hatte keine Ahnung, warum ich das gesagt hatte. Es war das Erste gewesen, das mir durch den Kopf geschossen war. »Ich … Ich fand, mit einem Mittelnamen klang es beeindruckender«, stammelte ich.

Immer noch rührte er sich nicht. Mit dem Rücken zu mir stand er auf der Treppe, wie zur Salzsäule erstarrt. Wieder vergaß ich zu atmen. Alles begann sich zu drehen, und hätte ich mich nicht am Geländer festgeklammert, wäre ich sicher einfach umgekippt.

Dann begannen seine Schultern zu zucken. Ich dachte erst, dass er weinte, doch dann wurde mir klar, dass er lachte. Atemlos, keuchend und verzweifelt, aber er lachte. Er lehnte sich mit dem Rücken gegen die Wand und ließ sich langsam daran herabgleiten, bis er auf dem Boden saß, legte den Kopf in den Nacken und japste nach Luft. Sein Brustkorb bebte. Dann barg er das Gesicht in den Händen.

Mit einem Satz war ich bei ihm, setzte mich vor ihn, küsste seine Hände, dann zog ich sie von seinem Gesicht weg und küsste seine Stirn. Tränen liefen über seine Wangen, seine blutende Hand hatte rote Spuren auf seinem Gesicht hinterlassen, aber immer noch lachte er.

»Violet, du spinnst, weißt du das?«

»Du auch«, schluchzte ich. »Du spinnst wirklich total. Und du hast mich zu Tode erschreckt.«

Er zog mich in seine Arme. Ich saß auf seinem Schoß, und er hielt mich fest. »Tut mir leid«, murmelte er in mein Haar. »Tut mir so verdammt leid.«

»Was ist passiert?«, flüsterte ich. »Und diesmal will ich eine Antwort, oder ich schwöre, ich tue dir furchtbar weh.«

Er schwieg kurz, malte mit dem Finger rastlose Kreise auf meinen Rücken. »Meine Mom hat angerufen«, sagte er dann.

∞

Als die ersten Nachbarn begonnen hatten, verstörte Blicke ins Treppenhaus zu werfen – besonders der Mann, den Aiden beinahe mit der Schreibtischlampe getroffen hatte, machte einen verängstigten Eindruck –, zogen wir uns wieder in Aidens Wohnung zurück. Wir saßen in seinem Zimmer auf dem Boden. Ich vermied es, den zerbrochenen Spiegel anzuschauen, der mit Aidens Blut verschmiert war.

Aus dem Badezimmer hatte ich einen Verbandskasten geholt. Jetzt tupfte ich Aidens Fingerknöchel vorsichtig sauber, zog mit einer Pinzette kleine Splitter aus den Wunden und tropfte Jod darauf, wobei er keine Miene verzog. Während ich ihn verarztete, sprachen wir nicht. Dann erst sah ich ihn fragend an. »Deine Mom hat angerufen?«

Er spielte nervös mit den Scherben, die rings um uns am Boden lagen, drehte sie zwischen den Fingern, und ich stellte mich geistig darauf ein, das Verbandszeug gleich wieder zu brauchen.

»Es gibt eine Familienfeier morgen«, sagte er endlich.

»Eine Familienfeier«, wiederholte ich verständnislos. Ich hatte eher mit einem Todesfall in der Familie oder einer ähnlichen Hiobsbotschaft gerechnet.

Seine Miene verfinsterte sich. »Mein Stiefvater«, zischte er. »Er hat Geburtstag.«

»Und du willst nicht hin«, sprach ich das Offensichtliche aus. »Aber warum …«

Er verzog das Gesicht. »Meine Mom will unbedingt, dass ich auftauche. Es ist sein Sechzigster, und es ist ihr wirklich wichtig. Ich meine … Scheiße! Als ich vorhin am Telefon gesagt habe, dass sie das vergessen kann, hat sie geweint.«

»Also musst du morgen dorthin«, sagte ich leise. »Ihr zuliebe.«

Er nickte grimmig. »Ich muss hin, und ich kann nicht dafür garantieren, dass ich diesem Schwein nichts antue.«

»Aiden, ich will dich verstehen. Bitte sag mir, warum du ihn so sehr hasst.«

Er ballte die Hand zur Faust, ohne daran zu denken, dass er immer noch eine Scherbe festhielt. Erschrocken schrie ich auf, stürzte mich auf seine Hand, zwang die Faust sanft auseinander und schüttelte fassungslos den Kopf, als ich die Verletzung sah. Der Splitter steckte mitten in seiner Handfläche. Ich wollte ihn entfernen, doch meine Finger zitterten zu stark. Ich wollte ihm nicht wehtun. Aiden seufzte, packte die Scherbe einfach und zog sie aus seiner Hand, was mir durch den bloßen Anblick vermutlich mehr wehtat als ihm. Eilig kippte ich den restlichen Inhalt des Jodfläschchens auf die Wunde und griff wieder zum Verband.

»Ich hasse ihn einfach«, murmelte er, und ich begriff, dass er das Thema jetzt nicht vertiefen würde.

Ich nickte langsam. »Okay.«

»Okay?« Skeptisch musterte er mich. Offenbar hatte er mit mehr Hartnäckigkeit gerechnet.

»Okay, aber nimm mich mit.«

Er schüttelte den Kopf und wollte etwas sagen, aber ich legte die Finger auf seine Lippen. »Ich will bei dir sein. Lass mich mitkommen. Bitte, Aiden.«

Er zögerte. Zu meiner großen Überraschung nickte er dann, lehnte sich an mich und schloss seufzend die Augen.

Kapitel 15

»Soll ich nicht vielleicht doch fahren?«, schlug ich zaghaft vor.

Aiden zuckte zusammen, als hätte er ganz vergessen, dass ich neben ihm saß. »Was?«

Ich wiederholte meine Frage, aber er schüttelte den Kopf, ohne mich anzusehen. Aus weit aufgerissenen Augen blickte er starr geradeaus. Rastlos trommelten seine Fingerspitzen über das Lenkrad. Er kaute an seiner Unterlippe, und immer wieder fuhr er sich mit der Hand hektisch durchs Haar.

Noch nie hatte ich ihn so gesehen – so nervös. Normalerweise zeigte er kaum eine Regung, vor allem in der Öffentlichkeit, aber jetzt war er total durch den Wind. Er hatte kaum ein Wort mehr über die Sache verloren, und ich hatte ihn nicht gedrängt, aber er konnte nicht verbergen, wie sehr ihn das alles aufwühlte.

Und jetzt war es so weit. Wir saßen im Auto und fuhren zu seiner Familie. Seine Anspannung übertrug sich auf mich, und unruhig zog ich zum wohl hundertsten Mal mein Kleid glatt. Ich wusste nicht, wie förmlich oder leger die Feier werden sollte, und Aiden war diesbezüglich nicht ansprechbar gewesen. Also hatte ich mich für ein schlichtes blaues Kleid mit dezentem Rundhalsausschnitt und einer Knopfleiste über die gesamte Länge und einen grauen Cardigan entschieden. Damit hoffte ich, nicht negativ aufzufallen. Ich hatte Aiden gefragt, ob das so okay war, aber ich könnte schwören, er hatte mich gar nicht richtig wahrgenommen.

Sein Bein wippte nervös auf und ab, und ich legte die Hand auf sein Knie. Kurz sah er mich an, und so etwas wie der Schatten eines Lächelns huschte über sein Gesicht. Dann starrte er wieder auf die Straße.

Es war eine weite Fahrt, weswegen wir bei seiner Familie übernachten würden. Dank Aidens Verhalten versetzte mich der bloße Gedanke daran mittlerweile fast in Panik. Ich versuchte die vorbeifliegende Landschaft zu genießen und mich auf die Musik zu konzentrieren, aber ich nahm nichts davon wahr.

Als er vor einem Haus parkte, zog ich überrascht die Augenbrauen hoch. Ich wusste nicht genau, was ich erwartet hatte – ein heruntergekommenes Gruselschloss vielleicht. Das hier war jedenfalls der Inbegriff eines gemütlichen, etwas biederen Einfamilienhauses. Der weißlackierte Zaun umgab einen gepflegten Garten mit einigen schönen, alten Bäumen. An der rotlackierten Tür hing ein Kranz aus Pinienzapfen, Laub und Zweigen. Auf dem Schaukelstuhl, der auf der weißen Holzveranda stand, lag ein dickes bordeauxrotes Kissen.

Eine Gänsehaut zog sich über meine Arme. Eigentlich machte das Haus einen heimeligen Eindruck, aber Aiden starrte es an, als sei es Draculas Schloss.

Oder … seine ganz persönliche Hölle.

Ich hatte das Gefühl, mit einem Fuß bereits mittendrin in Aidens Fegefeuer zu stehen, während die Flammen nach dem Saum meines Kleides griffen, und die Vorstellung, den zweiten Fuß nachzuziehen, machte mir verdammt große Angst. Als er mich ansah, meinte ich beinahe, das Feuer in seinen Pupillen lodern zu sehen. Seine Hände waren nach wie vor so fest ums Lenkrad geschlossen, als wollte er es zerbrechen. Immer noch trug er den Verband, und ich war sicher, dass die Wunde an seiner Hand schmerzte, als er so fest zugriff, aber das schien ihm nichts auszumachen.

Als ich aus dem Auto stieg, fuhr eine kühle Böe durch meine Haare und wirbelte meinen Rock auf, was mir wie ein schlechtes Omen erschien. Fröstelnd schlang ich die Arme um meinen Oberkörper. Der Schaukelstuhl wippte ganz leicht im Wind, als säße ein unsichtbarer Mensch darauf.

Aiden trat neben mich, und obwohl er mich nicht berührte, spürte ich die fiebrige Hitze, die von seinem Körper ausging. Ich nahm seine Hand und stellte fest, dass sie eiskalt war. Wir tauschten einen Blick, dann gingen wir aufs Haus zu.

∞

Aidens Mom öffnete die Tür. Sie erinnerte mich an einen kleinen Vogel: ein bisschen nervös und scheu. Als sie Aiden sah, leuchteten ihre Augen vor Freude auf. Sie streckte sich zu ihm hoch und betastete sein Gesicht, als könnte sie kaum glauben, dass er wirklich da war.

»Hey, Mom«, sagte er erstaunlich sanft und umarmte sie vorsichtig, als sei sie zerbrechlich.

»Aiden! Ich war bis zuletzt nicht sicher, ob du wirklich kommst.« Ihre leise, melodische Stimme passte zu ihrer Erscheinung.

»Ich habe jemanden mitgebracht. Eine Freundin vom College. Mom, das ist Violet.« Wir hatten vereinbart, dass er mich einfach als eine Freundin vorstellte – wir wollten es so unkompliziert wie möglich halten. Er trat einen Schritt beiseite und gab den Blick auf mich frei.

Ich wünschte, er hätte mich vorher angekündigt. Dann hätte ich nicht so sehr das Gefühl gehabt, mich aufzudrängen. Aber Aiden hatte sich geweigert, vor der Feier noch einmal mit seiner Familie zu telefonieren.

»Hi, Mrs Morrison«, sagte ich etwas schüchtern, aber meine Scheu verflog, als sie mir ihre schmale Hand gab.

»Freut mich, dich kennenzulernen, Violet«, sagte sie mit ihrer leisen Stimme. »Nenn mich doch einfach Bree.«

Sie war kleiner als ich und so zierlich, als könnte ein kräftiger Windstoß sie einfach wegtragen. Die schwarzen Haare, die weich über ihre Schultern fielen, ließen ihr Gesicht noch blasser und schmaler wirken. Ihre wachen dunklen Augen blickten scheu, musterten mich aber aufmerksam. Ich fragte mich, wie ich bei dieser Prüfung abschnitt, und war erleichtert, als ein Lächeln über ihr Gesicht huschte. Die Angst, die ich empfunden hatte, bevor wir das Haus betreten hatten, löste sich ein wenig auf. Diese kleine Frau war jedenfalls alles andere als furchteinflößend.

»Jenna, dein Bruder ist hier«, rief sie über ihre Schulter. Und an Aiden gewandt fügte sie lächelnd hinzu: »Deine Schwester ist schon seit gestern hier und hat bei den Vorbereitungen geholfen.« Wenn mich nicht alles täuschte, schwang in ihren Worten ein leichter Vorwurf mit.

Sowohl Aiden als auch Jenna, die gerade im Flur auftauchte, zuckten zusammen, als ihre Mutter sie als Bruder und Schwester bezeichnete. Bree verschwand wieder in der Küche, sodass sie nicht mitbekam, wie Jenna bei Aidens Anblick das Gesicht verzog.

»Aiden, wie reizend, dich zu sehen«, sagte Jenna schnippisch. »Deine Anwesenheit hebt wie immer die Stimmung.«

»Spar dir die blöden Sprüche«, knurrte er.

Sie wollte noch etwas erwidern, doch dann entdeckte sie mich, und ihr fielen fast die Augen heraus. »Was um alles ... Violet! Was machst du bitte hier?«

Ich dachte an die Lügen, die sie über mich verbreitet hatte, und hätte sie am liebsten zur Rede gestellt, riss mich aber zusammen. »Ich freue mich auch, dich zu sehen«, sagte ich so zuckersüß, wie ich konnte. Ich war fest entschlossen, diesen Auftritt so glatt wie möglich zu meistern, ohne jegliches Drama. Denn Aiden machte auf mich nicht den Eindruck, als könnte er jetzt ein Drama verkraften.

»Wie auch immer«, schnappte sie, fuhr herum und folgte ihrer Mutter in die Küche.

Ich schob meine Hand in Aidens, und er drückte sie. Ich wusste, die eigentlich beängstigende Begegnung stand uns noch bevor: sein Stiefvater. Der jedoch kam nicht zur Tür, um uns zu begrüßen. Ich ließ Aidens Hand los, immerhin wollten wir nicht als Pärchen auftreten, und folgte ihm ins Haus.

Beiläufig sah ich mich um. Innen setzte sich der Eindruck fort, den ich auch von außen schon gehabt hatte. Alles wirkte gepflegt und unauffällig. Dekorationen waren ohne große Kreativität, aber mit Sorgfalt ausgesucht worden. Frische Blumen standen in einer altmodischen Vase auf einer gehäkelten Tischdecke, dezente Creme- und Erdtöne waren die vorherrschenden Farben. An den Wänden hingen Bilder, und ich hielt nach Familienfotos Ausschau, entdeckte aber keine; die meisten waren Landschafts- und Blumenabbildungen.

Aidens Schritte verlangsamten sich, als wir das Wohnzimmer betraten, und ich spannte mich an. Und dann sah ich ihn: seinen Stiefvater.

Er machte sich nicht einmal die Mühe, aufzustehen und uns entgegenzugehen. Stattdessen blieb er in seinem Armsessel sitzen und ließ nur die Zeitung sinken, in der er gerade geblättert hatte.

Mir stockte der Atem, als ich ihn sah – diesen Mann, den Aiden so sehr hasste. Auf den ersten Blick war er geradezu unauffällig, der Inbegriff eines Durchschnittstypen in beiger Bundfaltenhose und einem Pullover, aus dessen Halsausschnitt der Kragen eines Polohemdes ragte. Obwohl er saß, fiel mir auf, dass er sehr groß und schlank, fast hager war. Seine hellbraunen Haare waren von grauen Strähnen durchzogen und begannen sich an den Schläfen zu lichten. Die rahmenlose Brille reflektierte das Licht.

Das einzig Auffällige an ihm waren seine Augen, die ebenso tiefblau waren wie Jennas und von denen ich kaum meinen Blick losreißen konnte. Unangenehm durchdringend musterten sie mich; in ihnen lag etwas Lauerndes, das mir eine Gänsehaut über den Rücken jagte. Ich hielt ganz still, während er mich fixierte.

»So, Aiden hat eine Freundin mitgebracht.« Er sprach ebenso leise wie seine Frau, aber ich merkte, dass bei ihm keine Unsicherheit dahintersteckte. Er schien jedes Wort sorgfältig abzuwägen. »Willkommen.« Er machte keine Anstalten, mir die Hand zu reichen, und ich war froh darüber.

Erst jetzt sah er Aiden an, und in seinem Blick lag so viel eiskalte Verachtung, dass ich schauderte. »Aiden. Wie schön, dass du hier bist.« Sein Tonfall strafte seine Worte Lügen.

»Hallo, Christopher.« Nicht Dad. Auch Aidens Stimme

war unterkühlt. Die Nervosität, die ihn vorhin kaum hatte stillsitzen lassen, war ihm jetzt nicht mehr anzumerken. Er hielt sich aufrecht, die Schultern waren gestrafft. Seine Augen waren klar wie grünes Glas und zeigten nichts von dem inneren Kampf, den er mit sich selbst ausgefochten hatte, bevor wir hergekommen waren. Doch als wir in die Küche gingen, um seine Mom zu fragen, ob wir beim Tischdecken helfen konnten, legte ich kurz und beiläufig meine Hand auf seinen Rücken und merkte, dass er leicht zitterte.

Als wir am Esstisch saßen, herrschte eine unangenehme Stille, durchbrochen nur durch das Ticken der Wanduhr. Ich wagte kaum zu atmen, weil ich das Gefühl hatte, meine Atemzüge würden die künstliche Ruhe ohrenbetäubend laut zerreißen. Hätte ich mir in dem Moment eine Superkraft wünschen können, wäre ich auf der Stelle unsichtbar geworden. Nervös nestelte ich an den Knöpfen meines Kleides herum.

Aus den Augenwinkeln sah ich mich um. Aidens Stiefvater Christopher war eindeutig das Familienoberhaupt. Alle schienen sich unterbewusst an ihm zu orientieren, jeder Mensch und sogar jeder Gegenstand im Raum richtete sich nach ihm aus.

Bree hingegen war so nervös, dass sie die Hände kaum stillhalten konnte. Rastlos flatterten ihre Finger über den Tisch, strichen immer wieder das Tischtuch glatt, obwohl es ohnehin keine einzige Falte warf, und rückten die Salz- und Pfefferstreuer hin und her. Sie lächelte unentwegt, aber ich gewann immer mehr den Eindruck, dass dieses Lächeln nicht mehr als eine Maske war.

Jenna machte sich nicht die Mühe, das freundliche Gesicht

aufzusetzen, das sie in der Öffentlichkeit fast immer trug: Sie betrachtete Aiden mit unverhohlener Missbilligung und warf ihm immer wieder bitterböse Blicke zu. Mittlerweile konnte ich mir kaum mehr vorstellen, dass sie mir anfangs sympathisch gewesen war.

Aiden saß stocksteif da, keine Regung zeichnete sich auf seinem Gesicht ab. Er wirkte wie eine makellose, aber leblose griechische Statue, die aus irgendeinem Grund nicht in einem Tempel oder Museum stand, sondern durch eine Irrung des Schicksals in diesem Zimmer gelandet war.

Christopher schnitt den Truthahn an. »Hoffentlich reicht das Essen für alle, nachdem nun ein Gast mehr als geplant hier ist«, sagte er beiläufig.

Ich wurde rot und meine Handflächen begannen zu schwitzen. Es war eindeutig mehr als genug da: Der Truthahn war so groß, dass die Reste davon bestimmt noch tagelang auf dem Speiseplan stehen würden, und die Schüsseln mit den Beilagen quollen über, aber nach Christophers Worten fühlte ich mich fehl am Platz. Noch mehr als zuvor. Ich wollte mich entschuldigen, aber Aiden legte unter dem Tisch kurz seine Hand auf meine, und ich klappte den Mund wieder zu.

»Liebling, es wird bestimmt reichen«, beeilte sich Bree zu sagen. Ihre Finger trommelten nervös übers Tischtuch, und an ihrem Hals sah ich ihren Puls pochen. »Ich habe kaum Hunger, also ist sicher genug für alle da. Außerdem muss ich auf meine Linie achten.«

Es erschreckte mich, wie angespannt sie auf ihren Mann achtete. Alle paar Sekunden huschte ihr Blick zu ihm, damit ihr keine seiner Regungen entging. Sie schien bereit, jede Stimmung sofort aufzufangen und darauf zu reagieren. Aber ich glaubte nicht, dass sie wirklich Angst vor ihm hatte, jedenfalls nicht um sich. Vielmehr hatte ich den Eindruck, sie befürchtete, dass die Stimmung am Tisch von einer Sekunde auf die andere kippen würde.

Als Christopher nach dem Salzstreuer griff und feststellte, dass er leer war, sprang sie so schnell auf, dass ihr Stuhl fast umfiel, und huschte in die Küche. »Hier, Darling.« Mit einem kleinen Lächeln überreichte sie ihm einen anderen Salzstreuer und legte dabei federleicht ihre Hand auf seine Schulter.

»Danke, Liebling.« Er lächelte sie tatsächlich an, und ich war beinahe überrascht, dass dieses Gesicht überhaupt dazu in der Lage war.

Doch sobald er Aiden ansah, war sein Blick wieder eiskalt. »Und, Aiden? Wie läuft es mit dem Studium? Hast du wieder Mist gebaut, bist du aus Kursen geflogen, oder schaffst du es diesmal, dich zusammenzureißen?«

Aiden reagierte nicht, und man musste genau hinsehen, um zu erkennen, dass sich seine Kinnlinie verhärtete.

»Wie schmecken die Süßkartoffeln?«, fragte Bree mit gekünstelter Fröhlichkeit. »Ich habe sie nach Liz' Rezept gemacht, weil dir das letztens so gut geschmeckt hat, Liebling.« Natürlich war es nicht mehr als ein Ablenkungsversuch, der wirkungslos verpuffte. Niemand beachtete sie; Aiden und Christopher starrten einander an wie zwei Duellanten in einem Western.

»Natürlich hat er Mist gebaut«, ätzte Jenna. »Er hat jemandem die Nase blutig geschlagen.«

Christophers Miene verfinsterte sich. »Was will man schon erwarten von einem wie dir?« Aus jedem Wort troff Verachtung wie beißende Säure.

Bree zuckte zusammen, aber sie widersprach nicht. Sie sah Aiden mitleidig an, stand jedoch nicht für ihn ein. Kurz herrschte Schweigen.

»Dad, ich habe dir ja noch gar nicht dein Geschenk gegeben!«, rief Jenna dann aus und hielt eine Papiertüte hoch, die an der Rücklehne ihres Stuhls gebaumelt hatte. »Happy Birthday, Daddy.« Sie hauchte einen Kuss auf seine Wange.

Christopher schmunzelte, als er den Inhalt der Tüte unter die Lupe nahm: eine teuer aussehende Flasche Whiskey und ein graviertes Whiskeyglas. »Danke, Liebes. Das ist meine Lieblingssorte. Du bist und warst eben immer schon ein gutes Kind.«

Jenna lächelte ihn an, dann schaute sie mit hochgezogenen Augenbrauen zu Aiden. »Sag bloß, du hast vergessen, ein Geschenk für Dad zu besorgen. Aiden! Das ist sein Sechzigster.«

Christophers Mimik und Stimme blieben ausdruckslos, doch seine Worte waren umso aussagekräftiger: »Liebes, von deinem Stiefbruder habe ich nichts erwartet. Die grundlegenden Regeln des Anstandes hat er schließlich nie begriffen, obwohl seine Mutter und ich uns weiß Gott alle Mühe gegeben haben, sie ihm beizubringen.«

Diesmal konnte Aiden sich eine Reaktion nicht verkneifen. Seine Oberlippe zog sich leicht hoch, sein angedeutetes Zähnefletschen erinnerte an das eines Wolfes. »Keine Sorge, Jenna, ich habe es nicht *vergessen*«, spuckte er aus. »Dein Dad hat nur einfach kein Geschenk verdient.«

Sofort legte Bree begütigend die Hand auf den Unterarm ihres Mannes. »Er ist ja immerhin da«, sagte sie leise und so schnell, dass sie sich beinahe verhaspelte. »Wir feiern deinen Geburtstag alle zusammen, die ganze Familie.«

»Und du meinst, die Anwesenheit deines Sohnes sei ein Geschenk?«, fragte Christopher hart. »Bree, so ungern ich dir das auch sage: Ihn hier zu haben ist mehr Belastung als Freude.«

Aidens Hand schloss sich so fest um sein Messer, dass die Fingerknöchel weiß hervorstanden. Bree lächelte immer noch, doch ihr Lächeln bekam etwas Angespanntes, und ihre Mundwinkel zuckten nervös. Sie war kreidebleich.

Christopher seufzte und legte seine Hand auf ihre Schulter. »Mach dir nichts draus, Liebling«, sagte er erstaunlich freundlich. »Es ist nicht deine Schuld, du hast immer dein Bestes gegeben. Man darf einfach nicht zu viel von ihm erwarten, man muss wohl Nachsicht zeigen. Immerhin ist er der Sohn seines leiblichen Vaters: ein Monster.«

Die Worte trafen mich wie eine Ohrfeige, so heftig, dass meine Wangen brannten. Wenn mir diese Bemerkung schon so wehtat, wie musste sie sich dann erst für Aiden anfühlen? Aus weit aufgerissenen Augen sah ich in die Runde, aber niemand begehrte auf. Aiden war wieder zur Salzsäule erstarrt. Jenna unternahm ohnehin keinen Versuch, ihn zu verteidigen, stattdessen malte sich Schadenfreude auf ihren Zügen ab. Nicht einmal Bree sagte etwas, um ihren Sohn zu verteidigen. Sie sah ihn traurig an, machte den Mund aber nicht auf.

»Er ist kein Monster.« Ich war selbst überrascht, dass meine Stimme nicht zitterte. Sie klang klar und fest. »Ganz im Gegenteil.«

Zum ersten Mal, seit wir uns an den Tisch gesetzt hatten, sah Christopher mich an. Der kalte Blick aus seinen tiefblauen Augen bohrte sich in meinen, und es war mir, als erstarrte ich innerlich zu Eis.

Ein plötzliches Scheppern ließ uns alle zusammenzucken und lenkte Christophers Aufmerksamkeit von mir ab. »Ach herrje, wie ungeschickt von mir!«, rief Bree aus und schaute bestürzt auf ihr Messer hinab, das auf dem Parkett gelandet war. Aiden sprang sofort auf, hob das Messer auf und gab es ihr zurück.

»Danke. Oh, warum bin ich nur immer so tollpatschig?« Sie lachte über sich selbst, doch es klang eine Spur zu schrill, um natürlich zu wirken.

Als Aiden sich wieder setzte, drückte er kurz unter dem Tisch meine Hand. Jetzt erst merkte ich, dass ich den Atem angehalten hatte, und ließ wieder Luft in meine Lunge strömen. Am liebsten wollte ich mich in seine Arme werfen, oder – noch besser – ihn augenblicklich aus diesem Haus zerren. Aber natürlich tat ich nichts dergleichen. Wir beide saßen stocksteif da und ließen den restlichen Abend über uns ergehen. Ich aß, ohne einen Geschmack wahrzunehmen, und blickte kaum von meinem Teller auf.

Mit jeder Minute, die verstrich, verstand ich Aiden besser. Ich begriff, was ihn derart geprägt hatte, dass er zu dem unnahbaren, abweisenden Mann geworden war, den ich kennengelernt hatte. Da war nichts Freundliches im Verhalten seines Stiefvaters, kein einziges nettes Wort. Nicht ein einziger warmer Blick. Christopher behandelte Jenna wie eine Tochter, Bree wie eine Ehefrau. Doch er behandelte Aiden nicht einmal ansatzweise wie einen Sohn, sondern wie einen ungebetenen Gast, sogar wie einen Feind.

Ich wusste im Nachhinein nicht mehr genau, wie ich das Abendessen überstanden hatte. Es dauerte ewig; Bree tischte einen Gang nach dem nächsten auf. Ich nahm an, in Wirklichkeit schmeckte alles gut, doch in meinem Mund fühlte sich das Essen wie Styropor an und der Wein wie flüssiger Teer. Bree war die Einzige, die versuchte, die Stimmung zu retten, doch sie kämpfte gegen Windmühlen. Sie machte kleine Scherze, über die bloß sie lachte, und zwar zu laut und hoch, um natürlich zu klingen. Unentwegt versuchte sie unverfängliche Themen anzuschneiden und blickte immer wieder ängstlich zwischen ihrem Mann und ihrem Sohn hin und her.

Nach dem Dessert schlug sie sich plötzlich erschrocken die Hand vor den Mund. »Ich habe ja das Gästezimmer gar nicht hergerichtet!«, stieß sie hervor. »Ich ... Ich habe ja nicht damit gerechnet, dass noch jemand kommt.« Mit einem Mal schien sie den Tränen nah.

»Lass doch, Mom«, protestierte Aiden. »Ich kann das machen.« Aber Bree war schon aufgesprungen und lief die Treppe hoch.

»Da hast du deiner Mutter ja mal wieder viel Arbeit bereitet, nicht wahr?«, sagte Christopher leise zu Aiden.

Ich wäre am liebsten im Boden versunken. »Es tut mir leid«, presste ich mit gesenktem Kopf hervor. »Ich wollte keine Umstände bereiten.«

Christopher seufzte. »Ich gebe dir keine Schuld. Natürlich lag es in Aidens Verantwortung, uns zu sagen, dass noch ein Gast kommt. Aber was will man schon erwarten? Er hat seiner Mutter und allen Menschen in seinem Umfeld immer schon so viel Kummer bereitet, dass diese Kleinigkeit im Vergleich dazu natürlich nur eine Lappalie ist.«

»Er hat immer schon Ärger gemacht, wo er nur konnte«, knurrte Jenna.

Ich konzentrierte mich auf meine Atemzüge, um mich zu beruhigen – ich zählte sie, bis Bree endlich zurückkam und verkündete, das Bett sei frisch bezogen. Das war das Signal dafür, dass das Essen beendet war und wir uns zurückziehen konnten. Noch nie hatte ich mich so erleichtert gefühlt. Aufstehen zu dürfen war eine Erlösung. Hätte ich noch einen Moment länger an diesem Tisch verharren müssen, hätte ich vermutlich laut geschrien.

∞

Ich hielt es nur so lange im Gästezimmer aus wie unbedingt nötig. Ich stand reglos da, bis das Öffnen und Schließen der Türen verriet, dass alle in ihren Schlafzimmern verschwunden waren. Dann musste ich augenblicklich zu Aiden.

Sein Zimmer befand sich am anderen Ende des Gangs. Auf Zehenspitzen schlich ich über den Flur, klopfte zaghaft und trat dann einfach ein, als keine Antwort kam.

Er saß auf dem Boden, den Rücken gegen das Bett gelehnt, den Kopf gesenkt, und sah nicht einmal auf, als ich ins Zimmer kam. Ich ließ mich vor ihm auf die Knie fallen, umfasste mit zitternden Händen sein Gesicht und hob es an, sodass er mich ansehen musste. Aber er schien mich gar nicht wirklich wahrzunehmen; sein Blick war direkt auf meine Augen gerichtet und schien doch einfach durch mich hindurch ins Leere zu gehen. Ich kletterte auf seinen Schoß, umarmte ihn und hielt ihn, so fest ich konnte. Da endlich kam Leben in ihn: Er schlang seine Arme um mich, zog mich so fest an sich, als wollte er mich zerbrechen, und murmelte meinen Namen in mein Haar.

Minutenlang saßen wir beide einfach da und hielten uns aneinander fest. Ich konnte hier kaum atmen; in diesem Haus, in dem er aufgewachsen war, und unter einem Dach mit Christopher und Jenna. Ihm ging es genauso: Seine Atemzüge waren ganz flach, so als wollte er auf keinen Fall zu viel von dieser vergifteten Atmosphäre einatmen.

Plötzlich schob er mich sanft von seinem Schoß, stand auf und nahm meine Hand. »Komm mit«, sagte er. Seine Stimme klang seltsam hohl.

»Das habe ich früher immer gemacht, fast jede Nacht«, murmelte er, während er das Fenster öffnete. Erst als er aufs Fensterbrett stieg, ließ er meine Hand los.

Meine Augen weiteten sich. »Willst du da etwa rausklettern?« Ängstlich spähte ich hinunter. Das Zimmer befand sich im ersten Stock, aber da war ein großes Blumengitter, das fast bis ans Fenster reichte. Weiße Rosen, die im bleichen Mondlicht wie Geisterblumen aussahen, rankten daran empor.

»Ich gehe zuerst«, sagte er, »und teste, ob es noch stabil genug ist.«

»Warte. Du bist nicht sicher, ob es dich hält?« Die Sorge um ihn schnürte mir plötzlich die Kehle zu, und ich wollte ihn zurückhalten, doch er war schon aus dem Fenster geklettert. Ich beugte mich vor und sah zu, wie er allmählich fast komplett in der Nacht verschwand; nur sein Gesicht konnte ich im schwachen Licht sehen, seine schwarze Kleidung verschmolz mit der Dunkelheit. Kurz darauf stand er unten und winkte zu mir herauf.

Ich zögerte nicht, ihm zu folgen. Ich setzte mich aufs Fensterbrett und schwang die Beine hinaus über den Rand. Die Nachtluft ließ mich frösteln, aber ich atmete sie gierig ein.

Die Kälte fühlte sich echt und unverfälscht an, sie war mir hundertmal lieber als die warme, aber erstickende Luft im Haus.

Ich hielt mich fest und ließ mich langsam nach unten sinken, bis ich das Gitter unter meinen Füßen spürte. Es schwankte leicht unter meinem Gewicht, aber ich hatte keine Angst. Es hatte Aiden gehalten, also würde es hoffentlich auch mich tragen. Und selbst wenn nicht – ich wusste, dass Aiden unten stand und auf mich wartete, und ich vertraute blind darauf, dass er mich notfalls auffangen würde.

Vorsichtig kletterte ich in die Tiefe. Die Dornen der Rosen kratzten über meine Haut, aber es war mir egal. Als ich fast unten angekommen war, spürte ich Aidens Arme, und er half mir, das letzte Stück zu überwinden.

Sobald ich festen Boden unter den Füßen hatte, ergriff er wieder meine Hand. Das Mondlicht reichte aus, um zu erkennen, dass sich der Garten hinter dem Haus viel weiter erstreckte, als ich erwartet hatte. Aber es war nicht hell genug, um zu erkennen, was genau vor meinen Füßen war, und so stolperte ich immer wieder. Doch ich konnte nicht hinfallen, weil Aiden meine Hand hielt, mich stützte und mich hinter sich herzog. Ich folgte ihm einfach und ließ mich von ihm durch den nächtlichen Garten führen.

Vor einem hohen Baum blieb er stehen, und als ich emporblickte, sah ich ein großes Gebilde im Gewirr der Äste, das sich schwarz vor dem Nachthimmel abzeichnete.

»Ein Baumhaus?«, fragte ich erstaunt.

Aiden nickte nur, während er nach der Strickleiter griff und probeweise daran zog. »Traust du dir das zu? Ich gehe auch wieder vor und teste, ob alles sicher ist.«

»Ja«, flüsterte ich und sah ihm hinterher, als er mit geübten geschmeidigen Bewegungen hochkletterte. Als er oben angekommen war, legte ich meine Hände um eine der hölzernen Sprossen, atmete tief ein und folgte ihm. Der Wind pustete durch meine Haare, und halb rechnete ich damit, er würde mich einfach von der wackeligen Strickleiter reißen, doch ich hatte keine Angst. Seit wir Aidens Elternhaus verlassen hatten, fühlte ich mich einfach nur erleichtert und frei. Sobald ich oben angekommen war, streckte er mir eine Hand entgegen und zog mich durch die Bodenluke ins Innere des Baumhauses.

Ich tastete mich über die rauen Holzbretter, die den Boden bildeten, und wartete, bis sich meine Augen an die Dunkelheit gewöhnt hatten. Nach und nach schälten sich Umrisse aus der Schwärze. Es war ein großes Baumhaus – zumindest fand ich das, aber ich hatte nicht viel Erfahrung mit Baumhäusern. Genau genommen befand ich mich gerade zum ersten Mal in einem. Ich schätzte, jede der Seiten war etwa zwei Meter lang. Eine Lücke im Dach ließ so viel Mondlicht herein, dass ich die Spinnweben sehen konnte, die wie geisterhafte Feenhaare von den Holzbalken hingen. Es war wie ein verwunschener Zufluchtsort, eine sichere dunkle Höhle, schön und traurig zugleich. Der Wind ließ die knorrigen Äste des Baums ächzen, und ich meinte, ein ganz leichtes Schwanken zu spüren, so als seien wir auf einem Schiff. Kurz krampfte sich mein Magen zusammen. Ich schaute zur viereckigen Öffnung im Boden, und mir war mulmig zumute beim Gedanken daran, wie weit es darunter in die Tiefe ging.

Aiden saß direkt unter dem kleinen Dachfenster, an die

Wand gelehnt, den Kopf in den Nacken gelegt, und schaute hoch zum Himmel. Er wirkte zu Tode erschöpft. Das blasse Licht des Mondes fiel direkt auf sein Gesicht, sodass ich die Tränen auf seinen Wangen sah, und plötzlich war mir selbst zum Weinen zumute.

Wieder kletterte ich auf seinen Schoß, nahm sein Gesicht in meine Hände und küsste seine Tränen weg. Er barg das Gesicht in meiner Halsbeuge, und ich strich sanft durch seine Haare.

»Sprich mit mir«, bat ich leise, als ich sein Schweigen nicht mehr aushielt.

Seine Finger malten unsichtbare Kreise auf meinen Nacken. Dann sagte er: »Mein Dad war im Gefängnis.«

»Dein richtiger Dad?«, flüsterte ich.

Nach einer kurzen Pause nickte er. Und als er mir erzählte, was ich wissen wollte, war seine Stimme kaum lauter als der Wind. »Ich kann mich kaum an ihn erinnern. Aber ich weiß, er war gewalttätig. Ein Verbrecher. Meine Mom … Ich weiß nicht, was sie bei ihm hielt. Ich schätze, sie war schon immer so, wie sie jetzt ist. So … unsicher. Sie braucht immer jemanden, der in irgendeiner Weise mächtig wirkt. Jemanden, in dessen Schatten sie unsichtbar werden kann.«

Ich nickte langsam. Nachdem ich Bree kennengelernt hatte, konnte ich mir das vorstellen. Sie wirkte so blass und durchscheinend, als hätte jemand ihre Lebensgeister verdünnt, mit Wasser und Luft, bis sie kaum mehr genug Kraft besaß, um in dieser Welt zu existieren. Zumindest nicht allein. Vermutlich brauchte sie wirklich jemanden, der genug Selbstbewusstsein für sie beide hatte und der ihr Halt gab.

»Wo ist er jetzt? Dein Dad?«, fragte ich zaghaft, als ich

nicht den Eindruck hatte, Aiden würde von sich aus weitersprechen.

»Fifty-seven Sparrow Drive. Drittes Grab von links, zwölfte Reihe vom Eingang aus gezählt.«

Ich schluckte. »Er ist tot«, flüsterte ich.

Er lachte leise, doch es klang alles andere als amüsiert. »Meine Mom hat mir mal erzählt, sie dachte immer, er würde bei einer Messerstecherei ums Leben kommen. Vielleicht sogar bei einer Schießerei. Er hat sich dauernd mit allen möglichen Leuten angelegt, war sofort von null auf hundert, konnte von einer Sekunde auf die andere explodieren. Sie hatte manchmal Angst vor ihm, aber vor allem hatte sie Angst *um* ihn. Sie dachte, sein Jähzorn und seine Brutalität würden ihn mal ins Grab bringen. Stattdessen hatte er einen Herzinfarkt, als er wegen gefährlicher Körperverletzung im Knast war. Aber da war sie schon mit Christopher zusammen.«

Diesmal fragte ich nicht nach. Ich lehnte meinen Kopf gegen seinen, während seine Finger immer noch rastlos über meinen Nacken strichen, und wartete, bis er weitersprach.

»Ich nehme an, sie war verzweifelt. Ihr Mann war im Gefängnis, und sie blieb allein zurück mit einem Kleinkind, das sie allein großziehen sollte. Und sie konnte nicht alleine sein, das konnte sie nie. Also hat sie sich in die Arme des nächstbesten Arschlochs geflüchtet.« Es klang bitter. »Kurz darauf war die Scheidung durch, sie und Christopher haben geheiratet, und sie war mit Jenna schwanger.«

»Kannst du dich überhaupt an ihn erinnern? An deinen Dad?«, fragte ich zögerlich. »Ich meine … Du musst damals echt klein gewesen sein.«

Er zuckte mit den Schultern. »An seine Zeit vor dem Gefängnis habe ich überhaupt keine Erinnerungen. Ich weiß nur, was meine Mom mir erzählt. Aber sie hat ihn manchmal im Gefängnis besucht, obwohl sie da schon mit Christopher verheiratet war, und ein paarmal hat sie mich mitgenommen.« Er schwieg kurz. »Es ist seltsam, aber am besten kann ich mich an seine Stimme erinnern. Ich weiß überhaupt nicht mehr, wie er ausgesehen hat. Und meine Mom hat kein einziges Foto von ihm aufbewahrt. Ich … ich weiß noch, dass ich immer dachte, wenn er eines Tages aus dem Gefängnis kommt, könnte ich bei ihm leben. Mom hat immer gesagt, er wäre ein böser Mensch, aber ich dachte, schlimmer als Christopher könnte er nicht sein.«

»Aber er ist nicht freigekommen.«

Er schüttelte den Kopf. »Nein, ist er nicht. Und selbst wenn er seine Strafe abgesessen hätte und nicht gestorben wäre – ich bezweifle stark, dass er großes Interesse daran gehabt hätte, das Sorgerecht für seinen Sohn zu beantragen. Abgesehen davon, dass er ein gewalttätiger, brutaler Verbrecher war. Nicht gerade die Idealbesetzung als Vater.« Er lachte bitter. »Aber weißt du was? Irgendwie glaube ich immer noch, er wäre besser gewesen als Christopher.«

»Christopher«, wiederholte ich flüsternd. Bisher war das für mich ein normaler Name gewesen, doch nun hatte er einen unheilverkündenden Klang, bei dem sich meine Nackenhaare aufstellten. Ich fragte mich, wie es war, mit einem Stiefvater wie ihm aufzuwachsen, und gleichzeitig wollte ich es gar nicht wissen.

Ich wartete darauf, dass Aiden weiterredete, aber stattdessen wand er sich sanft aus meiner Umarmung, stand auf und begann über die Wand zu tasten. Er löste ein Brett und holte ein Kästchen aus Metall aus einer verborgenen Nische. Mein Magen krampfte sich zusammen, als ich an meine Pappschachtel denken musste. Aiden hatte auch etwas, das er versteckte und worin er etwas aufbewahrte. Aber es waren keine Postkarten – sondern Zeichnungen.

»Hier – falls es dich interessiert.« Er gab sie mir mit einer beiläufigen Geste, so als sei nichts dabei, aber ich merkte ihm an, dass es ihn Überwindung kostete. Mit seinem Handy beleuchtete er die Zettel, damit ich etwas erkennen konnte. Langsam blätterte ich mich durch die Zeichnungen, und mit jedem Bild, das ich ansah, wurde ich trauriger.

Er musste sie über viele Jahre hinweg angefertigt haben. Einfache Kinderkritzeleien, die nur aus einigen schiefen Linien bestanden, wichen gekonnteren Zeichnungen, auf denen man mehr erkannte. Aber die Motive blieben ähnlich: Man sah eine glückliche Familie in einem hübschen Haus. Mann, Frau und ein kleines Mädchen lächelten auf allen Bildern breit. Abseits stand ein Junge mit schwarzem Haar, der nicht lächelte. Als ich ihn näher ansah, fielen mir unheimliche Details auf. Auf manchen Zeichnungen hatte er rote Augen, auf anderen spitze Zähne oder lange Krallen. Bei jeder kleinen Bewegung von Handy oder Papier wanderten Licht- und Schattenreflexe über die Blätter, die die Szenen beinahe lebendig wirken ließen. Ich musste Aiden nicht fragen, was er da als Kind gezeichnet hatte: ein Monster.

Das Papier raschelte, als meine Hände zitterten. »Er hat dich immer schon so genannt, schon als Kind«, sagte ich erschüttert.

Er zuckte mit den Schultern. »Sieht so aus, als wäre er nicht nur ein Arschloch, sondern auch ein Hellseher«, sagte er leichthin, legte sich auf den Rücken und verschränkte die Arme hinter dem Kopf. Er sah durch die Lücke hoch zum Sternenhimmel, als ließe ihn das alles kalt. Die Tränen waren verschwunden. Aber mir entging nicht, wie angespannt sein Kinn und wie schmal seine Augen waren.

»Aber warum?«, stieß ich hervor. »Warum zur Hölle sagt ein erwachsener Mann so etwas zu einem Kind?«

Wieder ein Schulterzucken. »Er konnte mich wohl von Anfang an nicht leiden. Er meinte immer, ich war ein schwieriges Kind. Bockig, rebellisch. An die erste Zeit kann ich mich nicht erinnern – seit ich denken kann, war er da und hat mich verabscheut. Er hat mich als Monster bezeichnet, und erst habe ich das hingenommen, ohne es zu hinterfragen. Später habe ich mich dagegen aufgelehnt. Aber weißt du was? Irgendwann ist mir klargeworden, dass er recht hat. Vielleicht hat er einfach nur klarer gesehen als alle anderen, sogar als ich selbst.«

Vehement schüttelte ich den Kopf. »Mein Gott, hörst du dich selbst eigentlich reden? Das ist Schwachsinn! Christopher … Christopher ist vollkommen irre!« Ich wollte viel schlimmere Dinge über seinen Stiefvater sagen, aber mir fiel kein Wort ein, das ansatzweise ausdrückte, was ich von ihm hielt.

Resigniert sah Aiden mich an. »Mag sein. Und trotzdem hatte er nicht unrecht. Violet, ich war völlig unkontrollierbar. Immer schon. Ich habe mich dauernd geprügelt. Ich weiß jetzt noch, wie viel Wut in mir war, als Kind schon. Als ich dann etwa vierzehn war, habe ich ständig Mist gebaut. Als ich mal auf einen Typen sauer war, habe ich sein Auto geklaut und es von einer Klippe geschoben. Einem Jungen aus meiner Klasse habe ich mehrere Zähne ausgeschlagen. Da waren einfach unzählige solcher Vorfälle. Viel zu viele.«

Ich war so aufgebracht, dass es mir schwerfiel, Sätze zu bilden. »Ja, verdammt, weil du rebelliert hast! Ist es ein Wunder, dass du wütend warst? Dein Dad war im Gefängnis, und dein gestörter Stiefvater hatte nichts Besseres zu tun, als dich zu schikanieren und dir Mist einzureden! Wie sollte man denn bitte nicht wütend sein, wenn man bei jemandem aufwächst, der einen hasst und einem das bei jeder Gelegenheit sagt?«

Kurz herrschte Schweigen. Nur das Rauschen des Windes in den Zweigen war zu hören. »Als du in der Vorlesung gesagt hast, Frankensteins Monster sei …«, begann er.

Aber ich verstand auch so, was er meinte. »Es war nicht von Anfang an so, es wurde zu dem gemacht, was es war. Aiden, verdammt nochmal! Kein Kind kommt böse zur Welt. Egal, wie oft Christopher dir gesagt hat, du wärst ein Monster: Du warst einfach nur ein Kind! Und du warst weder böse noch monströs, sondern einfach nur einsam, traurig und wütend.«

»Woher willst du das wissen?«, fragte er leise. »Woher willst du wissen, dass das nicht immer schon in mir drin war? Dass ich diese … diese Brutalität nicht von meinem Dad geerbt habe? Violet, mein Vater war ein Verbrecher. Woher willst du wissen, dass ich nicht wie er bin?«

»Ist das dein Ernst?« Am liebsten hätte ich geschrien aus Wut darüber, was sein Stiefvater ihm angetan hatte. Aber ich zwang mich dazu, ruhig zu sprechen. »Die Kreatur war das, was Frankenstein aus ihr gemacht hat. Und du bist das, was Christopher aus dir gemacht hat. Aber du musst nicht so sein.

Aiden, du musst nicht das sein, was er von Anfang an in dir sehen wollte.«

Ich sah alles so deutlich vor mir, als säße ich in einem Film und Aidens Kindheit spielte sich vor mir ab. Christopher hatte nicht das geringste Verständnis für den kleinen Sohn seiner neuen Frau übriggehabt. Ich konnte mir nur zu gut vorstellen, was für ein Teufelskreis begonnen hatte: Je mehr Christopher Aiden abgelehnt hatte, desto stärker hatte dieser rebelliert, und desto mehr hatte Christopher sich in seiner Meinung bestärkt gefühlt.

Aber auch wenn ich logisch begreifen konnte, was geschehen war, konnte ich es nicht richtig verstehen. Ich verstand nicht, wie ein erwachsener Mann so boshaft und grausam sein konnte. Christopher hatte seinem Stiefsohn so lange eingeredet, ein unkontrollierbares Monster zu sein, bis Aiden selbst fest daran geglaubt hatte. Und je mehr sich alles zugespitzt hatte – je mehr Christopher ihn verabscheut hatte und je gewalttätiger Aiden in seiner hilflosen Wut geworden war –, desto größer war Aidens Überzeugung geworden, genau das zu sein, was sein Stiefvater immer schon in ihm sehen wollte.

Immer noch blickte Aiden starr hinauf in den Himmel. »Eigentlich spielt es keine Rolle«, sagte er tonlos. »Selbst wenn ich nicht als Monster geboren wurde – jetzt bin ich eines. Ob das meine Schuld ist, die Schuld meines Dads und meiner Gene oder Christophers Schuld – das Ergebnis ist das gleiche.«

Ich wollte ihn schütteln, damit er aufhörte, solche Dinge zu sagen. Aber wie sollte ich ihm begreiflich machen, dass er unrecht hatte? »Es stimmt einfach nicht«, presste ich hilflos zwischen zusammengebissenen Zähnen hervor. »Christopher ist das Monster, nicht du. Er ist grausam und kaltherzig.«

Immer noch sah er mich nicht an. »Und ich bin brutal und gewalttätig. Ist das wirklich besser?«

Frustriert schüttelte ich den Kopf. »Hör auf, solche Dinge zu sagen. Du bist hundertmal besser als Christopher. Du bist ein guter Mensch. Es … Es fällt dir nur manchmal schwer, dich zu beherrschen.«

Endlich schaute er mich an. »Du verstehst das nicht.«

»Mag sein. Aber ich will es verstehen, Aiden. Ich will dich verstehen.«

»Das kannst du nicht. Du weißt einfach nicht, wie das ist. Wenn ich wütend bin, bin ich nicht mehr ich selbst. Ich kann mich nicht zurückhalten, ich sehe einfach rot. Da … da sind einfach keine klaren Gedanken mehr.«

»Das ist keine Ausrede, in Selbstmitleid zu versinken.«

»Was?« Er zog die Augenbrauen hoch.

Ich saß neben ihm, stützte die Hände auf seine Brust und schaute auf ihn hinab. »Ich meine, du bist selbst für dich verantwortlich. Du kannst nicht für immer weglaufen. Du musst dich deinen Problemen stellen und dagegen ankämpfen.« Ich wusste, wovon ich sprach. Immerhin war ich selbst Profi darin, vor meinen Problemen wegzulaufen.

»Als wäre das so leicht«, murmelte er.

Ich nickte. Er hatte ja recht. Es war so einfach, klug daherzureden, aber manchmal unmöglich, sich seinen Dämonen zu stellen.

»Und Jenna?«, fragte ich leise. Noch immer wusste ich nicht, warum sie ihn so sehr hasste.

»Jenna«, schnaubte er. »Jenna, das Goldkind. Der Sonnenschein der Familie. Das Wunschkind aus der ach so glücklichen zweiten Ehe meiner Mom mit ihrem wunderbaren, seriösen, nicht kriminellen Ehemann.«

»Wow. Du bist wirklich kein bisschen besser auf sie zu sprechen als sie auf dich.«

Er griff nach meinen blonden Haarspitzen, die über seinem Gesicht baumelten, und begann gedankenverloren, Knoten hineinzumachen. Ich schüttelte den Kopf, um meine Haare zu retten, und sie rutschten ihm aus den Fingern.

Er seufzte. »Ich schätze, wir hatten nie eine Chance, richtige Geschwister zu werden. Christopher hat ja nie ein Geheimnis daraus gemacht, was er von mir hielt. Das hat sie von klein auf übernommen. Sie hatte Angst vor mir, und sie hat mich verabscheut.« Er lachte humorlos. »Sie hat sogar ihren Kindergartenfreundinnen Horrorgeschichten über mich erzählt, um ihnen Angst zu machen. Wenn jemand sie geärgert hat, hat sie gedroht, das Monster zu holen. Nicht dass sie das je gemacht hätte – sie hat mich ja gemieden, wo sie nur konnte. Und dann … na ja, dann war da noch dieser Vorfall.«

Ich hatte das Gefühl, nichts könnte mich jetzt noch schockieren. Trotzdem krampfte sich mein Magen zusammen. »Was für ein Vorfall?«

Wieder griff er nach meinen Haarspitzen, und diesmal zog ich sie nicht weg. Er ließ seine Finger hindurchgleiten und betrachtete sie geistesabwesend. »In der Highschool hat sie sich verliebt. Er war ein Idiot und ein wirklich übler Typ, aber ihr war das egal.«

»Du hast ihn zusammengeschlagen?«, fragte ich.

»Ich schätze, damals dachte ich noch, ich sei irgendwie für meine Halbschwester verantwortlich. Danach hat er sie verlassen, und nicht nur das. Sie hat mir nie verziehen, dass ich sie mit der Aktion öffentlich blamiert habe. Spätestens ab dem Moment hat sie mich bis aufs Blut gehasst.«

Diese ganze Familie war so kaputt, dass mir meine eigene wie eine Bilderbuchfamilie erschien. Aber Aiden war nicht kaputt, nicht unwiderruflich. Wenn es ihm gelang, sich von all den selbstzerstörerischen Gedanken zu lösen, konnte er die Scherben seines Selbsts wieder zusammensetzen und kitten. Daran musste ich einfach glauben.

»Jenna ist eine blöde Kuh«, verkündete ich. Dann fiel mir ein: »Warum hat sie mir eigentlich deinen Wohnungsschlüssel gegeben? Mir hat sie gesagt, dass sie glaubt, du wärst nicht da. Aber nachdem sie dich nicht leiden kann – war es vielleicht ein Versuch, dich zu ärgern?«

»Vielleicht dachte sie wirklich, ich würde nicht auftauchen. Ich meine – das wäre nicht abwegig. Ich bin wirklich oft weg, tagelang, manchmal wochenlang. Wenn ich es im College und in meiner Wohnung nicht mehr aushalte, haue ich eben ab.«

»Aber du glaubst, dass mehr dahintersteckt, oder?«

Er hörte auf, mit meinen Haaren zu spielen, und strich sanft mit einem Finger meine Kinnlinie entlang. Ich neigte den Kopf seiner Berührung entgegen. »Es kann ebenso gut sein, dass sie gehofft hat, ich würde nach Hause kommen. Sie konnte dich insgeheim nicht leiden, weil sie wegen Dorian eifersüchtig war, stimmt's?«

»Sie wollte mich dem Monster zum Fraß vorwerfen?« Meine Augen weiteten sich.

Er lachte kurz und freudlos. »Ich glaube schon. Sie hat bestimmt darauf spekuliert, dass ich auf dich losgehen würde.

Wie ich sie kenne, hat sie gehofft, dass ich dir etwas Ähnliches antue wie ihrem damaligen Freund.«

Ich schauderte, als ich daran dachte, wie Aiden mich aus dem Bett gezerrt hatte. Aber trotz allem war ich absolut sicher, dass er mir selbst in dieser Situation niemals etwas angetan hätte. Ich war nie wirklich in Gefahr. Er wollte mich loswerden, aber unter gar keinen Umständen hätte er mich geschlagen. »Jenna schätzt dich nicht richtig ein. Sie kennt dich gar nicht wirklich.«

»Vielleicht hattest du nur Glück, hast du darüber mal nachgedacht? Vielleicht war es haarscharf. Vielleicht hättest du fast eine Faust im Gesicht gehabt.«

Ich schüttelte entschlossen den Kopf. »Du schätzt dich selbst auch falsch ein. Christopher, Jenna und du – ihr seht alle drei nur das Schlimmste in dir.« Aber da war noch jemand, dessen Meinung zählte. »Deine Mom nicht, stimmt's? Sie weiß genau, dass du kein schlechter Mensch bist. Warum hilft sie dir nicht, Aiden? Warum tut sie nichts?«

Er lächelte mich an, aber es war ein so bitteres Lächeln, dass es mir eine Gänsehaut über den Rücken jagte. »Was sollte sie denn tun? Ihrem geliebten Christopher widersprechen? Gott bewahre. Sie war nie auf meiner Seite, bei keinem einzigen Streit. Ich glaube, sie hat bis heute nicht wirklich kapiert, wie sehr er mich hasst. Sie versucht sich bestimmt einzureden, alles wäre halb so wild. So ist sie einfach. Alles, was nicht in ihre heile Welt passt, versucht sie auszublenden.«

»Das kenne ich.« Die Worte waren ausgesprochen, bevor ich darüber nachdenken konnte, und nun war es zu spät, sie zurückzunehmen. Ich wurde rot. »Es ist nicht ansatzweise so schlimm wie bei dir. Aber ich meine … ich kenne das auch, wenn die eigenen Eltern nicht hinter einem stehen, wenn man sie bräuchte.«

Er berührte meine Wange immer noch, aber jetzt lag seine Hand ganz still. Aufmerksam sah er mich an. »Was meinst du, Violet?«

»Nichts«, murmelte ich. Jetzt ging es nicht um mich, sondern um ihn. Ich wich zurück, sodass seine Hand von meiner Wange rutschte, und setzte mich mit angezogenen Beinen an die Wand. Meine Hände umfassten meine Knöchel. »Das habe ich nur so dahergesagt.«

Sofort setzte er sich auch auf, gegenüber von mir, und legte die Hände auf meine Knie. »Hast du nicht.«

Ich konnte mich seinem forschenden Blick nicht entziehen. Meine erste Reaktion war wie immer, dem Thema auszuweichen zu wollen und mich in Ausreden zu flüchten. Aber als ich in seine Augen schaute, war das mit einem Mal nicht mehr möglich. Schon gar nicht, nachdem er mir gerade so viel über sich erzählt hatte.

»Ich …« Ich wollte es ihm sagen, wirklich. Aber meine Stimme versagte mir den Dienst. Ich hatte mich so lange geweigert, über das Thema zu sprechen, dass die Worte nun gar nicht mehr über meine Lippen kommen wollten. Sie waren groß und sperrig, blieben in meinem Hals stecken und verkanteten sich in meinem Mund. In meinem Kopf dröhnte eine Frage so laut, dass ich meine übrigen Gedanken nicht hören konnte: Was, wenn er mich ebenso wenig ernst nimmt wie meine Eltern und Jackson?

Er beugte sich vor, legte eine Hand um meinen Hinterkopf und küsste sanft meine Stirn. Die quälende Frage löste sich in Luft auf, und ich begann zu reden.

Ich erzählte ihm alles. All die Dinge, die ich Jackson und meinen Eltern gesagt hatte, und noch mehr. Ich erzählte von den Postkarten, den Reaktionen meines Umfelds und meinen Ängsten. Die ganze Zeit saß er mir gegenüber, seine Hände auf meinen Knien, und hörte mir zu.

Plötzlich war es das Einfachste der Welt. Es war, als hätte sich in meinem Herz eine Tür geöffnet, die ich nicht wieder schließen konnte, bis ich alle bösen Erinnerungen hinausgelassen hatte.

Als ich verstummte, war es unheimlich still. Nur das Knarren von Holz war zu hören. Aidens Blick war starr geworden.

»Niemand hat dir geholfen«, presste er hervor.

Ich wusste genau, wenn er jetzt meinen Stalker in die Finger bekäme, würde er ihm etwas antun. Vielleicht sogar meinen Eltern und Jackson, weil sie mich im Stich gelassen hatten. Ich war froh, dass wir allein waren.

»Du hilfst mir«, sagte ich leise, »jetzt gerade.«

»Ich kann dir nicht helfen, wenn dieser Kerl nicht da ist, um ihn zur Rechenschaft zu ziehen.« Er bebte vor Zorn, doch als ich mich an ihn schmiegte, schnappte er überrascht nach Luft, und seine Anspannung ließ nach.

Erst als seine Daumen behutsam die Tränen von meinen Wangen wischten, merkte ich, dass ich geweint hatte. Aber ich fühlte mich erleichtert und wusste, dass es ihm ähnlich ging. In diesem dunklen Baumhaus hatten wir unsere Geheimnisse miteinander geteilt und waren nicht mehr allein mit ihnen. Ohne diese Last fühlte ich mich so leicht, als könnte ich schweben. Ich wusste nicht, ob die Wahrheit uns retten konnte oder ob wir einander retten konnten und ob das überhaupt eine Rolle spielte. Jetzt gerade, in diesem Moment, waren wir sicher und geborgen.

Mein Blick fiel auf das Metallkästchen, aus dem er die Zeichnungen geholt hatte, und mir fiel auf, dass noch etwas darin war. Er folgte meinem Blick, griff nach dem Behälter und zeigte mir den Inhalt: ein alter Walkman und ein paar Musikkassetten. Ich musste lachen, als ich das sperrige Elektrogerät begutachtete. »Mein Gott, ich dachte nicht, dass es so was überhaupt noch gibt. Ich glaube, das ist das erste Mal, dass ich so was live sehe. Mehr Retro geht nicht, oder?«

»Es ist das Einzige, was ich von meinem Dad habe«, sagte er, und mein Lachen blieb mir im Hals stecken.

»Sorry«, murmelte ich, aber er lächelte nur, ließ das Gerät mit einem Tastendruck aufschnappen und legte eine Kassette ein.

»Keine Ahnung, ob das Ding überhaupt noch funktioniert – nach all den Jahren, in denen es hier lag.« Aber das tat es zu unserer Überraschung. Jeder von uns bekam einen Ohrhörer. Wir saßen uns immer noch gegenüber, lehnten unsere Köpfe aneinander und lauschten gemeinsam der Musik, die von leichtem Rauschen und Knacken begleitet war.

Eine Gänsehaut zog sich über meine Unterarme, als ich dem Text lauschte. Ich schaute hoch und war ihm dabei so nah, dass ich alles doppelt und verzerrt sah. »Was ist das für ein Song?«

Er grinste. »*Psycho Killer* von den Talking Heads.«

»Du bist echt gruselig, weißt du das?«, sagte ich mit hochgezogener Augenbraue. Ich stellte mir vor, wie er als Kind und Jugendlicher ganze Nächte hier oben verbrachte, zu den Sternen hochsah und Musik hörte.

Er tat so, als wollte er in mein Gesicht beißen, was mich kichernd zurückschrecken ließ. »Ja, weiß ich«, gab er ungerührt zurück.

All die Dinge, die wir übereinander erfahren hatten, waren in unseren Köpfen präsent, aber sie standen nicht zwischen uns. Wir lachten miteinander und lauschten dann andächtig *Stairway to Heaven* von Led Zeppelin und *There Is A Light That Never Goes Out* von den Smiths. Als anschließend ein Song von David Bowie abgespielt wurde, konnte ich ein Seufzen nicht unterdrücken. »Ich habe geheult, als ich gelesen habe, dass er gestorben ist«, gestand ich.

Er grinste schief. »Ich auch.«

Als er sich wieder auf den Rücken legte, legte ich mich zu ihm. Mein Kopf ruhte auf seiner Brust, und ich lauschte seinem Herzschlag, der sich wie ein dumpfer Bass in die Musik aus dem Walkman mischte. Seine Fingerspitzen strichen über meine Stirn, über meine Schläfe hinab zu meiner Wange, und ich wagte kaum, mich zu bewegen, damit er bloß nicht aufhörte.

»Ich habe früher so oft hier oben gelegen«, sagte er unvermittelt, mehr zu sich selbst. Seine Stimme klang belegt. »Ich habe sehr viel übers Leben nachgedacht und über den Tod, und … na ja, keine dieser Möglichkeiten hat mich besonders gereizt. Ich dachte immer, da würde noch irgendwas kommen – irgendwas, das diese beschissene Welt lebenswert macht. Zumindest habe ich es gehofft.«

Ich fuhr hoch, alarmiert von seinem seltsamen Tonfall. »Und hast du … hast du etwas gefunden?«

Er kaute an seiner Unterlippe. Sein Blick war unverwandt auf mein Gesicht gerichtet. Einmal mehr wunderte ich mich darüber, wie unterschiedlich er aussehen konnte – manchmal furchteinflößend, manchmal so kalt und abweisend, als sei er nicht von dieser Welt. Und manchmal, so wie jetzt, blitzte etwas Unsicheres, Verletzliches auf.

»Ja«, sagte er endlich, »sieht so aus, als hätte ich es gefunden.« Er lachte leise, doch sein Blick blieb ernst. »Und es klingt so platt und vorhersehbar, dass ich kaum glauben kann, dass ich das ernsthaft sage. Aber sich zu verlieben ist die eine Sache, die diese beschissene Welt verdammt lebenswert macht.«

Mir wurde schwindelig. Ich sah Katzenaugen und Rabenhaare, ich sah dreizehn blasse Sommersprossen, und alles drehte sich vor meinem Blick. Ich konnte nichts sagen, obwohl hundert Wörter gleichzeitig durch meinen Kopf taumelten, und sie alle sprachen von Liebe. Doch statt sie auszusprechen, saß ich stumm und atemlos da.

Sofort zogen sich seine Augenbrauen beunruhigt zusammen, und er sah so aus, als wollte er seine Worte am liebsten zurücknehmen. »Violet, ich …« Seine Stimme war brüchig. »Tut mir leid, ich wollte …«

Er versuchte sich aufzusetzen, aber ich legte meine Hände auf seine Brust und drückte ihn sanft nieder. Ich beugte mich über ihn, meine Haare fielen auf sein Gesicht, und ich schloss die Augen. Meine Lippen tasteten nach seinen, zart und vorsichtig. In meiner Brust glühte eine Sonne, deren Hitze durch meinen ganzen Körper strahlte und mich verbrannte, ohne mich zu verletzen. Einen Moment lang war er wie erstarrt, dann erwiderte er meinen Kuss.

Er hatte es gesagt. Er hatte die Worte gesagt, die ich mir insgeheim mehr als alles andere gewünscht hatte. Worte, die meine Welt aus den Angeln gehoben hatten. Und doch konnte ich ihm keine Antwort darauf geben, noch nicht.

Stattdessen löste ich mich aus seinem Kuss und sah in seine grünen Augen. Wir waren einander so nah und doch nicht nah genug. Jetzt gerade war egal, wo wir waren, was sich gerade beim Essen abgespielt hatte und was wir beide hinter uns hatten. Was zählte, waren nur wir.

Unsicher erwiderte er meinen Blick, doch dann schlangen sich seine Arme um mich. Ich wurde herumgewirbelt und fand mich auf dem Rücken liegend wieder. Seine Lippen waren auf meiner Haut, auf meiner Stirn und meinen Wangen, und dann endlich wieder auf meinen Lippen. Wild und fordernd eroberte er meinen Mund, und in seinem Kuss lag ein Hunger, der mir den Atem raubte. Er küsste mich, als wollte er mich verschlingen und als sei ich das Einzige, das ihn am Leben hielt.

Ich wollte ihn so schmerzlich, wie ich noch nie etwas gewollt hatte. Ich wollte alles, jetzt sofort, so schnell wie möglich. Ungeduldig nestelte ich am Knopf seiner Jeans herum. Seine Hände zitterten, als er die Knöpfe meines Kleides öffnete – einen nach dem anderen, ganz langsam, als packte er ein unermesslich kostbares Geschenk aus.

»Du bist das Schönste, was ich je gesehen habe«, murmelte er. Seine Finger strichen am Rand meines BHs entlang und zauberten eine Gänsehaut auf meinen ganzen Körper. Sein Blick fragte mich um Erlaubnis, bevor er die BH-Träger von meinen Schultern schob und den Verschluss öffnete.

Mit quälender Langsamkeit strichen seine Finger über meine Haut. »Das ist unfair«, flüsterte ich und schob den Saum seines T-Shirts hoch. Ich wollte auch möglichst viel von ihm sehen und spüren. Unbeholfen zerrte ich ihm das Shirt über den Kopf, aber er beschwerte sich nicht. Seine Augen blitzten nur kurz amüsiert auf, bevor sie wieder von der Melancholie erfüllt waren, die mir an ihm schon so vertraut geworden war.

Plötzlich setzte er sich auf, und ich bekam Angst, er hätte es sich anders überlegt, Angst, diese Traurigkeit in seinem Blick hätte ihn dazu bewogen, einen Rückzieher zu machen. Aber er wühlte nur in den Taschen seiner Jeans herum und brachte schließlich ein Kondom zum Vorschein.

Sobald ich es sah, flammte nun doch Nervosität in mir auf. Mein Magen kribbelte, als würden tausend Ameisen darin tanzen. Mir wurde bewusst, wie real das alles war – und dass es gleich so weit war.

Ich hielt den Atem an, als er seine Fingerspitzen unter den Bund meines Slips schob und ihn mir auszog. Dann nahm ich meinen Mut zusammen, schob erst seine Jeans, dann seine Boxershorts über seine Hüften nach unten. Nichts trennte uns mehr, keine noch so dünne Schicht Stoff. Ich fühlte seine Haut auf meiner Haut und wünschte, der Moment würde nie enden. Aiden legte unser Klamotten aus, sodass ich weicher lag, aber im Moment hätte ich es wohl nicht einmal wahrgenommen, wenn ich auf blankem Stein gelegen hätte.

Er war wieder über mir, seine Hände links und rechts von meinem Kopf aufgestützt. Sein Knie schob sich sanft zwischen meine und ich nahm die Beine leicht auseinander, um ihm Platz zu machen. Die Luft war so eisig, dass meine Atemluft weiße Wölkchen bildete, die ich in kleinen Stößen ausatmete, doch ich nahm keine Kälte wahr.

»Violet. Du kannst jederzeit stopp sagen, wenn du es doch

nicht willst«, sagte er atemlos. Die Worte kamen abgehackt, durchbrochen von heftigen Atemzügen.

»Ich will es«, flüsterte ich.

Er ließ sich von den Händen auf die Ellenbogen herab, ich spürte das Gewicht seines Körpers auf mir. Seine Haut war so heiß, als glühte sie, und überall, wo wir einander berührten, prickelte es.

Unsere Gesichter waren sich so nah, dass ich seinen Atem auf meinen Lippen spürte. Sein Blick war eine einzige unsichere Frage. Ich nickte unmerklich und hielt den Atem an. Ich hatte keine Ahnung, was genau ich zu erwarten hatte, und mein ganzer Körper spannte sich an.

Und dann, endlich, spürte ich ihn in mir. Ich atmete scharf ein und sofort hielt er inne. Wir beide zitterten. Die Luft schien ihren Aggregatzustand zu wechseln, und sosehr ich auch zu atmen versuchte, ich bekam einfach nichts davon in meine Lunge.

Es tat weniger weh, als ich erwartet hätte, aber trotzdem schossen mir Tränen in die Augen. Meine Fingernägel krallten sich in Aidens Schultern. Ich presste die Augen zu, um die Tränen zurückzudrängen, und hielt den Atem an, um nicht aus Versehen zu schluchzen. Auch er atmete nicht. Er hielt ganz still, bewegte sich nicht, küsste nur sanft die Tränen weg, die sich in meinen Augenwinkeln gesammelt hatten.

»Geht es?« Seine Stimme klang heiser.

»Ja«, flüsterte ich und nickte.

Der Schmerz trat in den Hintergrund, als ich in Aidens Gesicht sah. Seine Miene war ganz offen, jedes Gefühl und jeder Gedanke zeichnete sich darauf ab. Er wirkte verletzlicher, als ich ihn je erlebt hatte. Seine Augen waren dunkel vor Verlangen; die Pupillen so weit, dass sie das klare Grün fast vollständig verdrängten.

»Aiden? Ich …«

Er verschloss meinen Mund mit einem Kuss, und ich vergaß, was ich sagen wollte.

Es fühlte sich atemberaubend an. Ihm so nah zu sein, seinen ganzen Körper zu spüren – das alles war unvergleichlich. In meinem Inneren baute sich eine Spannung auf, die jeden klaren Gedanken auslöschte.

Nichts stand zwischen uns, keine Geheimnisse, einfach gar nichts. Zwischen unsere Gesichter hätte kein Blatt Papier gepasst. Wir beide atmeten schwer.

Endlich fand ich meine Sprache wieder und konnte die Worte aussprechen, die mir vorhin nicht über die Lippen gekommen waren. »Ich liebe dich«, stieß ich hervor. Nichts hatte ich je ernster gemeint, und plötzlich perlte ein Lachen meine Kehle hinauf.

Aiden lächelte. »Ich liebe dich.« Es waren die schönsten Worte der Welt. Ich fühlte mich plötzlich so leicht, als schwebten schillernde Seifenblasen durch meinen Körper.

Der Moment prägte sich unauslöschlich in meine Seele, und ich wusste, ganz egal, was geschah – diesen Augenblick würde ich niemals vergessen.

Er war so schön – nichts war schöner als Aidens Gesicht. Im Grün seiner Augen tobte ein lautloser Sturm, und als er sie schloss, sah ich seine zuckenden Augenlider.

Und da explodierte ich. Jemand schien die Welt anzuhalten, und als sie sich weiterdrehte, tat sie das mit einem Mal so schnell, dass sie jeden klaren Gedanken ausschaltete. Ich konnte nur noch fühlen, nicht mehr denken.

Ich wusste, dass auch er sich jetzt nicht mehr zurückhalten konnte. Er bewegte sich schneller, dann erbebte sein ganzer Körper. Ich sah verschwommen, doch ich konnte den Blick nicht von ihm abwenden; von seinen geschlossenen Augen, dem offenen Mund, den angespannten Gesichtszügen.

Atemlos sank er auf mich hinab und vergrub sein Gesicht in meiner Halsbeuge. Mein Herz donnerte wie wild, und ich spürte, dass seines dasselbe tat – in perfektem Gleichklang mit meinem. Unsere Herzschläge vermischten sich, und ich wusste nicht, wo meiner aufhörte und seiner begann.

Ich schloss die Augen und hielt ihn fest, er hielt mich fest, und wir lagen einfach nur da; ich hatte keine Ahnung, wie lange, und es war auch völlig belanglos. Ich roch den Duft seiner Haut, fühlte seine Wärme und wollte nie wieder von ihm getrennt sein.

Ein warmes Prickeln erfüllte meinen ganzen Körper, und ich fühlte mich wie unter Strom und gleichzeitig von einem tiefen Frieden erfüllt. Schon spürte ich, wie der Schlaf die Ränder meiner Wahrnehmung verschwimmen ließ, aber am liebsten wäre ich für immer wachgeblieben, um keine gemeinsame Sekunde mit Aiden zu verpassen.

»Ich bin froh, dass du bei mir bist«, murmelte er in mein Haar, und an seiner Stimme hörte ich, dass auch er beinahe schlief. »Ich kann nicht mehr schlafen, ohne dich atmen zu hören.«

Meine Hand schloss sich fester um seine. »Dann sollten wir für immer zusammen sein. Ich kann nämlich kaum atmen, wenn du nicht bei mir bist«, flüsterte ich.

Ein kleiner Teil von mir befürchtete, dass morgen schon wieder alles vorbei sein könnte – dass die kleine glückliche

Blase, die wir uns geschaffen hatten, an der scharfkantigen Realität zerplatzen würde.

»Aiden? Ist das real?«, fragte ich.

Er presste mich fester an seine Brust, und ich konnte seinen Herzschlag fühlen. »Es ist real. Und wir sind real. Alles andere spielt keine Rolle.«

Kapitel 16

Aidens Finger strichen sanft über meine Wangen, über meine geschlossenen Augenlider und über meine Lippen. Ich glühte vor Glück. Seit ich in seinen Armen erwacht war, konnte ich nicht aufhören zu lächeln. Höchstwahrscheinlich sah ich etwas verrückt aus, weil ich unentwegt übers ganze Gesicht strahlte, aber ich konnte nicht anders. Mein ganzer Körper fühlte sich wie ein einziges großes Lächeln an, nicht nur mein Gesicht.

Vor den ersten Sonnenstrahlen waren wir erwacht und durchs offene Fenster zurück ins Haus geschlichen. Seither lagen wir gemeinsam im Bett, unfähig, einander loszulassen. Am liebsten wollte ich für immer genau so liegenbleiben.

»Ich fürchte, wir müssen bald aufstehen«, sagte Aiden in dem Moment voll Widerwillen. »Aber dafür haben wir das idyllische Familientreffen bald hinter uns. Wir setzen uns kurz an den Frühstückstisch, dann hauen wir ab.«

Ich seufzte schicksalsergeben: so viel zum Thema ›Für immer liegenbleiben‹. Aber ich nickte, wand mich aus seiner Umarmung und stand auf.

»Hey, ich habe gesagt bald, nicht jetzt sofort«, protestierte er und versuchte mich festzuhalten.

»Bringen wir es hinter uns«, schlug ich vor. »Je schneller wir den Familienteil erledigen, desto früher sind wir wieder zu Hause.«

Seufzend setzte er sich auf. »Manchmal bist du unerträglich vernünftig.« Mit den zerzausten Haaren sah er so unwiderstehlich aus, dass ich am liebsten nachgegeben und mich wieder an ihn geschmiegt hätte. Aber dann hörten wir Schritte auf der Treppe, und der Duft von frischgebrühtem Kaffee zog ins Zimmer.

Ich zog eine Grimasse, als mir ein Riss in meinem Kleid auffiel. Das musste passiert sein, als ich auf den rauen Holzbalken des Baumhauses gelegen hatte. Meine Wangen röteten sich, als ich daran dachte, was an diesem magischen Ort passiert war: mein erstes Mal. Rasch griff ich nach meiner Strickjacke und zog sie so über den Riss, dass er niemandem auffallen würde.

Aiden lachte leise und pflückte zärtlich ein Blatt aus meinem Haar. Ich liebte sein Lachen. Dass er es nicht häufig hören ließ, machte es umso kostbarer.

Bevor wir die Zimmertür öffneten, ergriff ich seine Hand. »Sie können uns nichts anhaben«, sagte ich leise.

Er nickte. »Ganz egal, was Christopher und Jenna sagen. Wir ignorieren sie einfach.«

Als wir die Treppe hinuntergingen, hörte ich Stimmen aus dem Esszimmer – fremde Stimmen. Aiden hatte sie auch gehört, er stockte kurz in der Bewegung, bevor er weiterging. Etwas an seiner Haltung hatte sich kaum merklich verändert; seine Bewegungen hatten plötzlich etwas von der wachsamen Anspannung einer Raubkatze.

Dass er so alarmiert wirkte, beunruhigte mich. Aber was sollte schon los sein? Womöglich hatten seine Eltern Nachbarn zu Besuch, warum auch immer.

Doch es waren keine Nachbarn. Da waren zwei uniformierte Polizisten, die mit Aidens Familie um den Esstisch saßen und uns nun entgegenblickten. Irritiert runzelte ich die Stirn.

Aiden drückte mir etwas in die Hand, dann ließ er mich los und ging voraus ins Zimmer. Meine Hand fühlte sich da, wo er sie gerade noch gehalten hatte, unnatürlich kalt an. Fragend suchte ich seinen Blick, doch er schaute starr geradeaus. Sein Kiefer war angespannt.

»Hast du mir etwas zu sagen?« In Christophers Stimme klirrte Eis. »Zum Beispiel über meine Wohnung, in der ich dich habe wohnen lassen?«

Die Polizisten standen langsam auf. Sie wirkten nicht unfreundlich, jedoch angespannt, und ließen Aiden nicht aus den Augen.

»Seien Sie vorsichtig, wie gesagt, er ist unberechenbar«, sagte Jenna.

»Aiden Morrison? Wir müssen Sie bitten, uns aufs Präsidium zu begleiten. Gegen Sie liegt eine Anzeige wegen Sachbeschädigung und versuchter Körperverletzung vor«, sagte einer der Polizisten förmlich.

»Wusstest du eigentlich, wie wertvoll die Designerlampe war, die du in deinem kleinen Wutanfall zerstört hast? Um sie zu bezahlen, müsstest du jahrelang arbeiten«, fügte Christopher kühl hinzu.

Mir wurde so kalt, dass ich mich kaum mehr rühren konnte. Das durfte nicht wahr sein. Das war ein Albtraum. In Wirklichkeit lagen wir immer noch im Baumhaus, eng umschlungen, und alles war in Ordnung.

»Das … das können Sie doch nicht machen.« Meine Stimme klang fremd und merkwürdig hohl.

Aiden sah die Polizisten kaum an, sein Blick war auf

Christopher gerichtet. »Du hast mich angezeigt«, presste er zwischen zusammengebissenen Zähnen hervor.

Bree schluchzte auf und schlug sich die Hände vors Gesicht. Christopher erhob sich nun auch, aber seine Hand ruhte auf der Schulter seiner Frau. »Natürlich«, sagte er ruhig. Weder sein Gesicht noch seine Stimme verrieten eine Regung. Kühl und unbewegt sah er seinen Stiefsohn an. »Du hast randaliert, mein Eigentum zerstört und den Nachbarn in Angst und Schrecken versetzt, indem du versucht hast, ihn mit einer Lampe zu erschlagen. Er hat die Hausverwaltung informiert und auch mich. Du bist wie ein wild gewordenes Tier. Wenn du nicht allmählich lernst, dass dein Verhalten Konsequenzen nach sich zieht, wirst du es nie begreifen. Ich mache das nur zu deinem Besten, mein Sohn.« Obwohl ich ihn erst seit gestern kannte, entging mir der beißende Hohn nicht, der sich in seinem letzten Wort verbarg.

»Aiden, bitte geh einfach mit, ja? Sonst machst du es nur noch schlimmer«, flehte Bree unter Tränen.

Beide Polizisten näherten sich Aiden langsam. Ihre Bewegungen waren scheinbar gelassen, doch ich erahnte die Anspannung, die darunterlag. Sie trauten Aiden kein Stück weit über den Weg und hielten für möglich, dass er jeden Moment in die Luft ging und ausrastete. Er galt als gewaltbereit, das war mir bewusst. Christopher und Jenna hatten mit Sicherheit kein Geheimnis daraus gemacht, was sie von ihm hielten. Mir schossen die Geschichten durch den Kopf, die Aiden mir erzählt hatte – wie er Leute zusammengeschlagen und als Jugendlicher ein Auto geklaut hatte. Der Polizei war seine Vergangenheit mit Sicherheit bekannt.

»Ich empfehle Ihnen, auf Ihre Mutter zu hören und sich

kooperativ zu verhalten«, sagte einer der Polizisten; derjenige, der auch vorhin schon gesprochen hatte.

Ich konnte den Blick nicht von Aiden abwenden. Er hielt sich sehr aufrecht, sein Rücken war kerzengerade.

Ich wusste, wie die Szene für Außenstehende aussehen musste. Christopher in seiner Bundfaltenhose und seinem karierten Hemd wirkte wie ein strenger, aber besorgter Vater; Bree wie eine Mutter, die mit den Nerven am Ende war, weil ihr Sohn nichts als Ärger machte. Jenna, die wohlerzogene Tochter, stärkte den Eltern den Rücken. Und ihnen gegenüber stand Aiden: der aufsässige missratene Sohn. Der Schandfleck der Familie, der auf die schiefe Bahn geraten war.

Nach außen wirkte er so beherrscht, als kümmerte ihn all das gar nicht. Mit kalter Verachtung starrte er Christopher an. Doch ich wusste, dass ihn die Sache nicht so kaltließ, wie es den Anschein machte. Trotz allem hatte er nicht damit gerechnet, dass ihn sein Stiefvater anzeigen würde und seine eigene Mutter das zulassen würde. Er fühlte sich verraten und im Stich gelassen.

Ich rannte zu ihm, warf mich in seine Arme, und er drückte mich so fest an sich, dass ich keine Luft bekam. Ich spürte das leichte Zittern seiner Hände und durch unsere Körper hindurch sein rasendes Herz.

»Mach dir keine Sorgen«, sagte er ruhig. »Fahr nach Hause. Hier kannst du nichts tun. Geh zu Chloe oder Dorian. Ich komme zu dir, sobald ich kann. Versprochen.«

Ich wollte ihn nicht loslassen, um keinen Preis der Welt. Wenn ich ihn nur fest genug hielt, konnten sie ihn nicht mitnehmen, hämmerte es mir durch den Kopf, und ein naiver Teil von mir wollte genau das glauben. Wenn ich mich an ihn klammerte, konnten sie ihn mir nicht wegnehmen. Aber mit sanfter Bestimmtheit schob er mich von sich weg. Er nickte den Polizisten knapp zu und ging einen Schritt auf sie zu.

»Unfassbar, dass das Monster ein Flittchen gefunden hat, das dumm genug ist, ihm auf den Leim zu gehen«, murmelte Christopher.

Und in dem Moment brach die Hölle los.

Aiden fuhr blitzschnell zu Christopher herum. Sein Gesicht war wutverzerrt, die Hände zu Fäusten geballt. Bree schrie grell auf, und erst einen Augenblick später merkte ich, dass auch ich schrie. Die Polizisten waren bei Aiden, bevor er sich seinem Stiefvater nähern konnte. Sie packten ihn und drehten ihm so grob die Arme auf den Rücken, dass ich nach Luft schnappte. Mein Verstand sagte mir, dass sie nicht absichtlich brutal vorgingen – sie wollten bloß verhindern, dass alles eskalierte und ein vermeintlich gewaltbereiter Straftäter ausrastete. Trotzdem hätte ich mich am liebsten vor Aiden geworfen und ihn verteidigt. Vermutlich hätte ich es gemacht, hätte ich meine Beine bewegen können, doch ich war wie versteinert. Gelähmt vor Entsetzen musste ich zusehen, wie sie ihm Handschellen anlegten. Sie behandelten ihn wie einen Schwerverbrecher!

Alles ging entsetzlich schnell und schien sich doch gleichzeitig in quälender Zeitlupe abzuspielen. Jemand brüllte etwas, aber ich verstand kein Wort. Ein tiefes Knurren drang aus Aidens Kehle. Die Haare fielen ihm vors Gesicht, seine Brust hob und senkte sich schwer. Ich konnte einen letzten Blick von ihm auffangen, bevor sie ihn grob durch die Tür beförderten.

∞

Nachdem die Polizisten mit Aiden weggefahren waren, war es im Haus totenstill. Immer noch stand ich wie festgefroren an derselben Stelle und versuchte zu begreifen, was gerade geschehen war. Ein Teil von mir hoffte wider aller Vernunft immer noch, ich befände mich in einem bösen Traum.

Brees Schluchzen zerriss die Stille. Ihr Kopf war auf die Tischplatte gesunken, und ihre Schultern zuckten. Christophers Hand lag immer noch auf ihrer Schulter, doch sein Gesicht zeigte keine Regung. Mit kühler Überheblichkeit schaute er immer noch zur Tür, durch die Aiden und die Polizisten verschwunden waren. Jenna hingegen konnte sich ihre Schadenfreude nicht verkneifen, ein Lächeln umspielte ihre Lippen, und in ihrem Blick lag wilder Triumph.

Ich hielt es hier keine Sekunde länger aus. Niemand würde Aiden und mir helfen; Christopher und Jenna gönnten ihm alles Übel der Welt, und Bree stand nicht für ihn ein, nicht einmal jetzt. Brüsk wandte ich mich ab und verließ das Haus, ohne mich noch einmal umzudrehen oder etwas zu sagen. Meine Bewegungen waren mechanisch, aber ich bemühte mich, keine Schwäche zu zeigen. Nicht vor diesen Menschen.

Erst als ich draußen stand, bemerkte ich, was Aiden mir in die Hand gedrückt hatte: seinen Autoschlüssel. Ein Kloß bildete sich in meiner Kehle, mühsam drängte ich die Tränen zurück. Sobald er die Polizisten gesehen hatte, hatte er damit gerechnet, nicht mit mir heimzufahren, und wollte trotzdem dafür sorgen, dass ich zurück in die Stadt fahren konnte.

Ich dachte darüber nach, ins Polizeipräsidium zu fahren, in der Hoffnung, zu ihm gelassen zu werden. Doch Aiden hatte gesagt, ich sollte nach Hause fahren, weil ich hier nichts tun konnte. Widerstrebend beugte ich mich seinem Wunsch, ließ mich hinters Steuer fallen, biss die Zähne zusammen und fuhr los.

Meine Selbstbeherrschung reichte bis um die nächste Kurve. Sobald ich das Haus nicht mehr im Rückspiegel sehen konnte, begann ich so stark zu zittern, dass ich das Lenkrad fast verriss. Tränen strömten über meine Wangen, und ich weinte hemmungslos.

Ich musste mit jemandem reden, auf der Stelle, und zwar nicht mit irgendjemanden. Ich sehnte mich nach jemandem aus meinem alten Leben; jemandem, der mir in fast allen Lebenslagen ein Fels in der Brandung gewesen war.

Fahrig tastete ich in der Handtasche auf dem Beifahrersitz nach meinem Handy und hätte es beinahe hinuntergeworfen. Alles verschwamm vor meinem Blick, als ich versuchte, gleichzeitig die Straße im Blick zu behalten und durch meine Kontakte zu scrollen, bis ich Jackson gefunden hatte. Ich schaffte es, das Handy auf Lautsprecher zu stellen, dann klammerte ich mich wieder mit beiden Händen ans Lenkrad.

»Geh ran«, heulte ich, »geh doch bitte ran!«

Es knackte in der Leitung, dann klang Jacksons Stimme blechern verzerrt durchs Auto. »Hey Violet! Na, was gibt's?«, fragte er unbeschwert, doch sobald er mich weinen hörte, veränderte sich sein Tonfall. »Violet? Was ist los? Weinst du?«

Ich versuchte zu antworten, bekam aber nur erstickte Laute heraus.

»Süße, rede mit mir.« Er versuchte ruhig zu bleiben, konnte seine aufsteigende Angst aber nicht verbergen. »Du musst mir sagen, was los ist. Ich kann dir nicht helfen, wenn du es mir nicht sagst.«

»Aiden«, würgte ich mühsam hervor.

»Aiden? Der … der Kerl, bei dem du gewohnt hast? Was ist mit ihm? Was hat er gemacht?« Er tat sein Bestes, um sich zu beherrschen, aber ich merkte ihm an, wie aufgebracht er war. Es war ihm immer schon nahegegangen, wenn ich heulte, und seine Sorge um mich klang aus jedem Wort. Und nicht nur Sorge – auch Wut. Er ging fest davon aus, dass Aiden mich zum Weinen gebracht hatte.

»Es ist nicht …«, versuchte ich zu erklären, doch der Rest des Satzes ging in lautem Schluchzen unter.

Ich sah vor mir, wie er aufgebracht hin und her tigerte, die Augen panisch aufgerissen, und sich hektisch mit der Hand durchs blonde Haar fuhr. »Violet, um Himmels willen, was ist los? Brauchst du Hilfe?«

Ein lautes Hupen ließ mich zusammenzucken, und mein Herz setzte einen Schlag aus, als mir auffiel, dass ich auf die Gegenfahrbahn geraten war. Ich riss das Lenkrad herum, geriet beinahe ins Schlingern und fuhr rechts ran. Sobald der Wagen stand, lehnte ich die Stirn gegen das Lenkrad und schluchzte haltlos.

»Bitte, Violet, bitte sag mir, was los ist. Scheiße – es geht dir nicht gut, und ich bin nicht bei dir.« Jacksons Stimme bebte. »Was auch immer passiert ist, ich helfe dir. Alles wird wieder gut.«

Stockend und unter Tränen versuchte ich ihm begreiflich zu machen, was geschehen war, aber in meinem Kopf ging alles drunter und drüber.

»Okay, hör zu. Ich glaube, ich habe nicht einmal die Hälfte kapiert, aber ich komme jetzt auf der Stelle zu dir.« Ich hörte eine Tür, die bei ihm im Hintergrund zugeschlagen wurde, und wusste, dass er gerade in sein Zimmer hetzte. »Ich nehme den nächsten Flug, den ich bekomme. Ich bin bei dir, so schnell es geht.«

Ich versuchte mich an Chloes Zimmernummer im Wohnheim zu erinnern, damit er mich finden konnte. Während der ganzen restlichen Fahrt redete er mit mir, murmelte beruhigende Worte und versuchte mir Mut zuzusprechen. Irgendwie schaffte ich es unbeschadet bis zum Campus, ohne mich oder andere umzubringen. Jacksons Stimme hielt mich aufrecht und gab mir Kraft, bis ich ankam.

∞

Chloe riss erschrocken die Augen auf, als sie die Tür öffnete. Ich zitterte unkontrolliert, so sehr, dass meine Zähne klapperten.

»Aiden«, stammelte ich, als sei damit alles gesagt.

Sie stellte keine Fragen, sondern packte meine Hand und zerrte mich über den Flur bis zu den Gemeinschaftsduschen. Andere Studentinnen warfen mir irritierte Blicke zu und suchten das Weite, sodass wir die Duschräume für uns hatten. Chloe kümmerte sich nicht um die anderen, sie schob mich kurzerhand mitsamt Kleidung in eine Dusche. Das dampfend heiße Wasser prasselte auf mich ein, bis sich meine Haut rötete und das Zähneklappern nachließ.

»Besser?«, fragte sie leise.

Als ich nickte, nahm sie wieder meine Hand und zog mich zurück zum Zimmer. Ihre Mitbewohnerin hatte auf dem Bett gesessen und gelernt, murmelte nun aber einen Fluch, packte ein paar Sachen und floh vor dem patschnassen, bebenden Häufchen Elend, das Chloe anschleppte.

»Hier, zieh das an«, murmelte Chloe und drückte mir trockene Klamotten in die Hand. Sie half mir, mich aus dem durchnässten Kleid zu schälen, und hüllte mich in so viele Schichten von Wollpullovern, Leggings und Pyjamahosen, dass ich mich wie das Michelinmännchen fühlte und kaum mehr rühren konnte. Sie bugsierte mich aufs Bett, hängte mir die Decke um die Schultern, steckte mir einen Schokoriegel in den Mund und sah mich aufmerksam an. »Also?«

Alles verschwamm, das kleine Wohnheimzimmer schien sich um mich zu drehen wie ein rasantes Karussell. Inmitten der kreiselnden Schemen sah ich warme Bernsteinaugen und Kupferhaare und begann wieder zu weinen, diesmal halb vor Erleichterung. Ich war bei Chloe, Jackson war unterwegs zu mir. Alles würde wieder gut werden, das musste es einfach.

»Wir sind zusammen, Chloe. Aiden und ich. Tut mir so leid, dass ich es dir nicht früher gesagt habe, aber … aber …«

»Ich weiß.«

Ich blinzelte unter Tränen. »Was?«

Sie seufzte. »Violet, ich bin nicht blind. Na schön, gewusst habe ich es nicht, aber geahnt. Ihr habt einander angestarrt wie zwei Verhungernde, denen man einen saftigen Cheeseburger vor die Nase stellt. Und ob du es glaubst oder nicht, ich kann verstehen, dass solche Dinge manchmal zu kompliziert sind, um darüber zu sprechen. Aber du heulst nicht, weil du verliebt bist. Also, raus mit der Sprache.«

Sie unterbrach mich kein einziges Mal, während ich erzählte. Manchmal weiteten sich ihre Augen ungläubig, aber sie sagte nichts, sondern gab mir nur immer mehr Schokoriegel, die ich in Redepausen verdrückte, ohne etwas davon zu schmecken.

»Was passiert jetzt?«, fragte ich schließlich verzweifelt. »Muss er ins Gefängnis? Wie lange werden sie ihn dortbehalten? Kann ich zu ihm?«

»Keine Ahnung. Aber das finde ich heraus«, kündigte sie mit grimmiger Entschlossenheit an.

Ich nickte langsam und mechanisch. Plötzlich war ich so müde, als hätte ich tagelang nicht geschlafen, dabei war noch nicht einmal Mittag. Ich ließ mich einfach auf die Seite fallen und schloss die Augen. Bevor ich erschöpft wegdämmerte, spürte ich, wie Chloe die Bettdecke über mir glattstrich, und hörte, dass sie zu telefonieren begann.

∞

Murmelnde Stimmen weckten mich. Einen Moment lang wunderte ich mich benommen über den merkwürdigen Albtraum, der sich so beängstigend real angefühlt hatte. Dann fuhr ich erschrocken im Bett hoch, als ich begriff, dass ich nicht geträumt hatte. Aiden hatte Ärger – und ich lag schlafend im Bett statt ihm beizustehen. Einen Moment lang hasste ich mich für meine Schwäche.

Chloe und Dorian saßen auf dem anderen schmalen Bett, aus dem sie die Mitbewohnerin wohl endgültig vertrieben hatten, und unterhielten sich leise. Als sie merkten, dass ich aufgewacht war, standen sie sofort auf und kamen zu mir herüber. Dorian legte den Arm um mich und gab mir einen Kuss auf den Mundwinkel, Chloe nahm am Boden vor dem Bett Platz und stützte das spitze Kinn auf meine Knie.

»Habt ihr etwas von Aiden gehört?«, stieß ich hervor.

Dorian verzog den Mund. »Ich habe ein bisschen herumtelefoniert, aber mit ihm selbst konnte ich nicht sprechen. Dafür unter anderem mit seinem Stiefvater.«

»Wie lange habe ich geschlafen?«

Chloe bohrte einen Fingernagel in ihr Eulenamulett, ließ es aufschnappen und warf einen kurzen Blick auf die darin verborgene Uhr. »Reg dich jetzt nicht auf«, sagte sie dann vorsichtig. »Wir haben beschlossen, dich schlafen zu lassen, weil du ohnehin nichts tun konntest.«

»Wie lange?«, fragte ich erneut.

Sie warf einen Blick auf die Uhr. »Ziemlich genau zehn Stunden.«

»Zehn Stunden?!«, quietschte ich schockiert. »Und Aiden ist immer noch bei der Polizei?«

Dorian nickte. »Er bleibt vorerst in Gewahrsam, zumindest über Nacht. Ich bin froh, dass dieser Idiot es wenigstens nach seiner Festnahme geschafft hat, sich vernünftig zu benehmen. Dass er auf seinen Stiefdad losgehen wollte, als die Polizisten ihn gerade abführen wollten, ist nicht gerade gut angekommen, das kann ich dir sagen. Fakt ist: Es liegt eine Anzeige wegen Sachbeschädigung vor. Und dass er, na ja, ein Temperamentsproblem hat, ist nicht sonderlich hilfreich. Mit der versuchten Körperverletzung kommt Christopher nicht durch, weil kein Vorsatz vorlag, wenn ich das richtig kapiert habe. Aiden wollte ja niemandem etwas tun, es war höchstens Fahrlässigkeit. Sein Stiefvater könnte die Anzeige zurückziehen, aber …«

»Das tut Christopher nicht«, flüsterte ich.

»Er weigert sich«, sagte Dorian zähneknirschend. »Ehrlich, ich habe selten mit so einem unsympathischen Mann telefoniert.«

»Aber können wir denn gar nichts machen?«, fragte ich aufgebracht. »Können wir nicht zu ihm? Oder ihn irgendwie da rausholen?«

Dorian lachte humorlos. »Was willst du denn machen? Einen actionreichen Gefängnisausbruch vorbereiten? Komm schon, Violet. Ich weiß, das ist alles kacke, aber denk daran – er ist wegen Sachbeschädigung angeklagt, nicht wegen Mord. Er wird nicht jahrelang ins Gefängnis wandern, das kann ich dir versprechen. Aiden kommt schon klar, und ich wette, morgen siehst du ihn wieder. Und ganz ehrlich: So gern ich ihn mag und so leid er mir tut – ganz unverdient ist das nicht.«

Ich funkelte ihn an, konnte aber nicht widersprechen. Aiden war ausgerastet, und er hatte randaliert. Das ließ sich nicht leugnen, auch wenn Christopher meiner Meinung nach mindestens genauso viel Schuld an allem trug.

Trotzdem brach es mir das Herz zu wissen, dass ich nichts für Aiden tun konnte. Ich vermisste ihn so sehr, dass es wehtat. Jede Faser meines Körpers und meiner Seele sehnte sich danach, mich in seine Arme zu werfen, mich an ihn zu klammern und ihn nie wieder loszulassen.

Ich konnte nicht vergessen, wie er mich angesehen hatte, unmittelbar bevor die Polizisten ihn abgeführt hatten. Auf alle anderen hatte er beängstigend, stark, gefährlich gewirkt, aber in seinem Blick hatte eine solche Verletzlichkeit gelegen, dass mir jetzt schon wieder die Tränen in die Augen schossen. Obwohl er gewusst hatte, wie sein Stiefvater und Jenna zu ihm standen und dass seine Mom ihn nicht unterstützte, hatte ihn die Situation kalt erwischt. Die Enttäuschung war ein Schlag mitten ins Gesicht gewesen. Ich kämpfte gegen das hysterische Schluchzen an, das mir schmerzhaft wie ein stacheliger Kloß in der Kehle steckte. Dorian hielt meine zitternden Hände fest, und Chloe rückte bereits mit den nächsten Süßigkeiten an.

»Ich habe keinen Appetit«, sagte ich.

»Schokoriegel sind Rudeltiere«, belehrte sie mich. »Davon kannst du nicht bloß einen oder zwei essen, das wäre nicht artgerecht.«

Ich verdrehte die Augen, beugte mich ihrer strengen Aufforderung und fühlte mich tatsächlich besser, nachdem ich die Schokolade gegessen hatte.

»Übrigens hat ein Jackson angerufen, während du geschlafen hast. Ich wollte es eigentlich ignorieren, ist ja nicht mein Handy, aber er hat es immer wieder versucht, also bin ich rangegangen. Er sagt, er ist unterwegs hierher?« Fragend sah sie mich an.

Erleichterung durchflutete mich wie eine Welle. »Mein bester Freund aus Florida. Ich habe ihm gesagt, dass er mich hier findet.« Ein wenig plagte mich das schlechte Gewissen, weil er meinetwegen den langen Weg auf sich nahm, aber gleichzeitig war ich einfach nur froh, dass er bald hier sein würde. Vielleicht war das egoistisch, aber ich wollte ihn unbedingt bei mir haben.

Als hätte Jackson meine Gedanken gehört, ertönte in dem Moment ein Klopfen an der Tür. Ich wusste sofort, dass er es war. Ich sprang auf und riss die Tür auf.

»Endlich«, stießen wir wie aus einem Mund hervor.

Wir hatten uns viel zu lang nicht gesehen. Die Wochen erschienen mir wie Jahre. Es war merkwürdig, aber einen surrealen Moment lang hatte ich das Gefühl, er sei seit unserer letzten Begegnung noch gewachsen – was natürlich absurd war.

Irgendwie fiel mir in diesem Moment erst auf, dass er in den letzten Jahren unbemerkt erwachsen geworden war; dass der Junge, mit dem ich meine Kindheit verbracht hatte, mittlerweile volljährig war. Seine Schultern waren über die Jahre hinweg unbemerkt breiter geworden, das Kinn kantiger, und um seine grauen Augen erkannte ich einen ernsten Zug. Das war nicht geschehen, seit ich weggezogen war, sondern schon viel früher, doch jetzt erst fiel es mir auf.

Ich ließ mich ihm entgegenfallen und landete nicht nur in seinen Armen, sondern auch inmitten unzähliger tröstlicher Erinnerungen. Sein vertrauter Geruch umfing mich, und als ich die Augen schloss, war ich in meinem Zimmer in Tampa, wo Jackson und ich auf dem Bett saßen, Serien schauten und quatschten. Tausend Bilder wirbelten durch meinen Kopf:

Jackson und ich an der Highschool, wo wir kleine Briefe hin- und herschickten und Blicke austauschten, um uns inmitten all der Leute nicht so einsam zu fühlen.

Jackson und ich am Strand, wo wir ganze Tage und lange Abende mit Gesprächen, Büchern und Musik verbracht hatten.

Jackson und ich als Kinder im Garten meiner Familie oder in der Werkstatt seines Dads, zeitvergessen in ein Spiel vertieft.

Immer wieder Jackson und ich, Seite an Seite, all die Jahre hindurch. Er war ein Teil meines Lebens, ein Teil meiner Seele, und erst jetzt da ich ihn wiedersah, merkte ich so richtig, wie schmerzlich er mir gefehlt hatte.

Er war immer an meiner Seite gewesen, war immer für

mich da gewesen, außer bei einer einzigen Sache – als er mich und meine Angst vor meinem Postkartenschreiber nicht ernst nahm. Und jetzt, in diesem Moment, war ich bereit, ihm alles zu verzeihen. Ich brauchte ihn, und er war bei mir.

»Ich habe dich vermisst«, murmelte ich in sein T-Shirt, das sogar jetzt ganz leicht nach Motoröl roch.

»Und ich dich erst, du Nestflüchterin.« In seiner Stimme lag eine Wärme, die mich einhüllte wie eine Decke. Dank seiner Nähe ging es mir schon viel besser, ich fühlte mich sicher und geborgen.

Jetzt erst bemerkte er Chloe und Dorian, die ihn interessiert musterten, doch sein Blick streifte die beiden nur ganz kurz. Dann konzentrierte er sich wieder auf mich. Seine Stirn war sorgenvoll gerunzelt, und jetzt erst sah ich die Schweißtropfen, die darauf glitzerten: Er musste gerannt sein. Mein bester Freund hatte alles getan, um so schnell wie möglich zu mir zu gelangen.

»Und jetzt erklär es mir.« Seine Hände umfassten meine Schultern, forschend sah er mir in die Augen. »Alles, und zwar von Anfang an.«

∞

Stockend erzählte ich, was passiert war. Ich musste weiter ausholen, denn wenn ich ehrlich war, wusste er fast nichts über mein neues Leben hier. Als ich berichtete, dass zwischen Aiden und mir etwas lief, zogen sich seine blonden Augenbrauen höher, und sein breites Kinn spannte sich an. Ich wusste, was er dachte – er hätte nie erwartet, dass sich die scheue Violet auf einen tätowierten, tendenziell gewalttätigen Kerl einlassen würde, der nun auch noch mit dem Gesetz in Konflikt geraten war. Ich versuchte ihm begreiflich zu machen, dass Aiden nicht so war, wie es klang, aber meine Worte reichten nicht aus, um ihn angemessen zu beschreiben. Aiden war einfach niemand, mit dem Jackson oder ich normalerweise in Kontakt gekommen wären, und ich ahnte, dass Jackson nicht sonderlich gut mit ihm auskäme. Mein bester Freund war friedliebend und ruhig; er hatte etwas Sanftes an sich und schätzte solche Eigenschaften auch an anderen Menschen. Gewalt war ihm zuwider – und dass Aiden das trotz allem ähnlich sah, hätte er sicher nicht verstanden. Jackson entsprach dem Klischeebild des ölverschmierten harten Mechanikers kein bisschen, und ich wusste, in einem geisteswissenschaftlichen Beruf wäre er sehr viel glücklicher als in der Werkstatt seines Dads.

Ich hatte Angst, er würde die Sache zwischen mir und Aiden kommentieren und mich dafür verurteilen, doch das tat er nicht. Zumindest noch nicht und nicht mit Worten. Er wirkte angespannt, hörte aber aufmerksam weiter zu, ohne mich zu unterbrechen.

Als ich meinen Bericht gerade beendet hatte, klingelte unvermittelt Dorians Handy, und wir alle zuckten zusammen. »Nummer unterdrückt«, murmelte Dorian und nahm den Anruf entgegen. Sofort runzelte er die Stirn. Er war ungewohnt wortkarg und sagte kaum etwas, während er demjenigen am anderen Ende der Leitung zuhörte. Ich saß wie auf Nadeln und rutschte immer näher an ihn heran in der Hoffnung, herauszufinden, ob es um Aiden ging.

»Wollen Sie das nicht lieber Violet erzählen?«, fragte er plötzlich kühl. »Ja, sie ist hier. Wir sind befreundet.«

Ich zuckte zurück, als hielte er mir eine Giftspinne entgegen und nicht bloß ein Handy. »Christopher?«, hauchte ich. Als er bloß den Kopf schüttelte, nahm ich das Handy zögerlich entgegen.

»Violet?«, fragte eine atemlose, gepresste Stimme. Ich erkannte sie sofort: Bree.

»Ja!« Das Handy fiel mir fast aus den Händen. »Ja, gibt es etwas Neues von Aiden?« Mein Herz pochte wie verrückt.

Sie sprach so leise, dass ich sie kaum verstehen konnte. Ich konnte mir bildlich vorstellen, dass sie heimlich anrief, ohne dass ihr Mann etwas davon mitbekam – dass er gerade nicht da war und sie nervös und mit weit aufgerissenen Augen Dorians Nummer gewählt hatte, die gespeichert worden war, weil er zuvor mit Christopher telefoniert hatte.

»Christopher wird die Anzeige zurückziehen. Ich ... Ich habe ihn überredet.« Sie lachte nervös. »Genau genommen hat er befürchtet, ich würde einen Nervenzusammenbruch erleiden, wenn er das nicht täte, und damit hatte er wohl nicht unrecht.«

Ich presste die Augen zu, überwältigt von der Erleichterung, die mich durchflutete. »Wann?«, stieß ich hervor. »Wann lassen sie ihn gehen?«

»Morgen. Gegen Mittag, vielleicht am frühen Nachmittag, glaube ich.« Sie sprach immer schneller und verhaspelte sich mehrmals, als befürchtete sie, ihr Mann könnte jeden Moment zurückkommen. »Mein Mann muss ein paar Sachen unterschreiben und redet mit den Beamten. Violet, du ...«

»Ja?«

»Er ist ein guter Junge, auch wenn man das manchmal nicht denkt. Und du ... du tust ihm gut, das konnte ich ihm ansehen. Bitte pass auf ihn auf, denn er hat sonst niemanden, der das tun kann.« Bevor ich antworten konnte, hatte sie einfach aufgelegt. Mit pochendem Herzen starrte ich auf das Handy hinab.

»Und? Und?«, quietschte Chloe und rammte mir ihren Zeigefinger in die Rippen.

»Morgen kann er gehen.« Es war, als löste sich eine Metallklammer, die mein Herz zusammengedrückt hatte. »Christopher zieht die Anzeige zurück.«

Meine Worte gingen in Jubel unter. Ich lehnte mich gegen Jacksons starke Schulter und lächelte so breit, dass ich das Gefühl hatte, meine Mundwinkel müssten die Ohren erreichen.

»Ich will ihn abholen«, sagte ich. »Ich will bei ihm sein, sobald sie ihn gehen lassen.«

Dorian nickte. »Ich fahre dich hin.«

»Ich mache das.« Jackson legte mir den Arm um die Schultern. Das war neu – so eng wir einander auch immer schon gestanden hatten, wir hatten doch nie eine sonderlich körperliche Freundschaft gehabt. Küsschen und Umarmungen wie mit Dorian und Chloe hatte es selten gegeben. Aber mir gefiel die Selbstverständlichkeit, mit der Jackson mich nun umarmte: Er strahlte dabei ein Selbstbewusstsein aus, das mir wiederum Sicherheit gab. Er war für mich da, mein Fels in der Brandung, und sein beschützender Arm um meine Schultern war das sichtbare Symbol dafür. »Ich will dich nicht anlügen, Süße. Ich … Mir gefällt überhaupt nicht, wo du da hineingeraten bist. Aber ich lasse dich nicht allein. Wir fahren gemeinsam dorthin und holen diesen Kerl ab. Morgen Mittag sind wir dort.«

»Dieser Kerl heißt Aiden.«

Er verzog den Mund. »Schön. Wir holen deinen Aiden ab. Okay?«

Dankbar nickte ich. Die Autofahrt heute Morgen, die bereits mehrere Tage zurückzuliegen schien, war absolut bescheuert und gefährlich gewesen.

Wir verbrachten die Nacht in Chloes Wohnheimzimmer. Ihre Mitbewohnerin war nicht wieder aufgetaucht, also hatten Chloe und Dorian es sich kurzerhand auf ihrem Bett bequem gemacht, während Jackson und ich auf Chloes hockten. Irgendwann tauchte noch Scott auf, quetschte sich an Chloes andere Seite und sorgte endgültig dafür, dass das kleine Zimmer aus allen Nähten platzte. Wir unterhielten uns, wobei genau genommen Dorian den Großteil der Unterhaltung bestritt. Er war großartig – seine charmanten Geschichten waren genau das Richtige, um mich zu beruhigen und mir die Zeit zu vertreiben. Die Kälte, die sich in mir breitgemacht hatte, ließ allmählich nach. Nach und nach schälte ich mich aus den vielen Kleidungsschichten, in die Chloe mich gesteckt hatte, bis ich nur noch Leggings und ein Sweatshirt mit Superheldenaufdruck trug.

Jacksons Arm lag die ganze Zeit um meine Schultern. Er sagte nicht viel, und seine Missbilligung schwebte über uns wie eine dunkle Wolke, aber er war für mich da. Er hielt sich mit seiner Meinung über Aiden zurück, und dafür war ich dankbar. Morgen wollte ich versuchen, ihm begreiflich zu machen, was Aiden für mich bedeutete und wie er wirklich war, aber nicht heute. Heute hatte ich keine Kraft für Diskussionen.

Irgendwann schliefen die anderen ein. Jacksons Kopf sank gegen mich, seine Atemzüge wurden tiefer. Immer noch hielt er mich im Arm, und als er sich nun schwer an mich lehnte, wurde mir die Umarmung zu eng. Vorsichtig, um ihn nicht zu wecken, wand ich mich heraus und breitete sorgfältig die Bettdecke über ihn. Ein Lächeln huschte über mein Gesicht, als ich ihn ansah: Er war hier, er war wirklich bei mir.

Ich war die Einzige in diesem Zimmer, die keinen Schlaf fand. Das lag nicht nur daran, dass ich fast den kompletten Tag verschlafen hatte, sondern vor allem an der Aussicht, Aiden bald wiederzusehen. Ich fühlte mich, als stünde ich unter Strom. Mein Herz, das sich nach ihm sehnte, wollte sich nicht beruhigen. Mit angezogenen Beinen saß ich da und starrte hellwach in die Dunkelheit. Ich fragte mich, wie es ihm gerade ging – ob sie ihn gut behandelten, ob er es in der Zelle halbwegs bequem hatte, und ob er auch gerade an mich dachte. Ob er sich einsam fühlte, und ob der Verrat seiner Familie noch brannte wie eine frische Wunde oder bereits abheilte.

Ich wünschte, ich könnte ihm eine Nachricht schicken, indem ich fest genug an ihn dachte, und verdrehte gleichzeitig die Augen über diesen kindischen Gedanken. Aber ich wusste, was ich ihm mitgeteilt hätte, wenn das möglich wäre: dass ich ihn nie wieder loslassen würde, wenn wir das endlich hinter uns hatten.

Kapitel 17

Sobald der erste blasse Lichtschein durchs Fenster fiel, sprang ich aus dem Bett und blickte hinaus. Morgennebel hing in hauchfeinen Schwaden über dem Boden, ließ alle Kanten weich und verwaschen wirken und nahm dem frühen Morgen jede Härte. Als ich das Fenster einen Spaltbreit öffnete, merkte ich, dass die Luft nach Regen roch.

Ich vibrierte vor Ungeduld. Aiden war meilenweit von mir entfernt in einer kleinen Zelle, und es dauerte Stunden, bis er endlich gehen durfte. Am liebsten wäre ich auf der Stelle losgefahren und hätte ihn mitgenommen, ganz gleich, ob ich das durfte oder nicht. Wie sollte ich es bloß bis Mittag aushalten, ohne vor Ungeduld den Verstand zu verlieren?

Jackson trat neben mich. Seine gebräunten Hände, unter deren Fingernägeln Reste von Motoröl waren, stützten sich aufs Fensterbrett. Das schwache Morgenlicht ließ seine kurzgeschnittenen Haare silbern wirken, spiegelte sich in seinen Augen und zauberte Sprenkel ins tiefe Grau. »Alles okay?«, fragte er leise.

Ich nickte und unterdrückte ein Seufzen.

»Vermisst du das Meer?« Die Frage kam so unvermittelt, dass ich überrascht blinzelte.

Aber dann nickte ich heftig. »Unsagbar sogar. Hier in Maine war ich erst einmal dort.« Erst jetzt, als er mich daran erinnerte, merkte ich, wie sehr mir die See fehlte. In Florida hatten wir so viel Zeit gemeinsam am Strand verbracht –

plötzlich sehnte ich mich danach, den Sand unter meinen Füßen zu spüren und die salzige Luft zu riechen. Ich verschwieg ihm, dass mir der einmalige Ausflug an die Küste von Maine vor allem durch Aidens Ausraster in Erinnerung geblieben war. Mein bester Freund hatte ohnehin schon eine schlechte Meinung von ihm, das wollte ich nicht auch noch verstärken.

»Dabei ist es von hier aus gar nicht so weit, oder?«

»Eine Stunde.«

»Willst du hinfahren?«

»Jetzt?« Ich zögerte. »Besser nicht. Ich will auf keinen Fall den Moment verpassen, wenn Aiden nach Hause darf. Ich will lieber zu früh dort sein als zu spät.«

Er lächelte schwach. »Das schaffen wir doch leicht. Die Sonne geht gerade erst auf. Er wird frühestens heute Mittag entlassen, bestimmt nicht früher. Wir fahren ans Meer, spazieren ein bisschen über den Strand, kommen zurück und haben dann sogar noch Zeit für ein gemütliches Frühstück, bevor wir diesen … bevor wir Aiden abholen.«

»Aber …«

Er sah mich bittend an. »Komm schon, Violet. Ich kenne dich. Du wirst doch sicher wahnsinnig, wenn du untätig warten musst.«

Da hatte er nicht unrecht. Ich warf einen Blick auf die Uhr und befand, dass wir wirklich reichlich Zeit hatten. Bis zum Mittag waren wir locker bei Aiden. Übers Meer zu blicken würde mich bestimmt beruhigen und mir helfen, die schrecklich lange Wartezeit zu überbrücken. Also nickte ich.

Die anderen schliefen noch. Ganz leise, um sie nicht zu wecken, schlichen wir zur Tür. Ich musste über Dorians lange Beine klettern, die quer durch den Raum gestreckt waren – er schien vor Chloe und Scott auf den Boden geflüchtet zu sein, denn die beiden lagen eng umschlungen im Bett. Er hielt sie im Schlaf fest, und plötzlich tat mein Herz weh beim Gedanken daran, wie Aiden mich im Arm gehalten hatte. Die Stunden bis zu unserem Wiedersehen erschienen mir wie Jahre, und irgendwo in einem finsteren Winkel meines Herzens lauerte die Angst, irgendetwas könnte schiefgehen. Christopher könnte es sich anders überlegen, oder Aiden würde in Anwesenheit der Polizei ausflippen.

Hastig wischte ich mir mit der Hand übers Gesicht, als könnte ich damit alle negativen Gedanken aus meinem Gehirn löschen. Ich durfte mir solche Dinge nicht vorstellen, sonst geriet ich in Panik.

»Violet?« Chloe hob den Kopf, als Jackson den Türknauf drehte, und schaute verschlafen zu uns. »Wohin geht ihr? Was ist los?«

»Pst, alles okay«, flüsterte ich. »Schlaf weiter. Wir fahren zum Strand, bevor wir Aiden abholen.«

Sie nickte und ließ den Kopf wieder auf Scotts Brust sinken. Jackson nahm meine Hand, zog mich durch die Tür und wir machten uns auf den Weg.

∞

Als wir im Auto saßen, begann es zu regnen. Ein trüber grauer Schleier lag über der Welt, und sie versank in einem gleichförmigen Rauschen, das alle anderen Geräusche schluckte. Sobald die Scheibenwischer das Wasser beiseitegeschoben hatten, benetzten endlos viele neue Tropfen die Glasscheibe. Aber das hielt uns nicht von unserem Plan ab: Wir wollten ans Meer, ganz gleich, ob die Sonne schien oder Weltuntergangsstimmung herrschte.

Etwas Neues stand zwischen uns, etwas, das wir bisher nicht voneinander kannten: unangenehmes Schweigen. Wir waren beide nicht gerade Quasselstrippen, aber normalerweise hatte es etwas Friedliches, Einvernehmliches an sich, wenn wir gemeinsam schwiegen. Jetzt spürte ich Jacksons unausgesprochenen Worte, Fragen und vielleicht sogar Vorwürfe wie Nadelstiche.

Gestern Abend hatte andauernd jemand geredet, und ich sehnte mich nach Dorians federleichtem Geplapper. Stattdessen war nichts zu hören außer dem prasselnden Regen auf dem Autodach.

»Sorry, Jackson«, sagte ich, um die Stille zu durchbrechen. »Seit du angekommen bist, ging es nur um mich. Wie geht es dir? Gibt es etwas Neues von dir und Suzie?«

Er schnaubte. »Ach, vergiss Suzie.«

»Oh.« Ich griff nach seiner freien Hand, die locker auf seinem Oberschenkel lag, und drückte sie tröstend. »Tut mir leid, dass es nicht geklappt hat mit euch beiden. Ich hatte immer den Eindruck, sie fliegt total auf dich.«

Er schloss seine Hand fest um meine und ließ scheinbar nur widerwillig los, als ich sie wieder zurückzog. »Schon okay. Ja, das tut sie auch. Ehrlich gesagt war ich es, der das Ganze abgeblockt hat.«

»Hat es nicht gefunkt, oder wie?« Mitfühlend betrachtete ich ihn von der Seite. Ich wünschte ihm von Herzen, dass er sich auch einmal richtig verlieben würde.

Er zuckte mit den Schultern. »Sie war eben nicht die Richtige.«

Ich nickte. »Man kann nichts erzwingen, schätze ich«, sagte ich etwas unsicher. »Tut mir leid für euch beide.«

Bisher hatte er starr nach vorn auf die Straße geschaut, aber jetzt sah er kurz zu mir. »Woher willst du wissen, dass Aiden der Richtige ist? Woher nimmst du diese Gewissheit?«

Sobald ich an Aiden dachte, prasselten unterschiedliche Gefühle auf mich ein. Da war ein Feuer in meinem Bauch und in meiner Brust, dessen Wärme ich bis in meine Fingerspitzen spürte. Mein Lächeln reichte über mein ganzes Gesicht, aber gleichzeitig schnürten die Sorgen mir die Kehle zu, und ich vermisste ihn so sehr, dass jede Faser meines Körpers schmerzte. Ich dachte daran, was er mir im Baumhaus gesagt hatte, und ein Kloß bildete sich in meiner Kehle. »Ich weiß nicht genau«, sagte ich leise, »aber er ist der Einzige, der diese beschissene Welt erst lebenswert macht.«

Ich hatte nicht erwartet, dass Jackson mich verstehen würde, doch mit einer solchen Reaktion hatte ich nicht gerechnet. »Herrgott, Violet, ist das dein Ernst?«, schnappte er. »Er ist der Einzige? Was ist mit deiner Familie – und was ist mit mir? Wir sind beste Freunde, seit ich überhaupt denken kann! Und das war also alles beschissen, ja?«

Ich presste mir erschrocken die Hand auf den Mund. »Nein«, stammelte ich schwach, »so war das nicht gemeint! Jackson, ich meinte doch nur, ich …«

Er seufzte tief. »Schon gut. Sorry. Das war blöd von mir. Ich bin einfach nur angespannt. Der lange Flug, die ganzen Neuigkeiten, die Angst um dich … Ich schätze, ich bin ein bisschen durch den Wind.«

»Okay«, flüsterte ich und warf ihm einen vorsichtigen Blick zu. Er lächelte mich an, bevor er wieder auf die Straße schaute, doch da blieb ein angespannter Zug um seinen Mund. Ich fühlte mich schrecklich für meine unsensible Bemerkung, die ihn verletzt hatte.

»Es tut mir wirklich leid«, entschuldigte ich mich noch einmal.

Sein Lächeln fiel schief aus. »Schon okay. Es ist nur … Ich begreife einfach nicht, was du in ihm siehst. Warum ausgerechnet einer wie er?«

»Du kennst ihn überhaupt nicht!«

»Ich weiß, was du mir über ihn erzählt hast. Und das klingt nicht nach einem Kerl, der gut genug für dich ist.«

»Du wirst ihn sehen«, entgegnete ich fest, »heute noch. Und dann wirst du deine Meinung über ihn ändern.« Zumindest hoffte ich das.

Er seufzte nur noch einmal und antwortete nicht. Ich tastete in meiner Handtasche nach meinem Handy, um auf die Uhr zu sehen – plötzlich hatte ich die irrationale Angst, die Zeit zu vergessen und zu spät zu Aiden zu kommen. Aber ich musste es bei Chloe vergessen haben, es war nicht da. Doch ein Blick auf die Radiouhr verriet mir, dass wir gut in der Zeit lagen, und als ich wieder aufsah, konnte ich bereits das Meer entdecken.

Der Strand sah so anders aus als beim letzten Mal, dass ich mich kurz fragte, ob es derselbe Ort war. Ohne die Sonne und die vielen Menschen erschien alles grau. Immer noch regnete es, und außer uns war niemand zu sehen – nur die Möwen, die kreischend über den Himmel taumelten und sich von Sturmböen umherwirbeln ließen wie vertrocknete Blätter, leisteten uns Gesellschaft.

Sobald ich aus dem Auto stieg, peitschte der Wind mir

die Haare ins Gesicht. Ich zog die Kapuze von Chloes Superhelden-Sweatshirt über meinen Kopf und schlang fröstelnd die Arme um mich. Es dauerte nur ein paar Minuten, bis die Nässe durch meine Kleidung gekrochen war und sie klamm an meiner Haut kleben ließ.

Aber ich war froh, dass wir hierhergekommen waren. Ich blickte über das raue aufgewühlte Meer, und langsam kam mein aufgewühltes Herz zur Ruhe. Ich würde Aiden bald wiedersehen. Alles würde gut werden.

»Weißt du noch, was wir früher immer am Strand gemacht haben?«, fragte Jackson.

Ich musste grinsen. »Hältst du mich für dement? So lange ist das nun auch wieder nicht her.«

Wir zogen unsere Schuhe aus, warfen sie achtlos in den nassen Sand und er klopfte auffordernd auf seinen Rücken. Ich sprang ihn von hinten an, schlang meine Arme um seinen Hals und klammerte mich an ihn. Er schwankte, und wir beide lachten. Dann fand er sein Gleichgewicht und umfasste meine Beine mit seinen Armen.

»Du bist leichter geworden in den letzten Jahren«, behauptete er.

Ich kicherte. »Meinst du nicht, dass du vielleicht einfach stärker geworden bist?«

Er trug mich auf seinem Rücken und lief ein Stück ins Wasser hinein. Ein paar Mal tat er so, als wollte er mich abwerfen, aber mein kreischender Protest war nicht ernst gemeint: Ich wusste, ich konnte ihm in jeder Hinsicht vertrauen.

Im knöcheltiefen Wasser ließ er mich schließlich hinunter. »Himmel, das ist ja eiskalt«, entfuhr es mir. »Sind deine Beine nicht abgefroren?«

Er lachte. »Wie könnte mir denn bitte kalt sein, wenn du auf mir hängst und die Beine um mich schlingst?«

Ich schluckte und fragte mich, wie er das gemeint hatte. Das hatte fast wie ein Anmachspruch geklungen, aber das war ausgeschlossen. Wir waren beste Freunde, für keinen von uns war es je mehr als das gewesen. Ich warf ihm einen prüfenden Blick zu, aber er schaute bereits wieder über den Ozean und schien über etwas anderes nachzudenken.

Langsam spazierten wir über den Strand. Jackson erzählte von Tampa, von seinem Dad, seinem letzten zufälligen Treffen mit meinen Eltern und Leuten aus der Highschool. Er versuchte mich zu beruhigen und abzulenken, aber ich merkte ihm an, dass er selbst unruhig war. Jede seiner Bewegungen verriet seine unterdrückte Anspannung. So kannte ich ihn gar nicht, normalerweise war er mein Ruhepol.

»Danke, dass du hier bist«, sagte ich leise.

Ein Lächeln huschte über sein Gesicht. »Immer«, antwortete er.

Nach einer Weile spürte ich Wind und Regen kaum mehr. Chloes Leggings klebten eng und kalt an meinen Beinen, und meine Füße fühlten sich wie Eisklumpen an, aber das war mir egal. In Gedanken war ich bei Aiden.

»Glaubst du, es geht ihm gut?«, fragte ich sehnsüchtig.

Jackson blieb abrupt stehen. »Natürlich geht es ihm gut. Genauso gut wie beim letzten Mal, als du mich nach ihm gefragt hast, und beim Mal davor. Deinem Aiden geht es großartig.«

Ich zuckte zusammen. Wenn er so genervt klang, war er mir fremd. »Sorry«, murmelte ich. »Ich hör ja schon auf zu fragen.«

Ruppig fuhr er sich mit der Hand durchs Haar. »Es geht nicht darum, was du fragst oder nicht fragst! Es geht darum, was du denkst und fühlst. Violet, er ist nicht gut für dich, das weiß ich, auch ohne ihn persönlich zu kennen. Ich kenne Typen wie ihn, das reicht mir. Du findest ihn interessant, weil er gefährlich wirkt, aber in Wirklichkeit ist er ein gewöhnlicher Schlägertyp. Einer, der dich in seinen Abgrund reißen wird. Er hat keinen guten Einfluss auf dich.«

Ich ballte die Hände zu Fäusten und starrte ihn fassungslos an. Eine Böe sprühte mir Gischt ins Gesicht und in die aufgerissenen Augen, aber ich blinzelte nicht. »Du kennst ihn überhaupt nicht, kein bisschen! Wie kannst du es wagen, über ihn zu urteilen?«

Er biss die Zähne fest zusammen. »Ich mache mir Sorgen um dich«, presste er hervor. »Seit du ihn kennst, hast du dich verändert. Er tut dir nicht gut.«

Hatte er recht? Hatte ich mich verändert? Es ging mir besser, die Welt versetzte mich nicht mehr so sehr in Panik, ich fühlte mich freier. Das lag teilweise an Aiden, aber nicht nur an ihm. Und abgesehen davon war ich immer noch dieselbe.

»Du irrst dich. Der Einzige, der sich verändert hat, bist du«, schmetterte ich ihm entgegen. »Wir sind doch Freunde, oder gilt das plötzlich nicht mehr? Warum kannst du dich nicht für mich freuen? Warum willst du mir alles kaputtmachen? Ich … Ich erkenne dich überhaupt nicht wieder.«

Einen Moment lang erwiderte er meinen Blick, dann sah er zu Boden. »Sorry. Du hast recht. Tut mir wirklich leid. Ich …« Er seufzte. »Ich habe dich nur so vermisst. Jetzt sehen wir uns endlich wieder, und du sprichst nur von diesem Aiden. Es ist, als wärst du gar nicht wirklich hier.«

Er wirkte so niedergeschlagen, dass ich mich plötzlich schämte. Meine Wut verpuffte so schnell, wie sie aufgekommen war, und machte Traurigkeit Platz. Ich strich ihm mit der Hand durchs kurze Haar und bemerkte dabei, wie viel größer er war als ich. Irgendwie sah ich ihn immer noch als den schlaksigen Jungen vor mir, der er früher gewesen war, doch nun hatte ich einen Mann vor mir, der mich deutlich überragte und dessen breite Schultern verrieten, dass er körperlich arbeitete – mit einem kantigen Kinn und ernsten Augen, die nicht mehr viel Kindliches an sich hatten.

Ich lehnte mich an ihn, mein Gesicht an seinem nassen Shirt, und legte meine Arme um ihn. Ich wollte nicht streiten; nicht jetzt, da wir uns endlich wiederhatten. »Mir tut es auch leid. Ich weiß es wirklich zu schätzen, dass du zu mir gekommen bist. Mein Retter in der Not.«

Seine Hände strichen über meine Haare und meinen Rücken. »Schon gut. Lass uns nicht streiten. Das ist gerade für uns beide nicht ganz leicht.« Sein heißer Atem streifte mein Ohr, als er mich fester in seine Arme zog. Unstet fuhren seine Finger immer wieder durch meine Haare, und ich spürte, dass er leicht zitterte. »Ich bin immer für dich da. Alles wird gut, Kätzchen.«

Es dauerte einen Herzschlag lang, bis ich realisierte, was er gerade gesagt hatte.

Einen Augenblick, bis die Bedeutung seiner Worte in mein Bewusstsein sickerte – und sich alles in mir schlagartig zu Eis verwandelte.

∞

Kätzchen.

Ein Ozean, dunkler und aufgewühlter als jener vor meinen Augen, stieg in mir hoch: ein Ozean aus Entsetzen. Schwarzes Wasser schlug über meinem Kopf zusammen, spülte jeden klaren Gedanken fort und ließ nur blankes Grauen zurück.

Ich erstarrte. Ich wollte schreien, aber ich brachte keinen Ton heraus. Der Schrei dehnte sich in meiner Brust aus und schien meinen ganzen Körper auszufüllen, bis ich meinte, ich müsste explodieren. Mein Herz raste und tobte, als wollte es platzen, aber nach außen hin war ich ganz ruhig und still; ich konnte mich nicht rühren.

Er war es.

Er war es die ganze Zeit gewesen.

Er hatte all die Postkarten geschrieben.

Er hatte mich all die Jahre tyrannisiert und mir Angst eingejagt. Seinetwegen hatte ich mich kaum mehr vor die Tür getraut. Er hatte mir ins Gesicht gelächelt, wenn ich ihm von meiner Panik erzählt hatte, und behauptet, alles sei halb so wild – und die ganze Zeit hatte er dahintergesteckt.

Mein bester Freund war mein Feind.

Meine Augen waren so weit aufgerissen, dass es schmerzte, und mir wurde schlecht, als seine Hände immer weiter über meinen Rücken und durch mein Haar strichen. Ich spürte die Nässe seines Shirts an meiner Wange und darunter seinen Herzschlag, dumpf und bedrohlich.

»Violet, alles in Ordnung?« Ihm musste aufgefallen sein, wie sehr ich mich in seinen Armen versteift hatte. Er streichelte noch ein letztes Mal zart über mein Haar – eine Berührung, die eine Gänsehaut über meinen ganzen Körper jagte – und hielt mich dann auf Armeslänge von sich entfernt, sodass er mir ins Gesicht sehen konnte. »Geht es dir gut?«

Erst als er mir in die Augen sah, begriff er, dass er einen Fehler gemacht hatte. Ich konnte es in seinem Blick lesen. Er erkannte, dass er sich verraten hatte. Kraftlos rutschten seine Hände von meinen Schultern.

Ich taumelte einen Schritt zurück. »Warum?« Meine Stimme schien nicht mir zu gehören, sie klang merkwürdig hohl und tonlos. Der Wind riss das Wort von meinen Lippen und wirbelte es hoch in die Luft, wo die schreienden Möwen es zerfetzten.

Beschwichtigend hob er beide Hände, die Handflächen zu mir gedreht, und kam einen Schritt näher. Ich wich ebenso weit vor ihm zurück, bis eiskaltes Meerwasser meine Füße umspülte. Mehrmals öffnete und schloss er den Mund, ohne etwas zu sagen.

»Violet, warte!«, stieß er schließlich hervor. »Ich kann das erklären. Ich … Es …« Er rang nach Worten. Eindringlich sah er mich an, aber als ich seinen Blick erwiderte, hatte ich das Gefühl, einen Fremden vor mir zu haben. Wer war dieser Mensch, den ich seit meiner Kindheit für meinen besten Freund gehalten hatte?

Ich war nicht fähig, irgendetwas zu antworten. Mit aufgerissenen Augen stand ich da wie eine Salzsäule und starrte Jackson fassungslos an.

Mein Schweigen schien er als Einwilligung zu interpretieren, seine Erklärung anzuhören. Er ließ die Hände sinken. »Violet, ich … Ja, ich habe die Postkarten geschrieben. Ja, ich war es. Aber das habe ich doch nur für dich getan.«

Mein Lachen war schrill und rau. »Für mich? Hast du den Verstand verloren?«

»Jetzt hör mir doch erst mal zu!«, stammelte er. »Du verstehst das nicht. Ich wollte dich beschützen.«

»Beschützen?«, schrie ich. »Wovor denn bitte beschützen? Das Einzige, wovor ich Angst hatte, war mein beschissener Stalker!« Meine Stimme wurde leiser: »Der Einzige, vor dem ich Angst hatte, warst du.«

»Nein. Nein, das stimmt nicht. Ich war immer für dich da. Wir zwei gegen den Rest der Welt, stimmt's? Niemand konnte sich zwischen uns stellen. Wir waren immer zusammen, und ich habe auf dich aufgepasst.«

»Du hast mich kleingehalten. Du … Du hast mir eine solche Angst eingejagt, dass ich außer dir niemanden in meiner Nähe haben wollte. Du warst der Einzige, dem ich noch vertraut habe!«

»Aber warst du denn unglücklich, so wie es war? Wir waren immer zu zweit, wir hatten doch uns. Wen brauchten wir denn sonst noch?«

Wie in Zeitlupe schüttelte ich den Kopf. Nichts, was er sagte, ergab den geringsten Sinn. Das merkte er auch, und frustriert fuhr er sich mit der Hand durchs Haar. »Was hätte ich denn tun sollen?«, stieß er hervor. »Früher oder später hätte ich dich verloren! Ich dachte, irgendwann … eines Tages …« Er brach ab.

Jedes seiner Worte schien blanker Irrsinn zu sein, aber ganz langsam gelang es mir, die Puzzlestücke zusammenzusetzen. »Du denkst, du wärst in mich verliebt.« Meine Stimme war über dem Rauschen von Wind und Wellen kaum zu hören.

Das Grau seiner Augen war so dunkel wie die Regenwolken am Himmel. »Ich glaube es nicht nur. Ich liebe dich, Violet. Ich liebe dich schon lange.«

Ich schlug mir die Hände vors Gesicht, atmete tief durch und kniff die Augen fest zu. Das durfte alles nicht wahr sein, es war ein Traum, nichts weiter als ein verrückter Albtraum. Aber als ich die Augen wieder öffnete, stand Jackson immer noch da und schaute mich mit diesem seltsamen Blick an.

»Und du dachtest, wenn du mich von der Welt fernhältst, verliebe ich mich irgendwann in dich? Dachtest du, wenn ich verängstigt bin, hättest du leichtes Spiel?«, fragte ich bitter.

Sein Gesicht verzog sich unglücklich. »Süße, wenn du das so sagst, klingt es echt schlimm. Aber ich schwöre, ich wollte dir nie etwas Böses. Ich dachte … ja, ich dachte, wenn ich dich ein bisschen erschrecke …«

»Ein bisschen erschrecken?«, keuchte ich. Er hatte zwei Jahre meines Lebens zerstört. Jahre, in denen ich zu verängstigt gewesen war, um zu leben.

»Violet. Violet, hör mir zu.« Wieder hob er die Arme und kam einen Schritt auf mich zu, ganz langsam, als näherte er sich einem verängstigten Tier. »Es tut mir leid. Es war ein Fehler. Zufrieden? Es war dumm von mir. Es war eine blöde Aktion, und als ich gemerkt habe, dass du dich bei mir ausheulst und es uns näher zusammenbringt, habe ich weitergemacht. Ich hätte es nicht tun dürfen, aber … aber ich habe es doch nur für uns getan!«

»Du bereust es nicht mal, oder?«, flüsterte ich.

Kurz schwieg er. »Ich bereue, dass du gelitten hast. Aber die Postkarten haben dafür gesorgt, dass ich dich für mich hatte. Und das könnte ich niemals bereuen.«

»So ein Mensch bist du also.« Das Erstaunen in meiner Stimme war echt. Es mischte sich in das bodenlose Entsetzen, das mich erfüllte. Erstaunen darüber, wie blind ich gewesen war, als ich ihn für einen Freund gehalten hatte.

Er stockte. »Was meinst du? Was für ein Mensch?«

Ich lachte, doch es klang so schrill wie das Kreischen der Möwen, und plötzlich hatte ich Angst überzuschnappen. »Eine medizinische Sensation!«, rief ich lachend und weinend. »Der erste Mensch, der wie durch ein Wunder ohne ein Herz existieren kann.«

Er verzog das Gesicht, als hätte ich ihm eine Ohrfeige verpasst. Auf irgendeine verdrehte Weise war er tatsächlich fest davon überzeugt, mich zu mögen, und mehr als das. »Sag das nicht, Kätzchen. Ich habe ein Herz, und es gehört dir. Ich liebe dich, das schwöre ich.«

Aber natürlich war das keine Liebe. Es war Besessenheit.

Ich hatte immer angenommen, wenn ich meinem Stalker und Postkartenschreiber je begegnete, würde ich wegrennen, als sei der Teufel hinter mir her. Immerhin war er derjenige, wegen dem ich in der Nähe anderer Menschen solche Panikattacken hatte, dass ich oft kaum atmen konnte. Er war der Grund, warum ich nachts aus Angst nicht schlafen konnte und warum ich heulend und zitternd vor Menschenmengen floh. Er war das Monster, das ich hinter jedem lächelnden Gesicht vermutet hatte; das Monster, das in einem Pappkarton unter meinem Bett gelauert hatte und von dem ich insgeheim immer gedacht hatte, es würde mich irgendwann verschlingen.

Aber als Jackson nun die Hand ausstreckte, hatte ich keine Angst. Ich war so wütend wie noch nie in meinem Leben.

Mit einem Schrei stürzte ich auf ihn zu. Meine Fäuste

trommelten gegen seine Brust. Mit einem Kinnhaken traf ich sein Gesicht. Er torkelte zurück, mehr aus Überraschung als aus Schmerz.

»Violet. Beruhige dich«, schnaufte er und griff nach meinen Händen.

»Du verdammtes Monster!«, heulte ich, während ich nach seinem Gesicht schlug.

Er war so überrumpelt von meinem zornigen Angriff, dass er auswich; so abrupt, dass ich das Gleichgewicht verlor und auf die Knie fiel. Wasser drang durch meine Jeans. Jackson stand über mir, der Wind blähte sein Shirt auf und sprühte uns beiden Gischt und Regen ins Gesicht. Er sah mich an, als hätte er keine Ahnung, was er sagen und tun sollte. Und es spielte überhaupt keine Rolle, denn kein Wort aus seinem Mund hätte jetzt noch etwas ändern können. Nichts, das er sagte, hätte alles zwischen uns wieder in Ordnung bringen können. Immer noch ließ meine Wut nicht den geringsten Platz für Angst, meine Finger gruben sich in den nassen Sand, und mein ganzer Körper spannte sich an, um wieder auf ihn loszugehen.

Ich spürte Aidens Anwesenheit, bevor ich ihn sah. Ich hatte keine Ahnung, woher er plötzlich kam und wie er mich gefunden hatte, und das war mir in dem Moment auch ganz egal. Wichtig war, dass er bei mir war.

Er kam zu mir gerannt, kniete sich neben mich in den nassen Sand, umfasste mein Gesicht mit beiden Händen und sah mich besorgt an. »Was ist los?«, fragte er atemlos. »Was ist geschehen?«

»Er war es«, würgte ich hervor. »Die Postkarten. Jackson … Er hat …«

In Aidens Blick sah ich, dass er verstand. Und plötzlich ging alles so schnell, dass ich nicht einmal aufschreien konnte. Aiden sprang auf, hetzte an mir vorbei und stürzte sich auf ihn.

Jackson war groß und breitschultrig, aber gegen Aiden hatte er keine Chance – er wurde herumgeschleudert wie eine Puppe. Aiden in seiner entfesselten Wut war wie eine Naturgewalt. Er packte ihn am Kragen und zog ihn daran zu sich heran. Sein Gesicht war vor Zorn so verzerrt, dass es kaum etwas Menschliches an sich hatte. Jackson erbleichte.

»Du warst das. Du hast ihr das angetan.« Aiden presste die Worte zwischen seinen gefletschten Zähnen hervor; ein finsteres Grollen, das mich bis ins Mark erschütterte und Jackson haltlos zittern ließ.

Mein ehemals bester Freund wusste genug über Aiden, um ihn zu fürchten, aber keine Worte der Welt hätten ihn darauf vorbereiten können, wie einschüchternd er wirklich sein konnte. Jackson unternahm einen schwachen Versuch, sich zu befreien, aber er war vor Angst wie gelähmt. Er starrte Aiden an, als hätte er einen Dämon vor sich, der sich direkt aus der Hölle auf ihn gestürzt hatte, während noch Glutreste aus dem Fegefeuer in seinen Augen schwelten. Ich konnte ihn verstehen – genau so wirkte Aiden in diesem Moment.

Aiden holte aus, seine Faust schwebte in der Luft. Ich sah den Kampf, den er mit sich selbst ausfocht. Ein Teil von ihm wollte nichts lieber, als einfach zuzuschlagen, und früher hätte er das sicher gemacht. Aber etwas hielt ihn zurück.

Ich wusste, wenn Aiden jetzt die Kontrolle verlor, würde er Jackson nicht verschonen. Er würde ihn krankenhausreif schlagen, vielleicht sogar umbringen. Und täte er das, wäre er verloren. Nichts und niemand hätte ihn dann noch davon überzeugen können, dass er kein Monster war. Ich wusste, dass er sich beherrschen konnte, selbst in einer Situation wie dieser, in der er mich beschützen wollte.

Ohne zu zögern, stürzte ich nach vorne, warf mich auf ihn und umklammerte seine Arme von hinten. »Aiden, nicht!«, stieß ich hervor.

Jeder Muskel seines Körpers zitterte vor Anspannung. Ich spürte die Hitze, die von ihm ausging. Doch er war klar genug bei Verstand, um zu realisieren, dass ich es war, die ihn festhielt.

»Violet, lass mich los«, knurrte er mühsam beherrscht. »Hau ab. Ich will nicht … dass dir was passiert.«

»Und ich will nicht, dass dir was passiert«, antwortete ich. »Lass ihn los. Tu das nicht.«

»Ich … muss …« Seine Stimme bebte. Die Hände waren so fest zu Fäusten geballt, dass die Fingerknöchel weiß waren und die Sehnen an den Unterarmen hervortraten. Eine seiner Fäuste war immer noch um Jacksons Kragen verkrampft, sodass der Stoff sich spannte.

»Musst du nicht. Du musst das nicht tun.« Ich presste meine Augen zu und legte all meine Überzeugungskraft in meine Stimme. »Du bist nicht so, Aiden. Du bist nicht so, wie Christopher und Jenna sagen, und du bist nicht wie dein Dad.«

Er lehnte sich gegen meinen Griff auf, doch nicht so stark, dass ich ihn nicht hätte festhalten können. Die schwarzen Haare fielen ihm ins Gesicht und er atmete schwer. Jackson schaute schockiert zwischen mir und Aiden hin und her und rührte keinen Muskel, er schien vor Angst nicht einmal zu atmen.

»Aiden«, flüsterte ich. »Du bist kein Monster.«

Ein Ruck ging durch seinen Körper, dann hielt er ganz still. Mein Herz raste. Ich hatte entsetzliche Angst – nicht um Jackson oder mich, sondern um Aiden. Davor, was er tun würde und was das mit ihm anstellen würde.

Und dann ließ er Jackson plötzlich los. Er ließ ihn einfach fallen, drehte sich zu mir herum und riss mich in seine Arme. »Du hast recht«, murmelte er. »So will ich nicht sein. So bin ich nicht.«

Ich schluchzte vor Erleichterung. Ich hielt ihn fest, und er hielt mich fest, und alles andere zählte nicht mehr. Wir saßen im nassen Sand, während der Wind den Regen gegen uns peitschte, doch als Aiden mich rau küsste, spürte ich nichts von der Kälte. Ich glühte, und ein Funke hätte gereicht, um mich vollends in Brand zu stecken.

Wir beide waren atemlos, als sich unsere Lippen voneinander lösten. Sturm war um uns herum, im Grün seiner Augen, in meinem Herz. Aiden stand auf, reichte mir die Hand und zog mich hoch.

Ich blickte auf Jackson hinab, der immer noch angsterstarrt am Boden lag, und hatte nur noch Verachtung für ihn übrig. Verachtung und einen Hauch von Wehmut, als ich daran dachte, was er für mich bedeutet hatte und was ich in ihm gesehen hatte. Ich hatte immer gedacht, all die Jahre hätte ich bloß einen Freund auf der Welt gehabt. Das war ein Irrtum gewesen. Ich war ganz allein gewesen, denn mein einziger Freund war ein Verräter gewesen. Und doch hatten wir miteinander unzählige schöne Momente gehabt.

»Violet«, stammelte er und streckte die Hand flehend nach mir aus.

Wieder wallte Wut in mir hoch, doch Aiden umfasste sanft meine Schultern. »Komm, er ist es nicht wert.«

Ich nickte und musste plötzlich lächeln. Ich legte den Arm um Aidens Hüften, und gemeinsam gingen wir zurück zum Parkplatz, während der Wind unsere Spuren im Sand verwischte.

Epilog

Als wir auf die Lichtung traten, war ich genauso überwältigt wie beim ersten Mal. Einen Moment lang blieb ich atemlos stehen und ließ den Anblick auf mich wirken.

Dieser Ort hatte sich verwandelt. Die Blätter hatten sich verfärbt, das Grün war leuchtenden Flammenfarben gewichen. Die Luft duftete nach Herbst, war aber angenehm warm. Strahlend blau spannte sich der Himmel über die Lichtung.

Es war verblüffend, wie viel sich geändert hatte, nicht nur in der Natur, sondern auch in mir. Mein erster Besuch hier war gar nicht so lang her, fühlte sich aber an, als gehörte er zu einem ganz anderen Leben.

Wir hatten eine dicke Decke mitgenommen, warme Klamotten und eine zusätzliche Regenplane für alle Fälle. So mild diese magischen Herbsttage auch waren, nachts konnte es empfindlich kühl werden, und ich hatte keine Lust, im Boot zu erfrieren.

Mir wurde warm, als ich daran dachte, wie leidenschaftlich wir uns beim letzten Mal an diesem Ort geküsst hatten. Aidens Griff um meine Taille verstärkte sich, und ich wusste, er dachte gerade dasselbe wie ich. Ich sah zu ihm hoch, begegnete seinem Blick, und mein Herz wollte explodieren.

Während er das Boot aus dem Schilf zog und unsere Rucksäcke hineinwarf, stand ich am Ufer und versuchte flache Steine übers Wasser hüpfen zu lassen. Sie versanken alle sofort laut platschend und hinterließen kreisförmige Wellen, die sich ausbreiteten und die Oberfläche des Sees in Schwingungen versetzten; die Oberfläche, die das Rot der Bäume widerspiegelte. Der See schien in Flammen zu stehen, ganz besonders jetzt, wo die Sonne allmählich tiefer sank und den Himmel rötlich verfärbte. Ich blickte über das Wasser und dachte nach.

Es war nicht alles gut.

Irgendwie hatte ich gehofft, nachdem sich nun geklärt hatte, wer hinter den Postkarten steckte, meine Eltern hätten plötzlich Verständnis für mich – die Wahrheit würde zu einem magischen Happy End führen. Ganz schön naiv. Die Wahrheit war: Meine Eltern waren eben, wie sie waren, und sie würden sich nicht spontan um 180 Grad drehen.

Ich hatte sie angerufen, um zu erzählen, dass Jackson mich all die Jahre mit den gruseligen Karten tyrannisiert und mir eine Heidenangst eingejagt hatte, und dass ich ihn dafür angezeigt hatte. Ein Teil von mir hatte gedacht, sie wären genauso bestürzt über Jacksons Verrat wie ich, stattdessen hatten sie mit leichtem Tadel reagiert: Ich sollte kein Drama daraus machen, Freunde zeigte man nicht an.

Ich schnaubte. Jackson war nicht mehr mein Freund, und eigentlich war er es nie gewesen – ich hatte es nur gedacht.

Meine Mom hatte gesagt, nachdem ja nun alle Probleme beseitigt waren, könne ich nach Florida zurückkehren. Selbst in ihrer rosigen kleinen Wattewelt war sie vermutlich erschüttert gewesen, als ich erklärt hatte, ich würde hierbleiben. Maine war jetzt mein Zuhause, zumindest für den Moment. Wohin mich mein Weg noch führen würde, wusste ich nicht, aber ganz bestimmt nicht zurück zu ihnen.

Und dass mit Aidens Familie nicht alles in Ordnung war,

verstand sich von selbst. Seit der Sache hatte er kein Wort mit seinen Eltern gesprochen, nicht mal mit seiner Mom, und ich verstand ihn gut. Das Einzige, was ich Christopher zugutehalten musste, war, dass er zumindest alle erforderlichen Dokumente unterschrieben hatte, um die Anzeige zurückzuziehen – aber er hatte es nicht für Aiden getan, sondern für seine Frau. Sah so aus, als könnte selbst ein Arschloch wie er jemanden lieben. Dass er das getan hatte, machte ihn jedenfalls noch lange nicht zu einem Dad, und im Grunde genommen war auch Bree keine richtige Mom, fand ich.

Aiden trat neben mich. Er sah mich fragend an, doch ich lächelte nur. Nein, es war längst nicht alles gut, und trotzdem war es perfekt. Die Art von perfekt, die wir beide brauchten, um glücklich zu sein.

Er nahm ebenfalls einen flachen Stein, warf ihn mit einer leichten Drehung aus dem Handgelenk, und natürlich klappte es bei ihm. Der Stein sprang mehrmals über die Oberfläche, bevor er weit draußen versank.

Ich warf ihm einen vernichtenden Blick zu. »Manchmal bist du so ein unerträglicher Angeber.«

Er grinste. »Danke.« Sanft strich er meine Haare über eine Schulter nach hinten und küsste meinen Nacken. Ich schloss die Augen und wünschte, seine Lippen würden niemals aufhören, meine Haut zu berühren.

»Komm schon, hilf mir mit dem Feuer«, sagte er.

Ich zog eine Grimasse – plötzlich hatte ich ganz andere Dinge im Sinn. Aber die Sonne stand bereits tief, das Licht schwand, und wir hatten nicht mehr viel Zeit. Gemeinsam suchten wir Zweige, die Aiden gekonnt aufstapelte. Die

Steine, die er rundherum legte, sollten verhindern, dass sich das Feuer ausbreitete.

Das Holz war trocken genug, um gut zu brennen. Die Sonne war mittlerweile fast ganz untergegangen, nur ein rosiger Schein war am Horizont über den schwarzen Baumwipfeln zu sehen, aber das machte nichts. Wir hatten jetzt das Licht des Feuers.

»Bereit?«, fragte Aiden leise.

»Bereit«, flüsterte ich.

Ich holte meine Pappschachtel und stellte sie zwischen uns auf den Boden. Als wir durch den Wald hierher gewandert waren, hatte Aiden angeboten, den Karton zu tragen, aber das hatte ich abgelehnt. Ich schleppte diese Last schon seit Jahren mit mir herum, sowohl in physischer Form als auch in meinem Herzen. Da war es mir wichtig gewesen, die Postkarten auch noch das letzte Stück selbst zu tragen.

Meine Finger zitterten, als ich die Schachtel öffnete, aber diesmal lag das nicht mehr daran, dass ich davor Angst gehabt hätte. Das Zittern war vielmehr wie ein schwaches Echo aus der Zeit, als mir das Öffnen des Kartons eine solche Panik eingejagt hatte, als seien Giftschlangen darin. Ich atmete tief durch, dann nahm ich die erste Karte. Auf der Vorderseite spielten zwei Kätzchen mit einem rosa Wollknäuel – der Text auf der Rückseite war weit weniger putzig. Ich biss die Zähne zusammen und las jedes Wort, dann zeigte ich die Karte Aiden. Sein Kiefer verkrampfte sich, die Augen wurden schmal vor Wut auf Jackson.

Immer noch wartete ich halb darauf, dass die panische Angst wie früher über mich hinwegschwappen würde, doch sie kam nicht. Als Aiden mir die Karte zurückgab, beugte ich mich vor und warf sie ins Feuer. So machten wir es mit jeder einzelnen Postkarte. Wir lasen sie, dann ließ ich sie in die Flammen fallen.

Das Papier fing Feuer, wurde schwarz; die Karten rollten sich zusammen wie lebende Wesen, die sich wanden. Katzenaugen starrten mich aus den Flammen an, und dann war nichts mehr übrig als schwelende Asche. Ich fühlte mich, als triebe ich Dämonen aus.

Dämonen – das war es, worum es für Aiden und mich gegangen war. Während meine Dämonen gerade in Flammen aufgingen, hatte er seine am Strand besiegt. Sie waren nicht tot, sie lebten in ihm weiter, aber er hatte sie dieses eine Mal bezwungen – und endlich konnte er daran glauben, dass er das auch in Zukunft schaffen konnte. Er war nicht ihre Marionette, nicht ihr Monster.

Ich umfasste meine angezogenen Beine mit den Armen und starrte in die tanzenden Flammen. Immer noch konnte ich nicht richtig fassen, was Jackson getan hatte. Ich hatte mich gefragt, warum zur Hölle er mit mir an den Strand gefahren war, und mir war klargeworden, dass er schlicht und einfach mit mir allein sein wollte. Es war ein letzter verzweifelter Versuch gewesen, mich von meinem neuen Umfeld zu trennen, mich von meiner Liebe zu Aiden abzubringen, an gemeinsame Erinnerungen zu appellieren und mein Herz zu erobern. Als er erkannt hatte, wie wichtig Aiden mir war, hatte ihn das in Panik versetzt – Panik, mich endgültig zu verlieren, wenn er nicht aktiv wurde. Es war nie sein Plan gewesen zu beichten, dass die Postkarten von ihm waren – er hatte nie gewollt, dass ich es erfuhr.

Er hatte sogar mein Handy aus meiner Handtasche genommen, damit niemand unsere Zweisamkeit am Strand stören konnte. Darum hatte Aiden mich nicht erreicht, als er früher als geplant entlassen worden war. Sobald Aiden auf freiem Fuß gewesen war, hatte er versucht, mich anzurufen, aber vergeblich.

Chloe hatte ihm gesagt, dass ich vorhatte, mit Jackson an den Strand zu fahren – also war Aiden auf direktem Wege dorthin gefahren. Nicht etwa, weil er geahnt hätte, was Jackson wirklich für ein Mensch war. Woher hätte er das wissen sollen? Er wollte einfach so schnell wie möglich zu mir.

Ich schauderte beim Gedanken an Jackson. Das Verrückte war, er war wirklich fest davon überzeugt, mich zu lieben. Als täte man dem Menschen, den man aufrichtig liebt, so etwas an. Er hatte tatsächlich daran geglaubt, ich würde seine Gefühle irgendwann erwidern, wenn er mich nur lange genug von der Welt isolierte, wenn er mich klein und ängstlich hielt, sodass ich niemandem außer ihm traute.

Ich hatte um Jackson geweint – um die Freundschaft, die wir verloren hatten und von der ich immer gedacht hatte, sie sei echt und real und aufrichtig. Ich hatte um ihn getrauert wie um einen verstorbenen Freund. Aber jetzt hatte ich keine Tränen mehr übrig, nur noch Mitleid und Verachtung. Dass ich ihn angezeigt hatte, bereute ich nicht. Und vor allem hatte ich keine Angst mehr – nie mehr würde ich mich von dieser Furcht beherrschen lassen, die mich am Leben gehindert hatte.

Nachdem die letzte Postkarte verbrannt war, warf ich den leeren Karton ins Feuer. Die Flammen fauchten, als sie danach griffen. Ich spürte die Hitze auf meinem Gesicht und in meinem Herzen und fühlte mich frei.

Aiden räusperte sich. »Ich habe auch was mitgebracht.

Aber nicht zum Verbrennen. Na ja, außer, du willst es verbrennen. Ist dir überlassen.«

Neugierig griff ich nach der dicken Mappe, die er hinter seinem Rücken versteckt hatte und die er mir nun reichte. Als ich hineinsah, weiteten sich meine Augen. »Deine Kurzgeschichten?« Manche Texte waren Kopien aus Literaturzeitschriften, andere bloß auf der Schreibmaschine getippte Manuskripte.

Er zog einen Mundwinkel hoch zu einem schiefen Grinsen. Der Lichtschein des Feuers spiegelte sich im Grün seiner Augen. »Keine Geheimnisse mehr.«

»Keine Geheimnisse.« Und leise fügte ich hinzu: »Danke.«

Er legte den Arm um mich, und ich lehnte mich gegen ihn, während ich zu lesen begann. Seine Finger spielten mit meinem Haar und malten glühende, prickelnde Kreise auf meinen Rücken. Als seine Lippen meine Stirn berührten, ergaben die Buchstaben vor meinen Augen plötzlich keinen Sinn mehr, und ich beschloss, das Lesen auf morgen zu verschieben. Stattdessen schloss ich die Arme um seinen Nacken und zog ihn noch näher an mich heran. Wir küssten uns, während rote, orangefarbene und goldene Funken in den Nachthimmel tanzten.

Ende

Sie ist Rain. Der Regen. Der Neuanfang.

Caroline Brinkmann
DIE PERFEKTEN
608 Seiten
ISBN 978-3-8466-0049-8

Rain ist ein Ghost. Sie lebt außerhalb des Systems. Seit ihrer Geburt ist sie auf der Flucht vor den Gesegneten, einer perfekten Weiterentwicklung der Menschen, die mit eiserner Hand regieren und das Volk unterdrücken. Rain weigert sich jedoch, sich ein Leben lang zu verstecken, und begeht einen fatalen Fehler. Sie bricht die wichtigste Regel der Ghosts: Vertraue niemandem!